CHRISTINE RATH

Das Geheimnis der Apfelblüte

CHRISTINE RATH

Das Geheimnis der Apfelblüte

ROMAN

GMEINER

Personen und Handlung sind frei erfunden.
Ähnlichkeiten mit lebenden oder toten Personen
sind rein zufällig und nicht beabsichtigt.

Immer informiert

Spannung pur – mit unserem Newsletter informieren wir Sie
regelmäßig über Wissenswertes aus unserer Bücherwelt.

Gefällt mir!

Facebook: @Gmeiner.Verlag
Instagram: @gmeinerverlag
Twitter: @GmeinerVerlag

MIX
Papier aus verantwortungsvollen Quellen
FSC® C083411

Besuchen Sie uns im Internet:
www.gmeiner-verlag.de

Im Ehnried 5, 88605 Meßkirch
Telefon 07575/2095-0
info@gmeiner-verlag.de

1. Auflage 2022

Lektorat: Claudia Senghaas, Kirchardt
Herstellung: Mirjam Hecht
Umschlaggestaltung: U.O.R.G. Lutz Eberle, Stuttgart
unter Verwendung eines Fotos von: © Johannes Rigg / shutterstock und
pure-life-pictures / Fotolia
Druck: CPI books GmbH, Leck
Printed in Germany
ISBN 978-3-8392-0112-1

Die schönen Augen der Frühlingsnacht

Die schönen Augen der Frühlingsnacht,
Sie schauen so tröstend nieder:
Hat dich die Liebe so kleinlich gemacht,
Die Liebe, sie hebt dich wieder.
Auf grüner Linde sitzt und singt
Die süße Philomele;
Wie mir das Lied zur Seele dringt,
So dehnt sich wieder die Seele.

Heinrich Heine (1797 – 1856)

Für meine Mutter Rosemarie,
die die große Liebe zu Büchern in mir geweckt hat,

und die beste Tochter der Welt, Sandrina,
die diese Liebe mit mir teilt.

Prolog

Apfelblütenfest
in Kressbronn am Bodensee

Sie hatte noch immer den Duft der herrlichen Blumen aus dem Vorgarten des Rosenhauses in der Nase. Ein herrlicher Duft nach Hyazinthen, Maiglöckchen und Veilchen, die ihre Mutter gepflanzt hatte und seither sorgsam hegte und pflegte. Doch nun verursachte der Geruch der Imbissbude, an der sie gerade vorüberging, plötzlich ein Gefühl von Übelkeit. Vielleicht war es doch keine so gute Idee gewesen, zum Apfelblütenfest zu gehen. Um sie herum schlenderten die Festbesucher an den Marktständen vorbei, eine Coverband mit dem klangvollen Namen *Seamusic* spielte gut gelaunt die neuesten Hits, und die Tanzfläche, auf der die Tanzenden herumwirbelten, war ebenso brechend voll wie die zahlreichen Bierbänke und -tische. Suchend sah sie sich um. Sie musste ihn sehen, mit ihm sprechen! Vor allem musste sie selbst Gewissheit haben. Die Gewissheit, dass all die Dinge, die er ihr ins Ohr geflüstert hatte, wahr waren. Wenn ihr nur nicht so furchtbar schlecht wäre! Sie hatte die flehende Bitte ihrer Mutter, zu Hause zu bleiben, ignoriert, obwohl es ihr schlecht ging. Weil sie ihn dringend sehen musste!

»Atemlos durch die Nacht …« Glockenhell erklang die Stimme der Sängerin über den Platz, und viele der Besucher, die vermutlich schon einige Gläser des aromatischen Bodenseeweins intus hatten, sangen mit. Wie in dem Lied schien tatsächlich auf einmal die Nacht über ihnen hereinzubrechen, obwohl es doch eben noch so hell gewesen war. Sie sah zum Himmel. Dunkle Wolken türmten sich über dem Festgelände auf, ein Gewitter war im Anzug.

Den ganzen Tag schon war es unerträglich heiß gewesen. Dabei war doch erst der 30. April! Sie konnte sich nicht erinnern, wann es an einem Frühlingstag einmal derart drückend schwül gewesen war. Vielleicht war ihr auch deshalb so schwummerig. Sie hatte tagsüber viel zu wenig getrunken für diese Wetterverhältnisse. Irgendwo musste sie unbedingt ein Glas Wasser ergattern, sonst würde sie noch aus den Latschen kippen. Und sich einen Moment hinsetzen, dann würde es bestimmt wieder gehen.

Auf einmal sah sie ihn. Mit seiner ganzen Familie saß er inmitten der feiernden Gesellschaft, und alle schienen sich prächtig zu amüsieren.

Sie hielt sich einen Moment an dem Stehtisch neben dem Imbiss fest, weil ihr schon wieder schwindelig war. Sie atmete tief durch. Sie würde zu ihm gehen, sich hinsetzen und ein Glas Wasser trinken. Alles würde gut. Doch gerade, als sie sich in Bewegung setzen wollte, erschien SIE. In hautengen weißen Jeans und einem knappen roten Oberteil. Ihre Absätze, auf denen sie sich wiegenden Schrittes dem Tisch näherte, mussten schwindelerregend hoch sein.

Hatte sie es doch geahnt: SIE würde nie aufgeben, nie lockerlassen.

Sie kämpfte mit den aufsteigenden Tränen. Doch noch war das Spiel nicht aus. Wieder atmete sie tief durch und beobachtete die Menschen am Tisch. SIE setzte sich ganz nah zu ihm und flüsterte ihm verführerisch ins Ohr. Würde er etwa wieder auf sie hereinfallen? Seine Miene schien sich zu verfinstern, als seine Eltern ihn überrascht anblickten. Es sah so aus, als würde seine Mutter etwas fragen. Doch seine immer noch ernste Miene verzog sich nicht.

SIE dagegen lachte und schien auf die Frage zu antworten. Sowohl sein Bruder als auch seine Eltern sahen ihn erstaunt an, doch dann erhoben sie ihr Glas und prosteten sich fröhlich zu. Nur er war nicht fröhlich, das war deutlich zu sehen.

Er stand auf und ging ... genau in ihre Richtung. Was sollte sie tun? Auf diesen Moment hatte sie doch gewartet, und nun? Sie holte tief Luft. Es war ihr klar, dass sie kurz davor war umzukippen. Noch immer hielt sie sich am Tisch fest, als sie plötzlich von starken Armen gepackt und ganz weit nach hinten auf die Tanzfläche gezogen wurde.

»Ich muss mit dir reden«, sagte er ernst, und seine Augen sahen traurig aus.

»Ich auch mit dir«, flüsterte sie. »Später!«

Noch wollte sie diesen Moment genießen und ihn ganz dicht bei sich spüren. Er zog sie fest an sich und vergrub sein Gesicht in ihren Haaren. Ein leises Lied, ein Frühlingsabend ... auf einmal fühlte sich alles so leicht an. Doch schon nach wenigen Minuten drehten sich nicht nur ihre Füße, sondern vor allem und viel schlimmer noch ihr Kopf. Sie blickte nach oben. Die Wolken, die über ihnen hingen, wirkten dunkel und bedrohlich. Schon spürte sie den ersten Tropfen. Plötzlich kam Wind auf ... der sogenannte »Anblaser«, wie man ihn hier in der Region nannte ... dieser Wind, welcher ankündigte, dass ein Gewitter unmittelbar bevorstand. Ihr Magen drehte sich. Sie musste hier weg, sonst würde sie sich gleich hier auf der Tanzfläche übergeben müssen. Ruckartig löste sie sich von ihm, worauf er sie irritiert ansah. Seine Lippen formten die Worte »Was ist los?«, doch sie konnte nicht antworten. Sie würde ihm gleich alles erklären. Erst musste sie versuchen, zur Toilette zu kommen, der Brechreiz war zu stark. Hastig stolperte sie durch die Menschenmenge, was sich als sehr schwierig erwies. Denn genau wie sie hatten viele Menschen den »Anblaser« gespürt und wollten sich nun vor dem Unwetter in ihren Autos und Häusern in Sicherheit bringen. Auf einmal spürte sie: Sie würde es nicht zur Toilette schaffen. Der Brechreiz war auf einmal so stark, dass sie sich gleich hinter einem Baum übergeben musste. »Meine Güte, immer diese besoffenen Weiber!«, hörte sie eine ärgerliche Stimme. Viele Menschen hasteten an ihr vorbei. In ihr drehte sich alles. Sie hielt sich am Baum fest. Die Äste über ihr schwankten bedrohlich. Wo war nur ihre Vespa? Sie hatte sie doch hier irgendwo abgestellt? Plötzlich wurde sie wieder heftig am Arm gepackt, doch diesmal war es nicht liebevoll, sondern wütend. Auch das noch! ER stand neben ihr. Was wollte ER denn noch? Sie hatte ihm doch alles gesagt, was gesagt werden musste. Nein, sie hatte keine Nerven mehr, mit ihm darüber zu reden.

Sie fühlte sich unendlich schwach und wollte nur noch nach Hause ... fort von diesem Ort, diesem Unwetter, den vielen Menschen. Sie riss sich von ihm los, lief davon und fingerte in ihrem Täschchen nach dem Schlüssel ihrer Vespa, der prompt zu Boden fiel. Als sie ihn aufheben wollte, wurden ihre Knie auf einmal so weich, dass sie zusammensackte. Ein greller Blitz erhellte den Himmel, dicht gefolgt von einem ohrenbetäubenden Donnerschlag. Die Nässe des einsetzenden Regens spürte sie schon nicht mehr. Tief in ihr drin hatte die Dunkelheit gesiegt.

1. Kapitel

Berlin-Charlottenburg
Sieben Jahre später

»Amanda, kannst du am Wochenende meine Schicht übernehmen? Ich muss meiner Mutter beim Umzug helfen«, fragt Leni und schlüpft in ihre neuen Stiefeletten. Ich pfeife anerkennend durch die Lippen.

»Die müssen ein Vermögen gekostet haben«, sage ich mit einem Blick auf das teure Leder.

»Nun, ich würde sagen, nach all dem Stress in der letzten Zeit habe ich mir die wohl mehr als verdient, nicht wahr?«, lächelt sie und dreht sich kokett im Kreis.

»Natürlich. Niemand arbeitet so hart wie du«, antworte ich grinsend. »Aber um deine Frage zu beantworten: Die Antwort lautet Nein! Denn wie du weißt, habe auch ich hart gearbeitet und morgen … tatata, Trommelwirbel … beginnt endlich mein Urlaub!«

»Als ob ich das nicht wüsste. Du redest seit Wochen von nichts anderem. Ich wollte dich nur ein bisschen foppen!« Leni grinst. Wir arbeiten als Assistenzärztinnen im *DRK Klinikum* im Berliner Westend und haben in den letzten Jahren wirklich bis zum Umfallen geackert, nicht nur in der Klinik. Wir kennen uns schon seit unserem Studium an der *Charité*, auf welcher mich die ehrgeizige Leni stets zu mehr Fleiß inspirierte.

»Wo soll die Reise denn hingehen? Bestimmt hat dich dein gut verdienender Anwalt zu einer herrlichen Traumreise eingeladen. Schließlich mussten wir in Corona-Zeiten lange genug zu Hause bleiben und konnten von Urlaub nur träumen!«, plappert Leni weiter und schlüpft in ihren alten dunkelblauen Dufflecoat, der irgendwie nicht so recht zu den neuen coolen Stiefeletten passen will.

»Ich fürchte, ich muss dich enttäuschen. Bis jetzt war von keiner Traumreise die Rede. Vincent arbeitet gerade an einem großen Fall von Versicherungsbetrug. Ich denke, ich werde mit Tina einfach ein paar Tage aufs Land fahren. Oder an die Ostsee. Und endlich einmal ausschlafen!«

Ein Blick auf meine Uhr sagt mir, dass ich schon wieder viel zu spät dran bin. »Arbeitet er nicht immer an einem ›großen Fall‹, dein lieber Vincent?«, antwortet Leni grinsend.

»Das kann schon sein. Aber für mich ist das absolut in Ordnung. Ein anderer Mann hätte doch überhaupt kein Verständnis für meine Lebenssituation.«

»*Hat* er denn Verständnis für deine Lebenssituation?« Lenis Augenbraue ist misstrauisch hochgezogen, als sie mich fest an sich drückt. Ich denke nicht, dass sie eine Antwort erwartet, deshalb sage ich nichts, sondern drücke sie ebenfalls fest. »Erhole dich gut, Süße. Du hast es mehr als verdient! Und falls du doch zu einer Traumreise aufbrechen solltest, vergiss nicht, mir ein Foto zu schicken. Ich bin ja schließlich kein neidischer Mensch.« Leni grinst mich an.

»Eine Traumreise wird es auf jeden Fall. Auch wenn diese nur aus Ausschlafen und Spielen mit Tina besteht! Bis bald, und nimm dich vor dem neuen Kollegen auf der Inneren in Acht. Der sieht unverschämt gut aus, alle Schwestern sind schon verliebt in ihn.«

Ich zwinkere Leni zu und husche aus der Tür. Wie ich es bei diesem Verkehr pünktlich zum Kindergarten schaffen soll, ist mir ein Rätsel. Dabei bin ich wirklich froh, dass ich für mein Tinchen vor vier Jahren einen Platz im Kindergarten *Sonnenschein*, der sich ganz in der Nähe von unserem Zuhause befindet, ergattert habe. Um jederzeit, auch zu meinen manchmal unmöglichen Schichtzeiten, problemlos zur Klinik, zum Kindergarten und nach Hause hin- und herfahren zu können, gönne ich mir den Luxus eines kleinen VW Polos, mit welchem ich mich jetzt in den dichten Berliner Freitagabendverkehr einfädle.

Fieberhaft überlege ich, was ich auf die Schnelle zum Abendessen zubereiten kann. Fischstäbchen und Kartoffelpüree? Nein, lieber Spaghetti Napoli. Tina liebt sie so sehr, und heute soll es zum Ferienauftakt auch ein leckeres Mahl für sie sein, auch wenn wir dafür noch kurz in dem kleinen Supermarkt bei uns um die Ecke einkaufen müssen.

Meine Güte, das darf doch nicht wahr sein! Ich habe das Gefühl, dass ausgerechnet heute jede Ampel rot ist. Mein Handy klingelt. Bestimmt ist es Elke Braun, die Leiterin des Kindergartens, die mich fragt, wo ich bleibe. Doch nein, es ist Vincent, mein »gut verdienender Anwalt«, wie sich Leni eben ausgedrückt hat. Es stimmt, Vincent ist Anwalt in einer der renommiertesten Kanzleien, die sich in Berlin auf Wirtschaftsrecht spezialisiert hat. Er verdient im Gegensatz zu mir einfach unfassbar viel Geld und verfügt nicht nur über einen neuen Porsche, sondern darüber hinaus über ein sehr edel und schick möbliertes Apartment in Berlin-Mitte, welches er meinetwegen nicht aufzugeben gedenkt, da er in einem Haushalt, in dem ein Kind permanent Unordnung verbreitet, seinen eigenen Worten zufolge nur sehr schlecht leben und arbeiten kann. Wir haben uns vor zwei Jahren im *Bodemuseum* kennengelernt und treffen uns seither regelmäßig zweimal die Woche, meist mittwochs und samstags, manchmal sogar inklusive Übernachtung und anschließendem Frühstück. Ich denke an Lenis Worte. Ist Vincent der Mann, der »Verständnis für meine Lebenssituation hat«? Darüber habe ich noch nie ernsthaft nachgedacht. Er arbeitet genauso viel wie ich, sehr wahrscheinlich sogar viel mehr. Allerdings hat er kein Kind, um das er sich nach Feierabend kümmern muss, denn Tina ist nicht seine Tochter. Wir streiten uns oft, weil er der Meinung ist, dass ich die wenige Zeit, die mir zur Verfügung steht, lieber mit Tina als mit ihm verbringe. Und damit hat er weiß Gott nicht so ganz unrecht. Natürlich wäre es mir am liebsten, wir könnten mehr Zeit zu dritt verbringen, doch ich spüre weder von seiner noch von Tinis Seite den Wunsch danach. Ich wundere mich, dass sich Vincent um diese Zeit meldet. Er müsste noch im Büro sein, außerdem ist Freitag und kein Vincent-Tag. Somit kann es bei dem Festessen mit Tina und den Spaghetti Napoli bleiben. Ich könnte Vincent dazu einladen, doch er isst keine Pasta wegen der Kohlenhydrate, weswegen wir meist in irgendeinem Steakhouse landen, wenn wir zusammen essen gehen.

»Liebling, bist du schon angezogen?«, höre ich nun seine tiefe, männliche Stimme über die Freisprechanlage in meinem Auto.

»Ob ich schon angezogen bin?«, erwidere ich lachend. »Weißt du, wie spät es ist? Ich habe gerade Feierabend gemacht und bin auf dem Weg zum Kindergarten, um Tina abzuholen.«

»Du hast jetzt erst Feierabend gemacht? Armer Schatz«, antwortet Vincent, und ich höre ihn nebenbei in irgendwelchen Unterlagen rascheln. »Du wirst doch aber trotzdem in einer Stunde fertig sein?«, hakt er nach.

Fertig sein? Wozu? Ich versuche fieberhaft, mich zu erinnern. Wie immer, wenn ich in Stress gerate, fällt es mir schwer, meine Gedanken zu ordnen.

»Amanda, sag jetzt nicht, du hast vergessen, dass wir heute mit der Kanzlei den Ausgang des Kögel-Prozesses feiern wollen? Ich bin in einer Stunde bei dir, das wird knapp genug, wenn wir um 19 Uhr im *Hugos* sein wollen.«

Verdammt, verdammt, verdammt. Diese Feier habe ich wirklich vergessen. Dabei weiß ich, wie viel sie ihm bedeutet. Seine beiden Chefs sowie die beiden Kollegen und Kolleginnen werden anwesend sein, nebst Partner/innen. Kürzlich habe ich noch daran gedacht, ich wusste nur das genaue Datum nicht mehr. Warum habe ich nicht nachgefragt? Andererseits hätte Vincent es am Mittwoch erwähnen können, als er nach Feierabend kurz bei mir vorbeikam, aber wahrscheinlich hat er selbst nicht mehr daran gedacht, und jemand im Büro hat ihn heute daran erinnert. Jedenfalls kann ich das unmöglich absagen, auch wenn mir so gar nicht nach langweiliger Anwalts-Fachsimpelei und steifem Herumgesitze ist.

»Du hast es vergessen, stimmt's?« Vincent klingt verstimmt.

»Keineswegs«, lüge ich, »ich habe mir extra ein Kleid dafür gekauft.« Ich lege ein Lächeln in meine Stimme, damit er meine Müdigkeit und mein Desinteresse nicht bemerkt.

Was das Kleid angeht, werde ich improvisieren und in Tante Hildas Schrank herumstöbern müssen. Zum Glück ist sie ein totaler Modefreak und besitzt eine wirklich ausgezeichnete Auswahl an besonderen Kleidern, von denen Vincent die meisten noch nicht kennt. Sie ist nur ein klein wenig dicker als ich, sodass mir ihre Sachen in der Regel passen oder ich sie jederzeit problemlos mit einem Gürtel auf Figur bringen kann.

»Das klingt toll!«, erwidert er mit einem Seufzer der Erleichterung. »Dann also bis gleich!«

Schon hat er aufgelegt.

So ein Mist! Jetzt blockiert auch noch ein Lieferwagen die Straße. Seelenruhig steigt der Fahrer aus, öffnet die Heckklappe und beginnt, mehrere große Pakete auszuladen. Ich drücke auf die Hupe. Das darf doch nicht wahr sein! Wie soll man denn jetzt hier durchkommen? Ich sehe mich um. Hinter mir sind jede Menge Autos, die ebenfalls hupen. Der Lieferant lässt sich trotzdem Zeit. Ich verstehe ja, dass er irgendwo anhalten und seine Ware abliefern muss, aber er blockiert wirklich die ganze Straße. Vorsichtig setze ich den Polo zurück. Dann wieder ein Stückchen vor … ich schlage die Lenkung ein. Noch einmal zurück und es gelingt mir zu wenden. Welch ein Glück, ein so kleines Auto sein Eigen zu nennen! Nun muss ich die ganze Straße zurückfahren, und natürlich ist die Ampel an der Kreuzung wieder rot. Das ist ein Riesenumweg, und ich fühle mich total gestresst. Jetzt noch pünktlich zum Kindergarten zu gelangen, ist ausgeschlossen. Ganz zu schweigen von der Verabredung mit Vincent. Mit quietschenden Reifen biege ich in die Straße zum Kindergarten ein. Während ich nach einem Parkplatz in der Nähe Ausschau halte, frage ich mich, wie ich diesen für Vincent so wichtigen Termin einfach so vergessen konnte. In den letzten Jahren hatte ich mir angewöhnt, mein Gedächtnis täglich zu trainieren und darüber hinaus alles, was wirklich wichtig war, in meinem Handy auf Erinnerung zu setzen. Warum hatte ich das diesmal versäumt? In der nächsten Querstraße entdecke ich plötzlich eine kleine Parklücke. Schon, als ich den kleinen Polo in die winzige Lücke zwänge, wird mir klar, dass Tina und ich klitschnass werden. Der Regen, der uns schon den ganzen Tag begleitet hat, hat merklich zugenommen und der Wind ordentlich aufgefrischt. Als ich um die Ecke biege, geht mir auf einmal das Herz auf. Die kleine blonde Tina, die eigentlich Valentina heißt, sich aber selbst nur als Tina bezeichnet, seitdem sie ein Kleinkind ist, steht in ihrem roten Mäntelchen mit ihrer *Pippi-Langstrumpf*-Pausentasche vor dem Kindergarten, neben ihr die Kindergärtnerin, die ihr fürsorglich einen Schirm über den Kopf hält und mir gerade einen ärgerlichen Blick zuwirft. Demonstrativ blickt sie auf ihre Uhr und verdreht die Augen.

»Frau Fischer, so geht das nicht weiter …«, beginnt sie vorwurfsvoll. »Das ist nun schon das dritte Mal in dieser Woche, dass Sie zu spät kommen. Die anderen Eltern schaffen es auch irgendwie, ihre Kinder pünktlich abzuholen. Ich kann und will nicht jedes Mal Ihretwegen Überstunden machen!«

»Ich weiß, es tut mir auch so leid, Frau Braun. Es wird nicht wieder vorkommen, versprochen!«, antworte ich atemlos und nehme Tinas kleine Hand. Mir ist bewusst, dass dies eine dreiste Lüge ist, denn ich komme selten genug pünktlich aus dem Krankenhaus. Aber die nächsten drei Wochen habe ich ja nun erst einmal frei, und somit steht einem pünktlichen Feierabend der Kindergartenbelegschaft nichts im Wege.

»Vielen Dank noch einmal und einen schönen Abend!«,

rufe ich Frau Braun zu, und schon sind Tina und ich unterwegs zu unserem Auto.

»Mami, warum rennst du denn so?«, fragt mich Tina, obwohl ihr anzusehen ist, dass ihr der kleine Sprint merklich Spaß macht. Sie lächelt breit und zeigt ihre Zahnlücke, auf die sie besonders stolz ist.

»Na, wir wollen doch nicht nass werden, oder?«, antworte ich grinsend.

Meine ohnehin nicht vorhandene Frisur wird durch den Regen total zerstört, und ich habe keine Ahnung, wie ich es schaffen soll, heute Abend einigermaßen passabel auszusehen.

Insgesamt war der Frühling in Berlin, was das Wetter betrifft, bisher eine einzige Enttäuschung. Nachdem in den ersten drei Monaten des Jahres nur graues, nasskaltes Wetter vorgeherrscht hat, hatten wir uns auf den April und die ersten warmen Sonnenstrahlen gefreut. Doch obwohl sich dieser Monat bereits dem Ende zuneigt, müssen wir immer noch unsere warmen Jacken tragen und können von einem Cappuccino oder einem Eis im Straßencafé nur träumen.

»Mami, die Lilli wurde heute von ihrem Papa abgeholt«, plaudert meine Kleine jetzt munter los. »Ihr Papa will mit ihr ein neues Fahrrad kaufen gehen.«

»Das klingt ja toll«, antworte ich geistesabwesend, während ich versuche, mich in den dichten Verkehr einzufädeln.

»Warum hab ich eigentlich keinen Papa?«, fragt Tina nun unvermittelt, obwohl sie mir diese Frage schon einige Male gestellt hat. Vermutlich war die Antwort nicht recht befriedigend, weswegen das Thema immer wieder auftaucht.

»Das weißt du doch, mein Schätzchen. Dein Papa und ich … wir haben einfach nicht zusammengepasst und uns deshalb getrennt. So wie die Eltern von deiner Freundin Anni. Die haben sich ja ganz oft gestritten, und deshalb wohnt Annis Papa jetzt woanders.«

»Ja, aber Annis Papa holt sie trotzdem manchmal ab! Warum kommt mich meiner denn nie besuchen? Ich hab doch keinen Streit mit ihm!«

Tinas Logik ist einfach unübertrefflich.

»Weißt du, dein Papa wohnt gaaaaanz weit weg und muss immer sehr viel arbeiten. Da kann er nicht mal schnell kommen und mit dir ein Eis essen gehen.«

Ich werfe einen Blick in den Rückspiegel und sehe Tina an, dass auch diese Antwort für sie nicht zufriedenstellend ist.

»Auch nicht, wenn er Urlaub hat?«, hakt sie nach.

Ich atme tief durch.

»Er hat nie Urlaub. Aber dafür fahren wir beide bald zusammen weg!«

»Ehrlich? Au ja!«

Glücklicherweise lässt sich Tina immer schnell ablenken.

Das Haus, in dem wir wohnen, ist vom Kindergarten aus schnell erreicht, weswegen Tina und ich an meinen freien Tagen meist zu Fuß gehen. Denn auch hier gilt das gleiche Parkplatzproblem wie eben vor dem Kindergarten. Obwohl wir eine Anwohner-Parkkarte besitzen, findet sich nur selten auf Anhieb ein freier Platz. Das ist einer der großen Nachteile Berlins, auch wenn ich inzwischen durchaus die Vorzüge zu schätzen weiß. Als Landei war ich vor vielen Jahren zuerst erschlagen gewesen von den vielen Menschen, dem Lärm und der Hektik der Großstadt. Schnell hatte ich mich jedoch daran gewöhnt, auch an die vielen Ablenkungen und Zerstreuungen, die Berlin zu bieten hat. Leider ließen mir mein Studium und mein kleines Töchterchen in den vergangenen Jahren nicht wirklich viel Zeit, um die unglaublich spannenden kulturellen Angebote zu genießen. Seitdem ich jedoch Vincent kenne, habe ich mehr Theateraufführungen und Ausstellungen besucht als in den Jahren zuvor.

Unsere kleine charmante Dreizimmerwohnung befindet sich in einem hübschen Altbau und verfügt über hohe Stuckdecken und ein ganz reizendes, mit Rosenkacheln gefliestes Bad.

Das Beste daran ist jedoch, dass meine Tante Hilda nur ein Stockwerk über uns wohnt. Als ich vor sieben Jahren in Berlin ankam, bot sie mir wie selbstverständlich ein Zimmer in ihrer Wohnung an, welches ich zuerst allein und später mit Tina bewohnte. Ich weiß nicht, ob und wie ich ohne Tante Hildas Hilfe mein Studium geschafft hätte. Etwa ein Jahr nach meinem Einzug bei Hilda wurde die Wohnung unter ihr frei. Dank Hildas unglaublichem Charme und ihrer Überredungskunst gegenüber dem Vermieter bekamen Tina und ich den Zuschlag, auch wenn ich zu diesem Zeitpunkt noch Studentin war und nebenbei das Geld für die Miete durch Aushilfsjobs in der Hotellerie verdienen musste. Natürlich war es ein Segen, mein kleines Mädchen von einer nahestehenden Verwandten im selben Haus betreut zu wissen. Auch jetzt noch, da Tina schon sechs Jahre alt ist und bald in die Schule gehen wird, ist Hilda für uns beide unersetzlich. Gerade an Tagen wie heute, wenn Vincent mit mir ausgehen möchte, kann ich Tina problemlos bei ihr abgeben und muss dazu nicht einmal das Haus verlassen. Natürlich war die Kleine zuerst enttäuscht zu erfahren, dass ich den heutigen Abend nicht mit ihr verbringen konnte, doch kaum, dass wir bei Hilda geklingelt haben, grinst sie über das ganze Gesicht. »Oma, kann ich bei dir schlafen?«, ruft sie fröhlich. Tina nennt Hilda Oma, auch wenn sie eigentlich ihre Großtante ist. Tina hat keine richtige Großmutter, und so war eben Hilda von Anfang an ihre Oma. Hilda ist die Schwester meiner Mutter Gunilla und vor vielen Jahren aus Schweden der Liebe wegen nach Berlin gekommen. Den Mann dazu gibt es schon lange nicht mehr, aber Hildas Liebe zu Berlin ist geblieben. Hier fühlt sie sich nach eigenen Angaben frei, hier kann sie ihre Kunst ausleben und sich mit Leuten treffen, die mindestens genauso verrückt sind wie sie. In ihrer Wohnung riecht es immerzu nach frischer Farbe, weil sie ständig mit einem neuen Bild beschäftigt ist. Hilda ist Malerin, nicht sonderlich erfolgreich, aber zumindest kann sie einigermaßen davon leben, nicht zuletzt seitdem sie Malkurse an der Volkshochschule gibt und auf Märkten für Touristen ihre selbst gemalten Bilder von Berlin anbietet. Tina liebt das Malerzimmer ihrer »Oma« und hat ständig selbst einen Pinsel in der Hand, wenn sie dort ist.

»Natürlich kannst du bei mir schlafen! Wir backen Pfannkuchen und danach …«, Hildas Stimme wird leise, »… schauen wir noch ein bisschen Märchen im Fernsehen an. Das braucht die Mami ja nicht zu wissen!«

»Au ja!« Tina ist begeistert, wirft ihre Kindergartentasche in den Flur und verschwindet im Malerzimmer.

»Danke, du bist ein Schatz!« Ich umarme Hilda. »Wenn ich dich nicht hätte! Bevor ich gehe, bringe ich noch Tinis Schlafanzug und ihre Hausschuhe hoch, und den Teddy natürlich. Sag mal …«

Gerade will ich Hilda fragen, ob sie etwas Hübsches zum Anziehen für mich hat, da antwortet sie schon: »Bedien' dich! Was ist denn der Anlass für diesen spontanen Oma-Einsatz ... heute ist doch erst Freitag? Zum Glück habe ich Hajo abgesagt, der mich ins Kino einladen wollte. Jeden Tag will ich ihn auch nicht sehen!« Hilda lacht.

Hajo ist Hildas Freund, aber es sieht beinahe so aus, als ob sie ihn schon ein wenig über hätte. Kein Wunder, denn Hajo, oder Hans Joachim, wie er eigentlich heißt, ist ein sehr bodenständiger, zuweilen etwas langweilig anmutender Mann, und Tante Hilda ist nun einmal eine lebenslustige Künstlerin und mit ihren 61 Jahren, den hellblonden Haaren und blauen Augen, die wir Frauen alle bis auf Tina in der Familie haben, immer noch eine sehr attraktive Frau.

»Ach, so ein langweiliges Arbeitsessen mit den Kollegen von Vincent. Sie feiern den erfolgreichen Abschluss eines wichtigen Prozesses und werden sicher den ganzen Abend von nichts anderem reden. Glaub mir, ich würde lieber mit euch Pfannkuchen essen und Märchen anschauen!«, sage ich, während ich in Hildas Kleiderschrank herumstöbere.

»Wow ... was ist denn das hier?« Ich ziehe ein schwarzes schlichtes Minikleid heraus, welches einen mit Perlen bestickten hochgeschlossenen Kragen besitzt.

Hilda setzt ihre Brille auf. »Ach das ... das ist noch aus den 70ern. Das steht dir bestimmt super mit deinen langen Beinen!«

»Es ist einfach traumhaft ... und für den Anlass perfekt. Schlicht, aber wirkungsvoll. Darf ich es ausleihen?«

»Welche Frage? Und jetzt schwirr ab. Ich nehme mal an, der Herr Anwalt wird nicht so gerne auf dich warten wollen.« Hilda verdreht die Augen.

Wie recht sie doch hat. Mir bleiben noch 20 Minuten für das Make-up und um die Haare hochzustecken, denn die Zeit, sie zu waschen, habe ich nicht mehr. Dadurch wird der tolle Kragen noch viel besser zur Geltung kommen. Um das schlichte Kleid ein wenig aufzupeppen, suche ich meine schwarzen Lackpumps mit den hohen Absätzen heraus und trage knallroten Lippenstift auf. Mein blondes hochgestecktes Haar ziert die Perlenhaarspange, die mir einst meine Mutter zum Abiball geschenkt hat, ebenso wie die schlichten Perlenohrringe. Zeit zum Lackieren der Nägel habe ich nicht mehr, aber ich bin fertig! Bereits eine Viertelstunde später stehe ich mit Tinas Schlafutensilien und ihrem Teddy erneut vor Hildas Tür.

»Donnerwetter«, ruft Hilda begeistert aus. »Er wird dir einen Heiratsantrag machen, wenn er dich so sieht!«

Bei diesen Worten äugt Tina misstrauisch aus der Küche. Offenbar haben die beiden schon mit den Pfannkuchen angefangen. Irre ich mich, oder scheint ihr dieser Gedanke an eine mögliche Heirat ihrer Mami und Vincent nicht so zu gefallen? Nur gut, dass daran beim besten Willen im Moment nicht zu denken ist. Weder glaube ich, dass Vincent auf diese Idee käme, noch kann ich mir im Moment vorstellen, unser Leben in irgendeiner Form zu verändern. Ich drücke Tina einen Kuss auf die Backe und streiche ihr die blonden Fransen aus der Stirn. »Viel Spaß, ihr beiden. Ich komme nicht spät!«

»Auch dir einen schönen Abend, mein Liebes!«, antwortet Hilda, und Tina wirft mir eine letzte Kusshand zu. »Amüsiere dich … man ist nur einmal jung!«

Schon piept mein Handy, es ist das Signal, dass Vincent mit laufendem Motor vor der Tür steht.

*

»Das ist also das neue Kleid? Sehr chic … wenn auch ein wenig hochgeschlossen«, begrüßt mich Vincent, ohne zu lächeln. So viel zum Thema: »Er wird dir einen Heiratsantrag machen, wenn er dich in diesem Kleid sieht.«

»Danke. Du siehst auch ganz nett aus«, antworte ich daher, und es ist kein bisschen spaßig gemeint. Vincent jedoch grinst, und wir brausen los in den verregneten Frühlingsabend.

»Ich hätte ja nicht gedacht, dass du pünktlich fertig wirst«, setzt er das Gespräch fort. Als ich darauf nicht antworte, wird ihm möglicherweise bewusst, dass er die falschen Worte gewählt haben könnte. Seine Stimme wird versöhnlicher.

»Ich habe eine Überraschung für dich«, beginnt er geheimnisvoll.

Mit Überraschungen habe ich es eigentlich nicht so. Meist läuft es darauf hinaus, dass ich zu Aktionen verdonnert werde, zu denen ich keine Lust habe. Ich versuche dennoch, mich darauf einzulassen, und lächle Vincent herzlich an. »Eine Überraschung? Was ist es denn?«

»Nun, eigentlich wollte ich dir erst später davon berichten. Aber wer weiß, wie lange der Abend dauern wird. So lange kann ich es einfach nicht für mich behalten.«

Vincent grinst. »Stell dir vor: Mark hatte für sich und seine Frau eine Reise auf die Malediven gebucht. Da er aber derart mit dem Fall Krohn beschäftigt ist, kann er unmöglich weg. Und nun hat er mir beziehungsweise uns diese Reise zu einem Spottpreis angeboten! Zwei Wochen Traumstrand, Tauchen, *Pina Colada* unter Palmen … was sagst du?«

Erwartungsvoll sieht er mich an, während er den Porsche durch den dichten Verkehr in Berlin-Mitte steuert.

»Die Malediven ...?« Meine Freude ist verhalten.

»Ja, ist das nicht fantastisch? Endlich einmal Sonne, Strand und nur wir beide.«

»Nur wir beide? Und was ist mit Tina?«, hake ich nach.

»Tina kann doch bei Hilda bleiben, da ist sie doch so gerne. Es ist nur eine Reise für zwei Personen, und das Hotel ist ein Fünf-Sterne-Luxus-Resort mit kleinen Bungalows am Strand, leider nur für Erwachsene. Die wollen wahrscheinlich kein Kindergeschrei am Pool. Am Montag geht's los!«

»Moment, Vincent. Du weißt, wie lange ich mich schon auf meinen Urlaub gefreut habe. Und das klingt auch erst einmal nicht schlecht mit Sonne und Strand und so. Aber du weißt auch, dass ich mich darauf gefreut habe, endlich einmal etwas mehr Zeit für Tina zu haben.«

»Für Tina? Und was ist mit mir? In letzter Zeit haben wir uns immer nur auf einen Sprung gesehen. Deine Schichtdienste haben es ja leider unmöglich gemacht, dass wir auch nur hin und wieder einmal ein ganzes Wochenende zusammen verbringen konnten. Also, ich muss schon sagen, etwas mehr freuen könntest du dich schon! Auch wenn diese Reise vergünstigt angeboten wurde, so ist sie immer noch schweineteuer.«

Vincent gibt Gas, der Motor des Porsches heult auf, und ich werde in den Sitz gepresst. Sein aggressives Fahrverhalten zeigt mir, dass er sauer ist.

Auf einmal fühle ich mich unendlich müde. Mein Kopf tut weh, ich bin überarbeitet und möchte nach Hause.

Vincent hat recht. Wir sehen uns kaum, und wenn, dann habe ich ein schlechtes Gewissen wegen Tina. Andererseits ist sie nun einmal mein Kind, für das ich Verantwortung trage und das ich über alles liebe. Wieder fallen mir Lenis Worte ein, ob Vincent wirklich der Mann ist, der Verständnis für mein Leben hat. Im Moment sieht es nicht danach aus.

Da ich weiß, wie wichtig ihm der heutige Abend ist, und auch weil ich Angst habe, dass wir uns richtig streiten und ich am Ende mit verweinten Augen das noble Restaurant *Hugos* betreten muss, schlage ich versöhnlichere Töne an.

»Lass uns später darüber reden, Liebling. Erst einmal machen wir uns einen ganz schönen Abend, ja?« Auch wenn mir mehr nach Couch und Märchenstunde ist.

*

Das Ambiente im *Hugos* ist unbeschreiblich schön. Hoch über den Dächern Berlins hat man einen fantastischen Ausblick auf den Zoo mit seinen vielen Teichen und den Tiergarten. Sanftes Abendlicht beleuchtet in der Ferne die hohen Gebäude am Potsdamer Platz. Unten tobt das Großstadtleben, doch hier oben bekommt man davon so gut wie nichts mit. Man kommt sich vor wie in einer anderen Welt, so ruhig ist es hier. Gedämpftes Licht und sanfte Barmusik verstärken den Wohlfühleffekt. Ein Kellner bringt uns höflich zum Tisch der Kanzlei von *Friedrich & Partner*. Stefanie von Friedrich, eine gepflegte Frau in den 50ern, lächelt mir freundlich zu. Ihr Mann Hubertus, einer der Chefs von Vincent, erhebt sich, um uns zu begrüßen. Auch Vincents anderer Chef Jürgen Elsner begrüßt uns freundlich und stellt uns seine erheblich jüngere Frau Anja vor. Anja ist mindestens ebenso hübsch wie Paulina, Vincents neue Kollegin, welche offenbar alleine hier ist, im Gegensatz zu Mark, Vincents Kollege, welcher seine Frau Iris mitgebracht hat. Wie es zu erwarten war, sind alle anwesenden Damen perfekt und teuer gekleidet und frisiert. Nach einer kurzen Begrüßung seitens der Geschäftsführer unterhalten sich alle, als würden sie sich ewig kennen. Außer Mark und Iris, mit denen wir schon des Öfteren das Vergnügen hatten, essen zu gehen, was im Wesentlichen nichts anderes bedeutete als eine Fortsetzung der Kanzleigespräche nach Feierabend, kenne ich niemanden näher. Natürlich habe ich alle Kollegen – bis auf Paulina – und die beiden Chefs schon einmal in Vincents Büro gesehen, als ich ihn abgeholt habe.

Schon ist auch der Sommelier zur Stelle, der die entsprechenden Weine zum ausgewählten Menü empfiehlt. Die Herren scheinen sich in der Auswahl übertreffen zu wollen und geben ihr Wissen über die einzelnen Rebsorten und Jahrgänge zum Besten, während die Damen sich nahezu einig sind, dass sie am liebsten beim Champagner, mit dem wir auf den erfolgreichen Prozessausgang angestoßen haben, bleiben würden.

»Wie wäre es mit einem schönen Bodenseewein?«, frage ich unvermittelt.

Die Herren sehen mich an, als sei ich verrückt geworden.

»Bestimmt gibt es am Bodensee auch leckeren Wein. Aber ich dachte doch eher an einen *Chateau Petit Village* aus dem Bordeaux oder einen Châteauneuf-du-Pape aus dem Rhonetal, alternativ dazu einen guten Riesling von der Saar«, antwortet Hubertus von Friedrich. Ich lächle, obwohl ich trotzdem gerne fragen würde, ob überhaupt einer der Weinkenner hier am Tisch jemals einen der leckeren Bodenseeweine, die aus den wunderbaren Trauben, die auf den sonnigen Hängen meiner Heimat gereift sind, gekostet hat.

So langsam setzt die Wirkung des Champagners ein und beginnt, für einen gewissen Moment meine Müdigkeit zu vertreiben und meine Stimmung leicht zu heben.

Dennoch kann ich den Gesprächen kaum mehr folgen.

Die Anwälte hören nicht auf, sich gegenseitig zu beweihräuchern und auf den gewonnenen Prozess sowie auf alle weiteren Fälle, die sie zu gewinnen denken, anzustoßen.

Überwiegend unterhält man sich über Klienten, Verträge und deren Klauseln. Kommt das Gespräch doch einmal zu etwas Privatem, so scheinen Golf, Tennis und Autos das Gespräch zu bestimmen. Die Damen, außer Paulina natürlich, welche offenbar die Spielregeln in der Kanzlei trotz ihrer Jugend bereits bestens zu beherrschen scheint, plaudern über die neueste Designermode im *KaDeWe* oder *Lafayette* sowie die fast aussichtslose Chance, einen nur annähernd so guten Friseur wie Udo Waltz (Gott hab ihn selig!) zu finden. Beides Themen, zu denen ich als alleinerziehende, berufstätige Mutter keinen Beitrag leisten kann. Während ich die tolle Aussicht aus dem Fenster betrachte, denke ich daran, wie anders doch mein Leben als das der anderen hier am Tisch ist. Ich denke an den Tag, der hinter mir liegt … an die gesamte Woche, an all die Monate, in denen mein Leben im Wesentlichen daraus bestand, dem Klinikalltag einigermaßen gerecht zu werden. An die vielen Menschen mit Schmerzen nach ihren Operationen, an Angehörige, die still vor sich hin weinten, weil sie die Krebs- oder sonstige schwere Diagnose ihrer Mutter oder ihres Vaters nicht verkrafteten, an die Krankenschwestern, die Tag für Tag, Nacht für Nacht und an Sonn- und Feiertagen ihr Bestes gaben, um für die vielen Kranken da zu sein. Und am

Ende des Monats vermutlich weniger als das, was heute Abend auf der Rechnung für das Essen stehen würde, zu verdienen. Ein Verdienst, der gerade reicht, um die normalen Lebenshaltungskosten zu bestreiten. Jede von ihnen würde sich vermutlich glücklich schätzen, bekäme sie das Angebot eines Malediven-Urlaubs. Als könne er meine Gedanken lesen, spricht mich Hubertus von Friedrich plötzlich an: »Sie sind ja so nachdenklich, meine Liebe? Arbeitet unser Vincent ein bisschen zu viel? Nun, wie ich hörte, haben Sie beide ja nun erst einmal einen wohlverdienten Urlaub vor sich.«

Mark strahlt mich an. »Ich freue mich total, dass ihr so spontan eingesprungen seid. Wir hatten keine Reiserücktrittsversicherung …«

»Und das als Anwalt!«, unterbricht ihn seine Frau Iris lachend.

»… somit hätte uns die Stornierung ganz schön was gekostet. Dafür könnt ihr euch nun auf die Malediven freuen, während wir hier weiterschuften!« Es ist kein Vorwurf, Mark grinst über das ganze Gesicht und bedankt sich beim Kellner, der gerade eine neue Runde Wein eingießt.

»Ich glaube, Amanda freut sich gar nicht richtig«, fällt Vincent ihm ins Wort. »Die Aussicht auf Tauchen im Meer und Sonnenbaden an einem Traumstrand ist natürlich auch etwas sehr Unangenehmes!« Vincent will es wie einen Witz klingen lassen, doch der Gag verpufft. Alle sehen mich erstaunt an. Besonders Paulina. Sie streicht sich das lange dunkle Haar zurück, sodass ihre funkelnden rubinroten Ohrringe zur Geltung kommen.

»Also, ich hätte nichts gegen ein paar Tage im Bikini am Strand einzuwenden«, sagt sie mit einem Lächeln zu Vincent. Sicher hätte sie nichts dagegen. Es ist ohnehin offensichtlich, dass sie Vincent anhimmelt, während sie mir einen giftigen Blick zuwirft. Ihre schlanke Figur steckt in einem hautengen schwarzen Overall, und ich kann mir gut vorstellen, wie sie den Männern in der Kanzlei und den Klienten gleichzeitig den Kopf verdreht.

»Im letzten Jahr habe ich einen Tauchurlaub auf Mauritius verbracht. Das war einfach himmlisch. Ach, ich beneide euch ja so!«, flötet Paulina erneut in Vincents Richtung.

»Also, ich glaube, Tauchen wäre auch nicht so meins«, kommt Stefanie von Friedrich mir zu Hilfe. »Allerdings ist die Vorstellung, an einem Traumstrand zu liegen und endlich Zeit für all die Bücher zu haben, die man schon ewig lesen wollte, doch sehr verführerisch!«

»Und ein wenig Zweisamkeit auch«, kommt es von Anja mit einem Seitenblick auf ihren Mann, der mit Sicherheit ebenso viel arbeitet wie der Rest der Anwälte in der Kanzlei.

Ich habe das Gefühl, der Champagner und der Wein steigen mir bereits zu Kopf. Dadurch, dass ich den ganzen Tag nicht viel gegessen habe, merke ich bereits, wie der Alkohol mein Gesicht glühen lässt. Ich muss von dieser Tischrunde weg, weg von diesen inhaltslosen Gesprächen. Um mich ein wenig mit kaltem Wasser abzukühlen und auch, weil ich nicht weiß, was ich zu diesem vermaledeiten Malediven-Urlaub sagen soll, zu dem ich ohne mein Tinchen absolut keine Lust habe, entschuldige ich mich kurz und gehe zu den Waschräumen. Dort lasse ich erst einmal etwas kaltes Wasser über meine Handrücken laufen, dann nehme ich mein Handy aus der Tasche, um zu sehen, ob zu Hause alles in Ordnung ist, selbst wenn ich weiß, dass Hilda mich nur im äußersten Notfall anrufen würde.

Zwei Anrufe in Abwesenheit. Beide von Hilda.

Ich rufe sofort zurück, es muss etwas passiert sein, da bin ich ganz sicher. Wäre ich nur nicht fortgegangen!

»Hör mal, Amanda ... du weißt, ich störe dich nur äußerst ungern, aber kannst du bitte baldmöglichst nach Hause kommen?« Hildas Stimme klingt ernst.

»Hilda, was ist los? Ist etwas mit Tina?« Mein Herz rast. Valentina ist der wichtigste Mensch in meinem Leben, es darf einfach nichts passiert sein.

»Beruhige dich, Liebes. Mit Tinchen ist alles in Ordnung. Sie schläft tief und fest seit dem Sandmännchen. Es ist ...«

»Nun sag schon, was los ist! Ich mache mir Sorgen ...«

»Die Sache ist die: Es gab einen Anruf. Aus dem *Rosenhaus*. Du sollst sofort nach Hause kommen.«

2. Kapitel

Heimat

Ich hätte mir nie träumen lassen, dass der Schmerz der Erinnerung so rücksichtslos zuschlagen kann. Doch nun ist er da, in meiner Brust, und ich weiß, er wird so schnell nicht wieder gehen. Jahre habe ich gebraucht, um all das zu verdrängen, was mich einst glücklich und zugleich unglücklich gemacht hat, bis zu jenem Tag, der mein Herz und mein ganzes Leben in Stücke riss. Doch nun klopft die Vergangenheit an die Tür meines jetzigen Lebens, das ich mir so mühsam aufgebaut habe, und ich weiß nicht, ob ich es schaffen werde, sie zu öffnen.

Ich brauche einige Minuten, um mich zu sammeln. Als ich die Tür zur Damentoilette öffne, steht Vincent davor. »Ist alles in Ordnung, Liebes?« Er sieht besorgt aus, doch ich bemerke auch die roten Augen, die von zu viel Arbeit und zu vielen Drinks berichten.

»Ich muss nach Hause. Es gibt schlechte Nachrichten«, sage ich.

»Oh Gott, ist etwas mit Tina?« Vincents Betroffenheit ist echt.

»Nein, mit Tini ist alles in Ordnung. Es gibt schlechte Nachrichten von zu Hause, von dort, wo ich herkomme.«

»Vom Bodensee?«

Vincent weiß so gut wie nichts von meiner Vergangenheit, ich habe ihm nur das Nötigste erzählt. So weiß er beispielsweise nur, dass ich am Bodensee geboren und aufgewachsen bin und wegen des Studiums nach Berlin gekommen bin. Es ist nicht so, dass ich ihm bewusst verschwiegen habe, was vor dieser Zeit geschehen ist. Es hat sich vielmehr nicht ergeben, sei es nun, weil er mich nie danach gefragt hat oder ich eben manche Dinge einfach weggelassen habe. Ganz zu schweigen von dem Teil meiner Vergangenheit, zu dem ich selbst keinen Zugang habe. Den Teil, den mein Unterbewusstsein fein säuberlich in Pakete gepackt, weggestellt und vor mir selbst verborgen hat.

Ich nicke. »Eine Nachbarin meines Vaters hat bei Hilda angerufen. Es scheint etwas passiert zu sein. Ich soll mich dort sofort melden.«

»Das kannst du ja gleich vom Handy aus!« Vincent scheint besorgt, dass wir möglicherweise die Feier verlassen müssen.

Ein tiefer Seufzer kommt aus meinem Inneren, als würde ich ahnen, dass dieser Anruf nichts Gutes bedeuten wird. Ich kann das unmöglich von hier aus erledigen, zwischen all den Menschen, die bei Essen und Wein einen unbeschwerten Abend verleben wollen.

»Es tut mir leid, Vincent ... ich weiß, wie viel dir dieser Abend bedeutet ... aber ich muss nach Hause.«

Vincent atmet tief durch. Die Enttäuschung ist ihm deutlich anzusehen. Heute Abend scheine ich alle zu enttäuschen, erst Tina und nun Vincent bereits zum zweiten Mal.

»Ich komme mit«, schlägt er plötzlich vor. Doch ich schüttle den Kopf.

Mein Blick fällt auf die heitere Gesellschaft. Paulina sieht direkt in unsere Richtung. Vermutlich fragt sie sich schon, wo wir so lange bleiben.

»Nein, Vincent, bitte nicht. Das ist euer Abend heute. Ich möchte ihn dir nicht kaputt machen. Hör zu, ich nehme mir ein Taxi, fahre nach Hause und kläre die Lage. Je nachdem, was passiert ist, kann ich ja vielleicht noch einmal wiederkommen. Bitte entschuldige mich bei den anderen!«

»Also gut. Soll ich nicht doch lieber mitkommen?«, bietet er mit ernster Miene an.

Ich schüttle wieder mit dem Kopf.

»Danke, das ist sehr lieb von dir. Aber es wäre unhöflich, wenn wir jetzt beide verschwinden. Ich melde mich, sobald es geht, bei dir.«

Nach einer kurzen Umarmung eile ich nach unten und bitte die Rezeptionistin, mir ein Taxi zu rufen.

Während das Taxi an der blau erleuchteten Gedächtniskirche, am bunten *Zoopalast* und am quirligen Bahnhof Zoo vorbeisaust, kreisen meine Gedanken um das, was mir Hilda eben gesagt hat. Ihre Stimme klang ernst, und das ist ebenso ungewöhnlich wie die Tatsache, dass sie mich überhaupt anruft, wenn ich mit Vincent unterwegs bin. Es muss etwas Wichtiges passiert sein. Mit meinem Vater, den ich seit sieben Jahren nicht gesehen habe.

Wenig später werfe ich einen kurzen Blick auf mein schlafendes Kind mit seinem Teddy im Arm. Dann wähle ich die Nummer, die Hilda für mich notiert hat. Das wäre nicht nötig gewesen, denn es ist die Telefonnummer des *Rosenhauses*, meines Elternhauses, welche ich selbstverständlich im Kopf habe.

Es klingelt nur einmal, dann ist Marianne, unsere Nachbarin und Mamas ehemalige Freundin, am Apparat.

»Amanda, es tut mir so leid … ich wollte dich nicht stören … aber dein Vater …«

Ich versuche, ruhig weiter zu atmen.

»Was ist mit Papa?«, frage ich. Dem ernsten Ton ihrer Stimme zufolge kann es nichts Gutes sein.

»Er ist im Krankenhaus. Um ehrlich zu sein, sieht es nicht gut aus. Es wäre besser …«

Marianne macht eine kurze Pause. »Es wäre besser, wenn du kommst. Am besten, so schnell wie möglich.«

»Was ist passiert?«, frage ich, während mein Herz rast. Ich kann mich nicht erinnern, dass mein Vater jemals krank war, und selbst wenn, dann hat er sich als Landarzt stets selbst kuriert.

»Er hatte einen Schlaganfall. Genaues kann man noch nicht sagen. Die Ärzte meinten, es sei gut, dass ich ihn rechtzeitig gefunden habe, sonst wäre es vielleicht zu spät gewesen. Aber es sieht auch so nicht gut aus, glaube ich …« Mariannes Stimme bricht.

»Ich komme. Allerdings ist es fraglich, ob ich heute Nacht noch einen Flieger bekomme …«

»Aber nein, Kindchen … jetzt bleib mal ganz ruhig und versuche, ein paar Stunden zu schlafen. Morgen früh setzt du dich ins Auto oder in die Bahn und kommst ausgeruht hier an. Dein Vater ist in guten Händen. Sie haben ihn nach Friedrichshafen gebracht, weil sie dort im Krankenhaus eine sogenannte ›Stroke Unit‹ haben.«

Ich atme tief durch. Das ist gut.

»Falls sich etwas ändert, melde ich mich sofort bei dir. Ich habe dem Krankenhaus meine Handynummer gegeben. Im Moment bin ich im *Rosenhaus*, weil ich nicht weiß, was wir mit Pepe machen sollen …«

Pepe ist unser Berner Sennenhund. Mama hatte ihn gekauft und sehr geliebt. Er muss jetzt zehn oder elf Jahre alt sein.

»Kannst du im *Rosenhaus* bleiben oder Pepe mit zu dir nehmen?«, frage ich. »Ich kümmere mich morgen um alles«, verspreche ich.

»Natürlich, ich übernachte im Gästezimmer. Es ist besser, wenn Pepe in seinem gewohnten Zuhause ist. Also, dann sehen wir uns morgen, ja? Ich werde hier sein und auf dich warten. Ach, Amanda … es ist gut, dass du kommst!«

Als ich aufgelegt habe, sieht Hilda mich mit großen Augen an.

»Ist was mit deinem Vater?«

Ich nicke. »Er hatte wohl einen Schlaganfall. Zum Glück hat ihn Marianne rechtzeitig gefunden.« Auf einmal wird mir bewusst, dass meine Hand, in der ich Hildas Festnetztelefon halte, zittert.

»Du musst nach Hause«, stellt Hilda fest.

Wieder nicke ich. Nach Hause … sieben Jahre war es mir gelungen, genau das zu vermeiden.

Natürlich hatten Vater und ich zuweilen Kontakt, wobei ich gestehen muss, dass der Wunsch nach diesem zumeist von ihm ausging. Bei dem Gedanken, dass er mich in den letzten Jahren mehrfach gebeten hatte, einmal wieder nach Hause zu kommen, und ich immer neue Ausreden gefunden hatte, um genau das zu vermeiden, kommen mir die Tränen.

Nun ist es vielleicht zu spät für ein Wiedersehen. Für eine Versöhnung.

Hilda nimmt mich stumm in die Arme.

»Ich fahre sofort los«, verkünde ich.

»Das wirst du nicht«, widerspricht Hilda energisch.

»Nach dem anstrengenden Arbeitstag und einem Abend im *Hugos* kannst du dich unmöglich ans Steuer setzen und 800 Kilometer weit fahren.«

Sie hat recht. Schließlich habe ich auch Prosecco und Wein getrunken. Ein paar Stunden Schlaf werden sicher hilfreich sein, auch wenn ich so aufgewühlt bin, dass ich nicht weiß, ob ich überhaupt ein Auge zubekommen werde.

»Lass die Kleine erst mal hier«, schlägt sie vor.

»Ich soll Tina hierlassen?«, schniefe ich. Eigentlich wollte ich doch etwas ganz anderes, nämlich Zeit mit meinem Kind verbringen.

»Erst einmal musst du sehen, was da überhaupt passiert ist und wie es deinem Vater geht. Die lange Fahrt und dann die Umstände im Krankenhaus, das ist doch nichts für ein kleines Kind. Nein, du fährst morgen früh in aller Ruhe los, und in ein paar Tagen sehen wir weiter. Dann kannst du Tina immer noch holen oder ich bringe sie dir, einverstanden?«

Wieder nicke ich. »Vielleicht bin ich ja schnell wieder hier.«

Ich bin Hilda so dankbar. Nicht nur, dass sie immer für mich und Valentina da ist. Sondern hauptsächlich dafür, dass sie nie Fragen stellt, vor allem jetzt nicht. Sie weiß einfach, wie schwer das alles für mich ist. Und dass es wirklich besser ist, wenn Tina hierbleibt.

Stundenlang liege ich grübelnd im Bett. Ich sehe auf mein Handy, bestimmt hat Vincent schon ein paar Mal versucht, mich zu erreichen. Doch es gibt keine Nachricht von ihm. Mir fällt ein, dass ich versprochen hatte, mich sofort zu melden, sobald ich wüsste, was passiert war. Das ist Stunden her. Ich wähle seine Nummer, und es klingelt ewig.

Schließlich nimmt er ab. Im Hintergrund höre ich Gelächter und Barmusik.

»Alles in Ordnung, Liebling?« Vincent klingt angetrunken.

»Leider nein. Mein Vater hatte einen Schlaganfall. Ich muss nach Hause an den Bodensee.«

»Was soll das heißen, du musst nach Hause? Ich denke, wir fliegen am Montag auf die Malediven?«

Im Hintergrund höre ich Paulina kichern: »Wenn sie nicht mitwill, komme ich gerne mit!«

»Seid ihr immer noch im *Hugos*?«, frage ich genervt von der Lautstärke im Hintergrund.

»Mehr oder weniger. Wir sind inzwischen an der Hotelbar.«

»Alle?«

»Nein, nur Mark, Iris, Paulina und ich lassen es ausklingen, die anderen sind schon nach Hause gegangen.«

Ich atme tief durch. Warum ärgert mich das jetzt? Vincent hatte mir schließlich angeboten, mit nach Hause zu kommen, und es war mein Wunsch, dass er mit den anderen weiterfeiert.

»Was ist denn jetzt mit den Malediven?«, hakt Vincent nach. Er ist eindeutig betrunken, und zwar mehr als reichlich. Was mit meinem Vater geschehen ist, scheint ihn nicht allzu sehr zu interessieren.

»Ich glaube, du hast mich nicht richtig verstanden. Mein Vater hatte einen Schlaganfall, und ich muss nach Hause«, antworte ich gereizt.

»Musst du dich jetzt um ihn kümmern? Als Ärztin oder als Tochter?« Sein Ton klingt mindestens ebenso gereizt, und er setzt hinzu: »Meines Wissens hast du dich in den letzten Jahren nicht allzu sehr um deinen Vater bemüht. Um ehrlich zu sein, habe ich so gut wie nie von ihm gehört. Hast du mir nicht sogar einmal erzählt, ihr hättet Streit?«

Ja, das habe ich. Das war der Teil meiner Vergangenheit, den ich bereit war zu erzählen. Schließlich musste es ja einen Grund geben, warum ich nie an den Bodensee fuhr.

»Das ist richtig. Aber nun, da es ihm schlecht geht …«

»… fällt dir auf einmal ein, dass du noch einen Vater hast. Na ja, besser spät als nie«, erklärt er sarkastisch.

Ich hasse es, mich mit betrunkenen Menschen zu unterhalten. Besonders, wenn sie mir nahestehen.

»Du hast recht. Besser spät als nie. Deshalb fahre ich auch morgen an den Bodensee. Es handelt sich immerhin um meinen Vater, auch wenn wir Streit hatten. Es tut mir sehr leid, Vincent, aber ich fürchte, ich kann nicht mitkommen auf die Malediven.«

»Als ob dir das leid tut! Du hattest doch sowieso keine Lust auf diesen Urlaub, gib es doch zu!« Ich höre ihn heftig atmen, vermutlich ist er richtig wütend. Im Hintergrund höre ich Paulinas silberhelles Lachen. Sicher hat Mark unser Gespräch mitbekommen und gescherzt, dass sie ja nun mitkommen kann.

»Ich melde mich morgen bei dir, wenn ich am Bodensee angekommen bin und Näheres weiß, ja?«, sage ich, statt auf seinen Vorwurf zu antworten.

»Na, dann: gute Reise!«, antwortet Vincent und legt auf.

*

Nach einer schlaflosen Nacht schleiche ich mich noch einmal nach oben in Hildas Wohnung und küsse mein schlafendes Kind auf die Stirn. Sie sieht aus wie ein kleiner Engel, und ich bin so froh, dass es sie gibt. In diesem Moment bin ich allerdings unfassbar traurig, weil ich sie hierlassen muss, selbst wenn ich weiß, dass es besser so ist und Hilda versprochen hat, Tinchen alles zu erklären. Seufzend greife ich nach meiner Reisetasche und dem Coffee-to-go-Becher, den ich soeben reichlich mit Kaffee gefüllt habe, und verlasse das Haus. Vor der Tür empfangen mich Vogelgezwitscher und blauer Himmel. Mein erster Urlaubstag, und endlich scheint der Frühling anzukommen! Doch das Ziel meiner Reise lässt meine Nerven flattern. Marianne hatte mir schon am frühen Morgen eine SMS zukommen lassen, in der sie mich darüber informierte, dass der Zustand meines Vaters so weit stabil sei.

Über die AVUS fahre ich zunächst am Funkturm vorbei, auf dem ich übrigens noch nie gewesen bin, aus der Stadt hinaus und auf die Autobahn Richtung München.

Laut Hilda muss die AVUS früher eine Rennstrecke gewesen sein, auf der die berühmten Mercedes Silberpfeile durch die Stadt rasten. Davon kann heute keine Rede mehr sein, schon gar nicht bei diesem dichten Verkehr.

Ich versuche, Vincent zu erreichen, doch sein Handy ist ausgeschaltet. Vermutlich hat er gestern noch lange mit den Kollegen gefeiert und muss seinen Rausch ausschlafen. Natürlich tut mir meine Reaktion auf seine Überraschung und die geplante Malediven-Reise leid. Sicher hat er erwartet, dass ich mich darüber freue. Dennoch muss ich mich gerade fragen, ob er mich so wenig kennt. Denn selbst, wenn mein Vater nicht im Krankenhaus um sein Leben ringen würde, glaube ich nicht, dass ich mit Vincent an den Traumstrand geflogen wäre. Jedenfalls nicht leichten Herzens und schon gar nicht ohne mein Tinchen. Müsste es nicht anders sein? Wenn ich ihn wirklich lieben würde, würde ich dann nicht nach jeder Gelegenheit trachten, Zeit mit ihm und vor allem mit ihm alleine zu verbringen? Wie auch immer, nun hat das Schicksal anders entschieden, und ich bin auf dem Weg in meine alte Heimat. Vincent hatte recht: Selten habe ich mit ihm über meinen Vater gesprochen. Ich habe ihm nur erzählt, dass ich mein Elternhaus nach einem schlimmen Streit mit meinem Vater verlassen habe und seither nie mehr zurückgekehrt bin. Was ich verschwiegen habe: dass der Schmerz in meinem Herzen viel zu groß und es zu leicht war, ihn in der betriebsamen Großstadt zu vergessen. Jetzt mache ich mir große Vorwürfe. Was, wenn mein Vater es nicht schafft? Als Ärztin ist mir der schmale Grat zwischen Leben und Tod nur allzu bewusst. Jeden Tag werde ich damit konfrontiert. Es war ein Fehler, nicht vorher schon einmal nach Hause zu fahren, als Vater noch gesund war. Hoffentlich ist es nicht zu spät! Tief in mir drin weiß ich, dass ihn seine süße Enkelin sehr glücklich machen würde, auch wenn alles, was damit zusammenhängt, schwierig und traurig war. Ich gebe zu, dass ich hin und wieder daran gedacht habe, mit Tina einfach loszufahren ... doch dann fiel mir jedes Mal ein, was ich getan habe. Beziehungsweise was ich glaube, getan zu haben ... denn meine Erinnerung an jene Nacht lässt mich noch heute im Stich. Die Ärzte, die mich damals behandelten, konnten mir nicht versprechen, dass die Amnesie jemals ganz verschwinden und die Erinnerung an jene Nacht vollständig wiederkehren würde. Nach traumatischen Ereignissen weigert sich die Psyche oft, Erinnerungen zuzulassen, und es kann Jahre dauern, bis sich dieser Zustand ändert. Vielleicht aber ändert er sich auch nie.

Meine Fahrt führt mich durch mehrere Bundesländer: Berlin, Brandenburg, Sachsen-Anhalt, Sachsen, Thüringen, Bayern, Baden-Württemberg ... und auch die Landschaft verändert sich unaufhörlich. Je weiter ich Richtung Süden komme, desto hügeliger wird die Landschaft. Doch ich habe kaum einen Blick für die Natur, zu sehr bin ich in meinen Gedanken gefangen.

Nicht einmal das Radio habe ich eingeschaltet. Als ich an einer Raststätte in der Nähe von Ulm zum Tanken anhalte, habe ich das Gefühl, dass die Luft schon ein klein wenig wärmer ist als in Berlin. Ich gönne mir ein Käsesandwich und einen Cappuccino to go und besuche die Damentoilette. Da klingelt mein Handy. Mein Herz klopft vor Angst, dass es schlechte Nachrichten aus dem Krankenhaus geben könnte. Doch es ist Vincent, der zurückruft und fragt, ob wir gut vorankommen.

»Ich habe gerade eine kleine Rast in Ulm gemacht und fahre jetzt von der Autobahn runter. Aber wen meinst du mit ›wir‹?«, frage ich, den Kaffeebecher im Wageninneren so positionierend, dass er während der Fahrt nicht umfallen kann.

»Dich und Tina natürlich.« Offensichtlich geht Vincent davon aus, dass ich Tinchen mitgenommen habe.

»Ich habe Tina bei Hilda gelassen. Erst einmal muss ich mir ein Bild machen, was mit meinem Vater geschehen ist und wie es weitergehen wird«, gestehe ich.

»Soso. Du hast Tina bei Hilda gelassen. Gestern Abend hatte ich noch den Eindruck, dass du auf gar keinen Fall deine freie Zeit ohne dein Kind verbringen möchtest. Aber auf einmal geht es. Daran kann ich ja meinen Stellenwert erkennen!« Vincent klingt schon wieder verstimmt. Das Schlimme ist: Ich kann ihn verstehen. Es muss sich für ihn wie eine Missachtung seiner Person anfühlen. Woher soll er schon wissen, dass dieser Weg nicht einfach für mich ist? Und mit einem kleinen Kind, von dem bis jetzt niemand etwas weiß, noch sehr viel schwieriger wäre.

»Vincent, ich kann deine Verärgerung verstehen«, gebe ich zu.

»Ach, kannst du das? So langsam habe ich meine Zweifel, was du verstehen kannst und was nicht. Vor allem habe ich meine Zweifel, was ich eigentlich für dich bin. Vielleicht solltest du dir darüber einmal Gedanken machen.«

»Wenn du meinst.« Auf einmal beginnt mein Kopf wieder zu pochen. Ein sicheres Zeichen, dass er sich gegen den aufkommenden Stress wehrt.

Ich kann beim besten Willen jetzt kein Beziehungsgespräch führen.

»Lass uns ein andermal darüber reden«, bitte ich ihn daher. »Ich muss weiterfahren. Ich melde mich wieder bei dir. Bis dann!«

»Pass auf dich auf«, antwortet Vincent enttäuscht und legt auf.

Seitdem ich in Ulm die Autobahn verlassen habe und Richtung Ravensburg unterwegs bin, hat der Verkehr deutlich zugenommen. Dennoch genieße ich beinahe die Fahrt, denn der Himmel ist strahlend blau, und ich kann an den Bäumen erkennen, dass der Frühling im Süden schon richtig angekommen ist. Als ich zum ersten Mal den blauen See mit den hohen Bergen, auf denen noch immer Schnee liegt, im Hintergrund erblicke, spüre ich Tränen aufsteigen. Mein Weg führt mich an Tausenden von rosa und weiß blühenden Obstbäumen vorbei. Es ist die Zeit der Apfelblüte, die schönste Zeit im Jahr. Wie wundervoll es hier ist! Es ist meine Heimat. Warum war ich so lange fort? Und warum habe ich Tini nicht mitgenommen? Sie wäre begeistert. Aber es ist ja keine Urlaubsreise, die ich unternehme, wird mir schmerzlich bewusst. Dennoch wünschte ich jetzt, Tina wäre bei mir. Warum habe ich nur auf Hilda gehört? Vielleicht wäre es nicht nur das erste Mal, sondern das letzte Mal gewesen, dass Tina ihren Opa gesehen hätte.

Auf einmal bekomme ich Angst. Angst, dass mein Vater sterben wird. Wir hatten nicht das beste Verhältnis, und doch ist er der Einzige, den ich außer Tina und Hilda habe. Ich verbiete mir weitere Gedanken, ich muss unbedingt zuversichtlich bleiben. Innerlich bete ich, dass die ganze Sache gut ausgehen wird. Ich darf meinen Vater nicht auch noch verlieren! Wenn er es schafft, dann werde ich es nie mehr so weit kommen lassen, gebe ich mir selbst hoch und heilig das Versprechen. Dann werden Tina und ich den Opa so oft es geht besuchen.

Nun ist es nicht mehr weit bis zum Klinikum Friedrichshafen. Ich parke den Polo auf dem Besucherparkplatz und eile durch das kleine Wäldchen zum Krankenhaus. An der Information erfahre ich, wie ich zur *Stroke Unit* komme, der Station, die sich um Schlaganfallpatienten kümmert.

Als ich meinen Vater sehe, wie er hilflos im Bett liegt, angeschlossen an so viele Instrumente, stockt mein Herz, obwohl doch diese Szenen zu meinem Arbeitsalltag gehören. Aber das hier ist mein Papa. In meiner Erinnerung sehe ich ihn, wie er ruft: »Du kannst losradeln … ich halte dich am Gepäckträger fest und laufe mit dir mit.« Auf meinem kleinen Kinderfahrrad radle ich los, voller Vertrauen, dass mein Papa mich hinten festhält. Nach ungefähr 100 Metern halte ich an. Da steht mein Papa am Ende unserer Straße und hält den Daumen hoch.

Eine Träne kullert meine Wange herunter.

Ich setze mich auf sein Bett und streiche über seine Wange. Sein Gesicht zuckt, und es sieht so aus, als wolle er etwas sagen, doch es kommt kein Ton aus seinem Mund.

»Sie sind?«, fragt plötzlich eine Stimme hinter mir.

»Amanda Fischer. Ich bin seine Tochter«, sage ich und deute auf meinen Vater.

»Doktor Wagner. Ihr Vater hatte Riesenglück, dass er so schnell bei uns gelandet ist.«

Doktor Wagner lächelt.

Ich stehe auf, und wir entfernen uns ein Stück, damit mein Vater uns nicht hören kann.

»Ihr Vater hatte das, was man einen Hirninfarkt nennt, einen sogenannten ischämischen Schlaganfall. So etwas entsteht durch ein …«

»Blutgerinnsel, das ein Hirngefäß verstopft hat. Ich bin selbst Ärztin«, kläre ich Doktor Wagner auf.

»Eine Kollegin, das ist ja nett.« Sein Lächeln wird noch breiter.

»Dann brauche ich Ihnen ja gar nicht viel erklären. Wie gesagt, es war gut, dass Ihr Vater rechtzeitig hier angekommen ist. Dadurch konnten wir das Blutgerinnsel durch die Lyse-Therapie auflösen.«

»Mit dem Wirkstoff rtPA, nehme ich an?«

Doktor Wagner nickt.

»Wie geht es ihm jetzt?«

»Sein Zustand ist so weit stabil. Aber natürlich müssen wir ihn auf der Station ein paar Tage beobachten, bevor wir ihn auf die normale verlegen können. Sie wissen, dass …«

»… einem Schlaganfall ein weiterer in kurzer Zeit folgen und dieser unter Umständen noch heftiger ausfallen kann.« Ich nicke und spüre das Frösteln, das sich in mir ausbreitet.

»Davon wollen wir aber im Moment nicht ausgehen. Alle wichtigen Körperfunktionen Ihres Vaters wie Atmung, Puls, Blutdruck und so weiter werden von uns kontinuierlich überwacht.«

»Das bedeutet, wir müssen erst einmal abwarten«, stelle ich fest.

Doktor Wagner nickt.

»Wir werden im Anschluss natürlich eine ausführliche Ursachenabklärung in Form von Ultraschalluntersuchungen der das Gehirn versorgenden Blutgefäße und des Herzens, EKG- und Blutdruck-Messungen, Blutanalysen und so weiter durchführen. Ich kann mir gut vorstellen, dass Sie besorgt sind, Frau Fischer, und ich würde Ihnen gerne Ihre Angst nehmen.«

»Ich weiß, dass Sie das nicht können, Doktor Wagner. Aber ich bin überzeugt, dass er bei Ihnen in guten Händen ist. Sie sagen mir doch sofort Bescheid, wenn es etwas Neues gibt?«

»Natürlich. Wo kann ich Sie erreichen?«

Ich gebe ihm meine Handynummer und bedanke mich.

Dann gehe ich zurück zu Vaters Bett und küsse ihn auf die Stirn.

»Mach keinen Blödsinn, Papa!«, sage ich leise. »Ich komme wieder!«

Seine Augenlider flackern, und für einen winzigen Augenblick glaube ich, eine Andeutung eines Lächelns zu erkennen.

*

Eigentlich mag ich nicht mehr weiterfahren. Ich bin völlig erschöpft von der langen Fahrt und dem Besuch im Krankenhaus. Zum Glück ist der Weg von Friedrichshafen nach Kressbronn nicht mehr weit. Mein Weg führt mich durch die Stadt direkt am blauen See entlang, und auch, wenn die Straße stark befahren ist, so ist es doch kein Vergleich zum Verkehrsaufkommen in Berlin. Schon etwa 20 Minuten später erreiche ich meinen Heimatort Kressbronn. In der Ferne leuchten die Berge in der Abendsonne. Sie sehen von hier so nah aus, dabei muss man noch ein ganzes Stück fahren, um dort hinzukommen.

Ich bin überwältigt von der traumhaften Baumblüte, die mit weißen und rosafarbenen Blüten verzaubert. Direkt hinter den vielen Obstbäumen befindet sich die *Destillerie Bommer*. Die große Anlage scheint, seitdem ich fortgegangen bin, weiter gewachsen zu sein. Bereits seit Generationen werden aus dem aromatischen heimischen Obst die leckersten Obstbrände gebrannt, die weit über die Grenzen der Bodenseeregion hinaus bekannt sind. Der Laden scheint gut zu laufen, wenn ich das große Holzgebäude mit den bodentiefen Glasfenstern betrachte, in denen sich die Apfelblüte spiegelt. Es ist das Zuhause von Thomas und Lukas. Den beiden Männern, die mir einmal sehr viel bedeutet haben.

Mein Weg führt mich an einem Hopfengarten vorbei. Als ich die Stelle entdecke, wo Lukas mich zum ersten Mal geküsst hat, spüre ich einen Stich im Herzen. Schnell lenke ich meinen Blick zurück auf die Straße und fahre weiter. Am Ortsrand schalte ich einen Gang zurück und fahre ganz langsam in den Möwenweg hinein. Gleich wird es zu sehen sein, und da ist es auch schon: das *Rosenhaus* … mein Elternhaus. Ich halte den Wagen an, weil ich diesen Augenblick für mich alleine genießen möchte, ehe Marianne mich entdecken wird.

Das alte Fachwerkhaus mit seinem hübschen Vorgarten, der inzwischen etwas verwildert anmutet, hat fast nichts von seinem Charme eingebüßt, auch wenn die Rosen noch nicht blühen und ganz offensichtlich eine Hand fehlt, die den Garten auf Vordermann bringen könnte. In der rechten Haushälfte ist die Landarztpraxis meines Vaters untergebracht, in der linken befindet sich das Wohnhaus mit der kleinen Terrasse zum Garten. Die weiße Bank steht noch immer an der linken Hausseite vor dem Kräutergarten, der mittlerweile in einem erbarmungswürdigen Zustand ist. In Gedanken sehe ich meine Mutter in ihrer hellblauen Baumwollbluse mit einem Buch in der Hand auf der Bank sitzen. Sie lächelt mir entgegen und hält sich die Hand vor die Augen, um sich vor der Sonne zu schützen: »Amanda, bist du das? Wie schön, setz dich ein bisschen zu mir. Ich habe Kanelbullar gebacken.«

Ich muss schlucken. Denn natürlich sitzt dort niemand. Und nach Mamas berühmten schwedischen Zimtschnecken duftet es auch nicht. Die Praxis wirkt dunkel und verwaist.

Dennoch ist da plötzlich das starke Gefühl, zu Hause zu sein, auch wenn es so anders wirkt als an jenem Tag, als ich es zuletzt gesehen habe. Über sieben Jahre ist das her. Es war ungefähr um die gleiche Zeit. Die Zeit der Apfelblüte …

Plötzlich schleicht sich eine weitere, viel unangenehmere Erinnerung in mein Gehirn. Ich sehe meinen Vater in seinem weißen Arztkittel, der in seinem Arbeitszimmer vor mir steht und mit vor Wut zitternder Stimme ausruft: »Wenn du nicht so unvernünftig gewesen wärst, wäre deine Mutter noch am Leben!«

3. Kapitel

Das Rosenhaus

Mit dem Schlüssel, den ich noch immer in meiner Handtasche bei mir trage, schließe ich die schwere Haustür auf. Ein muffiger Geruch schlägt mir entgegen. Der kleine Flur, von welchem eine Tür zur angrenzenden Praxis abgeht, ist schlicht möbliert. Es gibt nur eine kleine Anrichte, auf der das Telefon steht, und eine Garderobe, an der mehrere Jacken meines Vaters hängen. Früher hatte Mama immer frische Blumen auf der antiken Kommode oder in einer großen Bodenvase dekoriert. Am schönsten war das Entrée in der Zeit vor Weihnachten, wenn sie überall Tannenzweige aufgestellt hatte und zahlreiche Lichterketten den dunklen Flur erhellten. Als ich die Reisetasche auf den Boden fallen lasse, schleicht Pepe aus dem Wohnzimmer um die Ecke. Der Hund ist alt geworden, sein Schritt nicht mehr so leicht und jugendlich wie früher. Doch er wedelt freudig mit dem Schwanz, als er mich sieht. »Pepe … du kennst mich noch!« Ich beuge mich nieder, um sein weiches warmes Fell ausgiebig zu streicheln.

»Na, dann wollen wir mal reingehen, Pepe.« Er folgt mir ins Wohnzimmer. Den kleinen Raum mit der niedrigen Decke, der Terrassentür zum Garten, dem großen Sofa vor den Bücherregalen und dem alten Ohrensessel vor dem Fenster habe ich immer so wunderbar gemütlich empfunden. Doch auch hier fehlt das Leben. Hatte Mama früher stets irgendwo ein Buch oder eine Handarbeit herumliegen und Dutzende von Blumen und Pflanzen nicht nur auf den Fensterbänken, sondern im ganzen Raum aufgestellt, so finden sich heute nur noch mehrere zerknüllte Zeitungen auf dem alten blassblauen Sofa und einige nicht gerade sehr heimelig anmutende Kakteen am Fenster. »Puhhh ... gemütlich ist etwas anderes! Aber wenigstens du hast es nett, Pepe!« Pepes Körbchen steht vor dem alten Kachelofen und sieht tatsächlich recht einladend aus. An der Staubschicht kann ich erkennen, dass länger niemand mehr geputzt hat. Hat Papa denn keine Putzfrau? Früher hat eine Frau Ilonka Haller aus dem Ort in der Praxis sauber gemacht, in unserer Wohnung wollte Mama sie jedoch nicht haben. Vielleicht ist das so geblieben. Seufzend lasse ich den Blick durch den Raum schweifen, der so lange mein Zuhause war. Er ist noch derselbe, und dennoch ist alles ganz anders, und ich fühle mich alles andere als geborgen, sondern traurig und allein. Seufzend betrachte ich den alten Hund. Zum Glück ist Pepe wenigstens noch da.

»Tja, Pepe, dann schauen wir doch mal in die Küche, ob wir etwas zu essen für uns beide finden.« Der Kühlschrank in der braunen Holzküche, die mein Vater für meine Mutter einbauen ließ, weil sie Holz so liebte, weist jedoch gähnende Leere auf. Ein paar Dosen Bier, eine Tube Senf, ein Stück trockene Schwarzwurst, die ihre besten Tage hinter sich hat. Ich öffne die weiteren Schränke. Kein Kaffee, keine Milch, kein Brot. Es hilft nichts, ich muss noch einmal in das Auto steigen, obwohl ich das nach über 800 Kilometern Autofahrt nun wirklich nicht mehr tun wollte. Doch es ist zu weit, um zu Fuß zum kleinen Supermarkt im Ort zu gehen.

»Amanda, du bist ja schon da! Wolltest du nicht erst ins Krankenhaus?«

Marianne steht in der Küchentür. Sie ist so hübsch wie eh und je, vielleicht ein klitzekleines bisschen älter geworden. Wenn ich es richtig in Erinnerung habe, war sie ein paar Jahre älter als Mama und müsste somit Anfang 60 sein. Mariannes kastanienbraunes Haar ist zu einem flotten Bob geschnitten, und die grünen Augen in ihrem freundlichen Gesicht strahlen mich an. Sie trägt helle Jeans, dazu einen Pulli in Korallenrot und beigefarbene Sneakers. Den Korb, den sie in der Hand trägt, stellt sie auf den Küchentisch, um mich innig zu umarmen.

»Es ist so schön, dass du endlich gekommen bist!«, sagt sie und drückt mich fest.

»Obwohl der Anlass, weiß Gott, ein glücklicherer hätte sein können! Aber Hauptsache, du bist da. Wie geht es dir denn? Bist du wieder vollständig gesund?«

Sie lässt mich los und betrachtet mich prüfend.

Ich weiß, dass sie damit meinen Kopf meint, und antworte bereitwillig:

»Es geht mir schon lange wieder gut. Es hat nur ein bisschen gedauert.«

»Das ist wunderbar. Dann ist dein Gedächtnis also zurückgekehrt?«, fragt sie.

Ich schüttle den Kopf. »Nicht vollständig. Aber ich hoffe, dass es irgendwann so weit ist.«

Es ist mir unangenehm, über die Amnesie zu sprechen, daher lenke ich schnell ab: »Vielen Dank, dass du meinen Vater gerettet hast! Im Krankenhaus hat man mir eben gesagt, dass es ein großes Glück war, dass er so schnell in der Klinik gelandet ist. Vermutlich wäre es sonst zu spät gewesen.«

Diesen Gedanken mag ich nicht zu Ende denken.

»Ja, das war wirklich Glück. Denn eigentlich war ich auf dem Weg zu meiner Yoga-Stunde. Da fiel mir ein, dass ich deinem Vater noch etwas Lasagne vorbeibringen wollte, denn ich hatte wieder einmal viel zu viel gekocht. Als Single braucht man ja nicht so viel, und jeden Tag Reste aufwärmen mag man doch auch nicht.« Mariannes Mann Rudi ist vor etwa zehn Jahren beim Klettern in den Alpen abgestürzt. In den Jahren zuvor hatten die beiden große Wanderungen gemeinsam unternommen, doch an jenem unglückseligen Tag wurde Rudi nicht von Marianne, sondern von einem Freund begleitet. Die beiden Männer hatten sich für eine waghalsige Tour entschieden, die für Rudi tödlich endete. Seither lebt Marianne alleine in dem schmucken Einfamilienhaus, welches an den Garten unseres *Rosenhauses* angrenzt.

»Jedenfalls hat mir dein Vater nicht geöffnet, obwohl er zu Hause sein musste. Ich hatte ihn noch kurz zuvor mit Pepe im Garten gesehen. Irgendwie hatte ich so ein komisches Gefühl und habe meinen Schlüssel geholt. Du weißt ja, dass wir vor vielen Jahren unsere Hausschlüssel ausgetauscht haben, damit immer mal einer nach dem anderen sehen kann. Zum Glück! Dein Vater lag im Wohnzimmer, und ich habe sofort den Rettungswagen gerufen. Die haben nicht gezögert und ihn gleich nach Friedrichshafen in die Klinik gebracht. Da warst du also schon? Meine Güte, du musst ja von Berlin über die Autobahn geflogen sein!«

»Aber nein, ich kam nur sehr gut durch. Nur ein winzig kleiner Stau bei Leipzig, danach lief es wie geschmiert. Eigentlich wollte ich mich heute nicht mehr ins Auto setzen, aber ich fürchte, ich muss noch einmal zum Supermarkt … mein Vater hat ja nicht allzu viel Essbares im Haus.«

»Mit dem Einkaufen hat er es nicht so!« Marianne lacht.

»Mit dem Putzen offenbar auch nicht«, ergänze ich und lasse meinen Blick über die Staubmäuse wandern. »Macht Ilonka wenigstens in der Praxis sauber?«

»Natürlich. Eigentlich kommt sie einmal die Woche ins *Rosenhaus*. Das heißt, wenn dein Vater sie nicht inzwischen vergrault hat. Du weißt ja, er kann manchmal etwas …«

»… grantig sein. Ja, ich weiß.« Wer wüsste das besser als ich? »Ich werde morgen Ordnung machen«, denke ich laut.

»Aber wirklich erst morgen! Erst einmal ruhst du dich ein wenig aus. Dachtest du allen Ernstes, ich würde dich an deinem ersten Abend zu Hause hungern lassen?« Marianne öffnet lächelnd den mitgebrachten Korb und entnimmt ihm ein frisches Brot, Kaffee, Milch, Butter, Käse, Marmelade, ein paar Äpfel, eine Flasche Bodenseewein und einen großen Topf. »Da ist eine Gemüsesuppe drin. Oder darf ich dich dazu zu mir nach Hause einladen?«

»Wie lieb du bist! Vielen, vielen Dank, liebe Marianne. Du glaubst gar nicht, wie ich mich darüber freue! Es wäre natürlich nett, bei dir zu Abend zu essen, aber ich muss gestehen, dass ich nach der langen Fahrt wirklich ein bisschen müde bin. Außerdem habe ich heute Nacht gar nicht gut geschlafen.«

»Das dachte ich mir. Deshalb habe ich den Topf Suppe einfach mitgebracht. Komm du erst einmal zur Ruhe. Es war alles ein bisschen viel für dich. Morgen sieht die Welt schon wieder anders aus, du wirst sehen. Und das mit dem Essen bei mir holen wir nach! Leb' dich erst einmal wieder ein. Ich schaue morgen vorbei. Ach, da fällt mir ein, ich habe Ute schon Bescheid gesagt.«

Ute? Ich habe kein Gesicht zu dem Namen.

»Ute Feldner, die Sprechstundenhilfe deines Vaters«, klärt Marianne mich auf.

»Arbeitet Frau Schmied nicht mehr bei Papa?«, wundere ich mich.

Ich kann mich noch gut an die resolute, beleibte Heidrun Schmied erinnern, welche die gute Seele der Praxis war.

»Heidrun hat vor ein paar Jahren, als ihr Mann in Rente ging, in der Praxis aufgehört. Manchmal hilft sie gerne noch aus, wenn Ute krank ist oder Urlaub hat. Jedenfalls kommt Ute am Montag gleich früh vorbei und sagt alle Termine ab. Dann wirst du sie ja kennenlernen. Du wirst sie mögen!«

Marianne ist wirklich ein Schatz. Sie hat sogar daran gedacht, dass die Patienten vergeblich vor der Tür stehen könnten.

»Danke für alles. Vor allem für das tolle Essen!« Ich umarme Marianne herzlich, dann ist sie auch schon aus der Tür.

Die Suppe ist schnell aufgewärmt und schmeckt köstlich, doch ich fühle mich einsam. Es ist lange her, seitdem ich das letzte Mal eine Mahlzeit alleine eingenommen habe. Normalerweise sitze ich abends mit Tina in unserer kleinen Küche, und wir erzählen uns gegenseitig beim Abendbrot von unserem Tag. Das heißt, meist hat sie das Wort und erzählt unermüdlich kleine Geschichten von ihren Erlebnissen im Kindergarten. Im Sommer, wenn die Abende lang sind, gehen wir vor dem Essen manchmal im Charlottenburger Schlosspark spazieren oder machen einen Abstecher zum Spielplatz. Wenn es regnet, spielen wir zu Hause *Playmobil* oder malen oder basteln etwas.

Auf einmal habe ich solche Sehnsucht nach Tina, dass ich unbedingt ihr Stimmchen hören muss und deshalb Hildas Nummer wähle.

»Amanda, wie schön, dass du anrufst! Bist du gut angekommen?«, höre ich Hilda erfreut.

Ich berichte in wenigen Worten von der Fahrt und Vaters Zustand in der Klinik.

»Der alte Zausel packt das schon!«, muntert Hilda mich auf. »Unkraut vergeht nicht.«

Es ist kein Geheimnis, dass sich die beiden nicht sonderlich mögen. Obwohl sich meine Eltern durch Hildas Spontaneität und Reiselust erst kennengelernt haben. Vor fast 30 Jahren war meine Mutter aus Göteborg nach Deutschland gekommen, um ihre Schwester in Berlin zu besuchen. Weil Hilda seinerzeit großen Liebeskummer hatte und eine Deutschlandtour unternehmen wollte, machten sich die beiden jungen Schwedinnen in Hildas altem Cabrio auf den Weg. Am Bodensee mieteten sie sich in einer kleinen Pension in Langenargen ein und erlebten einen wundervollen Tanzabend auf dem Campingplatz in Gohren. Dort lernte meine Mutter meinen Vater kennen, welcher zehn Jahre älter als sie und bereits Arzt am Klinikum Tettnang war. Wie er später oft erzählte, war er sofort bezaubert von der natürlichen Schönheit und dem zurückhaltenden, beinahe schüchtern anmutenden Wesen meiner Mutter. Tante Hilda dagegen muss damals schon das genaue Gegenteil gewesen sein: laut, lebendig, rebellisch. Mit ihrer zuweilen etwas herausfordernden und widerspenstigen Art schaffte sie es in den folgenden Jahren immer wieder, meinen Vater gegen sich einzunehmen. Irgendwann kam es zu einem sehr heftigen Streit, bei welchem er ihr vorwarf, sie sei eine unstete Hippie-Zigeunerin, und sie ihm erklärte, dass ihre Schwester etwas Besseres verdient hatte als einen sturen alten Dickkopf. Seither herrschte mehr oder weniger Funkstille zwischen den beiden, was durch die Tatsache, dass auch ich mich in der Zwischenzeit mit ihm überworfen habe und bei meiner Tante lebe, nicht gerade besser geworden ist.

So ist es Hilda nicht zu verdenken, dass sie nicht allzu viel Anteilnahme zeigt.

»Sollte man als Arzt nicht wissen, wie man einem Schlaganfall vorbeugt?«, fragt sie stattdessen provokant.

»Hilda! Das kannst du doch so nicht sagen. Es kann unterschiedliche Gründe geben, die dazu geführt haben«, verteidige ich ihn.

»Ich meine ja bloß. Du kennst doch deinen Vater. Raucht er etwa noch? Und dann das Übergewicht! Bestimmt hatte er viel zu hohen Blutdruck, den er ausgerechnet bei sich selbst weder erkannte noch behandelte. Und das als Arzt!«

»Ist Tini noch wach?«, lenke ich schnell ab. Ich habe beim besten Willen keine Lust, über meinen schwerkranken Vater herzuziehen, auch wenn unsere letzte Begegnung weiß Gott unerfreulich war. Hilda kann manchmal unsensibel sein. Ganz egal, wie sie zu meinem Vater stehen mag, müsste sie doch wissen, wie es in mir gerade aussieht.

»Natürlich. Als ob sie ins Bett gehen würde, ohne ihrer Mami gute Nacht zu sagen! Tina … die Mami ist dran!«, ruft Hilda meine Kleine herbei, und wir verabschieden uns.

Ich höre Tinas kleine Schritte.

»Mami, wann kommst du wieder?«, fragt sie leise.

»Bald, mein Schatz. Weißt du, der Opa ist ganz doll krank, und ich muss nach ihm schauen.«

Das versteht sie, schließlich ist ihre Mama Ärztin. Es ist ja nicht so, dass ich Tina ihren Opa verheimlicht habe.

Nur umgekehrt. Im Grunde habe ich ihr nichts verschwiegen, sondern ebenso wie bei Vincent nur sehr selten über meine Vergangenheit und meine Herkunft gesprochen.

»Oje«, antwortet sie teilnahmsvoll, obwohl Tina ihren Opa gar nicht kennt. »Heute haben sich Lilli und Evi im Kindi gestritten«, wechselt Tina das Thema und berichtet ihre Erlebnisse aus dem Kindergarten.

Plötzlich fängt Pepe im Hintergrund an zu bellen. Den Hund habe ich total vergessen, der muss ja noch einmal raus.

»Hat Opa einen Hund?« Tina wird neugierig.

»Ja, und mit dem muss ich jetzt Gassi gehen. Gute Nacht, mein Schatz. Schlaf schön!«

»Gute Nacht, Mami.« Tina macht eine kurze Pause. »Bekomme ich auch einen Hund?«

»Vielleicht irgendwann einmal, wenn wir einen Garten haben«, verspreche ich. Nun hat sie etwas, von dem sie träumen kann. Tina schickt mir noch ein Küsschen durchs Telefon, dann legen wir beide auf. Anschließend versuche ich, Vincent zu erreichen, doch es schaltet sich nur die Mailbox ein. Entweder arbeitet er, was selbst am Wochenende keine Seltenheit ist, oder er ist noch sauer auf mich. Ich erkläre kurz, dass ich gut angekommen bin und dass mein Vater stabil ist, dann lege ich auf und schnappe die Hundeleine. Etwas frische Abendluft wird mir guttun.

Nach der kleinen Abendrunde mit Pepe kuschelt er sich auf sein Hundekissen, und ich setze mich mit einem Glas Wein auf die Terrasse. Die Vögel singen ihr Abendkonzert, ansonsten ist es ruhig. Es ist so friedlich, ganz anders als in der Großstadt, in der hektisches Treiben und Lärm herrschen. Doch ich kann die wunderbare Stimmung nicht genießen. Die ganze Zeit möchte ich nur weinen, weil mich Erinnerungen an längst vergangene Zeiten überfluten. Es ist gut, dass ich damals fortgegangen bin, rede ich mir selbst ein. Ich brauchte den Abstand und hätte es hier nicht länger ausgehalten. Vielleicht bin ich auch nur deshalb so schwermütig, weil ich gnadenlos erschöpft bin. Müde gehe ich ins Haus, schalte das Licht im Wohnzimmer aus und steige die Treppe nach oben zu meinem alten Jugendzimmer. Der Raum sieht noch genauso aus, wie ich ihn damals verlassen habe. Dieselbe blassrosa Tapete mit den Schwarz-Weiß-Fotografien von Prag, Paris und natürlich Göteborg, der Heimat meiner Mutter, an der Wand. Mein alter weißer Schreibtisch vor dem Fenster, aus welchem man einen traumhaften Blick in den Garten und vor allem auf den riesigen japanischen Kirschbaum hat, dessen rosa Blüten im Moment geradezu leuchten. Sogar mein Füller und ein paar Notizbücher liegen noch darauf. Das weiße Metallbett auf der gegenüberliegenden Seite, von welchem ich ebenfalls in den Garten sehen kann, ist mit meiner altrosafarbenen Bettwäsche bezogen. Als hätte man mich erwartet. Aber wer weiß, wie lange das schon so ist. Vermutlich hat Vater all die Jahre damit gerechnet, dass ich eines Tages vor der Tür stehe. Über dem Bett hängen an einer weißen Pinnwand zahlreiche Fotos. Ich betrachte die Bilder staunend … wie lange ist das alles her! Der Abiball, mein 18. Geburtstag, der Tag, an dem ich meine geliebte mintgrüne Vespa kaufte. Ich nehme das Foto herunter und betrachte es lange. Meine Vespa. Ich habe sie so sehr geliebt. Ständig war ich damit unterwegs, nur im Winter nicht, wenn es zu kalt wurde. Was wohl aus ihr geworden ist? Bestimmt musste sie nach dem Unfall verschrottet werden. Im weißen Kleiderschrank aus Holz, den ich öffne, um meine wenigen mitgenommenen

Kleidungsstücke einzuräumen, befinden sich jede Menge alte Klamotten von mir. Da ist meine Lieblingsjeansjacke! Ich trug sie zu jeder Gelegenheit. Ich entdecke einen lindgrünen Schlafanzug aus Satin, den ich anziehe, dann gehe ich nach nebenan in mein kleines hellblau gefliestes Bad. Auch hier überwältigt mich die Erinnerung an die Vergangenheit. Meine Schminke ist nicht mehr da … einzig mein Lieblingsduft *No 17*, den Mama mir einmal aus Göteborg mitgebracht hat, steht noch auf dem kleinen Glasregal, ansonsten ist das Bad zwar einigermaßen sauber, aber leer und kalt. Ein Sprühstoß des Duftes auf mein Handgelenk, und ich bin für einen Moment in der Vergangenheit. An meinem letzten Tag, den ich in diesem Haus verbracht habe:

Es ist Frühling, und die Morgensonne scheint hell durch das kleine Badezimmerfenster. Mein Blick fällt auf den Schwangerschaftstest, den ich in den Händen halte. Ich lasse ihn fallen. Das darf nicht wahr sein … positiv! Ich hebe ihn auf, lege ihn auf den Fenstersims, laufe hektisch im Zimmer hin und her. Was soll ich tun?

Natürlich ist der Test nicht mehr da. Habe ich ihn an diesem Tag etwa noch selbst weggeräumt? Oder hat Mama ihn etwa gefunden? Ich erinnere mich nicht … und ich hatte ja nie wieder Gelegenheit, sie danach zu fragen.

Meinem Kosmetiktäschchen entnehme ich, was ich in den nächsten Tagen brauchen werde, und räume das kleine Spiegelregal damit ein. Mist, ich habe die Zahnpasta vergessen. Bestimmt hat Vater welche in seinem Bad. Auch hier sieht es so anders aus als vor sieben Jahren. Meine Mutter hatte überall schöne Seifen, Badeschaum und Duftwässerchen verteilt, ganz zu schweigen von ihrer Lippenstiftkollektion. Wir haben oft darüber gelacht, dass niemand so viele rosafarbene Lippenstifte besitzt wie sie. Und nun? Ein Herrendeodorant, ein Shampoo, eine Dose *NIVEA Creme*, einfache Seife. Aber ich finde auch die gesuchte Zahnpasta. Erschöpft lehne mich gegen den Badezimmerschrank, in dem sich immerhin ein paar frische Handtücher befinden. Ein kleines von meiner Mutter selbst genähtes Säckchen hängt darin und verströmt noch immer leichten Lavendelduft.

Alles ist genau wie früher, und doch ist es nicht mehr dasselbe. Wenn ich damals nach Hause kam, war meine Mutter da, und es duftete nach frischen Kanelbullar in der Küche, oder nach ihren Blumen und Kräutern aus dem Garten, vor allem nach dem Lavendel, den sie zum Trocknen aufgehängt hatte. Mama hörte immer Musik, manchmal *Abba*, dann tanzte sie durch das Wohnzimmer. Abends liefen oft Jazz und sehr oft Klaviermusik. Vor allem die »Nocturnes« von Chopin. Jetzt ist alles totenstill. Denn sie ist nicht mehr da.

Als die Trauer und die Müdigkeit drohen, zu sehr von mir Besitz zu ergreifen, gehe ich in mein Zimmer, lege mich ins Bett und lasse endlich meinen Tränen freien Lauf.

*

Der nächste Morgen weckt mich mit hellem Sonnenschein, der durch das Fenster auf mein Bett scheint. Wider Erwarten habe ich recht gut geschlafen, und nun lässt mich der Blick auf den wundervoll blühenden Kirschbaum für einen Moment meine trüben Gedanken vergessen. Ich hüpfe aus dem Bett und laufe die Treppe nach unten. Dort begrüßt mich Pepe schwanzwedelnd, und ich öffne sofort die Terrassentür, um ihn in den Garten zu lassen. Der Kaffeefilter in der Kaffeemaschine ist verschimmelt, und einen neuen gibt es nicht. Mein Bedürfnis nach Koffein ist allerdings so stark, dass ich den von Marianne mitgebrachten Kaffee einfach so in einer Tasse aufbrühe. Mit dem Becher setze ich mich einen Augenblick auf die Terrasse und halte mein Gesicht in die Sonne. Wie schön wäre es jetzt, mit Mama hier zu sitzen, wie wir es so oft getan haben. In dieser Umgebung, die so ganz die ihre war, fehlt sie mir so sehr, dass es mein Herz zu zerreißen droht. Jetzt spüre ich, dass ich die Trauer um sie nie zugelassen habe. Ich bin einfach weggegangen und habe alles verdrängt. Doch sie ist immer noch da und schmerzt mehr denn je zuvor.

Um mich abzulenken, werfe ich einen Blick auf mein Handy.

Das Krankenhaus hat sich nicht gemeldet, was ich für ein gutes Zeichen halte. Allerdings scheint auch Vincent nicht zurückgerufen zu haben, und ich weiß nicht, was ich davon halten soll.

»Guten Morgen, du bist ja schon auf! Hast du gut geschlafen?«, ruft Marianne über den Gartenzaun.

»Überraschenderweise ja. Ich muss wohl ziemlich erledigt gewesen sein«, antworte ich.

»Du fährst bestimmt nachher ins Krankenhaus?«, fragt Marianne.

»Ich mache erst einen kleinen Spaziergang mit Pepe, danach fahre ich in die Klinik. Danke noch einmal für die Suppe. Sie war köstlich«, antworte ich ihr.

»Möchtest du vielleicht heute Abend bei mir essen? Ich habe mich mit einer Freundin zu einer Motorradtour verabredet, aber ich bin gegen 18 Uhr wieder zu Hause.«

So lieb Mariannes Angebot gemeint ist, würde ich am liebsten absagen. Schließlich habe ich mir für heute viel vorgenommen. Aber da ich nicht unhöflich sein möchte, stimme ich ihrem Vorschlag zu. Schließlich hat sie sich so viel Mühe gegeben, damit ich mich gleich nach meiner Ankunft zu Hause wohlfühlen kann.

»Gern. Wäre es in Ordnung, wenn ich etwas später komme? Ich möchte nach der Klinik noch allerhand erledigen.« Und ein paar Sachen einkaufen, denke ich. Denn trotz Mariannes Korb mit den vielen Leckereien fehlt mir in diesem Haushalt so manches. Da fällt mir ein, dass heute Sonntag ist.

»Anschließend wollte ich hier klar Schiff machen«, ergänze ich.

»Natürlich, das verstehe ich doch. Wir können es auch verschieben, ich wollte nur nicht, dass du dich einsam fühlst.«

»Das ist sehr lieb von dir, und ich komme wirklich gerne zu dir. Wie wäre es kurz nach 19 Uhr?«, schlage ich vor. Das wird mir genügend Zeit geben, vorher Tina anzurufen und ihr gute Nacht zu sagen.

Marianne stimmt erfreut zu und winkt fröhlich zum Abschied. Wenig später sehe ich sie mit einem roten Helm auf dem Kopf auf ihrer Harley am *Rosenhaus* vorbeifahren. Was für eine coole und selbstbewusste Frau! Sie ist so ganz anders, als meine Mama es war, und eigentlich ist mir ein Rätsel, warum die beiden derart unterschiedlichen Frauen überhaupt befreundet waren. Vielleicht war es gar keine richtige Freundschaft, sondern nur gute Nachbarschaft, die die beiden verband. Früher kamen Marianne und Rudi, die selbst keine Kinder hatten, manchmal zu uns zum Grillen oder auf ein Glas Wein in unseren schönen Garten. Hin und wieder war Marianne alleine bei uns und trank eine Tasse Kaffee oder Tee mit meiner Mama, besonders natürlich nach Rudis Tod. Ablenkung schenkt ihr kleiner Friseursalon im Ort, welchen sie – wie sie mir gestern erzählte – immer noch, wenn auch nicht jeden Tag, betreibt. Finanziell gesehen müsste sie wahrscheinlich gar nicht mehr arbeiten, doch vermutlich fiele ihr ohne die Gespräche mit ihren Kundinnen zu Hause die Decke auf den Kopf.

Marianne und Rudi Bergmann hatten schon ein paar Jahre im Möwenweg gewohnt, als meine Eltern das *Rosenhaus* erwarben. Als der damalige Landarzt seine Praxis aufgab, konnte sich mein Vater endlich den Traum, eine eigene Arztpraxis zu betreiben, erfüllen. Meine Mutter hat mir oft erzählt, dass sie sich schon beim ersten Anblick des malerischen Fachwerkhäuschens mit den vielen Rosen in seinem schmucken Garten verliebt hatte und ihm sofort den Namen *Rosenhaus* gegeben hatte. Als ich ein Jahr später zur Welt kam, war ihr Glück perfekt.

All diese Gedanken tanzen in meinem Kopf herum wie die Schmetterlinge auf der Wiese, durch die ich gerade mit Pepe spaziere. Es ist ein wundervolles Gefühl, dass er so schnell wieder Vertrauen zu mir gefasst hat. Als wäre ich nie weg gewesen.

Dabei habe ich damals gar nicht so viel Zeit mit ihm verbracht. Ich war bereits mit der Schule fertig, als Mama ihn angeschleppt hat. Vermutlich brauchte sie wieder jemanden, um den sie sich kümmern konnte, als ich groß wurde und anfing, eigene Wege zu gehen. Obwohl Mama keine Frau war, die unter dem »Empty Nest Syndrom« zu leiden schien. So leer war das Nest ja auch gar nicht, denn ich studierte zwar in Konstanz, hatte mir dort jedoch keine Wohnung genommen, da es beinahe aussichtslos war, eine bezahlbare Unterkunft in der Universitätsstadt am See zu finden. Stattdessen fuhr ich jeden Tag mit meiner Vespa die kurze Strecke nach Friedrichshafen, von dort aus mit dem Katamaran über den See zur Uni nach Konstanz und abends wieder zurück. Wie anders, wie unbeschwert mein Leben doch damals war, und wie unfassbar es sich schon kurze Zeit später ändern sollte …

»Guten Morgen!«, begrüßt mich eine ältere Dame, die mir entgegenkommt.

Ich hatte ganz vergessen, dass sich hier auch unbekannte Leute grüßen. In der Großstadt Berlin würden die Leute wohl eher befremdlich reagieren, wenn man ihnen einen guten Morgen wünscht, obwohl man sich gar nicht kennt.

Der Tag vergeht wie im Flug. In der Klinik gibt es wenig Neues, doch Doktor Wagner erklärt mir, dass die Therapie hervorragend angeschlagen hat und mein Vater in einer guten Verfassung ist.

»Hast du gehört, was der Doktor gesagt hat?«, frage ich meinen Vater, als der Arzt weg ist.

»Er meinte, du hättest Riesenglück gehabt, dass Marianne dich gleich gefunden hat! Sieht so aus, als wärst du dem Tod noch einmal von der Schippe gesprungen«, fordere ich ihn ein wenig heraus. Wieder habe ich den Eindruck, dass er etwas sagen möchte. Doch seine Lippen schweigen und deuten nur ein leichtes Lächeln an. Er ist entsetzlich blass, und ich frage mich, wie es mit ihm weitergehen soll. Ich wünsche mir so sehr, dass er wieder gesund wird! Was wird sein, wenn das nicht der Fall ist? Wer soll sich um ihn kümmern?

Wieder macht sich das schlechte Gewissen in meinem Inneren breit. Ich habe ihn im Stich gelassen, weil ich egoistisch war und nur an meinen eigenen Schmerz gedacht habe. Ich bin geflohen, weil ich Angst hatte, dass er mit seinem Vorwurf, dass ich schuld am Tod meiner Mutter war, recht hatte. Und weil ich befürchtete, dass dieser Vorwurf immer zwischen uns stehen würde. Natürlich hatte es auch einen anderen Grund gegeben, warum ich Hals über Kopf das Weite gesucht hatte. Und an diesen Grund war ich gestern Abend in meinem Bad wieder erinnert worden. Der Schwangerschaftstest auf dem Fenstersims …

Hatte ich es mir zu einfach gemacht? Was, wenn ich meinen Vater auch noch verlieren würde? Ich könnte es mir nie verzeihen, dass ich ihn alleine gelassen hatte. Auf einmal wird mir bewusst, dass ich mir diese Fragen viel zu lange nicht gestellt und schon gar nicht beantwortet habe.

Die Entscheidungen, die wir mit einem gebrochenen Herzen treffen, sind nicht immer die richtigen. Und sie beeinflussen unser weiteres Leben so sehr, dass wir sie möglicherweise nie mehr korrigieren können.

All diese Gedanken treiben mich auf dem Heimweg vom Krankenhaus um. Ich entdecke einen Bauernladen, welcher geöffnet hat, obwohl heute Sonntag ist. Zu meiner Freude erstehe ich dort nicht nur etwas Obst und Brot, sondern auch Müsli, Filtertüten und sogar Hundefutter für Pepe. Ein bunter Tulpenstrauß soll zu Hause ein wenig an Mama erinnern, einen weiteren nehme ich für den Besuch bei Marianne mit. Im *Rosenhaus* angekommen, gönne ich mir eine kleine Kaffeepause mit einer Butterbrezel, dann versuche ich, durch eine größere Putzaktion auf andere Gedanken zu kommen. Zunächst nehme ich mir das Wohnzimmer vor und befreie es von den alten Zeitungen und Staubmäusen. Nachdem ich auch die Küche und beide Bäder gründlich geputzt und in allen Zimmern Staub gesaugt habe, stelle ich den Tulpenstrauß in eine Vase auf den Wohnzimmertisch und freue mich darüber, dass der Raum gleich viel freundlicher wirkt. Doch obwohl ich bei *Radio Seefunk* flotte Musik höre, kann ich die Stille des Hauses förmlich fühlen. Nachdenklich betrachte ich die Fotos, die Mama von uns auf dem Kamin aufgestellt hatte. Es kommt mir vor, als sei das alles in einem anderen Leben gewesen. Da bin ich mit meiner Schultüte. Die Ähnlichkeit mit Tina ist verblüffend. Auf einem anderen Bild sind wir alle beim Picknick in den Bergen. Das Hochzeitsbild meiner Eltern. Auch hier ist die Ähnlichkeit zwischen meiner Mutter und mir unübersehbar. Wie sehr sie sich über die kleine Tina gefreut hätte! Eine Träne kullert meine Wange herunter, und ich wische sie schnell weg.

Ich stelle die Fotos wieder an ihren Platz, verlasse den Raum und betrete das Arbeitszimmer meines Vaters. Ich habe es lange vor mir hergeschoben, weil es der Ort war, an dem wir beide die schrecklichen Worte wählten, die uns bis heute voneinander fernhalten sollten. Der schwere Schreibtisch, an dem mein Vater stets seine Abrechnungen macht, befindet sich noch immer an genau derselben Stelle vor dem großen Fenster. In meinen Gedanken sehe ich ihn dahinter stehen. Er trägt seinen weißen Kittel, weil er gleich wieder in die Praxis zurück muss, und ich höre seine wütende Stimme: »Wenn *du* nicht so unvernünftig gewesen wärst, würde deine Mutter noch leben!« Und ich höre meine eigene, nicht weniger wütend: »Und wenn *du* dich ausnahmsweise einmal mehr um deine Frau als um deine Patienten gekümmert hättest, würde sie auch noch leben! Schließlich bist du der Arzt von uns beiden!«

Nach diesen Worten hatte ich die Tür hinter mir geschlossen, nicht nur zu meinem Elternhaus, sondern zu meiner ganzen Vergangenheit.

Ich schließe auch jetzt die Tür, nur nicht so wütend wie in meiner Erinnerung, und gehe nach oben, um mich frisch zu machen und die hübsche, weiße bestickte Bluse anzuziehen, die ich in meinem Schrank gefunden habe. Bestimmt haben Mama und ich sie einmal in Schweden gekauft.

Im Bad kann ich nicht widerstehen und sprühe den alten Duft *No 17* auf mein Handgelenk. Erneut schleicht sich eine unbestimmte Erinnerung in mein Gedächtnis. Doch diesmal ist sie nicht von Wut bestimmt, sondern von Liebe: »Wie gut du duftest!« Ich spüre heißen Atem an meinem Hals, ein Streicheln auf meiner Haut. Ich schließe die Augen, möchte das Bild zu der Erinnerung finden, und als es da ist, möchte ich es festhalten. Doch mein Handy klingelt und reißt mich aus meinem Tagtraum.

Es ist Tina, die mir mit ihrem süßen Stimmchen von ihren Erlebnissen auf dem Spielplatz berichtet. Obwohl ich eben gedanklich noch woanders war, freue ich mich so sehr, sie zu hören.

»Bald bin ich wieder bei dir, und dann gehen wir in den Zoo!«, verspreche ich, weil ich weiß, dass mein Tinchen den Zoo über alles liebt.

»Au ja! Gute Nacht, Mami. Ich hab dich lieb!«

»Ich hab dich auch lieb. Gute Nacht, mein Schatz.«

Pepe sieht mich erstaunt an, als ich von oben komme.

»Ich komme bald wieder, und dann gehen wir Gassi«, verspreche ich ihm, und es fällt mir auf, dass der Tonfall beinahe derselbe ist, in dem ich eben mit Tina gesprochen habe.

Nur dass Pepe mir nicht antworten kann. Er sieht mich jedoch mit seinen treuen Hundeaugen an und trollt sich auf sein Kissen. Pepe scheint es gewohnt, alleine zu sein, und der Gedanke erfüllt mich erneut mit Traurigkeit. Ich darf nicht daran denken, was aus ihm werden soll, falls Vater sich nicht richtig erholen wird. Den alten Hund mit nach Berlin zu nehmen, kann ich mir beim besten Willen nicht vorstellen, auch wenn Tina vermutlich begeistert wäre. Den Gedanken beiseiteschiebend, betrete ich Mariannes Grundstück. Der Einfachheit halber habe ich den Weg durch den Garten gewählt und bewege mich auf die einladende Terrasse zu. Offenbar hat Marianne mich schon kommen gehört, denn sie ruft freundlich von drinnen: »Komm herein, Amanda!«

Ihr helles, freundliches Wohnzimmer ist im Gegensatz zum *Rosenhaus* modern und sehr elegant möbliert. Ein rotes Ledersofa nimmt fast die ganze Wand ein und lässt einen freien Blick in den Garten zu. Davor steht ein moderner Glastisch mit einer Vase, die befüllt ist mit Tulpen im selben Rot wie das Sofa. »Ach, du hast schon Tulpen!«, entfährt es mir, nachdem wir uns kurz begrüßt haben.

»Blumen kann man als Frau doch nie genug haben – vielen Dank! Der Strauß sieht ja wunderbar aus.« Marianne arrangiert die mitgebrachten Tulpen in einer Vase, die sie auf dem ebenfalls aus Glas bestehenden Esstisch am Fenster positioniert. Weiße Designer-Schwingstühle aus Leder und ein ebenfalls weißes Bücherregal an der Wand sowie wertvolle moderne Gemälde, Teppiche und viele Tisch- und Stehlampen runden das geschmackvolle Ambiente ab. Der Esstisch ist stilvoll gedeckt mit silbernen Platzsets und einem wertvoll anmutenden Porzellan und teuren Kristallgläsern.

»Der Tisch sieht wundervoll aus!«, rufe ich begeistert aus. »Wie viel Mühe du dir für mich gegeben hast!«

»Ach was«, winkt Marianne bescheiden ab. Ich bin erstaunt, wie frisch sie nach einem langen Tag auf dem Motorrad aussieht. Natürlich sind ihre Haare flott geföhnt, und ihre noch immer schlanke Figur steckt heute Abend in einem hübschen grünen Kleid, welches hervorragend zu ihren grünen Augen passt.

»Ich finde es schön, wenn ich den Tisch für Gäste ein bisschen aufwendiger decken kann. Das kommt ja leider nicht mehr so oft vor. Dein Vater schaut hin und wieder vorbei, doch ich glaube nicht, dass er die Tischdekoration bemerkt«, ergänzt sie fröhlich. »Meist bringe ich ihm etwas von meinem übrig gebliebenen Essen herüber.«

Marianne hält mir lachend ein Glas Aperitif hin. »Prosecco mit Holunderblütensirup«, klärt sie mich auf und setzt hinzu: »Herzlich willkommen in der alten Heimat! Das wollte ich dir gestern schon sagen.«

Obwohl sie es lieb gemeint hat, versetzen mir ihre Worte einen kleinen Stich im Herzen.

Meine alte Heimat … eigentlich ist sie so wundervoll, und dennoch wollte ich nie wieder hierher zurückkehren.

Das Getränk schmeckt herrlich erfrischend, und während Marianne das Essen aus der angrenzenden Küche holt, betrachte ich in Ruhe den gepflegten Garten. So ähnlich, nur viel schöner hat es auch bei uns im Garten des *Rosenhauses* ausgesehen, als Mutter sich noch um ihn kümmerte. Eine solche Hand fehlt dort, weswegen sich unser Garten in einem entsprechend traurigen Zustand befindet.

»Ich habe uns einen Feldsalat mit Walnüssen als Vorspeise gemacht. Danach gibt es Bodenseefelchen. Die habe ich noch schnell beim Bichlmair geholt.«

»Oh, wie lecker! Felchen habe ich so lange nicht mehr gegessen«, rufe ich erfreut.

Früher hat meine Mutter auch ab und zu beim Fischer Bichlmair in Wasserburg eingekauft und mich und meinen Vater mit einem köstlichen Fischgericht, welches sie zuweilen nach schwedischen Rezepten zubereitete, erfreut.

Während des überaus leckeren Mahls erzählt Marianne von ihrer Tour durch das blühende Hinterland, und ich berichte vom Zustand meines Vaters im Krankenhaus. Dann rede ich von meinem Alltag als Assistenzärztin in Berlin. Lediglich mein Leben als alleinerziehende Mutter lasse ich aus. So vertraut sind wir dann doch nicht.

»Wenn dein Vater wüsste, dass du doch noch Medizin studiert hast! Es war immer sein größter Wunsch, dass du eines Tages seine Praxis übernehmen würdest«, erinnert mich Marianne.

»Ich weiß«, sage ich. Ich weiß nur zu gut, wie sehr er mir mit diesem Wunsch im Genick saß, und wie heftig ich wahrscheinlich aus genau demselben Grund dagegen rebellierte. Einerseits liebte ich das lebendige Treiben, das die Praxis in unserem Haus mit sich brachte, andererseits war mir schon in jungen Jahren bewusst, wie wenig Freizeit und Privatleben meinem Vater dadurch blieb. Es kam häufig genug vor, dass Patienten spät am Abend oder am Wochenende anriefen und um einen Hausbesuch baten. Oder einfach vor der Tür standen. Keiner wurde je vertröstet oder weggeschickt.

Aber das war nicht der einzige Grund, warum ich ihm damals den Wunsch, in seine Fußstapfen zu treten, verwehrte. Es war vielmehr so, dass ich mir selbst dieses lange und schwierige Studium nicht zugetraut hatte. Sein

Anspruch an mich erschien mir damals unerreichbar hoch, sodass ich aus Angst, womöglich zu scheitern, gar nicht erst versuchte, Medizin zu studieren. Erst viel später, als ich mir selbst beweisen wollte, dass mein Verstand noch funktionierte, schrieb ich mich an der *Charité* ein. In Berlin hätte es außer Hilda niemand so schnell bemerkt, falls ich versagt hätte. Doch ich versagte nicht. Ich lernte und arbeitete so hart, dass ich tatsächlich das Medizinstudium mit Erfolg abschließen konnte und nach der bestandenen ärztlichen Prüfung meine Approbation erhielt. Einzig die Doktorarbeit stand noch aus, aber auch diese Herausforderung wollte ich zu gegebener Zeit annehmen.

»Papa weiß, dass ich Medizin studiert habe.« Nie werde ich den Tag vergessen, als ich ihn in meiner Euphorie anrief, um ihm von meiner Approbation zu berichten. Er hatte einen Moment geschwiegen, so, als könne er nicht recht glauben, was ich da erzählte. Vermutlich dachte er bis zu diesem Zeitpunkt, ich würde in einer Art Hippie-WG mit Hilda hausen und Philosophie oder etwas anderes, das in seinen Augen sinnlos war, vor mich hin studieren. Ganz seiner sachlichen Art entsprechend, hatte er mir am Telefon nur kurz gratuliert: »Glückwunsch. Ist ja doch noch was aus dir geworden.« Mehr hatte ich eigentlich auch nicht erwartet. Im Herzen wusste ich, dass er stolz auf mich war, ebenso wie meine Mama, die mich jedoch ebenso geliebt hätte, wenn ich Philosophie oder überhaupt nicht studiert hätte, sondern stattdessen Nagelkosmetikerin geworden wäre.

»Es ist ja nicht so, dass mein Vater und ich gar keinen Kontakt haben«, kläre ich Marianne nun auf. So eng scheint das nachbarschaftliche Verhältnis zwischen den beiden offenbar nicht zu sein, sonst wüsste sie das.

»Ach so? Nun, dann wird ihn ja sicher sehr freuen, dass du in seine Fußstapfen getreten bist«, wundert sie sich.

Ich sehe ihr an, dass sie tatsächlich nichts von unserem Kontakt weiß. Vermutlich hat sie sich ihre eigene Geschichte zusammengereimt, die im Wesentlichen darauf beruht, dass wir immer noch total zerstritten sind.

»Das tut es. Weißt du, wir telefonieren nicht so häufig, weil wir beide sehr beschäftigt sind. Aber er ist doch über mein Leben in Berlin im Bilde.« Jedenfalls mehr oder weniger.

»Das freut mich wirklich sehr. Weißt du …«, Marianne macht eine kurze Pause, »… ich meine, ich weiß ja, dass du sehr beschäftigt bist, aber ich glaube, es wäre gut …«

Wieder stockt sie. Vermutlich will sie mir sagen, dass ich mich mehr um ihn kümmern sollte, und weiß nicht, wie sie das anstellen soll, ohne mir zu nahe zu treten.

»Also, ich sage es rundheraus: Es ist gut, dass du da bist. Dein Vater ist oft sehr alleine«, entfährt es ihr nun.

»Alleine? Er hat doch die Praxis. Mir hat er erst kürzlich gesagt, dass die Arbeit immer mehr wird«, verteidige ich mich. Kürzlich?, korrigiere ich mich in Gedanken. Der Anruf war an meinem Geburtstag, und das ist ein halbes Jahr her.

»Arbeit hat er weiß Gott genug. Aber privat … Glaub mir, ich gebe mir die größte Mühe und lade ihn zum Essen oder zum Spazierengehen ein, aber die meisten Angebote schlägt er aus. Erst kürzlich habe ich ihm eine kleine Spritztour mit meiner Harley in die Berge vorgeschlagen, da meinte er, ob ich ihn umbringen wolle. Auf so ein Teufelsgerät würde er im Leben nicht aufsteigen!« Marianne grinst hilflos. Sie scheint es wirklich gut mit ihm zu meinen.

»Das klingt ganz nach meinem Vater«, bestätige ich ihre Worte. Ich weiß genau, wie stur und halsstarrig er sein kann. Und wie unhöflich, wenn ihm etwas nicht passt oder er etwas nicht will.

Marianne nimmt seufzend einen großen Schluck Wein. Ich setze ebenfalls mein Glas an, doch es enthält Wasser, weil mir der Prosecco bereits zu Kopf gestiegen ist.

»Dein Vater hat den Tod deiner Mutter nie verwunden«, fällt Marianne plötzlich ein.

Ich spüre einen Stich im Herzen. Sie hat recht. Tief in meinem Inneren weiß ich, dass Vater nie über den Tod seiner Frau hinweggekommen ist. Schließlich geht es mir ja genauso, und beim Gedanken an Mamas hübsches, freundliches Gesicht wollen schon wieder Tränen aufsteigen.

»Er hat sie eben über alles geliebt«, sage ich leise.

Marianne antwortet nicht und wirkt auf einmal sehr nachdenklich, als würde sie überlegen, ob sie mir etwas sagen soll.

»Ich glaube, du weißt nicht alles über deine Eltern«, deutet sie nun geheimnisvoll an.

Ist es der Wein, der Mariannes Zunge lockert?

»Was meinst du damit?«, frage ich sie ruhig. Sie täuscht sich. Was soll Marianne über die Ehe meiner Eltern wissen, was ich nicht weiß?

»Ich meine damit, dass deine Mutter nicht so glücklich war, wie du glaubst. Vor allem, wie dein Vater glaubt.«

»Marianne, was willst du mir damit sagen?«, hake ich nach.

»Ich glaube, deine Mutter fühlte sich oft sehr allein. Sie hat sich ja nie dem Dorfleben in irgendeiner Weise angeschlossen. Weder hat sie Freundschaften gepflegt noch ist sie in einen Verein eingetreten oder hat sich sozial engagiert, nicht einmal in der Bücherei, obwohl das doch eigentlich ihr Beruf war.«

Es stimmt. Wenn ich es mir recht überlege, dann hatte Mama nie eine richtige Freundin. Zu Unternehmungen hatte sie meist keine Lust, und das kam meinem Vater sehr recht. Genau genommen lebte Mama recht zurückgezogen in ihrer eigenen Welt mit ihrer Familie, dem *Rosenhaus* und ihrem wundervollen Garten. Sie liebte Literatur, ihre Blumen und den kleinen Kräutergarten, aus dem sie allerlei Mittelchen und Tees herstellte. Aber alleine? Kann es sein, dass sich Mama alleine oder gar einsam gefühlt hat? Sie hatte doch mich!

»Deine Mama hat sich oft nach ihrer Heimat zurückgesehnt«, gibt Marianne nun bekannt.

Als ob ich das nicht wüsste! Überall hängen bei uns zu Hause Bilder von Göteborg und dem herrlichen Schärengarten. Außerdem bestellte Mama schwedische Bücher im Internet, und fast unsere gesamte Dekoration im Haus inklusive Bettwäsche, Kissen, Kerzen oder Lampen stammte aus Schweden.

»Ich denke nicht, dass dein Vater diese Sehnsucht gespürt oder gar verstanden hat. Wie du weißt, ging und geht dein Vater voll und ganz in seinem Beruf auf und nahm sich nur wenig Zeit für euch.«

Auch damit hat Marianne nur allzu recht. In meiner Erinnerung haben Mama und ich jedoch nicht wirklich darunter gelitten. Wir hatten ja uns. Allerdings mag sie das vielleicht anders als ich empfunden haben.

»Solang deine Oma in Göteborg lebte, seid ihr beide öfter hingefahren. Aber als diese dann verstarb, hattet ihr dort kein richtiges Zuhause mehr. Andere Verwandte hattet ihr ja nicht in Schweden. Und deine Tante Hilda war längst in Berlin.«

»Wir sind auch nach Omas Tod ab und zu in Göteborg gewesen und haben die Ferien in einem schönen Hotel verbracht«, korrigiere ich Marianne, muss jedoch innerlich zugeben, dass dies nach dem Tod meiner Großmutter wirklich nicht allzu häufig vorkam. Vor meinem geistigen Auge taucht die lebendige Hafenstadt mit ihrem Schärengarten, den vielen kleinen Inselchen vor der Stadt, auf. Ich bin immer gerne in Schweden gewesen, auch wenn die weite Anfahrt mörderisch war und wir uns nur selten einen der teuren Flüge leisteten.

Diese Tatsache und weil er angeblich nicht lange von der Praxis wegkonnte, waren der Grund, warum mein Vater uns so gut wie nie begleitete. Er zog es vor, an seinen freien Tagen oder in den zwei Wochen Praxisferien mit uns in die Berge oder nach Italien zu fahren.

»Ich glaube, dein Vater hat Gunillas Heimweh nicht verstanden. Er dachte, sie würde ihr schönes Zuhause am Bodensee und die tolle Gegend hier gar nicht wertschätzen, sondern die Vergangenheit verklären.«

»Hat sie dir das erzählt?«, frage ich misstrauisch. Es kommt mir seltsam vor, dass meine Mutter über diese Dinge mit Marianne gesprochen haben soll. So vertraut waren sie doch gar nicht.

»Nein, sie hätte nie zugegeben, dass ihr etwas fehlt«, gibt Marianne nun auch zu.

»Aber sie hat ab und zu angedeutet, dass sie Heimweh nach Schweden hat. Umgekehrt muss ich natürlich sagen, dass deine Mutter nicht allzu viel Verständnis für deinen Vater aufbringen konnte.«

Ohne zu erklären, was sie mit diesen geheimnisvollen

Andeutungen meint, steht Marianne plötzlich auf und stellt die Teller zusammen.

»Sollen wir uns noch einen Augenblick auf die Terrasse setzen? Ich kann uns einen *Hugo* machen«, wechselt sie abrupt das Thema, was mir nur allzu recht ist. Ich habe keine große Lust, mich weiter über die Ehe meiner Eltern zu unterhalten, und ich glaube, das spürt sie. Beim Namen *Hugo* fällt mir der letzte Abend in Berlin mit Vincent und den Leuten aus seiner Kanzlei ein. Es kommt mir vor, als sei es in einer anderen Welt gewesen.

»Aber nur einen ganz kleinen! Ich muss noch mit Pepe Gassi gehen«, antworte ich, froh über die Unterbrechung der etwas seltsamen Unterhaltung. Außerdem muss ich mit Pepe wirklich einen Abendspaziergang machen.

Einen Abendspaziergang, der mich zu einem Ort führen wird, den ich schon längst aufsuchen wollte und bisher nicht konnte. Zum Friedhof.

*

Den Besuch auf dem Friedhof verschiebe ich auf den nächsten Morgen, denn bis ich mich bei Marianne für das Essen bedankt und verabschiedet habe, ist es bereits dunkel, und auch Pepe scheint zu müde für einen längeren Spaziergang zu sein. Darüber hinaus ruft Leni an, die erstaunt ist, dass ich am Bodensee bin. Nachdem ich ihr erzählt habe, dass mein Vater einen Schlaganfall hatte, zögert sie plötzlich, mir den Grund ihres Anrufs zu nennen.

»Ich möchte nicht auch noch mit schlechten Nachrichten kommen, aber da ist etwas, was du meiner Meinung nach wissen solltest.«

Erst nach meiner Aufforderung berichtet sie, sie habe Vincent mit einer sehr hübschen Begleiterin im *Schokoladenhaus Rausch* am Gendarmenmarkt gesehen. Ihrer Beschreibung zufolge kann es sich nur um Paulina handeln. »Das ist nur eine Kollegin«, erkläre ich, obwohl ich mir nicht mehr sicher bin, ob sie wirklich *nur* eine Kollegin ist.

»Am Sonntagnachmittag trifft sich dein Freund mit einer Kollegin, die, nebenbei bemerkt, aussieht wie ein Topmodel?«, wundert sich Leni.

»Ach, Leni. Ich weiß selbst gerade nicht, ob Vincent überhaupt noch mein Freund ist.«

Als ich die Worte ausspreche, werden sie mir zum ersten Mal schmerzlich bewusst.

»Mach keinen Blödsinn. So einen gut aussehenden und netten Typen findest du in dieser Stadt kein zweites Mal!«, warnt Leni.

»Na, wenn das so ist … dann muss ich mich wohl mehr um ihn bemühen, wenn ich zurück bin«, verspreche ich, auch wenn ich selbst nicht von meinen Worten überzeugt bin. Es ist nur so, dass mir der Gedanke, dass ich mich neben allem anderen auch noch um den Zustand meiner Beziehung sorgen soll, Kopfschmerzen bereitet. Wir plaudern noch über ihre Arbeit in der Klinik und den Zustand meines Vaters, dann legen wir auf. Trotz der Neuigkeit, dass sich Vincent in meiner Abwesenheit mit Paulina trifft, und den vielen anderen Dingen, die in meinem Kopf herumspuken, schlafe ich unerwarteterweise recht gut. Was ist nur los mit mir? Die Sorgen, die ich mir um meinen Vater mache, die Vergangenheit, die ich vor mir selbst verborgen habe, all diese Dinge scheinen zwar schwerer zu wiegen als die Tatsache, dass Vincent offenbar seine

Kollegin toll findet, allerdings halten sie mich nicht vom Schlafen ab. Es sieht so aus, als würde sich mein Körper nach Ruhe und einer Zuflucht sehnen, damit ich mir nicht ständig Gedanken machen kann. Nach einem ausgiebigen Frühstück mit Müsli, frischem Obst und duftendem Kaffee fühle ich mich am nächsten Morgen gestärkt genug für den Tag.

Gerade, als ich zu meiner morgendlichen Runde mit Pepe aufbrechen will, bemerke ich eine junge hübsche Frau mit dunklen Locken an der Tür zur Praxis herumhantieren.

»Guten Morgen, Sie müssen Ute sein!«, begrüße ich sie freundlich.

Erst sieht sie mich misstrauisch an, dann lächelt sie auch freundlich. »Und Sie müssen Amanda Fischer sein. Marianne hat mir erzählt, dass Sie hier sind.«

»Ich bitte um Entschuldigung. Leider habe ich mir Ihren Nachnamen nicht gemerkt«, antworte ich.

»Feldner. Aber nennen Sie mich doch bitte Ute.«

»Sehr gerne, und du mich bitte Amanda. Wir sind ja fast im selben Alter.«

Ute scheint Anfang bis Mitte 30 zu sein.

»Es tut mir so leid, was mit deinem Vater passiert ist«, sagt sie bedauernd. »Weißt du schon Genaueres?«

»Im Moment ist sein Zustand stabil.« Ich sage nicht, dass ich Angst habe, es könnte zu einem weiteren Schlaganfall kommen. »Aber es wird sicher eine ganze Weile dauern, bis er seine Arbeit wieder aufnehmen kann.«

Wenn überhaupt, denke ich. »Vielen Dank, dass du gekommen bist, um die Termine der Patienten abzusagen!«, freue ich mich. »Das ist wirklich nett von dir. Bis ich mich da durchgewühlt hätte …«

»Ach, das mache ich doch gerne«, winkt Ute ab. »Das habe ich mir gleich nach Mariannes Anruf vorgenommen. Außerdem müsste ich doch heute sowieso arbeiten.«

»Weißt du was? Ich gehe nur schnell eine kleine Runde mit Pepe, dann komme ich zu dir in die Praxis und helfe dir«, verspreche ich.

»Helfen brauchst du mir zwar nicht, aber ich freue mich, wenn du herüberkommst«, erwidert Ute lächelnd.

Sie scheint sehr nett zu sein.

Deshalb drehe ich nur eine kurze Runde mit dem Hund und öffne schon wenig später die Tür zur Praxis.

Dort wirkt alles hell, sauber und aufgeräumt. Der Empfang sieht freundlicher aus als vor ein paar Jahren, offenbar haben die Wände einen frischen Anstrich in hellem Gelb erhalten. Wie ich nach einem kurzen Blick ins Wartezimmer feststelle, wirkt auch dieses hell und freundlich mit neuen bequemen Stühlen.

Am Empfang werkelt Ute mit dem Belegungsbuch und dem Telefon herum, sodass ich sie gar nicht groß stören möchte. Doch Ute bietet mir eine Tasse Tee an und erzählt mir zwischen zwei Telefonaten, dass sie seit fünf Jahren in der Praxis ist und wie gerne sie für meinen Vater arbeitet, auch wenn er manchmal etwas »unausgeglichen« sein kann. Außerdem erfahre ich, dass sie einen siebenjährigen Sohn namens Elias hat, der in die erste Klasse geht, weswegen die Arbeitszeiten für sie ideal sind.

»Was machst du denn mit deinem Sohn am Nachmittag?«, erkundige ich mich. Schließlich habe ich auch ein Kind und weiß – gerade durch meine unregelmäßigen Arbeitszeiten – wie schwer es sein kann, die Betreuung zu sichern. Vielleicht gibt es in Utes Leben auch so etwas wie eine Hilda. Oder eine Oma. »Mein Mann Patrick ist

Grundschullehrer«, antwortet Ute lachend. »Er unterrichtet die Parallelklasse von Elias. Das ist perfekt. Patrick ist nachmittags zu Hause und in den Ferien auch. Wenn er einmal nicht da ist, geht Elias zu meiner Mutter.«

»Das klingt super«, freue ich mich für sie, auch wenn mir gerade schmerzhaft ins Gedächtnis gerufen wird, dass mein Tinchen keine Oma mehr hat. Aber dafür hat sie ja ihre Oma Hilda.

Plötzlich geht die Tür auf. Eine etwa Mitte 50-jährige Dame kommt laut schniefend herein.

Ute legt den Telefonhörer beiseite. »Guten Morgen, Frau Rotenberger. Wir haben heute leider geschlossen.«

»Was?«, entgegnet die Dame. »Warum denn geschlossen? Heute ist Montag, und da ist doch ganz normal Sprechstunde.«

»Herr Doktor Fischer ist leider schwer erkrankt. Ich weiß im Moment nicht, wann wir die Praxis wieder öffnen können«, bedauert Ute.

»Aber das gibt es doch nicht! Jetzt bin ich 30 Jahre Patientin hier, und noch nie war geschlossen! Ausgerechnet jetzt, wo es mir so schlecht geht!«

»Frau Rotenberger, es gibt eine Vertretung. Die Praxis von Frau Doktor Reith wird die Patienten von Herrn Doktor Fischer übernehmen.«

»Ach, das kann ich vergessen. Dort wird die Hölle los sein am Montagmorgen«, antwortet Frau Rotenberger seufzend. »So ein Pech aber auch!«

»Was fehlt Ihnen denn?«, mische ich mich ein. Es scheint ihr wirklich nicht gut zu gehen, wenn sie so empathielos ist, dass sie nicht einmal nachfragt, woran denn der Herr Doktor, bei dem sie immerhin seit 30 Jahren Patientin ist, erkrankt ist.

Misstrauisch sieht sie mich an. »Wer sind Sie denn?«

Vermutlich dachte sie bis zu diesem Zeitpunkt, ich sei auch eine Patientin, die gerade abgewiesen wurde.

»Frau Rotenberger, das ist Amanda Fischer, die Tochter vom Doktor«, stellt mich Ute vor.

»Ach was? Wie doch die Zeit vergeht! Ich weiß noch, wie du mit deiner Mama bei uns im Geschäft einkaufen warst. So schöne blonde Zöpfe hattest du früher!«

Jetzt erinnere ich mich auch an die Dame. Sie betreibt den kleinen Schreibwarenladen in Seenähe, den ich als Kind so geliebt habe.

»Tja, und jetzt bin ich erwachsen und ebenfalls Ärztin«, kläre ich sie lächelnd auf. »Wollen wir kurz ins Sprechzimmer gehen?«

Ohne darüber nachzudenken, was ich da eigentlich tue, bitte ich Frau Rotenberger nach nebenan. Eigentlich darf ich das als Assistenzärztin gar nicht, denn um Patienten in einer Praxis zu behandeln, fehlt mir die Facharztausbildung.

Das erkläre ich ihr, sobald sie sich auf den Patientenstuhl vor dem Schreibtisch, der sich mitten im Raum befindet, gesetzt hat. Daneben gibt es noch eine Behandlungsliege und einen Medikamentenschrank. Die Wände zieren Bilder vom See, die mein Vater selbst aufgenommen hat. In seiner Freizeit hat er gerne fotografiert, obwohl ihm sein Beruf nicht allzu viel Zeit für Hobbys ließ.

»Das ist ja komisch. Sie sind Ärztin und dürfen mich nicht behandeln?«, fragt Frau Rotenberger nun.

»Ich habe zwar die Approbation als Ärztin, muss aber noch die Weiterbildung zum Facharzt absolvieren, damit ich Kassenpatienten behandeln darf. Aber keine Sorge, ein bisschen Ahnung von Medizin habe ich natürlich schon!

Schließlich arbeite ich in einer Klinik und habe dort mit dem ganzen Spektrum an Krankheitsfällen zu tun«, antworte ich lächelnd, als ich ihren misstrauischen Blick bemerke. »Wenn Sie mir sagen, was Ihnen fehlt, kann ich Ihnen vielleicht trotzdem weiterhelfen.«

»Oh, das wäre toll! Wissen Sie, ich kann doch nicht so gut weg vom Geschäft und möchte nicht auch noch in eine andere Praxis fahren.«

»Sie betreiben noch den Schreibwarenladen?«, frage ich sie.

Wie habe ich es geliebt, dort einzukaufen! Besonders zum Schulanfang, aber auch unter dem Jahr haben wir dort immer Schulhefte, Stifte, Füllerpatronen, aber auch Grußkarten, Briefpapier und sogar Bastelutensilien oder das ein oder andere *Bibi Blocksberg*-Heft für mich und eine Modeillustrierte für Mama gekauft. Ich freue mich, dass der kleine Laden noch immer existiert. Leider sind inzwischen so viele kleine Fachgeschäfte von der Bildfläche verschwunden, weil die Leute lieber in den Supermärkten oder online einkaufen.

»Richtig. Deshalb habe ich nicht viel Zeit, denn ich muss den Laden gleich aufmachen. Ach, ich bin so froh, dass Sie da sind! Vielleicht können Sie mir wirklich helfen. Der Doktor hätte mir nämlich einfach ein Mittele verschrieben, und schon wäre ich wieder draußen!«

»Wofür brauchen Sie denn das ›Mittele‹?«, frage ich.

»Ach, ich hab doch so den Schnupfen! Seit Wochen schon, und der geht einfach nicht weg«

»Seit Wochen schon? Haben Sie auch andere Symptome? Husten, Halsschmerzen, Kopfschmerzen?«

»Nein, das ist ja das Komische. Zuerst dachte ich, es sei ein Katarrh. Aber da kam nix dazu, kein Husten, kein

Halsweh, nix. Nur Schnupfen. Sie glauben ja nicht, was da so alles aus meiner Nase kommt!«

Ich muss lachen. »Wie sieht das denn aus, was aus Ihrer Nase kommt ... eher gelblich oder eher hell und wässrig?«

»Eher das Letztere, wenn ich es mir genau überlege.«

»Ist der Schnupfen gleichmäßig stark?«, frage ich genauer.

»Nein, manchmal hab ich fast gar nix. Dann denke ich schon, ich hab's überstanden. Aber plötzlich geht es wieder von vorne los. Gerade gestern war es so schlimm. Ich musste die ganze Zeit niesen und habe mich so elend gefühlt.«

»Waren Sie gestern draußen?« So langsam entsteht bei mir ein leiser Verdacht.

»Ja, wir haben einen Spaziergang mit unserem Enkele gemacht. Das Wetter war ja so herrlich! Aber ich konnte es gar nicht recht genießen.«

»Dann war der Schnupfen draußen also viel schlimmer als im Haus?« Ich ahne, was Frau Rotenbergers Problem sein könnte.

»Jetzt, wo Sie es sagen. Ja, genau!«

»Tränen Ihre Augen ab und zu?«

»Ja, und sie jucken.«

Auch das hatte ich vermutet.

»Frau Rotenberger, kann es sein, dass Sie eine Allergie haben?«, frage ich sie auf den Kopf zu.

»Eine Allergie? Ich doch nicht. Ich war mein Lebtag nicht allergisch gegen irgendetwas.«

»Das kann sich manchmal von einem Tag auf den anderen ändern. Schauen Sie, die vielen Blüten und Blumen da draußen!« Ich lenke ihren Blick aus dem Fenster in den

Garten. »Sie sind für die meisten Menschen eine große Freude. Aber bei vielen lösen sie allergische Reaktionen aus. Und nach allem, was Sie mir berichtet haben, vermute ich, dass es bei Ihnen auch so ist. Haben Sie schon einmal einen Allergietest gemacht?«

Frau Rotenberger schüttelt den Kopf.

»Dann empfehle ich Ihnen Folgendes: Vereinbaren Sie, so schnell es geht, einen Termin bei einem Allergologen. Er wird einen Test mit Ihnen machen, und ich bin mir ziemlich sicher, dass Sie auf verschiedene Dinge allergisch reagieren werden. Inzwischen holen Sie sich in der Apotheke ein Antiallergikum, das wird Ihnen schnell helfen. Es gibt wirklich ausgezeichnete Medikamente mit den Wirkstoffen Loratadin oder Cetirizin, die Sie rezeptfrei bekommen. Bestimmt wird es Ihnen nach der Einnahme sehr viel besser gehen.«

»Meinen Sie? Dann hole ich mir die gleich auf dem Weg ins Geschäft. Vielen Dank! Sehen Sie, da konnten Sie mir doch helfen! Auch ohne Facharztausbildung«, freut sich Frau Rotenberger.

»Denken Sie bitte trotzdem an den Test beim Allergologen. Sollte sich etwas ändern oder Sie sich trotz der Tabletten schlechter fühlen, dann wenden Sie sich bitte an unsere Vertretung, Frau Doktor Reith.«

Habe ich eben »unsere Vertretung« gesagt?

»Das werde ich.«

An der Tür dreht sich Frau Rotenberger um.

»Hoffentlich ist der Doktor nicht ernsthaft krank? Wissen Sie, ich möchte so ungern den Arzt wechseln. Ich bin schon so lange Patientin von Ihrem Vater.«

»Ich hoffe auch, dass mein Vater bald wieder auf die Beine kommt«, weiche ich aus, obwohl ich mir nicht so sicher bin, ob und wann mein Vater diese Praxis so weiterführen kann wie bisher. Vermutlich erst einmal nicht.

»Es ist schade, dass Sie ihn nicht vertreten können! Bei Ihnen habe ich mich gleich aufgehoben gefühlt. Obwohl Sie so jung sind!« Frau Rotenberger schenkt mir ein herzliches Lächeln.

»Vielen Dank und gute Besserung!«, verabschiede ich sie beim Hinausgehen und freue mich über das Kompliment. Wie anders hat sich doch das Gespräch mit einer Patientin in Vaters Praxis angefühlt als im hektischen Krankenhaus, in dem ich oft das Gefühl habe, im Akkord zu arbeiten.

»Du bist Ärztin? Das ist ja super! Dann brauche ich die Termine gar nicht abzusagen, und wir beide können den Laden hier zusammen schmeißen«, freut sich Ute.

Ich erkläre auch ihr, dass das leider nicht geht. Doch ich muss zugeben, dass mir der Gedanke schmeichelt, dass sie sich offenbar gefreut hätte, mit mir zusammenzuarbeiten.

»Ich fürchte, du musst die Termine doch absagen. Ist es in Ordnung, wenn ich dich damit alleine lasse? Ich würde gerne in die Klinik zu meinem Vater fahren. Oder soll ich dir helfen?«

»Quatsch, ich habe doch die Daten der Patienten. Fahr du ruhig zu dem Doktor und richte ihm bitte meine herzlichsten Grüße aus! Ich habe mich so erschrocken, dass er einen Schlaganfall hatte. Hoffentlich wird er wieder richtig gesund«, erklärt Ute mit ernster Miene.

»Das hoffe ich auch. Sehen wir uns noch einmal, solang ich hier bin?«, frage ich sie.

»Das kommt ganz darauf an, wie lange du bleibst.« Ute schenkt mir ein warmes Lächeln. »Aber ich denke schon. Ich komme die Tage noch einmal in die Praxis. Ich muss noch die Monatsabrechnungen machen. Jetzt habe ich wenigstens Ruhe dazu.« Erschrocken sieht sie mich an. »Du weißt, wie ich das meine? Mir wäre lieber, wenn alles normal weiterlaufen könnte.«

»Klar weiß ich, wie du das meinst, und ich verstehe deine Gedanken. Mach dir nicht allzu viele Sorgen! Es wird schon irgendwie weitergehen mit der Praxis«, beruhige ich sie, auch wenn ich selbst davon gerade nicht überzeugt bin.

4. Kapitel

Erinnerungen

Gestärkt durch die netten Begegnungen mit Ute und Frau Rotenberger mache ich mich auf den schweren Gang zum Friedhof. Das Wetter ist nicht mehr ganz so freundlich, und die Sonne tut sich schwer, durch die Wolken zu brechen. Doch kalt ist es nicht, meine leichte Steppjacke ist warm genug.

Das Grab meiner Mutter habe ich nach Mariannes Beschreibung schnell gefunden. Es befindet sich unter einer Birke, und ich denke daran, wie sehr Mama dieses Plätzchen in Erinnerung an ihre schwedische Heimat gefallen hätte. Bestimmt hat Vater diesen Ort deshalb ausgesucht, ebenso wie den wunderschönen Engel aus Naturstein, der auf einem Kalksteinsockel sitzt und verträumt den Kopf auf die Hand gestützt hat. Ebenso, wie Mama es oft getan hat. »Adjö min Ängel«, steht auf Schwedisch auf dem Sockel und darunter Mamas Name, Gunilla Fischer, und ihr Geburtsdatum sowie ihr Todestag. Es war der Tag, der auch mein Leben entzweiriss. Auf einmal beginne ich zu zittern. Meine hübsche, junge Mutter. Sie sollte bei mir sein, nicht an diesem Ort, auch wenn er noch so schön ist! Als Mama beerdigt wurde, lag ich in der Klinik im Koma und wusste von nichts. Ich kann mir nur annähernd vorstellen, wie schlimm das alles für meinen Vater gewesen sein muss. Tränen laufen über meine Wangen, als ich die auf dem Weg gepflückten Wiesenblumen in eine Vase, die ich am Brunnen mitgenommen habe, stelle. Das Grab sieht sehr gepflegt aus, bestimmt ist mein Vater oft hier.

»Adjö, Mamilein«, sage ich leise weinend. »Es tut mir so leid, dass ich mich nicht richtig von dir verabschieden konnte. Alles tut mir so leid!« Aus den Tränen wird ein Schluchzen, das ich nicht mehr kontrollieren kann.

Ich habe die Trauer, das Schuldgefühl so lange verdrängt, aber auf einmal scheint alles aus mir herauszubrechen. Denn ich bin schuld an ihrem Tod.

Als Mama von meinem schweren Unfall erfuhr, an den sich mein Gedächtnis ebenso weigert zu erinnern wie an all das, was dem Unfall vorausgegangen ist, erlitt sie einen schweren Herzinfarkt. Sie schaffte es gerade noch, meinen Vater, der zu diesem Zeitpunkt zu einem Hausbesuch unterwegs war, zu erreichen und ihm von dem Anruf, in dem ihr mitgeteilt wurde, dass ich schwer verunglückt war, zu berichten und zu sagen, dass sie sich schlecht fühlte. Er machte sich sofort auf den Heimweg, doch als er wenig später nach Hause zurückkehrte, fand er Mama leblos im Flur. Er konnte ihr nicht mehr helfen. Schon lange ahne ich, dass auch er schwere Schuldgefühle in sich trägt und sich vorwirft, an diesem Abend, als sie seine Hilfe brauchte, nicht zu Hause gewesen zu sein.

Auf dem Heimweg gehe ich langsam am See entlang. Ich brauche Ruhe und Zeit, um mich zu sammeln, ehe ich in die Klinik zu meinem Vater fahren kann. Plötzlich kommt die Sonne heraus und zaubert ein helles Glitzern auf das Wasser. Eine kleine Entenfamilie schwimmt an mir vorbei, und es kommt mir fast so vor, als wolle mich die Natur trösten. Ich wische meine Tränen ab und halte mein Gesicht in die Sonne. Plötzlich fallen mir Mariannes Andeutungen ein, die Ehe meiner Eltern sei nicht so glücklich gewesen, wie es nach außen den Anschein hatte. Ich muss zugeben, dass auch mir nicht entgangen war, dass meine Eltern in den letzten Jahren vor Mutters Tod nicht mehr allzu viele Gemeinsamkeiten hatten. Vater arbeitete viel zu viel, und Mama wirkte oft ein wenig traurig und abwesend. Doch sie hatte auch in den Jahren zuvor melancholische Phasen, was meiner Einschätzung nach zu ihrem Wesen gehörte. Dass sich diese verschlimmert haben sollten, hatte ich nicht bemerkt. Vielleicht hatte sie mir etwas vorgespielt? Wahrscheinlich war ich auch zu beschäftigt mit meinem eigenen Leben gewesen.

»Amanda?«, reißt mich plötzlich eine Stimme aus meinen Gedanken.

»Thommy!« Überrascht wende ich mein Gesicht vom glitzernden See.

Einer der Gründe, warum ich mich bis jetzt geweigert habe, nach Hause zurückzukehren, ist natürlich jener, dass ich keinen meiner damaligen Freunde wiedersehen wollte. Wobei ich mit »damalige Freunde« grandios übertreibe. Denn wenn ich es mir recht überlege, so bin ich vermutlich ebenso eine Einzelgängerin, wie meine Mutter es zu Lebzeiten gewesen war. Jedenfalls hatte auch ich nie so etwas wie eine beste Freundin. In dem Alter, in dem andere Mädchen mit ihren Freundinnen herumgiggelten und um die Häuser zogen, bevorzugte ich die Gesellschaft meiner inspirierenden Mama oder meiner Bücher. Thommy war der Erste, bei dem ich eine große Ausnahme machte. Nun steht er vor mir vor, der Mensch, der mir einmal so nahe stand und dem ich auch unfassbar wehgetan habe.

Für eine Sekunde denke ich daran, dass ich total verweint aussehen muss. Darüber hinaus habe ich mir für mein Aussehen heute Morgen noch nicht allzu viel Zeit genommen.

Was muss er nur von mir denken? Sieben Jahre haben wir uns nicht gesehen, und nun stehe ich total verheult und ungeschminkt vor dem Mann, der einmal mein fester Freund war.

»Gut siehst du aus«, stellt Thommy stattdessen fest und mustert mich eingehend, was mir aus besagten Gründen gar nicht so recht ist.

»Lügen konntest du schon immer gut!«, versuche ich es mit einem Scherz. »Ich komme gerade vom Friedhof.«

»Ach herrje. Du weißt, dass mir das mit deiner Mutter unendlich leidtut? Ich weiß ja, wie nahe ihr euch standet.« Thommys Miene ist betroffen. Ich kann darauf nicht antworten, sondern nicke nur.

»Wir haben uns lange nicht gesehen. Wo ist deine Lockenmähne geblieben?«, stellt Thommy fest.

Früher trug ich mein blondes Haar lang und die wilden Locken ungebändigt. Seitdem ich als Ärztin arbeite, habe ich mir jedoch eine etwas praktischere Frisur zugelegt und trage mein Haar schulterlang, meist durch ein Glätteisen gebändigt oder wie jetzt zu einem Zopf gebunden.

»Wir sind älter geworden«, stelle ich fest. Obwohl das auf Thommy nicht unbedingt zutrifft. Ich finde, er hat sich kaum verändert, wenn er auch männlicher wirkt. Wie alt ist er jetzt? Er muss um die 30 sein, doch er besitzt denselben Charme wie früher, als wir noch zur Schule gingen. Möglicherweise entsteht dieser Eindruck durch sein jungenhaftes Outfit, das aus coolen Jeans, einem blauen Sweatshirt und Chucks besteht, und dem modernen Haarschnitt, welchen er seinem braunen Haar verpasst hat.

»Älter? Du siehst kein bisschen älter aus, vielleicht ein bisschen seriöser. Ich wusste gar nicht, dass du wieder hier bist. Machst du Ferien?«, fragt er und grinst mich plötzlich auf dieselbe Weise an, die ihn damals schon unwiderstehlich machte.

»Ich wünschte, es wäre so. Mein Vater ist im Krankenhaus. Er hatte einen Schlaganfall«, gestehe ich.

»Oh, das tut mir leid. Wie geht es ihm?« Thommy scheint ehrlich bestürzt.

»Ich denke, er wird es schaffen. Er ist ein zäher Bursche, wie du weißt«, antworte ich, als müsse ich ihn beruhigen.

»Das hoffe ich wirklich für dich. Du lebst in Berlin, wie man hört.« Es ist mehr eine Feststellung als eine Frage, und ich überlege, woher er das wohl weiß. Vielleicht von meinem Vater. Andererseits ist dieser Ort nicht allzu groß, und manche Dinge sprechen sich eben herum.

»Ja, genau. Und du, was machst du so?«, frage ich unbeholfen. Als wären wir zwei Fremde, dabei standen wir uns einmal so nah. Wir kennen uns eine gefühlte Ewigkeit. Thommy war zwei Klassen über mir auf demselben Gymnasium, und ich schätze, mindestens die Hälfte meiner Klassenkameradinnen hat damals für ihn geschwärmt. Als Sohn der berühmten *Destillerie Bommer* besaß Thommy als einer der wenigen von uns schon mit 18 ein Auto und kurvte damit überall am See herum. Natürlich begegneten wir uns im Sommer täglich im Strandbad und auch sonst auf diversen Veranstaltungen, wie das so ist in einem kleinen Ort. So richtig näher kamen wir uns erst, als wir uns an der Uni Konstanz wiedersahen. Im Gegensatz zu mir, die ich, gegen den ausdrücklichen Wunsch meines

Vaters, Medizin zu studieren, rebelliert und stattdessen ein Psychologiestudium begonnen hatte, war Thommy dem Wunsch seiner Eltern gefolgt und hatte Betriebswirtschaft gewählt. Wir trafen uns hie und da an der Uni, auf manchen Partys oder in den urigen Kneipen in der Konstanzer Niederburg, meist in Begleitung von anderen Studienkollegen. Als der Herbst und mit ihm die nasskalten Tage kamen, wurde es zu kalt, um mit meiner Vespa zu fahren, und ich nahm den Bus nach Friedrichshafen. Eines Tages hielt Thommy an der Bushaltestelle und bot mir an, mich täglich in seinem Auto mit nach Konstanz zu nehmen. Irgendwann küsste er mich auf der Fähre in der Abenddämmerung, und von jenem Tag an waren wir offiziell zusammen. Ich liebte seine heitere, unbeschwerte Art, das Leben zu genießen, aber was Liebe war, das wusste ich damals nicht. Noch nicht.

»Ich bin erst seit ein paar Wochen wieder hier«, antwortet Thommy, der eigentlich Thomas heißt. Irgendwie mag ich ihn nicht mehr Thommy nennen, er ist so erwachsen geworden. Andererseits gehört »Thommy« zu meiner Vergangenheit.

»Du warst auch weg?«, erkundige ich mich. Ich weiß wirklich gar nichts mehr über ihn und das Leben, das er seitdem geführt hat.

»Das wüsstest du, wenn du dich einmal gemeldet hättest, wie du es versprochen hast«, kommt auch schon der Vorwurf von seiner Seite.

»Du hättest dich auch melden können!«, verteidige ich mich.

»Nachdem du mir auf offener Straße mit dem Koffer in der Hand gesagt hast, ich solle endlich begreifen, dass es mit uns aus und vorbei sei und du weit weg wolltest, um

›das alles hier‹ zu vergessen und ein neues Leben anzufangen? Das hat sich damals ziemlich endgültig angehört! Du hast gesagt, du würdest dich melden, sobald du ›wieder Boden unter den Füßen hast‹. Das ist nie geschehen!« Sein Grinsen ist verschwunden.

Thommy war nie meine große Liebe, aber er war immer ein echter Freund. Auf einmal tut mir so unfassbar leid, was ich auch ihm angetan habe.

»Dass du ein neues Leben anfangen wolltest, hab ich ja verstanden. Nach dem, was passiert war.« Thommys Ton wird wieder versöhnlich.

»Ich musste hier weg«, spricht er weiter. »Irgendwie konnte ich das damals nicht … so weitermachen wie bisher. Ich brauchte Abstand und habe mein Studium unterbrochen. Erst war ich zwei Jahre in Neuseeland und danach ein Jahr in Australien, anschließend habe ich mich an der Uni Hohenheim bei Stuttgart beworben und dort mein Studium beendet.«

»Das klingt cool«, antworte ich anerkennend. »Dann arbeitest du jetzt in der Firma deiner Eltern?«

»Im Moment noch nicht. Vielleicht im Herbst«, erklärt er ausweichend. »Allerdings weiß ich im Moment nicht so recht, ob ich das überhaupt will. Der alte Konrad Sinnhuber bot mir die Chance, seine Segelschule am Hafen zu übernehmen, und ich habe zugesagt. Also werde ich das Angenehme mit dem Nützlichen verbinden und den Sommer damit verbringen, den vielen Urlaubern und manchen Einheimischen das Segeln beizubringen!« Thommy grinst mich an und zeigt weiße, ebenmäßige Zähne. Segeln war schon immer seine Leidenschaft. Ich erinnere mich an zauberhafte Segeltörns, die wir damals sogar noch im Herbst gemeinsam unternahmen.

»Das ist deine Welt«, bestätige ich ihn. Auch wenn seine Eltern vermutlich anderer Meinung sein dürften. Sie hatten schließlich einen anderen Weg für ihn vorgezeichnet. Genauso wie mein Vater für mich.

»Richtig! Segeln war auch in Neuseeland und Australien meine Lieblingsbeschäftigung«, erklärt er grinsend. »Weißt du was? Ich kann dir das gerne einmal alles bei einem Gläschen Wein erzählen. Leider muss ich jetzt los. Meine Oma wartet. Es geht ihr gerade nicht so gut.«

»Oma Hedwig? Oh, das tut mir leid!«, erkläre ich teilnahmsvoll. »Bitte richte ihr ganz liebe Grüße von mir aus.«

»Ich wusste gar nicht, dass du sie kennst«, wundert sich Thomas.

»Natürlich kenne ich sie. Wir haben uns doch damals bei eurer Weihnachtsfeier kennengelernt. Sie war so nett zu mir!«, erinnere ich mich.

Nett ist untertrieben. Oma Hedwig war der liebste Mensch außer meiner Mutter, dem ich je begegnet bin. Auf der Weihnachtsfeier war sie die Einzige der Familie Bommer, die mich herzlich begrüßte. Nein, das stimmt nicht ganz. Sie war nicht die Einzige …

»Stimmt, auf der Weihnachtsfeier war Oma auch«, fällt es Thomas ein. »Ich werde ihr gerne die Grüße bestellen. Komm doch in den nächsten Tagen bei der Segelschule vorbei, dann können wir etwas verabreden!«, schlägt er nun vor.

»Mach ich gerne. Bis bald!«, stimme ich zu.

So lange habe ich mich davor gefürchtet, jemanden aus meiner Vergangenheit wiederzusehen, und nun hat es sich leicht und richtig angefühlt. Mir ist natürlich bewusst, dass es an Thommy und seinem liebenswerten Wesen liegt. Er hätte mir auch anders begegnen können, so wie ich ihn damals behandelt habe! Aber er war so freundlich und aufmerksam wie früher, und irgendwie bin ich gerade sehr empfänglich dafür, etwas von der Leichtigkeit, die auch ich einmal besaß, wiederzuerlangen.

Nie wieder wollte ich das junge Mädchen sein, das damals leichtfertig Schmerzen und Tod verursacht hatte. Tief in mir drin gibt es eine Sehnsucht, all das Schwere, das schon so lange auf meiner Seele lastet, wieder loszuwerden.

Ich sehe ihm nach, wie er mit seinen coolen Jeans federnden Schrittes davoneilt, und meine Erinnerung führt mich zu der Weihnachtsfeier, als alles begann …

*

Sieben Jahre zuvor
Weihnachtsfeier bei Familie Bommer am 4. Advent

Meine Mutter hat einmal zu mir gesagt: »Die Liebe kommt gerade dann, wenn man sie am wenigsten erwartet. Man kann sich nicht vor ihr verstecken und schon gar nicht vor ihr davonlaufen. Gegen Liebe ist kein Kraut gewachsen.« Sie, die für alle Wehwehchen ein Kraut im Garten züchtete, aus welchem sie, sehr zum Missfallen meines Vaters, Tee oder Salbe zubereitete, hatte kein Rezept gegen die Liebe. Damals habe ich nicht verstanden, warum man überhaupt ein Rezept gegen die Liebe brauchen sollte. Die Liebe war doch etwas Wunderbares! Doch was wusste ich schon davon? Absolut nichts. Und als mir die Liebe begegnete, hätte ich gerne ein Rezept dagegen gefunden …

Natürlich hatte ich als Schulmädchen für den einen oder anderen Jungen in der Schule geschwärmt. Doch obwohl es zu Verabredungen und heimlichen Küssen mit netten

Verehrern kam, hatte ich nie einen richtig festen Freund, was ich meinem zurückhaltenden Wesen zuschrieb. Meist verspürte ich schon nach dem ersten Date keine allzu große Lust, denjenigen wiederzusehen, und die Sache verlief im Sande. Thommy war der erste Mann, mit dem ich so etwas wie eine Beziehung hatte, jedenfalls glaubte ich das, weil wir fast unsere gesamte Freizeit miteinander verbrachten. Als wir etwa ein halbes Jahr zusammen waren, lud er mich zu einer Weihnachtsfeier in die prächtige Villa seiner Eltern ein. Ich war mehr als nur aufgeregt, denn ich sollte zum ersten Mal seine Familie treffen. Während Thommy inzwischen bei uns zu Hause ein- und ausging und sich durch sein freundliches und hilfsbereites Wesen besonders bei meiner Mutter sehr beliebt gemacht hatte, war mir Thommys Familie unbekannt. Natürlich wusste ich, wer die Bommers waren, wer wusste das nicht in unserem kleinen Ort? Doch bis jetzt hatte sich keine Gelegenheit ergeben, der Familie offiziell vorgestellt zu werden. Nicht nur deshalb sollte es ein besonderer Abend für mich werden. In den Wochen vor der Feier schwärmte mir Thommy begeistert von der beeindruckenden Gästeliste und den Vorbereitungen, mit denen seine Mutter angeblich Tag und Nacht beschäftigt war, vor. Nicht nur seine komplette Familie, inklusive aller Tanten, Onkel, Cousinen und Vettern, sondern auch jede Menge Freunde und Geschäftspartner sowie die gesamte Belegschaft der Destillerie Bommer würde anwesend sein. Die Bommers wohnten nicht in dem großen Gebäude, in dem die Destillerie untergebracht war, sondern besaßen eine eindrucksvolle Villa mit großem Garten direkt am See. In den Tagen vor der Weihnachtsfeier steigerten sich meine Vorfreude und meine Aufregung von Tag zu Tag. Meine Mutter, die unser Heim wie jedes Jahr in das Weihnachts-

Rosenhaus verwandelt hatte, gab ihr Bestes, mir Tipps zu geben, wie ich mich auf dem eleganten Parkett der Schönen und Reichen zu bewegen hatte, auch wenn ihr selbst diese Welt nicht nur fremd, sondern sogar ein bisschen unangenehm war. Eines Abends holte sie mich völlig unerwartet an der Uni Konstanz mit dem Wagen ab und verkündete fröhlich, wir würden nun ein Kleid für die Weihnachtsfeier kaufen. Begeistert stöberten wir durch die vorweihnachtlich dekorierten Geschäfte. Das Kleid sollte für den besonderen Anlass zwar außergewöhnlich und chic, aber nicht zu aufgedonnert sein und meinem Wesen entsprechen, was gar nicht so einfach war. Schließlich entdeckten wir in einer kleinen Vintage-Boutique in der Niederburg ein königsblaues schlichtes Kleid, das meine schlanke Figur zur Geltung und meine blauen Augen zum Strahlen brachte. »Das ist es! Ich leihe dir meine blauen Ohrringe dazu, und du wirst der Star des Abends sein!« Fast kam es mir vor, als würde sich Mama an dem Kauf mehr freuen als ich. Nie werde ich diesen Einkaufsabend vergessen, den wir anschließend gebührend bei einem leckeren indischen Essen ausklingen ließen.

Am Abend der Weihnachtsfeier holte Thommy mich zu Hause ab. Anerkennend pfiff er durch die Lippen, als er mich in dem hübschen Kleid und Mamas elegantem schwarzen Wollmantel sah. Meine blonde Lockenmähne leuchtete im Schein der vielen Kerzen, die Mama bereits angezündet hatte. Es tat mir ein bisschen leid, sie alleine zu lassen, denn mein Vater war wieder einmal zu Hausbesuchen unterwegs, doch sie versicherte mir, sie hätte sich schon den ganzen Tag auf eine Adventsshow im Fernsehen gefreut.

Zum ersten Mal seit Jahren hatte es an diesem 4. Advent geschneit, was die Atmosphäre auf dem Weg zur Bommer-

schen Villa, der durch viele Fackeln erhellt wurde, noch romantischer gestaltete. Am Eingang nahm mir Thommy den Mantel ab und stellte mich sogleich seinen Eltern, die zur Begrüßung am Eingang standen, vor. Thomas' Vater, Walter Bommer, begrüßte mich freundlich und fragte sogleich nach meinem Vater, der ihm als Landarzt wohlbekannt war. Thommys Mutter, Verena Bommer, musterte mich indessen kühl und gab mir nur kurz die Hand, um sich sofort darauf den neu angekommenen Gästen zuzuwenden, welche sie wesentlich herzlicher als mich begrüßte. Ganz offensichtlich interessierte sie sich nicht allzu sehr für die Freundin ihres Sohnes. Vielleicht dachte sie auch, ich würde mich sowieso nicht mehr lange an seiner Seite halten, und es lohne sich nicht, mich näher kennenzulernen. Ich fühlte Wut in mir aufsteigen. Meine Eltern waren vielleicht nicht so reich wie die Bommers und besaßen kein derartiges Anwesen, doch sie waren im Ort angesehene Leute. Mein Vater stammte aus kleinen Verhältnissen und hatte sich nach dem frühen Unfalltod seiner Eltern das Studium, die Praxis und das Rosenhaus *selbst hart erarbeitet, ohne auf das Erbe wohlhabender Vorfahren zurückgreifen zu können wie vermutlich viele hier im Raum.*

Doch ich hatte mich viel zu lange auf diesen Abend gefreut, um mir die Stimmung verderben zu lassen. Allein das wundervoll weihnachtliche Ambiente erfreute mein Herz. Überall in der Eingangshalle, die mit wertvollen Antiquitäten möbliert war, beleuchteten Lichterketten große Bodenvasen aus Glas, die mit Tannenzweigen und roten Weihnachtskugeln gefüllt waren. Thommy führte mich in das große Wohnzimmer, welches ebenfalls sehr stilvoll eingerichtet war und über bodentiefe Fenster verfügte, welche auf das parkähnliche Grundstück und zum

See ausgerichtet waren. Die Gäste, die bereits eingetroffen waren, schienen sich alle mehr oder weniger gut zu kennen und standen in Grüppchen beieinander, um sich zu unterhalten. Hübsche junge Kellnerinnen in roten Blusen und schwarzen Röcken liefen dazwischen herum und reichten Cocktails und Champagner sowie kleine appetitlich aussehende Häppchen auf silbernen Tabletts. Ich war tief beeindruckt von der weihnachtlichen Dekoration, die Thommys Mutter auch in diesem Raum geschmackvoll und glamourös arrangiert hatte. Ein Feuer brannte im großen Kamin, und in der Mitte des Raumes erstrahlte ein riesengroßer Weihnachtsbaum, welcher über und über mit roten und silbernen Kugeln dekoriert war.

Plötzlich gab Verena Bommer Thommy ein Zeichen, und er entschuldigte sich:

»Ich muss kurz meiner Mutter etwas helfen. Ich glaube, sie hat so etwas wie ›Wichteln‹ vorbereitet. Aber ich bin gleich wieder da und stelle dich ein paar Leuten vor, okay?«

»Natürlich. Soll ich auch helfen?«, schlug ich vor. Von »Wichteln« hatte mir keiner etwas gesagt, und ich bereute, außer der Weihnachtsduftkerze, welche ich Thommys Mutter am Eingang überreicht und die sie gleich achtlos beiseitegestellt hatte, kein weiteres Geschenk mitgenommen zu haben. Thommy winkte dankend ab und versprach stattdessen, gleich wiederzukommen. Plötzlich kam ich mir zwischen den vielen fremden Menschen unfassbar verloren und alleine vor. Ich nahm ein Glas Champagner von einem der Silbertabletts und stellte mich damit ans Fenster. Wieder einmal wünschte ich mir, ein wenig mehr Selbstbewusstsein zu besitzen. Eine mutigere junge Frau als ich hätte sich einfach irgendwo dazugestellt und mit den anderen Gästen Small Talk gemacht. Da stand

ich nun in meinem neuen Kleid, blickte verträumt in den verschneiten Garten und lauschte der kleinen Combo, die gerade »White Christmas« spielte. Ich fühlte mich fremd, als würde ich nicht dazugehören. Wäre ich doch nur zu Hause geblieben!

In diesem Moment tippte mir jemand auf die Schulter. Ich drehte mich um, und für einen Moment glaubte ich, mein Herz bliebe stehen. Möglicherweise setzte es tatsächlich für einen Moment aus, jedenfalls kam es mir so vor.

»Du musst Amanda sein, Thommys neue Freundin.« Die Stimme war tief, das Lächeln in dem männlich markanten Gesicht echt. Was mir aber wirklich weiche Knie bescherte, war der Blick in seine dunkelbraunen Augen.

Mein Gehirn schien komplett leer. Ich war unfähig, auch nur einen anständigen Satz zu formulieren, deshalb nickte ich nur und schenkte ihm ein Lächeln.

»Ich bin Lukas, Thommys Bruder, und habe schon viel von dir gehört, Amanda.«

Im Gegensatz zu Thommy, der heute Abend in seinen schwarzen Jeans und einem weißem Hemd auch sehr chic aussah, trug Lukas einen grauen Anzug mit einem schwarzen Hemd, was seine Erscheinung noch männlicher machte. Er strich sich das dunkle Haar zurück und lächelte mich erneut an. Wieder begann mein Herz, wahnsinnig zu klopfen.

Das war doch vollkommen verrückt! So etwas kam im richtigen Leben doch nicht vor, höchstens in kitschigen Hollywoodfilmen. Ich musste unbedingt wieder zu Verstand kommen. Vielleicht war nur der Champagner auf leeren Magen schuld.

Natürlich wusste ich, wer er war. Ich hatte Lukas Bommer zuvor hin und wieder gesehen, meist, wenn er mit seinem großen Range Rover in der Stadt unterwegs war. Dennoch kannten wir uns nicht näher. Im Gegensatz zu Thommy und mir hatten wir ja keine Berührungspunkte wie die Schule und dergleichen. Ich wusste von Thommy, dass sein Bruder acht Jahre älter war, somit war Lukas zehn Jahre älter als ich. Thommy hatte mir erzählt, dass Lukas gleich nach der Schule in die Firma seiner Eltern eingetreten war und sich mit Leidenschaft in die Brennerei einbrachte. Das war wohl der Grund, warum man ihn nur sehr selten bei Veranstaltungen im Ort oder am See zu sehen bekam.

»Du bist die Tochter von Ernst?«, fragte er nun. »Ich kenne deinen Vater. Er behandelt meine Oma Hedwig, und wir haben manchmal ein Bierchen im Biergarten am See zusammen getrunken. Er hat mir zwar von seiner süßen Tochter erzählt, aber ich hätte nicht gedacht, dass du tatsächlich so hübsch bist«, schmeichelte er mir und schenkte mir wieder dieses unwiderstehliche Lächeln, das mir eben schon weiche Knie beschert hatte.

»Oh Gott. Das macht mein Vater immer so. Ich glaube, er hat wohl Angst, ich würde keinen Mann finden. Deshalb preist er mich so an«, erwiderte ich und spürte, dass ich rot wurde.

»Die Angst muss er ganz sicher nicht haben!« Lukas lachte, dabei hatte ich das gar nicht als Witz gemeint.

»Was machst du so? Lass mich raten: Du studierst Medizin«, fuhr er fort.

»Nein, ich habe mich für Psychologie entschieden«, gab ich zu.

»Ach, du liebe Zeit!« Lukas verdrehte die Augen. »Dann wirst du wohl gleich unser Gespräch analysieren?«

»Natürlich, das mache ich immer so!« Das Lächeln wollte nicht aus meinem Gesicht verschwinden.

»Gut, dann werde ich ein bisschen aufpassen, was ich sage.« Lukas grinste, dann wurde er plötzlich ernst. »Ich hätte ja gedacht, dass du vielleicht irgendwann die Praxis von Ernst übernehmen wirst. Er wird ja auch nicht jünger.«

Ohne es zu wollen, seufzte ich. Wie oft hatte ich diesen Satz schon gehört?

»Das denken und erwarten wohl die meisten von mir.«

»Aber du machst nicht immer, was die meisten von dir erwarten? Sehr gut!« Wieder lächelte er mich an.

»Weißt du, es ist ja nicht so, dass ich kein Interesse daran habe, den Menschen zu helfen. Ich interessiere mich nur mehr für ihre Seele als für ihren Körper«, gestand ich.

»Du willst damit sagen, dass du kein Interesse an einem anderen Körper hast?«

Auf einmal kam mir Lukas so nahe, dass ich sein Aftershave riechen konnte. Mein Herz klopfte laut, und ich hatte Angst, er könnte es hören.

»Jetzt muss ich aufpassen, dass du das Gespräch nicht vielleicht doch analysierst!«

Lachend trat er einen Schritt zurück.

»Wie gesagt, das tue ich ständig. Ich muss ja irgendwie üben. Du bist in der Firma deiner Eltern tätig?«, fragte ich, um dem Gespräch eine andere Richtung zu geben.

»Genau!« Mit leuchtenden Augen sah er mich an. »Weißt du, das wollte ich schon immer. Bereits als Kind habe ich es geliebt, in der Destillerie meinem Opa und meinem Vater dabei zuzusehen, wie sie Edelbrände brauten. Kommt dir das komisch vor?«

»Nein, überhaupt nicht. Es muss ein tolles Gefühl sein, etwas herzustellen, was die Menschen lieben. Soviel ich weiß, seid ihr ja auch sehr erfolgreich damit.«

Natürlich hatte ich überhaupt keine Ahnung, wovon ich redete. Weder hatte ich bis zu diesem Zeitpunkt jemals einen Obstbrand oder Likör der Destillerie Bommer gekostet noch hatte ich auch nur annähernd eine Vorstellung von seiner Tätigkeit.

»Mich fasziniert, dass man aus dem Obst, das bei uns in der Region wächst, einen Edelbrand produzieren kann, der mit seinen Aromen das milde Klima und irgendwie auch die Einzigartigkeit unserer unverwechselbaren Landschaft in sich trägt. Mein Opa und mein Vater haben mich deshalb schon früh in die Geheimnisse des Brennens eingeweiht, und ja, wir sind sehr erfolgreich auf dem Markt. Doch die Konkurrenz schläft nicht, und ich glaube, es ist langsam an der Zeit, neue Wege zu gehen.«

»Was meinst du damit?«, fragte ich interessiert.

»Ich habe das letzte halbe Jahr in Schottland verbracht und mich dort in die hohe Kunst des Whiskey-Brennens einweihen lassen«, verriet Lukas geheimnisvoll.

»Schon bald wird es bei uns den ersten Bommer-Bodensee-Whiskey aus Bodenseewasser, Gerstenmalz und Hefe geben!«, verriet Lukas mit leuchtenden Augen.

»Wie toll! Schottland muss großartig sein. Ich würde so gerne einmal die Highlands sehen. Wie ist es dort?«, fragte ich neugierig.

Lukas sah mich prüfend an. »Meinst du das ehrlich oder ist das nur höflich gemeint?«

»Natürlich meine ich das ehrlich. Ich habe schon einige Romane gelesen, die in den Highlands oder in Edinburgh spielen.« Und von attraktiven Kerlen in Schottenröcken handelten, aber das verriet ich natürlich nicht.

»Du bist wirklich ein interessantes Mädchen, Amanda.« Lukas lächelte erneut.

»Keine der Frauen, denen ich von Schottland erzählt habe, war wirklich ernsthaft begeistert davon. Die meisten haben sich geschüttelt und gemeint, dort regnete es doch nur.«

»Tut es das denn?«, fragte ich grinsend.

»Es kommt schon ab und zu vor. Vielleicht auch öfter als ab und zu. Aber dieses Licht, das nach so einem Regenguss auf die Landschaft fällt und die grünen Wiesen richtig leuchten lässt, ist wirklich einzigartig.«

»So, wie du davon schwärmst, muss ich unbedingt auch einmal dort hin!«, erwiderte ich und meinte es ernst.

Wieder lachte er, und seine dunklen Augen blitzten.

»Das musst du! Auch wenn andere junge Frauen deines Alters vermutlich Ibiza und Mallorca vorziehen würden. Aber da fällt mir ein, dass du dich ja wahrscheinlich sowieso im Norden zu Hause fühlst. Stammt deine Mutter nicht aus Norwegen?«

»Aus Schweden. Sie kommt aus Göteborg, und du hast recht, ich fühle mich tatsächlich dort auch zu Hause. Göteborg ist eine junge und quirlige Hafenstadt, aber ich liebe ganz besonders die Schären, die vielen kleinen Inselchen, die man davor findet. Die schwedische Natur ist einfach bezaubernd!«

»Wie du. Ich finde, du bist ein ganz besonderes Mädchen, Amanda. Irgendwie erinnerst du mich an eine Märchenfigur von Hans Christian Andersen: Die kleine Meerjungfrau ...«, sagte Lukas plötzlich ernst, und sein Blick ging mir komplett unter die Haut.

»Sie heißt Seejungfrau«, korrigierte ich ihn lächelnd. »Die kleine Meerjungfrau heißt Die kleine Seejungfrau in dem Märchen von Hans Christian Andersen.«

»Soso ... die kleine Seejungfrau passt ja eigentlich auch

viel besser zu dir!« Wieder brachte sein Lächeln mein Herz zum Rasen.

Wir plauderten noch eine Weile weiter, und irgendwie fühlte es sich an, als ob wir uns schon ewig kennen würden. Ich hätte mich noch Stunden mit ihm unterhalten können. Doch in diesem Moment winkte Verena Bommer auch ihren anderen Sohn an ihre Seite. Die Familie hatte sich nun vor dem Weihnachtsbaum versammelt, und es sah so aus, als wollten sie eine kleine Begrüßungsansprache halten.

Lukas strich mir sanft über den Arm. Eine Berührung, die ich nie wieder im Leben würde vergessen können. »Wir sehen uns, Amanda!«

Ich blieb wie angewurzelt stehen und sah ihm nach, konnte nicht fassen, was mit mir gerade passiert war.

»Guten Abend!«, begrüßte mich auf einmal eine freundliche Stimme. Die alte Dame, die mich herzlich anlächelte, musste mindestens 80 sein. Doch ihre Augen blitzten fröhlich, als sie mich fragte: »Sie müssen Lukas' Freundin sein? Ich freue mich so, Sie endlich kennenzulernen!«

»Lukas? Nein, ich bin Thommys Freundin«, korrigierte ich sie.

»Ach so?« Der Blick der alten Dame wurde zweifelnd. »Ich hatte Sie eben zusammen gesehen und gedacht … aber da habe ich wohl etwas verwechselt. Das passiert in meinem Alter schon einmal! Verzeihung, ich habe mich noch gar nicht vorgestellt: Ich bin Oma Hedwig. Und eigentlich ist es egal, ob Sie nun Lukas' oder Thomas' Freundin sind! Hauptsache, Sie sind hier. Wissen Sie, diese vielen Leute, die kenne ich eigentlich alle gar nicht.«

»Dann geht es Ihnen ja wie mir! Ich bin Amanda Fischer«, stellte ich mich vor.

»Sie sind das Fräulein Fischer? Ihren Vater kenne ich sehr gut. Das ist der beste Doktor weit und breit. Aber das wissen Sie ja bestimmt!« Wieder lächelte sie mich so herzlich an, dass ich sie am liebsten in den Arm genommen hätte. »Wissen Sie, früher, als mein Mann und ich die Brennerei betrieben haben, da kannte ich die Leute. Aber das ist schon so lange her.«

»Wie wunderbar, dass Sie mit Ihrem Mann eine derartig großartige Firma aufgebaut haben!«, bewunderte ich sie. Eben noch hatte ich mich unter all den Menschen einsam gefühlt, doch auf einmal fiel es mir leicht, mich zu unterhalten.

»Ach, großartig kann man das doch nicht nennen. Wir haben viel gearbeitet, schließlich hatte bereits der Vater meines Mannes die Obstwiesen erworben, und wir fühlten uns verpflichtet, etwas Anständiges aus diesem Erbe zu machen und zu bewahren. Es ist ein Segen, dass die Jungen die Firma in unserem Sinne fortführen und nun wieder eine neue Generation für frischen Wind sorgt. Ich hoffe nur, dass ich noch ein bisschen daran teilhaben darf.«

»Ich bin sicher, Sie dürfen noch sehr lange daran teilhaben!« Freundlich lächelte ich sie an. Wie nett sie doch zu mir war und wie anders als die Hausherrin Verena Bommer, dachte ich.

»Tja, das hat nur unser lieber Herrgott in der Hand. Wie alles im Leben …«

Oma Hedwig tätschelte mir die Hand und sah mich dabei vielsagend an. Ob sie etwa mitbekommen hatte, wie mich die Begegnung mit Lukas eben verstört hatte?

In diesem Augenblick begann die Ansprache der Bommers. Oma Hedwig nickte mir freundlich zu, dann gesellte sie sich zur Familie und ließ mich nachdenklich zurück. Die Begrüßungsrede der Bommers, das anschließende Wichteln, der Small Talk mit all den Leuten, denen Thommy mich vorstellte, all das erlebte ich, als stünde ich neben mir. Ich konnte die ganze Zeit nur an diese Augen, dieses Lächeln denken. Und vor allem an die sanfte Berührung auf meinem Arm.

Beim Abendessen saßen Lukas und seine Begleitung Jessica neben den Bommers, während Thommy und ich neben Cousins und Cousinen platziert wurden. Ich wunderte mich zwar, dass wir nicht am Familientisch sitzen durften, aber wahrscheinlich war ich den Bommers nicht vertraut genug. Doch ich war froh darüber, denn so nah bei Lukas hätte ich vermutlich gar keinen Bissen herunterbekommen. Es war schwer genug, denn ich spürte seinen Blick, der mir eine Gänsehaut verursachte, beinahe unentwegt. Natürlich kannte ich Jessica Häfele, Lukas' Freundin, und ich werde nie vergessen, was sie an diesem Abend trug, und vor allem nicht, wie sie mich behandelte. Jessicas wohlgeformter Körper steckte, dem weihnachtlichen Anlass entsprechend, in einem hautengen knallroten Samtminikleid. Ebenso wie meines war ihr Haar hellblond, jedoch war ihres nicht so lockig wie meines, sondern schien glatt gebügelt zu sein. Auf ihren hohen Absätzen bewegte sie sich gekonnt zwischen all den Menschen, die ihr im Gegensatz zu mir überhaupt nicht fremd zu sein schienen. Jessica war einst in meiner Parallelklasse am Gymnasium gewesen, welches sie allerdings nach der zehnten Klasse verließ, um eine Ausbildung als Bürofachkraft anzufangen. Als sie diese beendet hatte, war Jessica zur Destillerie Bommer ins Sekretariat gewechselt, wo vermutlich der Juniorchef Lukas Bommer recht schnell auf ihre Reize aufmerksam wurde. An diesem Adventsabend kam es mir so vor, als wäre Jessica inzwischen nicht nur ein fester Bestandteil der Firma, sondern auch der Familie. Im Grunde wunderte mich das, denn obwohl Jessica und ich uns nicht allzu gut kannten, so waren mir doch verschiedene Aspekte ihres Wesens nicht entgangen. Beim Sportunterricht in der Schule, den wir gemeinsam besuchten, war mir ihre bestimmende und überhebliche Art aufgefallen. Im Konfirmandenunterricht hatte sie schnell den Ton unter den Jugendlichen angegeben und andere Mädchen instrumentalisiert, um über die weniger attraktiven zu lachen und zu lästern. Ich vermute, dass ich ihr irgendwie suspekt war. Mir waren ihre Sticheleien und Überheblichkeiten schlicht egal gewesen, denn meine Mutter hatte mir schon früh beigebracht: »Wer angibt, hat's nötig!« Dabei hatte Jessica die Angeberei ganz und gar nicht nötig, denn die Häfeles waren – wie jeder hier wusste – unfassbar wohlhabend. Ihnen gehörten fast alle Obstwiesen, die sich im weiten Umkreis um unseren Ort herum befanden. Seit ihrem 18. Geburtstag konnte man Jessica nicht nur in den allerneuesten Klamotten, sondern in einem schicken roten Mini Cabriolet bewundern, während mein Vater mir zwar den Führerschein finanziert hatte, ich mir jedoch meine Vespa von dem Geld, das ich in meinem Ferienjob im Strandbad verdient hatte, zusammengespart hatte.

Als mir Jessica an jenem vierten Advent bei den Bommers im Badezimmer begegnete, musterte sie mich eingehend. »Sieh an, die kleine Fischerin ist ja auch hier!« Als wäre ich ein Kleinkind.

Jessica öffnete ihr schwarzes Samt-Abendtäschchen und entnahm diesem einen Lippenstift von Chanel, der exakt den gleichen Farbton besaß wie ihr Kleid.

»Ich freue mich auch, dich zu sehen, Jessica«, antwortete ich freundlich.

»Ist es nicht ein herrlicher Abend? Verena und ich haben uns so viel Mühe gemacht! Man hört von allen Leuten, dass die Dekoration in diesem Jahr etwas ganz Besonderes ist. Wie gut, dass Verena auf mich gehört und diesmal alles in Rot gehalten hat. Rot passt einfach super zu Weihnachten, nicht wahr?« Dabei ließ sie ihren Blick zuerst bewundernd über ihr eigenes Samtkleid und anschließend herablassend über mein blaues Kleid wandern. Ganz offensichtlich sollten bei mir keinerlei Zweifel darüber aufkommen, dass Verena Bommer und Jessica Häfele ein Team und sehr vertraut miteinander waren.

Wieder öffnete sie ihr Täschchen, beförderte ihren Lippenstift zurück und holte einen Flakon mit dem neuesten Gucci-Duft hervor, mit welchem sie sich großzügig besprühte.

Ich stieg auf ihre Lobeshymne ein: »Einfach wunderbar. Ganz tolle Arbeit!«

»Arbeit?« Jessica sah mich spöttisch an. »Das kannst du dir bestimmt nicht so vorstellen, aber es ist doch keine Arbeit, ein solches Haus zu schmücken! Ganz im Gegenteil, es ist das reinste Vergnügen!«

Mit diesen Worten und einem spöttischen Blick ließ sie mich stehen.

Alles an ihrem Verhalten ließ darauf schließen, dass ihr keineswegs entgangen war, dass ihr Freund Lukas mich den ganzen Abend nicht aus den Augen gelassen hatte.

Auf einmal war das gute Gefühl, das ich durch die Begegnungen mit ihm und Oma Hedwig gewonnen hatte, verschwunden, und ich wollte nach Hause.

Zurück im Wohnzimmer war Thommy gerade in eine

intensive Diskussion mit Freunden vertieft. Er winkte mich heran und wollte mich zu dem Gespräch hinzuziehen, doch ich flüsterte ihm ins Ohr, dass ich mich nicht wohlfühlte. Natürlich fragte er sofort, ob er mich nach Hause bringen sollte, doch ich wollte ihm den Abend nicht kaputtmachen und log stattdessen: »Ich gehe nur einen Augenblick an die frische Luft! Danach geht es mir bestimmt besser.« Stattdessen suchte ich meinen Mantel und ging in Gedanken an die ungewöhnliche Begegnung mit Lukas durch den Schnee nach Hause.

In den darauffolgenden Wochen ging ich Thommy so gut es ging aus dem Weg und versuchte, mich vor Treffen mit ihm zu drücken. Ich wollte ihn im Moment nicht wiedersehen, denn meine Gefühle für ihn waren zu widersprüchlich. Einerseits vermisste ich seine heitere und überaus liebenswerte Art, andererseits war mir bei der Weihnachtsfeier der Bommers klar geworden, dass ich ihn nicht liebte. Warum sonst hatte sein Bruder eine derart starke Anziehungskraft auf mich ausgeübt? Selbstverständlich war mir damals klar, dass ich diesen niemals wiedersehen durfte. Denn mir war nicht entgangen, dass auch er sich von mir äußerst stark angezogen gefühlt hatte. Thommy rief hin und wieder an, doch das Schicksal hatte es gewollt, dass ich mir bei meinem abendlichen Spaziergang von den Bommers nach Hause in meinem dünnen Kleid, dem schicken, aber nicht allzu warmen Mantel und den Pumps, die für das kalte Schneewetter weiß Gott nicht geeignet waren, eine ordentliche Erkältung zugezogen hatte, welche es mir ermöglichte, dies als Grund für mein plötzliches Verlassen der Feier anzuführen und mich kränker zu stellen, als ich eigentlich war. Bald darauf folgten die Weihnachtsfeiertage, welche wir beide bei unseren Familien verbrachten. In den Weihnachtsfe-

rien fuhr Familie Bommer (vermutlich inklusive Jessica) zum Skifahren in die Alpen, und ich war heilfroh, dass ich nicht gefragt wurde, ob ich mitkommen wollte.

Als es Zeit war, an die Uni zurückzukehren, nahmen Thommy und ich unsere gemeinsamen Fahrten nach Konstanz wieder auf. Er spürte, dass etwas mit mir nicht stimmte, und fragte mich mehrmals nach dem Grund. Ich redete mich mit dem Stress an der Uni heraus und damit, dass ich mir die Frage stellte, ob ich mich beruflich wirklich auf dem richtigen Weg befand, was mehr oder weniger der Wahrheit entsprach. Das konnte er sehr gut nachvollziehen, denn auch er war nicht wirklich mit dem Herzen bei seinem Studium. Der Januar verging, ohne dass ich es fertigbrachte, eine klare Entscheidung zu treffen. Thommys Gesellschaft war zu wertvoll, um sie vermissen zu können, und deshalb ließ ich die Dinge einfach so laufen. Hätte ich geahnt, dass ich uns alle damit ins Unglück stürzen würde, hätte ich mich sicher anders verhalten. Doch ich glaubte, wenn ich Lukas nicht wiedersehen würde, könnte ich eines Tages wieder zu der jungen Frau werden, die ich vor der Begegnung mit ihm gewesen war. Doch das war ein Irrtum, denn schon, als ich ihn das nächste Mal wiedersehen sollte, wusste ich, dass ich für immer verloren war.

*

Nach einer schlaflosen Nacht bereue ich mein gestriges Vorhaben, mich mit Thommy treffen zu wollen. Zum Glück haben wir uns nicht fest verabredet. So nett es war, ihn wiederzusehen, und so fröhlich ich in seiner Gesellschaft unerwarteterweise gewesen war, so sehr hat mich die Begegnung mit ihm aufgewühlt. In der Nacht hatte ich schwere Albträume, und nun sitze ich mit starken Kopfschmerzen im Auto, um meinen Vater in der Klinik zu besuchen. Ich rede mir ein, dass die Kopfschmerzen vom Föhn kommen, denn heute haben wir wieder einmal grandiose Alpensicht, doch tief in mir drin weiß ich, dass dies keineswegs der Fall ist. Ich war nie anfällig für die Migräneattacken, die so mancher am Bodensee bekommt, wenn der warme Wind über den See weht. Mein Kopf ist erst seit der Sache damals nicht mehr ganz in Ordnung, auch wenn ich schon lange keine richtigen Kopfschmerzen mehr hatte. Ich versuche, ruhig zu atmen, wie ich es gelernt habe, und nehme einen Schluck aus meiner Wasserflasche, die ich vorsorglich eingepackt habe, und bilde mir ein, dass es sofort besser wird.

Heute früh hat Vincent ein Foto von sich an einem Palmenstrand, im Hintergrund geradezu unverschämt türkisblau leuchtendes Meer, als *WhatsApp*-Nachricht geschickt mit den knappen Worten: »Hier könntest du auch sein!« Meine Antwort »Viel Spaß! Erhole dich gut« hatte ich schnell getippt und den Gedanken verdrängt, wer denn das Foto gemacht haben könnte.

Ich bin nicht einmal neidisch. Das Foto löst überhaupt keine Emotion in mir aus, was mir zu denken gibt. Ich nehme an, ich sollte Sehnsucht, wenn schon nicht nach dem Palmenstrand, so doch wenigstens nach Vincent haben. Stattdessen bin ich mit einem hämmernden Kopf auf dem Weg in die Klinik, dabei hatte ich mich doch so sehr darauf gefreut, einmal eine Pause vom Krankenhausleben zu haben. Und das Einzige, das mir richtig fehlt, ist mein Kind. Mir fehlen Tinas unbekümmertes Lachen, ihre kleinen Geschichten, die sie beim Frühstück erzählt, und vor allem ihre kleinen Ärmchen, die sie um mich schlingt, wenn sie sagt: »Ich hab dich lieb, Mami!« Obwohl wir mehrmals täglich telefonieren, vermisse ich sie von Tag zu Tag mehr.

Im Krankenhaus angekommen, erhalte ich die frohe Botschaft, dass mein Vater auf die normale Station verlegt wurde. Doktor Wagner ist zuversichtlich, dass er bald nach Hause gehen kann, empfiehlt jedoch nach dem Klinikaufenthalt eine Reha, bei der mein Vater sich vollständig erholen und mithilfe von Therapeuten an seiner Sprache und Motorik arbeiten kann. Er betont, wie entscheidend es war, dass mein Vater so schnell gefunden und in die Klinik gebracht wurde. Das beruhigt mich sehr. Endlich gute Neuigkeiten! Vater sieht viel frischer und rosiger aus als beim letzten Mal, die Medikamente scheinen gut anzuschlagen. Nur mit dem Sprechen will es noch nicht recht klappen. Bis er den Satz: »Es scheint wohl schlimm um mich zu stehen, wenn du hier bist!« herausbekommt, vergeht eine gefühlte Ewigkeit.

Ich halte nur grinsend seine Hand und freue mich. »Schön, dass du wieder unter den Lebenden bist, Papa! Ich habe mir richtig Sorgen um dich gemacht.«

Er sieht mich misstrauisch an, doch dann lächelt er plötzlich ein schiefes Lächeln.

»Wenn ich es geschafft habe, dich herzulocken, ist mein Plan ja aufgegangen!«

Ich sage nicht, dass er das einfacher hätte haben können, denn es stimmt ja nicht. Viel zu lange schon hat er vergeblich auf meinen Besuch gewartet.

»Hat funktioniert«, sage ich. »Aber du hättest mir nicht gleich einen solchen Schrecken einjagen müssen!« Nach ein paar weiteren, gefühlt endlosen Sätzen meines Vaters spüre ich, dass er müde ist. Er schließt die Augen, doch er schläft nicht, und so bleibe ich noch eine Weile bei ihm sitzen und lese ihm aus der aktuellen Tagesauszeitung vor.

Auf dem Heimweg halte ich kurz am Drogeriemarkt an, um Zahnpasta und weitere Toilettenartikel zu kaufen. Ich bummle die Regale entlang und genieße es für einen Augenblick, diese simple Tätigkeit in Ruhe erledigen zu können, während ich sie zu Hause meist in Eile hinter mich bringen muss. Insgesamt ticken die Uhren in der Provinz viel langsamer als in der hektischen Großstadt. Als ich am Regal mit den Babycremes und Windeln vorbeikomme, spüre ich plötzlich einen Stich im Herzen. Ich kann mich noch gut an den Tag erinnern, als ich davor stand, mit dieser inneren Unruhe im Herzen, ob ich wohl ein Baby erwartete. Gleich danach war ich zur Apotheke gefahren, um mir einen Schwangerschaftstest zu kaufen. Noch heute kann ich die Angst spüren, ob mich wohl dabei jemand beobachten würde.

Am Regal mit der Hautpflege bleibe ich stehen. Sehr lange schon vermisse ich die Creme aus Schweden, die Mama für mich besorgte. Hin und wieder bestelle ich sie im Internet, doch das Gefühl, sie auszupacken und auf die Haut aufzutragen, ist nicht mehr dasselbe wie früher, als Mama sie für mich organisierte und mit einem Lächeln auf den Tisch legte.

»Na, suchst du dir eine Antifaltencreme aus?«

Diese Stimme werde ich unter Tausenden erkennen, und ich bekomme eine Gänsehaut.

Ich schließe die Augen. Eine Stimme erklingt in meiner Erinnerung und will aus der dunklen Ecke meines Kopfes ans Licht:

»Lukas und ich werden heiraten … wir haben es eben der Familie gesagt!«

Ich kann den Satz genau hören und fühle, wie mein Herz wie damals in 1.000 Stücke springt. Gleichzeitig ist mir furchtbar übel. Was ist danach geschehen? Ich erinnere mich nicht, auch wenn ich mich noch so sehr anstrenge.

Nun atme ich tief durch und drehe mich um. »Hallo, Jessica!«

Jessica grinst mich herausfordernd an und erwidert den Gruß nicht, sondern stellt fest:

»Ich habe schon gehört, dass du wieder im Lande bist.«

Vermutlich hat Thommy es ausgeplaudert.

»Wie geht's dir, Jessica?«, frage ich aus Höflichkeit.

Wenn ich ehrlich bin, sieht sie nicht mehr so gut aus wie früher. Das viele Sonnenbaden hat gewisse Spuren auf ihrer Haut hinterlassen. Vielleicht ist auch das Cabrio schuld. Die Antifaltencreme scheint sie jedenfalls nötiger zu haben als ich.

Ihre Haare wirken strohig, und ich bemerke, dass Jessica ein bisschen dicker geworden ist, auch wenn sie noch eine sexy Figur hat. Ihr Hintern und ihre Beine in den engen Jeans sind mindestens um zwei Kleidergrößen gewachsen, seitdem wir uns zuletzt gesehen haben.

»Uns geht's super. Du hast doch bestimmt mitbekommen, dass Lukas und ich geheiratet haben? Jedenfalls haben wir ja sooo viel zu tun! In der Firma, aber auch privat ... wir haben viele gesellschaftliche Verpflichtungen. Du weißt ja, wie das ist.« Das weiß ich zwar nicht, aber ich nicke zur Bestätigung.

Lukas und Jessica sind wirklich verheiratet. Es war ja zu erwarten. Trotzdem treffen mich die Worte aus ihrem Munde mitten ins Herz.

»Luki und ich planen gerade unseren Sommerurlaub. Wir wissen noch nicht, ob wir nach Mallorca oder Ibiza fliegen sollen. Ich fände ja auch Dubai ganz toll!«, plaudert Jessica weiter.

Ich weiß nicht, ob der »Luki« noch derselbe ist, den ich zu kennen glaubte. Dieser Lukas träumte damals davon, nach Schottland zu reisen. Aber was wusste ich schon wirklich von ihm? Der Lukas, den ich damals zu kennen glaubte, wollte weder nach Ibiza fliegen noch Jessica heiraten.

»Und du? Was tust du hier? Besuchst du deinen Vater?«, fragt Jessica neugierig. Allzu viel scheint Thommy ihr von unserer Begegnung ja nicht verraten zu haben. Aber vielleicht stellt sie sich auch nur dumm.

»Mein Vater liegt im Krankenhaus, und ich schaue im *Rosenhaus* nach dem Rechten, bis es ihm besser geht«, verrate ich ihr.

»Oh, das tut mir leid! Was hat er denn? Hoffentlich nichts Schlimmes?«, heuchelt Jessica und betrachtet mich dabei listig. Es ist ihr doch vollkommen egal, was mein Vater hat. Hauptsache, ich bleibe nicht allzu lange hier. Dass sie nach all den Jahren so auf mich reagiert, wundert mich. Sie ist doch offenbar längst am Ziel ihrer Wünsche, was kann ihr noch passieren?

»Er hatte einen Schlaganfall. Es wird sicher ein Weilchen dauern, bis er wieder gesund ist.«

»Ach, und so lange bleibst du hier? Wartet denn deine Familie nicht auf dich?« Misstrauisch sieht sie mich an.

»Das werden wir sehen«, weiche ich ihrer Frage aus. Sie will mich nur aushorchen, ob ich einen Mann habe. Was soll die Frage nach einer Familie?

»Im Moment bin ich froh, dass die Therapie bei meinem Vater gut anschlägt und er sich langsam erholt. Alles Weitere müssen wir abwarten«, lenke ich vom Thema ab.

»Dann wünsche ich viel Glück! Und du? Wie geht's dir denn so? Bist du inzwischen wieder richtig … gesund?«, fragt sie mich direkt.

Ich weiß, wie ich ihren lauernden Blick deuten muss. Sie will wissen, ob ich nach dem Unfall inzwischen wieder richtig klar im Kopf bin. Ich habe mir diese Frage oft genug selbst gestellt, besonders an den Tagen, an denen ich müde oder langsam war, oder an jenen wie heute, wenn eine Kopfschmerzattacke plötzlich auftaucht.

»Glücklicherweise ja«, erkläre ich ausweichend.

»Dann ist dein Gedächtnis also zurückgekehrt?« Ihr lauernder Blick ruht unverwandt auf mir. Mein Gesundheitszustand scheint ihr doch wichtiger zu sein, als ich ursprünglich angenommen habe.

»Beinahe. Ein paar Details fehlen mir noch …« Das Dröhnen in meinem Kopf wird plötzlich lauter. Ich erinnere mich an fast alles vor dem Unfall. Nur der Tag selbst ist für mich auch nach sieben Jahren ein schwarzes Loch.

»Was meinst du mit Details? Vielleicht kann ich dir weiterhelfen? Sollen wir uns einmal treffen? Ich war schließlich damals dabei«, fragt Jessica scheinheilig.

Etwas in mir will genau das nicht. Auf gar keinen Fall möchte ich mit Jessica zusammen meine Vergangenheit aufarbeiten. Ihre Erinnerung zu meiner eigenen machen. Ich habe das Gefühl, mein Kopf platzt gleich.

»Mal sehen«, weiche ich aus. »Sollte ich länger bleiben, dann melde ich mich. Also bis dann …«

Ich drehe mich um, muss hier raus. Raus an die frische Luft, damit das Dröhnen und Hämmern in meinem Kopf aufhört. Ich höre noch, wie Jessica mir nachruft: »Ich hab's nur gut gemeint!« Dann stelle ich den Einkaufskorb an der nächsten Ecke ab und haste aus dem Laden.

Ich laufe und laufe und laufe. Zwinge mich, meinen Atem zu kontrollieren und ganz ruhig ein- und wieder auszuatmen. Warum bin ich so verstört? Jessica ist eine falsche Schlange, und ich hatte weiß Gott keine Lust, sie wiederzusehen. Aber sie hat mir doch nichts getan. Nichts, was mich so aufregen könnte. Nach ein paar Straßen bin ich endlich am See. Das tiefe Blau, die kleinen Enten, die ruhig ihre Bahnen ziehen, die weißen Segel auf dem See bewirken, dass mein Atem ruhiger und das Dröhnen in meinem Kopf leiser wird. Ich entdecke eine freie Bank und setze mich einen Augenblick hin. Aus dem Augenblick wird eine ganze Weile, und erst als ich bemerke, dass mir kalt wird, weil ich meine Jacke im Auto gelassen hatte, stehe ich auf und gehe am Wasser entlang zurück. Es ist lange her, dass ich mich so schlecht gefühlt habe, und ich frage mich, ob es wirklich an Jessica liegt, dass ich mich so aufgeregt habe. Die Begegnung mit Thommy hatte sich gestern doch so leicht angefühlt.

»Hallo, Amanda!«, höre ich plötzlich seine Stimme. Wie seltsam … gerade habe ich an ihn gedacht.

»Wie schön, dass du vorbeikommst!«, freut Thommy sich.

Plötzlich wird mir bewusst, dass ich direkt vor der Segelschule *Bodensee Sail* stehe.

»Das war Zufall. Ich spaziere nur ein bisschen herum«, gebe ich ehrlich zu.

»Es gibt keine Zufälle!«, freut sich Thommy immer noch. »Ich wollte gerade mit der *Leora* raussegeln. Hast du Lust mitzukommen?«

Der Wind hat merklich zugenommen, und die Vorstellung, wieder einmal auf dem großen See zu sein, ist verführerisch. Schon immer habe ich das Geräusch des Windes in den Segeln und das Gefühl von Freiheit auf dem Wasser geliebt. Doch ich erinnere mich an mein eigenes Versprechen, dass ich den Kontakt zu Thommy, so nett er auch sein mag, nicht vertiefen wollte.

Deshalb lehne ich dankend ab. »Es tut mir leid, Thommy, aber ich muss nach Hause. Pepe war seit heute Morgen nicht mehr draußen. Außerdem habe ich meine Jacke im Auto vergessen, und durch den Wind ist es kühl geworden.«

»Komm schon. Ich leihe dir eine Jacke! Und Pepe hält es bestimmt noch ein Stündchen ohne dich aus.« Thommy spürt mein Zögern.

Wie schön wäre es, auf dem See wenigstens für eine Weile alles hinter mir zu lassen. Die Sorge um meinen Vater, die Trauer um meine Mutter, die Begegnung mit Jessica.

Ich sehe auf die Uhr. Es ist 15.30 Uhr.

»Komm doch mit. Der Wind ist so toll heute! Wer weiß, wann wir wieder dieses Glück haben. Ich verspreche dir hoch und heilig, dass wir in einer Stunde im Hafen liegen!«

Die Versuchung ist zu groß. Ich klettere an Bord und nehme die dunkelblaue Jacke, die Thommy mir reicht, entgegen.

Wenig später sind wir auf dem See. Ich hatte ganz vergessen, wie gut es tut, das Land hinter sich zu lassen! Als ob man einen ungemütlichen Pullover abstreifen würde. Es ist kälter hier draußen, als ich angenommen hatte, aber die frische Luft scheint alle meine trüben Gedanken zu vertreiben. Die liebliche Bodenseelandschaft vom Wasser aus zu betrachten, ist ein besonderes Gefühl, das dem Durcheinander in meinem Kopf Ruhe schenkt.

Ich spüre, dass Thommy mich beobachtet, und schenke ihm ein Lächeln.

»Du siehst glücklich aus«, stellt er fest und lächelt ebenfalls. »Entspannt und glücklich.«

»Wie schön es hier ist«, rufe ich aus.

»Hast du das etwa alles vergessen?«, will Thommy wissen.

Ich weiß genau, was er meint. Er meint nicht die Bodenseelandschaft, die ich vergessen haben könnte. Er will wissen, ob ich mich auch an unsere Beziehung nicht mehr erinnern kann.

»Aber nein. Ich habe nicht *alles* vergessen«, gebe ich nun zu.

Ich wusste es. Gerade war ich noch so ruhig und zufrieden, aber schon nimmt das Gespräch eine Wendung, die mir nicht behagt. Ich ziehe die Jacke fester um mich.

Thommy spürt es und entschuldigt sich sofort:

»Es tut mir leid. Ich wollte nicht von den alten Zeiten sprechen. Es ist nur so: Ich … nein, wir alle haben so viele Gerüchte gehört. Dass du dein Gedächtnis verloren hast und so. Du bist damals einfach weggegangen, und ich habe mich in den letzten Jahren oft gefragt, was genau du alles vergessen hast. Aber wir müssen nicht darüber sprechen! Ich habe mich gefreut, als du gerade so glücklich ausgesehen hast.«

Ich atme tief durch. Thommy ist unfassbar nett. So lieb. Ich habe ihn nicht gut behandelt, und das hatte er keineswegs verdient.

»Ich habe nichts vergessen, Thommy. Auch nicht das mit uns! Es gibt nur ein paar Dinge, an die ich mich nicht erinnern kann. Es ist nicht viel, genau genommen ist es nur ein Tag, zu dem mein Gehirn offenbar keinen Zugang hat«, antworte ich daher ausweichend.

»Der Tag des Unfalls?«, errät er. »Diese Amnesie … was

hat sie ausgelöst … deine Kopfverletzung oder der Alkohol?«

»Der Alkohol?«, frage ich überrascht.

»Ich meine, du hattest doch einen Filmriss? Hör mal, das hörst du wahrscheinlich nicht gern. Aber du warst an dem Abend des Unfalls wirklich sturzbetrunken. Das weißt du vermutlich nicht mehr, oder?«, wundert sich Thommy.

Auf einmal scheint es, als würde sich der Himmel verfinstern, und mir wird unfassbar kalt.

Etwas stimmt nicht. Ich kann nicht sturzbetrunken gewesen sein. Schließlich habe ich mich erst neulich in meinem kleinen Bad an etwas unglaublich Wichtiges erinnert. Den Schwangerschaftstest. Er war positiv. Nie im Leben hätte ich damals auch nur einen Tropfen Alkohol angerührt.

»Was meinst du damit? Ich war nicht betrunken!«, stelle ich in bestimmtem Ton klar.

»Du erinnerst dich vermutlich nur nicht daran. Ich weiß es ja nicht, vielleicht hattest du dir etwas anderes eingeworfen, irgendwelche Pillen oder so. Jedenfalls konntest du dich kaum auf den Beinen halten. Übergeben hast du dich auch, das haben mehrere Leute gesehen. Kein Wunder, dass du die Kontrolle über die Vespa verloren hast«, erklärt Thommy mit fester Stimme.

Wenn ich nur wüsste, was er meint! Ich war nicht betrunken, ganz sicher nicht. Und ich habe mir ganz sicher »nichts anderes, irgendwelche Pillen oder so« eingeworfen. Ich erinnere mich nur einfach nicht …

Wenn ich nur wüsste, was damals passiert ist! Ein tiefer Seufzer kommt aus meiner Kehle.

»Ich würde dir wirklich gerne helfen, Amanda!« Thommy sieht betroffen aus.

»Kann ich irgendetwas für dich tun?«

Ich schüttle den Kopf.

»Die Ärzte meinten, die Erinnerung könnte eines Tages von allein wiederkommen. Sehr wahrscheinlich durch etwas, das ich sehe, fühle, rieche oder schmecke.«

»Du solltest zum Apfelblütenfest gehen. Schließlich warst du dort, kurz bevor der Unfall geschah. Das Fest findet in der übernächsten Woche statt«, schlägt Thommy vor.

»Ich glaube nicht, dass ich so lange bleiben kann. Mein Vater wird bald in die Reha-Klinik überwiesen, und anschließend muss ich nach Berlin zurück.«

Abgesehen davon habe ich keine Lust, auf das Fest zu gehen. Es gibt ja einen Grund, warum mein Unterbewusstsein die Erinnerung an diesen Tag vor mir verbergen will. Dieser Grund muss mit dem Apfelblütenfest zu tun haben.

»Ach, dann ist das ja ein kurzer Besuch! Ich hatte gehofft …«

Genau das wollte ich vermeiden: in Thommy wieder irgendwelche Hoffnungen wecken.

Beiläufig sehe ich auf meine Uhr.

»Ich fürchte, wir müssen zurück«, erinnere ich ihn an sein Versprechen. »Die Stunde ist gleich um.«

Thommy nickt und setzt zur Wende an.

»Es gibt jemanden in Berlin, der dir viel bedeutet, ja?«, will er nun wissen.

Ich atme tief durch.

»Ja. Es gibt jemanden in Berlin, der mir sogar sehr viel bedeutet. Um nicht zu sagen: alles«, antworte ich, und allein der Gedanke an meine kleine Tina bringt mich sofort zum Lächeln.

Thommy dagegen nickt nur kurz und konzentriert sich den Rest der Fahrt ausschließlich auf sein Segelboot.

Seltsam, dass ich bei seiner Frage überhaupt nicht an Vincent gedacht habe.

So schön der kleine Segeltörn war, er hat wieder Dinge aufgewühlt, die ich lange verdrängt habe.

Thommy ist ein so wertvoller und toller Mensch. Wie nett von ihm, dass er mir helfen möchte, meine Erinnerung wiederzufinden. Doch etwas in mir hält mich davon ab, diese Hilfe anzunehmen. Als ob ich ihm nicht vertrauen würde …

Mein Heimweg führt mich an den Hopfengärten vorbei, und plötzlich fällt mir die Begegnung vor sieben Jahren ein, die mein ganzes Leben verändern sollte.

*

Sieben Jahre zuvor
Februar

In den Wochen nach der Weihnachtsfeier hielt ich Thommy weiter auf Abstand. Abgesehen von unseren gemeinsamen Fahrten nach Konstanz sahen wir uns so gut wie nie. Ich begründete dies mit meiner eifrigen Lernerei und auch damit, meiner Mutter helfen zu müssen. Das war nicht falsch, denn offenbar hatte sie sich bei mir mit der Grippe angesteckt und weigerte sich hartnäckig, eine andere Arznei als ihre selbst gebrauten Kräutertees und Ingwer zu sich zu nehmen. Mein Vater war darüber nicht allzu erfreut und versuchte ständig, ihr ein Antibiotikum aufzudrängen, weil ihr Husten von Tag zu Tag schlimmer wurde. Ich kochte nach ihrem Rezept Hühnersuppe und natürlich literweise Tee, doch ihr Zustand verbesserte sich nicht. Weil Mama zu schwach war, um Pepe auszuführen, übernahm ich die täglichen Spaziergänge. Als ich eines Tages am späten Nachmittag am Ortsrand bei den Obst- und Hopfengärten ankam, löste ich die Leine und ließ Pepe durch den frisch gefallenen Schnee sausen, was ihm eine Heidenfreude bereitete. Plötzlich hörte ich, wie ein Wagen am Wegesrand hielt und sich Schritte näherten. Die Dämmerung hatte eingesetzt, und ich fühlte mich auf einmal unwohl. »Pepe … es gibt Abendbrot!«, rief ich, um den Hund anzulocken.

»Toll! Was gibt es denn zum Abendbrot?«, hörte ich eine tiefe Stimme hinter mir.

Ich drehte mich um. »Lukas! Was machst du denn hier?«

Ich werde nie vergessen, wie er an diesem frühen Abend aussah.

Dabei weiß ich nicht mehr genau, was er anhatte, vermutlich auf Grund der Kälte eine dicke marineblaue Daunenjacke und eine dunkle Wollmütze. Aber ich erinnere mich genau an den Ausdruck in seinem Gesicht, in seinen Augen.

»Ich habe eine kleine Seejungfrau mit einer roten Mütze gesehen … und das im Schnee! Zuerst dachte ich, ich hätte vielleicht zu viel von unserem neuen Whisky probiert, aber dann dachte ich daran, dass ich ein Mädchen mit solch blonden Locken schon einmal gesehen habe … auf der Weihnachtsfeier meiner Eltern. Erinnerst du dich an mich?« Er stand dicht vor mir. Lächelte. Ich wollte sagen: »Als ob ich unsere Begegnung hätte vergessen können! Ich habe jeden Tag daran gedacht.« Aber natürlich sagte ich das nicht. Stattdessen lächelte ich nur, unfähig, einen klaren Gedanken fassen zu können.

»Wie ist es dir ergangen, kleine Seejungfrau? Ich habe meinen Bruder nach dir gefragt, und er hat mir erzählt, dass du ziemlich krank warst.«

»In diesem Jahr hatte mich die Grippe ziemlich heftig erwischt«, übertrieb ich ein bisschen.

»Du bist auf der Weihnachtsfeier verschwunden. Warum? Hat es dir bei uns nicht gefallen? Ich gebe zu, diese großen Feiern sind auch nicht so mein Ding. Eigentlich ist mir dieses ganze gesellschaftliche Gedöns sogar eher lästig. Aber es gehört halt dazu.«

Ich dachte an Jessica und wie sehr sie genau dieses »gesellschaftliche Gedöns« scheinbar genossen hatte.

»Die Weihnachtsfeier war wunderbar.« Ich wollte nicht, dass er dachte, es hätte mir nicht gefallen. »Aber ich habe mich an diesem Abend nicht so gut gefühlt. Möglicherweise habe ich da schon den Infekt ausgebrütet. Jedenfalls wollte ich kein großes Tamtam machen und bin nach Hause gegangen.«

Er sah mich prüfend an. »Ach so, ich dachte schon, es sei meinetwegen gewesen.«

»Deinetwegen? Aber nein, wir haben uns doch so nett unterhalten!« Verlegen malte ich mit dem Fuß einen Kreis in den Schnee.

»Ja, das war der schönste Teil des Abends. Für mich jedenfalls.«

Der Blick aus seinen dunklen Augen traf mich mitten ins Herz. Ich wusste, dass ich gehen musste, doch etwas hielt mich an der Stelle fest, als wäre mein Schuh im Schnee stecken geblieben.

Für mich war es auch der schönste Teil des Abends. Der schönste Moment in den ganzen letzten Wochen.

Lukas hat eine Freundin und ich bin mit seinem Bruder zusammen, auch wenn es sich im Moment nicht so anfühlt und ich im Grunde nur Angst habe, Thommy als Freund zu verlieren, rief ich mir in Erinnerung.

»Und sonst? Geht es dir gut? Hast du das Jahr gut angefangen?«, versuchte ich deshalb, das Gespräch in belangloses Gewässer zu lenken.

Dabei klopfte mein Herz wieder so stark, dass ich meinte, es selbst hören zu können. Noch nie hatte ich mich so sehr von einem anderen Menschen angezogen gefühlt.

»Ich habe gehört, ihr wart in den Weihnachtsferien Ski fahren mit der ganzen Familie?«

Lukas sah mich unverwandt an.

»Ja, wir waren am Arlberg. Das Wetter war toll, der Schnee war toll, aber ...«

»Aber?«

»Ich ...« Lukas suchte nach den richtigen Worten.

»Ich musste die ganze Zeit an dich denken, Amanda. So etwas ist mir noch nie passiert.« Unverwandt sah er mich an.

Ich antwortete nicht. Dabei war es doch bei mir ganz genauso. Wie gerne hätte ich ihm das gesagt! Doch mein Mund blieb stumm.

Wahrscheinlich hatte Lukas eine andere Reaktion auf sein Geständnis erwartet.

»Tja, dann ...« Enttäuscht wandte er sich zum Gehen.

»Ich habe unsere Begegnung auch nicht vergessen, Lukas«, hörte ich mich plötzlich selbst sagen.

Er drehte sich um, nahm meine Hand, zog meinen Handschuh aus und küsste meine Fingerspitzen. Ich schloss die Augen. Auf einmal wollte ich nur noch in seinen Armen sein. Behutsam strich er mir eine Strähne, die sich aus meiner Mütze gelöst hatte, aus der Stirn und streichelte mein Gesicht. Dann zog er mich in seine Arme und küsste mich. Ich war verloren.

5. Kapitel

Das Badehäuschen

»Mami, wann kommst du endlich wieder nach Hause? Ich vermisse dich!«

Tinchens Stimme bringt mich am nächsten Tag zurück in die Gegenwart. Die halbe Nacht hatte ich mit sinnlosen Grübeleien verbracht und am nächsten Morgen beschlossen, die Vergangenheit endlich ruhen zu lassen. Was vorbei ist, ist vorbei. Heute bestimmen meine Arbeit und vor allem meine kleine süße Tochter mein Leben. Das ist auch gut so.

»Bald, mein Schatz! Deinem Opa geht es schon besser. Ich muss noch ein paar Dinge klären, wie es mit ihm weitergeht, und dann komme ich nach Hause.«

Bei meinem heutigen Besuch im Krankenhaus hat mich der behandelnde Arzt Doktor Wagner darüber informiert, dass mein Vater bald seine Reha antreten kann, weil seine Genesung wirklich gut vorangeschritten ist.

»Wieso weitergeht? Du hast doch gesagt, es geht ihm besser«, höre ich Tinas kleines Stimmchen.

»Das schon. Aber er muss sich erst noch ein bisschen erholen, bevor er nach Hause darf.«

»So lange musst du aber nicht dortbleiben, bis sich der Opa erholt hat, oder?« Tinchens Stimme klingt ängstlich.

»Aber nein, mein Schatz. Der Opa wird nach der Zeit im Krankenhaus eine Reha brauchen«, kläre ich Tina auf.

»Reha? Was ist das?«, fragt sie neugierig.

»Das ist eine Art Kur in einer besonderen Klinik, allerdings fühlt es sich mehr wie Urlaub mit medizinischer Betreuung an. Dort kann er sich gut erholen und richtig gesund werden. Sobald ich einen Platz für ihn gefunden habe, komme ich zurück«, verspreche ich.

»Weißt du was, Mami? Der Opa kann doch dieses Reha Dingsbums bei uns machen? Dann hat er Urlaub und kann sich erholen! Medizinische Betreuung kann er von dir bekommen, und ich kann ihn kennenlernen. Wir können doch mit dem Opa in den Zoo gehen?«, schlägt Tina übermütig vor.

Ach, mein Tinchen. Der Opa weiß noch gar nichts von dir. Ich fahre hier nicht weg, bevor ich ihm nicht von dir erzählt habe! Im Moment habe ich noch Angst davor. Er wird sicher böse auf mich sein, weil ich ihm sein Enkelkind nicht nur verschwiegen, sondern so lange vorenthalten habe. Die Aufregung wird ihm garantiert alles andere als guttun und seinen Heilungsprozess nicht unbedingt fördern. Aber es wird höchste Zeit, dass ich ihm die Wahrheit sage. Erst seitdem ich hier bin, erkenne ich meinen Fehler. Viel zu lange schon habe ich die Wahrheit verschwiegen. Beinahe wäre es zu spät gewesen, und Tina hätte nie die Chance gehabt, ihren Opa kennenzulernen. Vielleicht mache ich mir zu viele Gedanken, und mein Vater freut sich über die Nachricht, Großvater zu sein.

»Ich verspreche dir, dass uns der Opa bald besuchen wird! Aber erst muss er richtig gesund sein. Er muss in der Reha laufen und sprechen üben, aber das dauert bestimmt nicht lange.«

Ich höre Tinchen kichern. »Der Opa muss sprechen und laufen üben? Das lernt man doch als kleines Kind!«

»Das stimmt. Aber der Opa war ganz doll krank. Deshalb muss er diese Dinge neu üben. Ich bin sicher, dass er sehr schnell wieder gut sprechen und laufen kann. Wenn ich nach Hause komme, gehen wir beide in den Zoo. Und wenn der Opa richtig gesund ist, kommt er uns bestimmt besuchen, und dann gehen wir mit ihm in den Zoo. Wie findest du das?«

»Hurra!«, freut sich Tina. Dann fällt ihr noch etwas ein.

»Mama, warum haben wir den Opa noch nie besucht?«

»Du weißt doch, wie viel ich in der Klinik zu tun habe, mein Käferchen. Dein Opa arbeitet mindestens genauso viel wie ich. Er ist ebenfalls Arzt und hat eine eigene Praxis, so wie dein Kinderarzt.«

»Wie Doktor Kasupke? Auch für Kinder?« Tina kichert.

»Nicht nur für Kinder, für alle Patienten. Das ist ja das Problem. Weil er für alle da sein muss, hat er wenig Zeit.«

»Oje. Dann ist Opa so ähnlich wie du, Mami.«

»Bald bin ich wieder zu Hause, mein Schätzchen. Ich freue mich auf dich und hab dich lieb!«

Wir verabschieden uns, und ich lege nachdenklich auf.

Vermutlich liegt mein Tinchen gar nicht so falsch, und ich habe tatsächlich etwas von meinem Vater. Ein Wunder wäre es nicht.

Mein täglicher Hundespaziergang führt mich diesmal durch den Ort. Ich komme am Schreibwarenladen von Frau Rotenberger vorbei und bewundere die vielen Ansichtskarten mit dem schönen Bodenseepanorama. Offenbar scheint es genug Touristen zu geben, die nicht nur eine kurze *WhatsApp* mit Foto, sondern eine richtige Karte an die Zuhausegebliebenen senden. Kurz entschlossen suche ich zwei schöne aus, die nicht nur Kressbronn, sondern auch den blauen See mit den Bergen im

Hintergrund zeigen. Eine werde ich natürlich an Tina und Hilda schicken und die andere an Leni. Viel mehr Leute, die mir etwas bedeuten, habe ich ja nicht in Berlin. Schon wieder fällt mir auf, dass ich nicht an Vincent denke. Er ist nicht nur räumlich weit von mir entfernt, ich vermisse ihn überhaupt nicht. Wie sagt man so schön? »Aus den Augen, aus dem Sinn?« Vielleicht wird sich unser Verhältnis verbessern, wenn ich in Berlin bin.

Ich binde Pepe kurz an einem der Fahrradständer fest und betrete den Laden. Hier drinnen sieht es tatsächlich fast noch genauso aus wie früher. Als ob die Zeit stehen geblieben ist! Ich genieße den Moment und sehe mich um. Bei dem Gedanken daran, wie Mama und ich hier herumgestöbert haben, fühle ich einen scharfen Stich im Herzen.

»Guten Morgen, Frau Doktor! Das ist ja schön, Sie wiederzusehen!« Frau Rotenberger kommt von hinten. Sie sieht viel besser aus als beim letzten Mal. Ihre Augen sind nicht mehr so rot, und die Schniefnase scheint sich gebessert zu haben.

»Ich wollte Sie schon anrufen und mich bedanken. Also der Tipp mit dem Antiallergikum war so was von Klasse! Dabei hätte ich nie gedacht, dass ich allergisch sein könnte. War ich doch mein ganzes Leben lang nicht. Aber die Tabletten helfen super!«

»Das freut mich wirklich sehr, Frau Rotenberger. Haben Sie schon einen Allergietest gemacht?«

»Ja, das habe ich. Ich konnte kurzfristig bei Doktor Wendebusch, dem Allergologen, unterkommen. Jetzt im Frühling herrscht bei ihm Hochsaison, aber es hatte jemand abgesagt, und dadurch konnte ich diesen Termin wahrnehmen. Nun ist es sicher: Ich bin allergisch gegen Gräser! Wer hätte das gedacht? Dabei habe ich mich immer so gefreut, wenn mir meine Kinder einen Wiesenblumenstrauß gepflückt haben. Aber darauf sollte ich in Zukunft besser verzichten. Na, das ist auch egal. Hauptsache, es geht mir wieder besser. Nochmals vielen Dank, dass Sie sich die Zeit für mich genommen haben! Sonst wüsste ich wahrscheinlich immer noch nicht, was mit mir los ist.«

Einen Wiesenblumenstrauß habe ich als Kind auch oft gepflückt, und ich erinnere mich daran, wie meine Mama sich darüber gefreut hat.

»Ich denke, mein Vater hätte sicher auch auf eine Allergie getippt«, winke ich ab.

Dieser kleine Rat von mir ist wirklich nicht so ein Trara wert. Trotzdem freue ich mich natürlich über ihre Anerkennung.

Als ich die beiden Ansichtskarten bezahlen möchte, winkt Frau Rotenberger ab.

»Nein, ich möchte kein Geld von Ihnen. Ich bin Ihnen doch so dankbar!«

Eine neue Kundin betritt den Laden und scheint sich zu wundern, dass ich etwas geschenkt bekomme.

»Hallo, Frau Gerster! Das ist Frau Doktor Fischer. Sie hat mir neulich toll geholfen!«, wendet sich Frau Rotenberger an die Dame.

»Wie schade, dass sie nicht immer in der Praxis ist!«, bedauert sie in meine Richtung.

Voller Freude über das nette Kompliment wünsche ich ihr einen schönen Tag und verlasse den Laden. In so einem kleinen Ort sieht man seine Patienten wenigstens hin und wieder. Das ist in Berlin eher die große Ausnahme.

Noch immer lächelnd mache ich mich mit Pepe auf den Weg nach Hause.

»Hallo, Amanda!«, ruft eine fröhliche Stimme.

»Guten Morgen, Ute. Und du musst Elias sein?«, begrüße ich die beiden, die mir entgegenkommen.

Der kleine Junge, der mir breit grinsend seine Zahnlücke zeigt, trägt ein Shirt mit Dinosaurieraufdruck.

»Schön, dich zu sehen«, freut sich Ute. »Du, ich wollte heute in der Praxis vorbeikommen, um die Abrechnungen zu machen, aber Elias hatte früher aus, weil die Lehrerin krank ist. Ausgerechnet heute ist die Oma beim Friseur, und Patrick hat noch Unterricht. Wäre morgen auch in Ordnung?«

»Natürlich! Mach dir bitte keinen Stress wegen der Abrechnungen, Ute. Komm einfach vorbei, wie du es einrichten kannst.«

»Danke, das ist nett. Wie geht es denn deinem Vater?«, erkundigt sie sich.

»Er erholt sich von Tag zu Tag besser. So langsam wird er aufmüpfig und ärgert die Schwestern«, berichte ich mit einem Schmunzeln.

»Das freut mich. Dann scheint es bergauf zu gehen. Wie wunderbar! Sag mal, hast du was vor? Oder hast du Zeit für einen Kaffee?«, schlägt Ute plötzlich vor.

»Sehr gerne. Aber ich müsste erst Pepe nach Hause bringen!«

»Ach, Quatsch. Wir gehen in den *Seegarten*. Dorthin kannst du den Hund mitnehmen, und Elias bekommt ein schönes Eis!«, schlägt Ute vor.

»Darf ich die Leine nehmen?«, fragt mich Elias, der die ganze Zeit bewundernd den Hund betrachtet hat.

»Natürlich!«

Elias nimmt mir die Leine ab und stapft voller Freude mit großen Schritten hinter dem alten Hund her.

Gleich darauf finden wir im *Seegarten* direkt am Wasser

ein schönes Plätzchen unter einem großen, Schatten spendenden Schirm, und bald stehen zwei leckere Cappuccini und Himbeerkuchen vor uns. Elias sitzt vor einem großen *Mickey Mouse*-Kindereisbecher, und Pepe döst unter dem Tisch. Wir lassen den Blick über den See schweifen, und auf einmal scheinen alle trüben Gedanken und Sorgen von mir abzufallen.

»Herrlich! So schlimm die ganze Sache ist, es tut so gut, einmal außer der Reihe die Seele baumeln lassen zu können!«, freut sich Ute. »Ich hoffe, du verstehst das nicht falsch! Ich liebe meine Arbeit, aber ...«

»Ich verstehe das ganz und gar nicht falsch! Auch ich liebe meine Arbeit, dennoch genieße ich im Moment diesen schönen Tag am See ebenso sehr wie du. Das darf man auch. Man kann sich ja nicht nur Sorgen machen!« Ich stopfe mir ein großes Stück Himbeerkuchen in den Mund. »Schmeckt dir das Eis, Elias? Das sieht ja lecker aus!«, spreche ich Utes kleinen Jungen an.

»Mega lecker«, freut er sich. »Darf ich dann mit Pepe spielen?«

»Klaro!«, verspreche ich lachend.

In Windeseile hat Elias das Eis aufgefuttert und verschwindet unter dem Tisch zu Pepe.

»Sag mal, wieso kannst du so gut mit Kindern?«, wundert sich Ute.

»Kann ich das denn? Wahrscheinlich ahne ich, wie die kleinen Kinderherzchen ticken. Das liegt bestimmt daran, dass ich selbst eines zu Hause habe.«

»Ein Kinderherz? Soll das heißen, du hast ein Kind?« Utes Augen weiten sich überrascht.

»Ja, ein kleines Mädchen. Valentina ist sechs.« So, nun ist es heraus.

»Das ist ja toll!«, freut sich Ute. »Komisch, dein Vater hat mir nie erzählt, dass er eine Enkeltochter hat. Nun ja, wir reden nur über die Patienten und die Praxis, aber trotzdem …«, wundert sie sich.

Ich seufze. »Er kann dir nichts von seinem Enkelkind erzählt haben. Mein Vater weiß nämlich nichts von Tina. So nenne ich Valentina meistens.«

»Puuuuuh. Donnerwetter! Du hast deinem Vater verschwiegen, dass du ein Kind hast? Warum das denn?« Verdutzt lässt Ute die Kuchengabel fallen.

»Ach, das ist eine lange Geschichte«, antworte ich ausweichend. Warum habe ich Ute überhaupt von Tina erzählt? Die Antwort gebe ich mir selbst. Die Zeit der Geheimnisse muss endlich vorbei sein. Ich werde Vater demnächst sagen, dass er eine süße Enkeltochter hat.

Es wird höchste Zeit. Sein Schlaganfall hat mir gezeigt, wie schnell sich alles ändern, wie schnell alles vorbei sein kann.

»Ich möchte wirklich nicht indiskret sein. Du hast bestimmt deine Gründe, warum du nie mit ihm über Valentina gesprochen hast«, räumt Ute ein.

»Das ist schon in Ordnung«, versichere ich ihr und seufze abermals. »Weißt du, ich bin vor sieben Jahren im Streit mit meinem Vater auseinandergegangen. Damals ging ich voller Wut nach Berlin und wollte nie mehr hierher zurückkehren. Viele Jahre habe ich mir selbst eingeredet, dass ich nichts vermisse. Aber seitdem ich hier bin, denke ich anders!«

Versonnen lasse ich meinen Blick auf den blauen See schweifen, auf dem auch heute viele weiße Segel zu sehen sind.

»Das mit dem Streit hat Marianne einmal angedeutet.

Du weißt ja, dass wir uns aus der Yoga-Stunde kennen. Eines Tages kamen wir so auf den Doktor, und ich habe sie gefragt, ob er denn gar keine Familie hat. Marianne hat nicht viel ausgeplaudert, sie hat nur gemeint, seine Frau sei gestorben, und ihr beide hättet euch furchtbar gestritten. Dann sagte sie noch, dein Vater würde dich sehr vermissen.«

»Ehrlich? Hat sie ›vermissen‹ gesagt?«, wundere ich mich.

»Na klar. Ich habe damals gedacht: Mensch, wenn er seine Tochter so sehr vermisst, warum besucht er sie dann nicht mal? Aber vielleicht hat er das ja getan?«, rätselt Ute.

Ich schüttle den Kopf. »Wir haben uns tatsächlich jahrelang nicht gesehen. Ich gebe zu: Er hat ein paarmal versucht, mich zu besuchen oder zurückzulocken. Nach dem Streit herrschte Funkstille, vor allem, als mein Vater herausfand, dass ich bei seiner ungeliebten Schwägerin Hilda Unterschlupf gefunden hatte. Irgendwann fingen wir an, wieder miteinander zu telefonieren. Bei einem dieser Telefonate schlug Vater ein Treffen vor. Er wäre auch nach Berlin gekommen. Aber ich habe nach Ausreden gesucht, und das hat er wohl gemerkt. Ach, ich glaube, ich bin genauso stur wie er!«

»Möglicherweise sogar noch ein klitzekleines bisschen sturer?« Ute spricht es lachend und nicht als Vorwurf aus.

»Nur ein klitzekleines bisschen!«, gebe ich verschämt zu.

»Marianne weiß auch nichts von Valentina?« Wie wohlklingend Ute den Namen ausspricht! Ich sollte Tina öfter so nennen.

»Niemand weiß hier von Valentina«, bestätige ich.

»Meine Güte, dann hat es damals aber ordentlich gerappelt bei euch«, stellt Ute fest.

»Ich nehme an, Valentinas Papa war der Grund?«, vermutet sie. »Du sagst, dass niemand hier von dem kleinen Mädchen weiß … etwa ihr Vater auch nicht?«

Ute tippt voll ins Schwarze und ich nicke.

»Uiuiui. Das klingt nach einer unglücklichen Liebesgeschichte.« Sie sieht mich mit großen Augen an.

»Sehr unglücklich«, bestätige ich ihr wieder.

Auf einmal scheint es so leicht, darüber zu sprechen. Dabei ist mir Ute doch im Grunde total fremd, und ich verstehe nicht, warum ich mich ihr so plötzlich öffnen kann. Vielleicht gerade deshalb, weil sie niemand aus meinem Umfeld ist. Ute ist, wie sie mir auf dem Weg zum *Seegarten* erzählt hat, erst vor fünf Jahren nach Kressbronn gezogen und hat die Sache damals nicht mitbekommen.

»Vor sieben Jahren habe ich angeblich ziemlichen Mist gebaut«, gestehe ich jetzt.

»Darf ich fragen, was für einen Mist?«, erkundigt sich Ute.

»Angeblich habe ich unter Alkohol- und/oder Drogeneinfluss einen schweren Unfall verursacht. Durch diesen Unfall wurde eine andere Person leicht und ich selbst so schwer verletzt, dass ich beinahe gestorben wäre.«

»Oh Gott!«, entfährt es Ute. »Was ist denn passiert?«

»Es geschah an einem Gewitterabend nach dem Apfelblütenfest. Es hat furchtbar geregnet, und ich war mit meiner Vespa auf dem Heimweg. Später hat mir mein Vater Vorwürfe gemacht, weil ich viel zu schnell und betrunken gefahren bin. Die Vespa flog aus der Kurve und warf mich und meine Begleiterin ab. Diese kam mit leichten Schürfverletzungen und Prellungen davon, während ich ein Schädel-Hirn-Trauma erlitt und ins Koma fiel.«

»Meine Güte!« Ute schlägt sich die Hand vor den Mund.

»Jemand hat meine Mutter aus der Klinik angerufen und ihr von dem Unfall berichtet. Diese Nachricht muss sie so aufgeregt haben, dass sie einen schweren Herzinfarkt erlitt. Mein Vater war an diesem unglückseligen Abend wie so oft zu Hausbesuchen unterwegs. Sie schaffte es gerade noch, ihn anzurufen und ihm von meinem Unfall zu erzählen. Gleich darauf hat wohl ihr Herz aufgehört zu schlagen. Sie muss schon lange herzkrank gewesen sein, was niemand von uns auch nur ahnte. Als Vater nach Hause kam, war meine Mutter tot. Sie lag mit dem Telefon in der Hand im Hausflur«, sprudelt es nun aus mir heraus.

»Bist du sicher, dass dein Vater wirklich nicht wusste, dass deine Mutter herzkrank war?«

Ich schüttle den Kopf.

»Ich weiß es nicht. Sie hat nie etwas gesagt. Ich kann mich nicht erinnern, dass meine Mutter jemals richtig krank war. Außer einer Grippe, und die hat sie selbst kuriert. Mama war Schwedin, stammte aus Göteborg und nannte sich selbst eine kleine Kräuterhexe …«

Vor meinem geistigen Auge taucht meine schöne Mama wieder auf. Mit ihren hellblonden Haaren und den blauen Augen war sie der Prototyp einer Schwedin. Doch das, was sie wirklich ausmachte, war nicht ihr schönes Äußeres. Es war die Ruhe, die sie ausstrahlte. Sie verfügte über das innere Licht, das jeden Raum heller machte, den sie betrat. Nichts konnte sie aus der Ruhe bringen, sie wirkte zufrieden und glücklich, selbst an Regentagen.

»Meine Mama ist bei meiner Oma, die schon früh ihren Mann verloren hatte, in einer kleinen Mietwohnung in Göteborg aufgewachsen«, erzähle ich weiter. »Sie besaßen einen kleinen Schrebergarten am Stadtrand, in welchem sie allerhand Kräuter und Pflanzen züchteten. Einen solchen Kräutergarten hat Mama auch beim *Rosenhaus* angelegt und aus den zahlreichen Pflanzen allerlei Tees und Mittelchen gebraut. Ich glaube, es gab kein Kraut, das sie nicht zum Gedeihen brachte und aus dem sie nicht etwas Nützliches zubereiten konnte.

Meinem Vater war das natürlich sehr suspekt und sogar ein richtiger Dorn im Auge. Für ihn gibt es außer der Schulmedizin nichts.«

»Siehst du das genauso?«, will Ute jetzt wissen.

»Nicht so ganz. Um ehrlich zu sein, hat mir meine Mutter damals oft mit ihren Tropfen und Tees geholfen. Ein paar gute Tipps habe ich davon übernommen und gebe Valentina auch nicht immer gleich das volle Arzneiprogramm, sondern erst einmal Salbei bei Halsweh, oder Arnica, wenn sie hingefallen ist. Obwohl es natürlich Krankheiten gibt, bei denen man mit Heilkräutern oder Tees nicht viel weiterkommt, das muss ich zugeben.«

»Bei Herzkrankheiten zum Beispiel. Deine Mutter muss doch vorher bemerkt haben, dass etwas nicht stimmt!«, wirft Ute ein.

»Vielleicht hat sie das und wollte uns nur nicht beunruhigen. Oder sie hat es selbst nicht ernst genommen. Es könnte auch noch einen anderen Grund geben. Sie litt damals am Ende des Winters unter einer sehr schweren Grippe, die sie nicht richtig auskurierte. Möglicherweise ist daraus eine Herzmuskelentzündung entstanden, die zu einer Herzinsuffizienz geführt hat.«

»Ich kann mir gut vorstellen, dass es deinen Vater sehr mitgenommen hat, dass gerade er als Arzt seiner Frau nicht helfen konnte«, erklärt Ute teilnahmsvoll.

Ich nicke. Er konnte mit diesem Schmerz nicht umgehen

und hat mir deshalb Dinge an den Kopf geworfen, die er garantiert nicht so gemeint hat. Ich hätte das damals ahnen können, aber ich hatte so viel mit mir selbst zu tun. Wie sehr ich mein Verhalten bereue!

Nun sitze ich hier und spreche mit einer wildfremden Person über meine Vergangenheit.

Dabei tut es gerade gut, mir alles einmal von der Seele zu reden.

»Du sagst, du hast den Unfall verursacht, weil du betrunken warst? Ich vermute, der Grund für den vielen Alkohol war deine unglückliche Liebe?«, unterbricht Ute meine Gedanken. »Und warum sagst du eigentlich, du hast ›angeblich‹ Mist gebaut? Weißt du das etwa nicht mehr?«, setzt sie hinzu.

»Ich war lange im Krankenhaus. Als ich aus dem Koma erwachte, konnte ich mich beim besten Willen nicht daran erinnern, was an dem Tag des Unfalls geschehen war. Mein Vater und meine Freunde haben mir erzählt, dass ich total betrunken war und viel zu schnell gefahren bin. Aber das mit dem Alkohol kann nicht stimmen! Ich bin mir zu 100 Prozent sicher, dass ich keinen Tropfen Alkohol getrunken habe. Aber ich weiß einfach nicht, was genau geschehen ist. Bis heute nicht! Ich habe diesen Tag komplett vergessen!«, gestehe ich.

»Verdrängt, vermute ich eher. Das ist auch kein Wunder. Mensch, das muss ja furchtbar für dich gewesen sein! Erst überlebst du nur haarscharf diesen schweren Unfall, dann erfährst du, dass deine Mama nicht mehr lebt, und dann streitest du auch noch mit deinem Vater … wie schrecklich ist das alles!«

»Du hast etwas vergessen: Valentinas Papa«, füge ich hinzu.

»Ach, du Arme! Das tut mir alles so furchtbar leid für dich. Ich meine, ich kenne dich ja noch nicht lange, aber ich finde, dass du das nicht verdient hast! Wenn du in Ruhe über alles sprechen möchtest, bin ich jederzeit gerne für dich da. Ich möchte auf keinen Fall neugierig erscheinen, aber weißt du, manchmal tut es gut, wenn jemand von außen auf eine Sache schaut. Oder man sich einfach alles von der Seele quasseln kann.« Ute nimmt meine Hand und sieht mich freundlich an.

»Danke, das ist wirklich lieb von dir. Vielleicht komme ich darauf zurück.«

Ich atme tief durch.

»Hauptsache, du und dein Vater vertragt euch wieder!«, hofft Ute.

»Den ersten Schritt habe ich schon getan. Ich bin fest entschlossen, mich mit ihm auszusöhnen und von Valentina zu erzählen«, gebe ich nun zu.

»Ich bin mir sicher, dass er sich unglaublich freuen wird. Marianne war neulich schon ganz aus dem Häuschen, dass du wieder im Lande bist. Sie ist ein so feiner Mensch und meint es wirklich gut mit deinem alten Herrn. Ehrlich gesagt, ich glaube sogar …«, Ute senkt die Stimme, »… sie ist in deinen Vater verliebt!«

»Wer ist verliebt?«, kommt eine kleine Stimme von unten, und wir beide prusten vor Lachen los.

*

Zu Hause ist die Leichtigkeit, die ich noch am Nachmittag mit Ute empfand, verflogen. Eine Düsternis legt sich auf mein Herz, die sich auch beim Anblick der schönen Frühlingsblumen auf der Terrasse nicht legen will. Kurz entschlossen verlasse ich das Haus und fahre mit meinem Auto am See entlang. Die Sonne glitzert so schön auf dem Wasser, sodass ich beschließe, den Wagen abzustellen und ein paar Schritte zu Fuß zu gehen. Auf einmal fühle ich mich unfassbar allein. Wie schön wäre es, wenn ich jetzt diesen Weg wie früher so oft mit meiner Mama gehen könnte? Ihr alles erzählen, was ich erlebt habe, was mir auf der Seele liegt?

Eine ganze Weile gehe ich am Ufer entlang, dann beginne ich zu frösteln und beschließe umzukehren. Ich nehme mir vor, zu Hause eine schöne Tasse Tee zu trinken und mein Tinchen anzurufen. Das wird mir bestimmt guttun.

Auf dem Weg zu meinem Auto bleibe ich an der Einfahrt zum Andreas-Brugger-Weg an einem Haus stehen. Ich kenne die alte Villa aus den 30er-Jahren mit ihrem verwunschenen Garten, der direkt zum See führt. Oma Hedwig wohnt hier. Hat Thommy nicht gestern gesagt, es ginge ihr nicht so gut? Einem plötzlichen Impuls folgend, öffne ich das knarrende Gartentor. Der Garten, in dem Forsythienbüsche, Apfel- und Magnolienbäume blühen, kam mir schon immer wie ein verzaubertes Märchenreich vor. Ich gehe ein paar Schritte auf das Haus zu. Es brennt kein Licht, aber es ist ja auch noch nicht dunkel.

Erst nach mehrmaligem Klingeln wird die Tür von einer Dame mittleren Alters, die mit einem Staubwedel bewaffnet ist, geöffnet.

»Guten Tag. Ich wollte zu Oma Hedwig. Ich meine, zu Hedwig Bommer«, begrüße ich sie.

»Wer sind Sie denn? Frau Bommer hat mir gar nicht gesagt, dass sie Besuch erwartet.«

Misstrauisch betrachtet mich die Frau, die vermutlich die Hausangestellte ist, von Kopf bis Fuß.

»Ich bin Amanda Fischer, und Frau Bommer erwartet mich nicht. Ich war nur gerade zufällig in der Gegend und dachte, ich schaue einmal vorbei.« Da fällt mir etwas ein: »Ich bin Ärztin und die Tochter von Frau Bommers Hausarzt, Herrn Doktor Fischer.«

»Ach so, Sie sind die Tochter vom Landarzt. Dann kommen Sie mal rein.«

Nun denkt sie wohl, ich hätte Medikamente in der Tasche, die ich vorbeibringen muss, und führt mich ins Wohnzimmer. Klein und schmächtig sitzt Oma Hedwig in ihrem geblümten Ohrensessel und schaut in den Garten hinaus. Erst als ich direkt vor ihr stehe, erkennt sie mich, und ein Lächeln huscht über ihr faltiges Gesicht.

»Hallo, Oma Hedwig. Wissen Sie noch, wer ich bin?«, frage ich sie.

Ihre Stimme ist leise: »Natürlich weiß ich, wer du bist.« Sie duzt mich, aber das ist mir willkommen, denn sogleich stellt sich eine gewisse Vertrautheit zwischen uns ein. Beruhigt verschwindet die Hausangestellte aus dem Zimmer.

»Das Fräulein Fischer. Wie nett, dass du mich besuchen kommst! Setz dich bitte zu mir.«

Oma Hedwig weist auf einen gemütlichen Korbstuhl, der neben ihrem Sessel steht.

Offenbar ist das der Besucherplatz.

Wie süß, mich »Fräulein« zu nennen. Heutzutage sagt das kein Mensch mehr.

An meinem Arbeitsplatz und auch sonst käme es mir befremdlich vor, so bezeichnet zu werden. Als nähme man mich nicht ernst. Aber aus Oma Hedwigs Mund klingt es rührend altmodisch. Sie wirkt ohnehin ein bisschen wie aus der Zeit gefallen mit ihrem geblümten Kleid und dem in Wellen gelegten grauen Haar.

»Nennen Sie mich bitte Amanda. Wie geht es Ihnen, Oma Hedwig?«, frage ich sie freundlich.

Statt einer Antwort bietet sie mir eine Tasse Tee oder Kaffee an, die ihre Hausangestellte Birgit für mich zubereiten könne, was ich jedoch dankend ablehne. Ich berichte von meiner Begegnung mit Thommy und dass er mir erzählt hat, dass es ihr nicht so gut gehe.

»Ich soll krank sein? Was für ein Blödsinn! Ich bin nur alt«, antwortet sie heftig.

Ein bisschen blass kommt Oma Hedwig mir schon vor. Aber das liegt sicher daran, dass sie nicht allzu viel an die frische Luft kommt.

»Sieh nur den schönen Frühling!«, wechselt sie plötzlich das Thema und weist auf die blühenden Büsche und Bäume in ihrem großen Garten.

»Ja, ich habe das Gefühl, in diesem Jahr zeigt sich der Frühling besonders schön«, stimme ich ihr zu. Vielleicht kommt es mir auch nur so vor, weil er hier viel weiter vorangeschritten und deutlicher zu sehen ist als in der Großstadt.

»Ich habe dich so lange nicht gesehen! Du wohnst nicht mehr hier?«, fällt ihr plötzlich ein.

Oma Hedwig wendet den Blick vom Garten und nimmt meine Hand. Sie scheint über unser Wiedersehen ehrlich erfreut.

In wenigen Worten erzähle ich ihr, dass ich inzwischen in Berlin als Ärztin tätig bin.

»Das ist ja schön! Aber Berlin? So eine große Stadt! Ist das denn etwas für dich?«

Zweifelnd sieht sie mich an.

Ich zucke lächelnd die Schultern. »Es hat sich so ergeben. Im Grunde fühle ich mich ganz wohl in Berlin.«

»Soso … im Grunde. Was sagt denn dein Vater dazu? Er war schon länger nicht mehr hier. Vielleicht sollte er bei Gelegenheit bei mir vorbeischauen.«

Ich berichte ihr kurz von Vaters Schlaganfall, und Oma Hedwig ist ehrlich bestürzt:

»Oh nein! Ich kann mir doch auf meine alten Tage keinen neuen Arzt suchen!«

Auf einmal wird ihr Gesicht vor Aufregung ganz rot.

»Keine Sorge, Oma Hedwig. Mein Papa wird bestimmt wieder gesund. Und ich bin ja auch noch da! Ich habe Ihnen doch eben erzählt, dass ich Ärztin bin. Noch bin ich ja in Kressbronn. Rufen Sie mich bitte an, wenn Sie sich nicht gut fühlen!« Ich kritzle meine Handynummer auf ein Blatt Papier, das auf dem Tisch neben ihrem Sessel liegt. Dabei fällt mein Blick auf ihr leeres Wasserglas.

»Oma Hedwig, wann haben Sie denn das letzte Mal etwas getrunken?«, frage ich sie.

Irritiert sieht sie mich an.

»Ich weiß nicht. Ich habe aber keinen Durst. Ich habe nie Durst«, erwidert sie erstaunt.

Trotzdem gehe ich aus dem Zimmer und fülle in der Küche das Glas auf.

Dort begegnet mir die putzende Birgit, und ich frage sie, ob Oma Hedwig denn genug zu trinken bekommt.

»Woher soll ich das wissen, ich bin ja nicht ihre Pflegerin! Ich mache hier nur sauber«, reagiert sie empört, als hätte ich sie angegriffen.

»Ach so, das wusste ich nicht. Wer kümmert sich denn um Oma Hedwig?«

»Kümmern? Ich würde sagen, das macht ihre Familie. Also, ich meine, der Sohn von ihr kommt ab und zu vorbei und macht das Schriftliche. Die Frau von ihm sehe ich nicht so oft, aber die Enkel, hauptsächlich der ältere von den beiden, schauen manchmal vorbei. Jeden Morgen kommt die Sozialstation. Und mittags *Essen auf Rädern*. Ich kümmere mich um das Haus und den Garten. Wenn Oma Hedwig etwas braucht, dann hole ich es ihr natürlich. Auch, wenn sie trinken will. Aber meistens hat sie keinen Durst.«

»Sie sollte trotzdem immer ein volles Glas Wasser bei sich stehen haben. Darf ich Sie bitten, es aufzufüllen, wenn es leer ist? Es ist wirklich wichtig, dass Oma Hedwig genug trinkt!«

»Wenn Sie das sagen, dann mache ich das, Frau Doktor«, verspricht Birgit und lächelt.

Ich bedanke mich mit einem Lächeln und gehe zu Oma Hedwig zurück.

Das mitgebrachte Glas stelle ich neben sie auf das kleine Tischchen.

»Amanda, bist du glücklich?«, fragt mich Oma Hedwig unvermittelt und sieht mich direkt an.

Wie seltsam. In den letzten Jahren hatte ich keine Zeit, mir Gedanken zu machen, ob ich glücklich bin oder nicht. Gefragt hat mich das auch keiner. Nicht einmal Hilda oder Leni. Und Vincent schon gar nicht. Wenn ich es mir recht überlege, dann reden wir beide sowieso fast ausschließlich über unsere Arbeit, wenn wir zusammen sind.

»Ob ich glücklich bin? Ich denke schon«, antworte ich lächelnd.

»Du denkst, du bist glücklich?« Wieder sieht mich Oma Hedwig prüfend an.

»Er ist es nämlich nicht«, stellt sie nun fest und wendet ihren Blick in den Garten.

Ich weiß, von wem sie spricht.

Oma Hedwig hat damals offenbar mehr mitbekommen, als wir vermutet haben.

»Er ist verheiratet«, stelle ich fest.

»Verheiratet zu sein, heißt nicht automatisch, glücklich zu sein«, antwortet sie und setzt ernst hinzu: »Du hättest nicht weggehen sollen!«

Ich antworte nicht, sondern folge ihrem Blick in den romantischen Garten. Was weiß Oma Hedwig schon, was damals passiert ist?

Nach einer Weile erkläre ich seufzend: »Ich muss mich jetzt leider verabschieden.«

»Oh, wie schade! Kommst du wieder? Bitte richte deinem Vater ganz, ganz liebe Grüße von mir aus, wenn du ihn siehst!«, bedauert Oma Hedwig.

»Ich komme gerne wieder. Und die Grüße werde ich natürlich ausrichten. Oma Hedwig, versprechen Sie mir etwas? Sie müssen trinken, auch wenn Sie keinen Durst haben. Das Glas muss leer werden!«

»Du hast ja schon den gleichen Ton wie dein Vater angenommen!«, antwortet sie lächelnd.

Das Lächeln gebe ich ihr gerne zurück. »Es ist wichtig für Ihre Gesundheit!«, setze ich hinzu.

»Wenn das so ist, dann verspreche ich, mehr zu trinken!«, erklärt sie schmunzelnd.

Zum Abschied drücke ich fest die kleine, zerbrechliche Hand, dann gehe ich hinaus in die kühle Frühlingsluft. Aus dem Garten sehe ich sie am Fenster winken und hebe ebenfalls die Hand zum Abschiedsgruß.

Mein Blick fällt auf das kleine Badehaus, das durch einen morschen Holzsteg mit dem Ufergrundstück verbunden ist. Ich kann der Versuchung nicht widerstehen und gehe darauf zu. Hier habe ich die glücklichsten Stunden meines Lebens verbracht. Dort angekommen, schließe ich die Augen und streiche für einen Moment über die Holztür. Auch der Schlüssel unter dem Blumenkasten ist noch da. Die Erinnerung kommt so intensiv zurück, dass sie mich zu überwältigen droht.

»Amanda?«, höre ich plötzlich eine Stimme.

Ich drehe mich um. Die Gestalt, die im Schatten der Abendsonne auf mich zukommt, erkenne ich nicht sofort. Doch als ich sie erkenne, ist es zu spät, um wegzulaufen.

»Ich habe dich vom Garten aus gesehen und dachte, das kann nicht sein …«

Lukas steht nun direkt vor mir. Ich sehe sein vertrautes Gesicht, seine dunklen Augen, in denen ich immer noch versinken möchte. Ich kann nicht antworten. Ich möchte weinen, möchte weglaufen, doch ich bin unfähig, mich von der Stelle zu rühren.

Auch Lukas ist tief bewegt, wie ich bemerke. Er atmet heftig, und seine Augenlider flackern nervös.

»Was machst du hier?« Seine Stimme ist genauso tief und melodiös wie einst.

Offenbar haben ihm weder Thommy noch Jessica erzählt, dass sie mich getroffen haben.

»Ich … war bei Oma Hedwig, und da sah ich das Badehäuschen …«

Hilflos stammle ich dummes, unzusammenhängendes Zeug.

»Warum bist du am Bodensee? Besuchst du deinen Vater?«, fragt er ruhig, obwohl ich spüre, dass auch er mehr als aufgeregt ist. Nach all den Jahren ist die Anziehungskraft zwischen uns ungebrochen. Ich möchte auf der Stelle den Schlüssel aus dem Blumenkasten nehmen und in seinen Armen im Badehäuschen die Welt vergessen. Wie früher.

»Mein Vater hatte einen Schlaganfall«, sage ich stattdessen.

»Oh nein. Tja, dann musstest du wohl herkommen.« Er seufzt. »Das tut mir sehr leid. Wie geht es ihm?«

Ich berichte in wenigen Worten vom Zustand meines Vaters und dass ich mich ein paar Tage um das *Rosenhaus* und Pepe kümmere, bis klar ist, wie es mit Vater weitergeht.

Dabei verhasple ich mich wie ein Schulmädchen.

»Geht es dir gut?«, fragt Lukas unvermittelt und sieht mich prüfend an. Er will wirklich wissen, wie es mir geht, und dabei meint er im Gegensatz zu Jessica vermutlich nicht nur meinen Geisteszustand.

»Ja, es geht mir gut«, antworte ich unbeholfen. Was soll ich auch sagen? Dass mich die Begegnung mit ihm ebenso verstört wie vor sieben Jahren? Dass mich der Verlust meiner geliebten Mutter nach all den Jahren immer noch vollkommen fertigmacht und ich die letzten Tage in der Angst gelebt habe, meinen Vater auch zu verlieren?

Dass mir der Gedanke an das, was zwischen uns beiden war, und vor allem, was zwischen uns hätte sein können, das Herz zerreißt? Dass ich all das Schlimme, das passiert ist und für das ich verantwortlich bin, offenbar einfach vergessen habe, gleichzeitig aber all das Schöne, was uns einst verband, noch immer in meinem Herzen ist?

»Mensch, Amanda …« Lukas nimmt meine Hand, und ich weiß, dass ich nichts erklären muss. Er wusste schon immer, was in mir vorgeht. Wenn er bei mir ist, bin ich zu Hause. Mehr als im *Rosenhaus*, mehr als in Berlin, mehr als sonst irgendwo auf der Welt.

Als er mich in die Arme nimmt und leise sagt »Meine kleine Seejungfrau« kann ich die Tränen nicht länger zurückhalten, und ich weine an seiner Schulter, bis es beinahe dunkel ist.

6. Kapitel

Valentinstag

Am nächsten Morgen finde ich zwischen den wenigen noch gebliebenen Blumen in Mutters geliebtem Garten endlich die Ruhe, die ich in der Nacht vergeblich gesucht habe. Mir ist unbegreiflich, wie sehr mich Lukas noch immer aus der Fassung bringen kann. Nach all den Jahren sollte ich mich doch mehr im Griff haben! Schließlich trage ich nicht nur in meinem Beruf als Ärztin, sondern vor allem als Mutter Verantwortung und meistere mein Leben, ohne bei der geringsten Gelegenheit in Tränen auszubrechen.

Ich nehme mir fest vor, es auf keinen Fall zu einer weiteren Begegnung mit Lukas kommen zu lassen, auch wenn er mich darum gebeten hat. Er ist inzwischen ein verheirateter Mann, und ich möchte keinesfalls die Geister der Vergangenheit heraufbeschwören. Außerdem ist mir peinlich, dass ich in seinen Armen so sehr geweint habe. Ein weiteres Gespräch würde mich nur noch mehr aufwühlen.

Wie an jedem Tag fahre ich zu Vater ins Krankenhaus. In den letzten Tagen habe ich ihm oft aus der Tageszeitung vorgelesen, und er hat sich bemüht, die Artikel zu kommentieren. Ich freue mich, dass es von Tag zu Tag mit dem Sprechen besser klappt. »Ihr Vater ist heute gut drauf!«, begrüßt mich die freundliche Krankenschwester, mit welcher ich täglich ein paar Worte wechsele. »Er schikaniert uns nicht so herum wie sonst, meine ich.«

»Es tut mir leid«, entschuldige ich mich. »Ich weiß, mein Vater kann manchmal unmöglich sein.« Die Krankenschwester lacht mich an und winkt ab. »Wir sind hier Kummer gewohnt. Es ist doch toll, dass sich Ihr Vater auf dem Weg der Besserung befindet.«

Als ich das Zimmer betrete, sitzt mein Vater in einem Rollstuhl am Fenster und sieht hinaus in die milchige Frühlingssonne.

»Amanda, was hältst du davon, wenn du deinen alten Vater ein wenig in den Garten rollst?«, begrüßt er mich.

»Von Herzen gerne. Hast du das Okay von Doktor Wagner?«, frage ich sicherheitshalber.

»Das brauche ich nicht. Ich bin selbst Arzt!«, erinnert er mich.

Ich schenke ihm ein Lächeln und schiebe ihn Richtung Aufzug.

Der kleine Ausflug in den frühlingshaften Garten hinter dem Krankenhaus wird ihm guttun.

»So weit ist es mit mir gekommen! Meine Tochter muss extra aus Berlin anreisen, um mich wie eine alte Oma durch den Park zu rollen«, murmelt er vor sich hin.

Es folgen weitere Kommentare, die sich in erster Linie auf seinen angeschlagenen Gesundheitszustand beziehen und die ich nicht weiter zu kommentieren gedenke.

So langsam ist Papa offensichtlich auf dem Weg, wieder ganz der Alte zu werden. An einer Bank neben einem wundervollen Blumenbeet halte ich an und arretiere den Rollstuhl.

Einen Moment lang genießen wir beide schweigend die

Sonne. Dann spricht er plötzlich mit leiser Stimme: »Du weißt, dass ich das nicht so gemeint habe.«

Ich weiß, wovon er spricht. Er spricht von dem Satz, nach welchem ich fluchtartig das Haus verlassen hatte.

Ich lege die Hand auf seinen Arm und sehe ihn an.

»Ich weiß, Papa.« Als ich es ausspreche, wird mir klar, dass ich schon lange weiß, dass mein Vater mir nicht wehtun wollte. »Auch mir tut das alles so furchtbar leid. Ich war so durcheinander damals. In gewisser Weise hast du ausgesprochen, was ich mir selbst vorgeworfen habe. Seit dem Tag, als du mir im Krankenhaus von Mamas Tod erzählt hast, hat mich dieser Gedanke gequält, dass ich an allem schuld war.«

Nie werde ich diesen Tag vergessen. Es war der erste Tag, an dem es mir ein klein wenig besser ging. Ich dachte, es geht endlich bergauf … doch dann kam mein Vater mit ernster Miene herein und erzählte mir, was in jener Nacht mit meiner Mama geschah.

»Ich hätte wissen müssen, dass du dir Vorwürfe machst. Dabei warst du selbst so krank.« Eine Träne kullert seine Wange herunter, und er lässt es zu, ohne sie mit einem Taschentuch wegzuwischen.

»Du warst nicht schuld, Amanda!«, entfährt es ihm heftig. »Du konntest nichts dafür, dass Mama gestorben ist … du wusstest ja nicht einmal, dass sie krank ist. Ebenso wie ich übrigens. Ich habe mir die gleichen Vorwürfe wie du gemacht. Sie war ganz allein, als sie mich gebraucht hat. Obwohl Gunilla immer für uns da war, können wir das wohl beide nicht von uns behaupten. Sie hat ihre Herzschwäche vor uns verheimlicht und mit ihren Kräutern kuriert. Das macht mich heute noch wütend!«

»Nicht aufregen, Papa«, beruhige ich ihn. »Ich habe viel über alles nachgedacht. Vor allem, seitdem ich hier bin. Keiner von uns beiden hat Schuld an Mamas Tod. Ich glaube, dass ihr selbst ihre Herzschwäche nicht richtig bewusst war. Ich musste damals weg, weil ich hier nicht länger sein konnte. Ich musste auf andere Gedanken kommen, das wäre mir hier nicht gelungen.«

Er schweigt. Ich ahne, dass er mich nicht versteht. Dass er nicht verstehen kann, warum ich ihn damals, als er mich nach dem Tod seiner Frau gebraucht hat, allein gelassen habe und in all den Jahren nicht zurückgekommen bin, obwohl er mich doch einige Male darum gebeten hat. Doch dann sagt er plötzlich:

»Ich dachte, du nimmst es mir übel. Dass ich dir in meiner Wut die Schuld an allem gegeben habe. Ich war so … verzweifelt.« Vater macht eine kurze Pause. »Ich konnte es mir einfach nicht erklären, warum du so unvernünftig warst. Du bist sonst nie unter Alkoholeinfluss mit dem Roller gefahren. Dafür hast du deine Vespa viel zu sehr geliebt.«

»Ich hatte nicht getrunken, Papa!«, verteidige ich mich. Wenn ich etwas sicher weiß, dann das. Selbst wenn ich alles andere vergessen habe.

»Weiß der Geier, was du dir für Zeug eingeschmissen hast an diesem schrecklichen Abend!«, schimpft Vater plötzlich los.

Ich atme tief durch.

»Hör zu, Vater … du musst mir glauben, dass ich mir nichts ›eingeschmissen‹ habe an diesem Abend. Ich habe nicht die leiseste Ahnung, wie dieses Gerücht aufkommen konnte! Ich werde dir ein andermal näher erklären, warum das überhaupt nicht sein kann«, verspreche ich.

Jetzt ist nicht der Zeitpunkt, um über die Schwangerschaft zu sprechen.

»Amanda, es haben dich gleich mehrere Personen, darunter Patienten aus meiner Praxis, an diesem Abend gesehen, und zwar kurz bevor du losgefahren bist. Sie alle haben unabhängig voneinander berichtet, dass du in einer äußerst merkwürdigen Verfassung warst. Du konntest dich kaum auf den Beinen halten, schienst verwirrt und hast dich sogar in aller Öffentlichkeit in einen Busch übergeben. Da ist es ja wohl nicht so abwegig, an irgendwelche Drogen zu denken! Überhaupt hattest du dich so verändert in der letzten Zeit.«

»Was meinst du damit?«, wundere ich mich.

»Du weißt doch, was ich meine. Wahrscheinlich war das alles die Schuld von diesem Bommer-Typen. Der hat dich doch total durcheinandergebracht!« Wenn er wüsste, wie recht er hat! Aber es war nicht Thommy, sondern Lukas Bommer, der mich durcheinandergebracht hat. »Und dann hat er noch die Frechheit besessen, mich nach deiner neuen Adresse zu fragen, als du weg warst. Ich habe ihm gesagt, er soll sich zum Teufel scheren!«

Ich kann mir sehr gut vorstellen, dass mein Vater dachte, Thommy hätte mich auf den falschen Weg gebracht. Der Ärmste! Thommy konnte nun wirklich überhaupt nichts für die ganze Sache und wollte wahrscheinlich nur wissen, was aus mir geworden war.

»Es war nicht so, wie du denkst, Papa ...«, sage ich deshalb.

»Doch, genauso war es! Entweder warst du nicht zu Hause und wenn, dann warst du gedanklich total abwesend. Ein normales Gespräch war ja gar nicht mehr möglich mit dir«, wirft mein Vater mir nun vor.

Er hat ja recht. Ich war gedanklich abwesend, das stimmt. Ich war verliebt.

»Und das ist dir aufgefallen? Ausgerechnet dir, der du ja selbst ständig abwesend warst, und zwar sowohl körperlich als auch gedanklich!«, entfährt es mir nun.

Mein Vater sieht mich an, dann atmet auch er tief durch, bevor er antwortet:

»Du hast recht. Glaub mir, ich habe mir oft genug, seitdem das Unglück geschehen ist, selbst vorgeworfen, dass ich immer zu viel gearbeitet und mir zu wenig Zeit für dich und Mama genommen habe.«

Ich bin mehr als nur verblüfft. Es ist das erste Mal, dass mein Vater etwas zugibt, was er falsch gemacht haben könnte. Ich nehme seine Hand und erkläre: »Als Arzt, besonders als Landarzt, hat man eben keinen *Nine-to-five-Job*. Heute verstehe ich dich so viel besser.«

Wieder schweigt mein Vater und sieht nachdenklich in die Ferne.

»Ich hatte immer Angst, dass ich sie eines Tages verliere«, sagt er plötzlich mehr zu sich selbst. »Ich weiß, dass ich nicht ihre große Liebe war. Es gab da einen Mann in Schweden, der ihr wohl das Herz gebrochen hat. Sie hat hier ein neues Leben angefangen und schien glücklich, vor allem, als du kamst. Doch ich hatte immer Angst, dass ihr das alles nicht genügen würde. Heute weiß ich, dass ich öfter mit ihr hätte nach Schweden fahren sollen. Doch ich war eifersüchtig auf diesen anderen Mann und wollte sie von ihm fernhalten.«

Mir fallen Mariannes Worte ein, die Ehe meiner Eltern sei nicht so glücklich gewesen, wie es den Anschein hatte. Warum hatte ich nie etwas davon bemerkt?

»Eines Tages fand ich per Zufall, als ich unsere Reisepässe in ihrem Schreibtisch suchte, einen Brief. Er war von ihm. Ich habe es nie angesprochen, denn ich wollte unsere Harmonie nicht zerstören. Es war ein richtiger Liebesbrief, den Gunilla offenbar einige Jahre, nachdem wir das *Rosenhaus* kauften, erhielt. Offenbar hat dieser Mann sie nie vergessen.« Vater seufzt. Dann fährt er leise fort: »Ich weiß nicht, woher dieser Mann ihre Adresse in Deutschland hatte, aber vermutlich hat sie sie ihm selbst mitgeteilt. Ich weiß nicht, ob sie ihm auf diesen Brief geantwortet hat. Doch es war offensichtlich, dass ihr dieser Brief viel bedeutete. Nach all den Jahren bewahrte sie ihn immer noch auf! Ich war wütend, vergrub mich in meiner Arbeit. Ich hätte wissen müssen, dass das falsch war. Dass ich sie dadurch erst recht verlieren würde. Ich konnte ja nicht wissen, auf welche Weise!« Er bricht ab, die Worte fallen ihm schwer.

Eigentlich hatte ich nach dem guten Gesprächsbeginn gedacht, ich könne Vater endlich von Tina erzählen. Doch das geht jetzt nicht mehr. Er wirkt traurig, müde, erschöpft.

»Lass uns nach oben gehen!«, weist er mich plötzlich an.

Bevor ich die Bremse des Rollstuhls löse, sehe ich ihn an, dann umarme ich ihn.

»Sie hat dich geliebt, Papa«, sage ich. »Wenn es anders gewesen wäre, hätte ich es gewusst. Niemand stand ihr näher als ich! Wir beide, du und ich, waren ihr Leben. Und ich bin sicher, sie hätte so gerne noch sehr lange mit uns gelebt.«

Mein Vater hält mich ganz fest. Und dann weinen wir beide.

*

In den nächsten Tagen lenke ich mich mit allerlei Aktivitäten ab. Ich telefoniere viel mit Tina, die ich von Tag zu Tag mehr vermisse, bespreche mit meinem Vater im Krankenhaus die Wahl der Reha-Klinik und lasse auf meinen Spaziergängen mit Pepe meine Gedanken schweifen. Das *Rosenhaus* ist mir inzwischen erneut zu meinem Zuhause geworden, und ich verbringe viel Zeit, in den alten Schränken und Fotoalben zu stöbern, um mich meiner Mutter nahe zu fühlen. Eines Abends entdecke ich ein Bild, das ich selbst einmal von ihr geknipst habe. Sie sitzt in ihrer hellblauen Bluse, die wir gemeinsam in Schweden gekauft haben, auf der Bank vor ihrem Kräutergarten und lächelt mir zu. Sie sieht sehr blass aus, obwohl es doch Sommer sein muss, wenn sie die dünne Bluse trägt. Ich streiche mit dem Finger über das Bild, als wollte ich in die Szene eintauchen. Es scheint warm zu sein, die Sonne scheint ihr direkt ins Gesicht, denn sie kneift die Augen zu Schlitzen zusammen. Auf einmal höre ich ihre Stimme: »Geh nicht fort heute Abend, Amanda! Es geht dir doch nicht gut. Bleib lieber hier, und wir machen es uns schön!«

»Ich bin nicht lange weg, Mama … ich komme bald wieder!«

Es ist Blödsinn. Meine Erinnerung spielt mir einen Streich. Ich habe das zwar erlebt, aber nicht an dem Tag, an dem dieses Foto entstanden ist. Das Foto muss im Sommer davor entstanden sein, denn die Rosen blühen. War sie damals schon herzkrank? Mit einem tiefen Seufzer lege ich das Foto zurück in die geblümte Schachtel und nehme ein anderes heraus. Eigentlich wollten wir die Fotos einmal gemeinsam sortieren und in Alben kleben. Wie so vieles haben wir es aufgeschoben. Ein anderes Foto zeigt mich in einem Minikleid im Hippie-Style mit großer Sonnenbrille. Es war Fasching und meine Gedanken wandern zurück zu jenem Abend …

*

Vor sieben Jahren
Fasching
Griesebiggerball

Verkleiden war noch nie mein Ding, Faschingsbälle schon gar nicht. Dennoch stand ich an jenem Samstag vor dem Kleiderschrank meiner Mutter, um irgendetwas Brauchbares zu finden, das ich am Abend auf dem Griesebiggerball in der Festhalle tragen konnte.

Natürlich hatte Thommy mich schon mehrmals gefragt, ob ich auch zum Ball kommen würde, doch ich hatte jedes Mal mit der Begründung, dass er ohnehin keine Zeit für mich haben würde, abgelehnt. Damals war Thommy aktiv im Musikverein Kressbronn und hatte mit diesem auf dem Ball einige Auftritte zu absolvieren. Der Grund für meine Meinungsänderung war natürlich Lukas. Seitdem wir uns in den Hopfengärten geküsst hatten, ging er mir überhaupt nicht mehr aus dem Kopf. Als wir uns dort getrennt hatten, hatte er mir hinterhergerufen: »Du kommst doch zum Griesebiggerball?« Seitdem hatte mich dieser Gedanke nicht mehr losgelassen. Stunden später stand ich mit klopfendem Herzen in einem alten Hippiekleid meiner Mutter, einer großen Stoffblume im Haar und einer pinkfarbenen Herz-Sonnenbrille auf der Nase vor dem Eingang der Halle und fragte mich, was zum Teufel ich eigentlich vorhatte. Gerade, als ich schon wieder umdrehen wollte, hörte ich die Stimme meiner ehe-

maligen Schulfreundin Melissa: »Hallo, Amanda! Mensch, dich habe ich ja ewig nicht gesehen! Komm, lass uns ein Sektchen trinken!« Melissa, die ein 20er-Jahre Charleston-Kleid und eine Federboa trug, nahm meinen Arm und schob mich in die völlig überheizte Festhalle, in der Hunderte von Kostümierten an den Tischen schunkelten oder auf der Tanzfläche schwitzten.

Erwartungsgemäß war die Bar ebenfalls rappelvoll, und wir drängten uns durch die Menge Richtung Tresen.

»Warte, ich hole uns etwas zu trinken!«, rief Melissa laut.

Zwischen den vielen Menschen wartete ich geduldig und bereute bereits mein Vorhaben. Ich nahm mir vor, mich nach dem Glas Sekt unauffällig zu verdrücken. Als Melissa zurückkehrte, stellte sie mir allerhand Fragen, der Art, wohin mich mein Weg geführt hatte, seitdem wir die Schule verlassen hatten. Jedenfalls vermutete ich das, denn ich verstand kein einziges Wort. Die Musik im Barbereich war so laut, dass man sein eigenes Wort nicht verstehen konnte. Ich zuckte die Schultern und lächelte ihr stattdessen freundlich zu. In diesem Moment stieß mich jemand von hinten unsanft an, sodass ich fast das ganze Glas Sekt auf mein Kleid schüttete. Obwohl sie eine schwarze Perücke trug, war sie dennoch unverkennbar. »Sorry!«, rief Jessica und stöckelte auf ihren hohen Absätzen davon. Sie trug ein ultrakurzes Krankenschwesternkostüm mit einem viel zu tiefen Ausschnitt, dazu Netzstrümpfe und ein total blöd aussehendes, weil schief sitzendes altmodisches Häubchen, das so gar nicht zu dem sexy Outfit passte.

»Es gibt doch immer welche, die sich als Nutte verkleiden. Oder was soll uns dieses Kostüm sonst verraten außer ›Ich bin zu allem bereit‹?«, rief Melissa in mein Ohr. »Soll ich dir noch einen Sekt holen? Wegen dieser dummen Nuss

ist deiner ja weg. Dass sie nicht mal gefragt hat, ob sie dir einen neuen holen soll, ist wieder einmal typisch!«

»Du magst Jessica nicht besonders?«, rufe ich in Melissas Ohr.

Melissa zog vielsagend die Augenbrauen hoch.

»Ich war mit ihr auf der Berufsschule. Eine größere Angeberin ist mir in meinem Leben noch nicht begegnet. War sie nicht auch in unserer Parallelklasse? Ich meine, mich zu erinnern, dass wir mit 14 Jahren zusammen Sport hatten und sie mir damals schon auf den Keks ging. Aber hast du heute Abend schon ihren Freund gesehen? Mein lieber Scholli. Den würde ich auch nicht von der Bettkante schubsen!«

»Du meinst Lukas?«, rief ich zurück und spürte eine Gänsehaut trotz der Hitze im Raum.

»Nein, ich meine natürlich Rob Roy, den schottischen Robin Hood! Wobei er meiner Meinung nach wesentlich besser und männlicher aussieht als dieser Schauspieler, der Rob Roy in diesem Hollywoodfilm gespielt hat.« Schon bei dem Gedanken an Lukas begann mein Herz, wie verrückt zu klopfen. Ich hätte mir denken können, dass er mit Jessica hier war. Und ich blödes, einfältiges Huhn hatte seine Frage, ob ich auch zum Griesebiggerball gehen würde, für eine Art Verabredung gehalten. Wie konnte ich nur so dumm sein!

So nett Melissa auch war, ich musste hier weg.

Ich bedankte mich bei ihr für den Sekt und log, dass ich hinten im Saal mit ein paar Freunden verabredet war.

»Wir sehen uns bestimmt noch mal heute Abend!«, log ich weiter.

»Oder wir gehen irgendwann mal zusammen einen Kaffee trinken! Das würde mich wirklich freuen«, verabschiedete ich mich und drängelte mich zurück Rich-

tung Ausgang. An der Garderobe holte ich meinen Mantel und strebte dem Ausgang zu. Vor der Tür holte ich erst einmal tief Luft.

»Kleine Seejungfrau … du willst doch wohl nicht etwa schon gehen?«

Der Schotte, der vor mir stand, sah wirklich umwerfend aus.

»Ich hatte gedacht, du hättest ein anderes Kostüm gewählt. Aber vermutlich kann man mit einer Flosse nicht so gut tanzen.« Seine Augen lächelten.

»Tanzt du mit mir?« Er kam näher und sah mir direkt in die Augen. »Bitte. Nur einmal.«

»Ein andermal vielleicht«, lehnte ich mit dem Gedanken an Jessica in ihrem nuttigen Krankenschwesternkostüm ab. »Wartet nicht deine Freundin auf dich?«, provozierte ich ihn stattdessen.

Statt einer Antwort zog Lukas mich ganz nah an sich heran.

Ein Teil von mir wollte sich lösen, der andere wollte mit ihm fort von diesem Ort.

»Ich bin noch verabredet«, log ich schon zum zweiten Mal an diesem Abend.

Lukas schüttelte den Kopf. »Thommy ist im Saal und bereitet sich auf seinen Auftritt vor.«

Plötzlich nahm er meine Hand und zog mich um die Ecke der Festhalle. Auf einmal waren wir ganz allein. Leise fiel Schnee auf den eiskalten Boden. Aus der Ferne hörte ich die Musik von Thommys Musikverein. Doch meine Sinne waren verwirrt. Ich wusste, es war falsch. Ich wusste, ich sollte gehen. Doch ich konnte nicht. Lukas zog mich an wie ein Magnet. Seine Küsse beförderten mich in den siebten Himmel, seine Hände, die sich unter meinen Mantel geschlichen hatten, streichelten sanft über meinen Körper. Ich wollte, dass dieses Gefühl nie aufhören würde.

Auf einmal hörten wir ein Geräusch. Lukas ließ sich nicht davon beirren, doch ich war hart auf dem Boden der Realität gelandet. Ein anderes Pärchen war offenbar ebenfalls auf der Suche nach einem heimlichen Ort, wo sie alleine sein konnten. Plötzlich kam ich mir schäbig vor. Wie ein Verbrecher. Was taten wir hier? Drinnen war Jessica sicher schon unruhig, weil ihr Freund so lange wegblieb. Und Thommy, der nicht einmal wusste, dass ich auf dem Ball war, spielte unbeschwert auf seiner Trompete. Es war falsch. Ich wollte keine heimliche Liebe von jemandem sein. Ich wollte niemanden hintergehen, schon gar nicht Thommy, der es immer so gut mit mir meinte. Ich entzog mich Lukas und knöpfte meinen Mantel zu. Das andere Pärchen sah verschämt zu uns herüber. Vermutlich fragten sie sich, ob sie uns kennen müssten und ihre Aktion womöglich ausgeplaudert wurde.

»Ich muss gehen«, brachte ich keuchend hervor, und meine Stimme klang heiser.

»Warum?« Verständnislos sah Lukas mich an und versuchte, meine Hand zu greifen.

»Das solltest du wissen.«

Mit diesen Worten ließ ich ihn stehen und eilte zu meiner Vespa, ohne mich noch ein einziges Mal umzudrehen.

*

Das Klingeln an der Tür reißt mich aus meinen Erinnerungen. Nanu, wer kann denn das noch sein? Ich schalte die Musik, die ich auf meinem Handy gehört habe, aus und gehe langsam zur Tür. Leider bin ich kein allzu großer

Freund von spontanen Besuchen und vermute, dass Ute oder Marianne einen Besuch angekündigt hätte. Marianne schneit zwar tagsüber ab und zu bei mir herein, um sich nach meinem Vater zu erkundigen, allerdings war das bis jetzt abends nie der Fall. Ich schleiche in die Küche, um aus dem Fenster zu spähen. Vor der Tür steht eine blasse Frau mit Pferdeschwanz, die einen kleinen Jungen an der Hand hat. Seine Jeans sind seltsam verfärbt, es sieht aus, als ob er blutet. Wieder klingelt es, dann klopft die Frau laut an der Tür.

»Herr Doktor, bitte machen Sie auf! Wir brauchen Ihre Hilfe!« Ohne weiter zu zögern, öffne ich die Tür. Verdutzt schauen die beiden mich an.

»Äh … ich wollte zu Herrn Doktor Fischer!«, entschuldigt sich die blasse Frau, die mir sehr gestresst und aufgeregt erscheint.

»Mein Vater ist leider nicht da«, erkläre ich ihr, worauf sich der ängstliche Ausdruck in ihrem Gesicht verstärkt.

»Um was geht es denn? Vielleicht kann ich Ihnen helfen. Ich bin ebenfalls Ärztin«, beruhige ich sie. Selbst wenn mir die kassenärztliche Zulassung fehlt, so muss ich als Ärztin doch einschreiten, wenn jemand dringend meine Hilfe braucht.

»Aha.« Misstrauisch sieht die Frau mich an.

»Ich bin Amanda Fischer, die Tochter von Doktor Fischer«, kläre ich sie auf.

»Na dann. Ich bin Katja Obermüller. Es ist so … also … der Linus ist hingefallen und es hört einfach nicht auf zu bluten. Ich habe ihm schon ein Pflaster auf die Wunde geklebt, aber Sie sehen ja, wie seine Hose aussieht …«

»Soll ich mir das einmal ansehen?«, frage ich den Jungen.

Schüchtern blickt er zu Boden, dann nickt er, ohne mich anzusehen.

»Dann komm mal mit!« Ich bitte die beiden herein, nehme Linus' kleine Hand und öffne die Tür zur Praxis.

»Haben Sie Ihr Versicherungskärtchen dabei, Frau Obermüller?«, frage ich seine Mutter, die einen fahrigen Eindruck auf mich macht.

»Wie? Nein, ich bin direkt zu Ihnen gefahren. Kann ich die nachreichen?«, antwortet sie.

»Natürlich, das ist kein Problem.«

»Wie alt bist du denn, Linus?«, frage ich, während ich das Licht einschalte. Es ist zwar noch nicht dunkel draußen, aber ich brauche gutes Licht, um die Wunde genau zu untersuchen.

»Neun«, antwortet er leise. Ich hätte gedacht, dass er jünger ist. Er ist klein und zart für sein Alter. Und offensichtlich mehr als nur schüchtern.

»Dann bist du ein bisschen älter als meine Tochter«, verrate ich Linus, um sein Vertrauen zu gewinnen. »Sie heißt Valentina, und manchmal fällt sie auch hin. Kannst du bitte deine Hose kurz ein Stückchen herunterziehen, damit ich mir die Wunde ansehen kann?«

Linus' Hand zittert, und er bekommt vor lauter Aufregung den Reißverschluss nicht auf.

Seine Mutter kommt zu Hilfe und reißt ungeduldig an dem klemmenden Reißverschluss herum. Die Jeans des Jungen ist mindestens eine Nummer zu klein und viel zu kurz, stelle ich fest. Davon abgesehen ist seine Kleidung ebenso wie die seiner Mutter jedoch sauber und gepflegt.

»Sie sind also auch Ärztin, ja?«, fragt sie jetzt und blickt dabei ungeduldig auf ihre schmale Armbanduhr. »Ich habe Sie hier zwar noch nie gesehen, aber bitte kleben Sie Linus ein dickes Pflaster auf die Wunde. Ich hab leider nicht viel Zeit, denn ich habe noch einen Termin!« Einen Termin? Um diese Uhrzeit?

»Es dauert nur einen Moment«, lasse ich mich nicht beirren und sehe mir die Wunde auf Linus' Knie genauer an.

»Wir wollen doch sehen, warum das so doll blutet. Wie ist das denn passiert?«, wende ich mich mit sanfter Stimme an ihn.

»Das sagte ich doch schon: Er ist mal wieder hingefallen«, mischt sich seine Mutter erneut ein. Warum antwortet er nicht selbst? Linus hält den Kopf gesenkt.

»Ist Linus gegen Tetanus geimpft?«, möchte ich von Frau Obermüller wissen.

Sie nickt. »Selbstverständlich.«

»Hast du draußen gespielt?«, hake ich nach, während ich mich im Sprechzimmer nach einer Kochsalzlösung und einem antiseptischen Wundspray umsehe.

Die Wunde ist nicht allzu verdreckt, trotzdem säubere ich sie, nachdem ich beides gefunden habe.

Linus nickt, schaut dabei aber ängstlich zu seiner Mutter.

»Er ist von der Schaukel gefallen«, berichtet Frau Obermüller. »In unserem Garten.«

»Da hast du aber doll geschaukelt«, stelle ich fest.

Wieder wirft Linus seiner Mutter einen ängstlichen Blick zu.

Als ich das Wundspray auf die Wunde sprühe, zuckt Linus nur ein bisschen zusammen.

»Weißt du was? Wir kleben nicht nur ein schönes Pflaster auf deine Wunde. Die ist nämlich ziemlich groß, da wäre es gut, wenn wir noch einen Verband darüber machen.

Das sieht dann aus wie bei einem Fußballer, wenn er verletzt ist. Magst du Fußball?«

Zum ersten und einzigen Mal huscht ein winziges Lächeln über sein Gesicht.

Wieder nickt er, diesmal heftig. Kann er nicht sprechen oder ist er nur eingeschüchtert?

Im Allgemeinen haben Kinder nicht eine solche Angst vor mir.

»Frau Obermüller, können Sie morgen noch einmal kurz vorbeikommen? Ich würde mir die Wunde gerne anschauen. Passt es Ihnen so gegen 11 Uhr?«

»Noch mal anschauen? Aber wieso denn, das ist doch keine schlimme Verletzung? Um 11 Uhr arbeite ich noch.«

»Verzeihung, mir war nicht bewusst, dass Sie samstags arbeiten«, entschuldige ich mich. »Wann würde es Ihnen denn besser passen?«

»Für mich gibt's kein Wochenende. Ich bin Bedienung im *Bistro Ahoi* und muss auch jetzt zur Arbeit. Um 16 Uhr am Nachmittag könnte ich morgen, da habe ich Pause. Aber muss das wirklich sein?«, antwortet Frau Obermüller unwirsch.

Diesmal bin ich es, die nickt. Eigentlich wollte ich am Nachmittag Vater im Krankenhaus besuchen, aber dann erledige ich das eben vorher. »Wir wollen doch nachsehen, ob der Verband, den ich dir angelegt habe, geholfen hat, gell?«, wende ich mich an Linus.

»Dann kann ich auch Ihre Daten aufnehmen und Ihre Versicherungskarte einlesen«, setze ich hinzu. Vielleicht kann ich Ute telefonisch um Auskunft bitten, wie das hier abläuft. Oder noch besser: Ich lade sie gleich zu einer Tasse Tee oder Kaffee zu mir ein, dann kann sie das vielleicht übernehmen.

Hektisch zieht Frau Obermüller die Hose des Jungen wieder hoch und wendet sich zum Gehen. Ich begleite sie zur Tür.

»Bis morgen, Linus. Dann kannst du meinen Hund Pepe kennenlernen!«

Seine Miene hellt sich auf, doch er schaut sofort ängstlich zu seiner Mutter.

Als die beiden beinahe aus der Tür sind, frage ich: »Frau Obermüller, kommt es häufiger vor, dass Linus hinfällt oder sich sonst irgendwie verletzt?«

Irritiert sieht sie mich an. »Nicht häufiger als andere Kinder«, antwortet sie ausweichend.

»Danke, dass Sie Linus geholfen haben!«

Schnellen Schrittes eilen die beiden davon, wobei der kleine, schmächtige Junge Mühe hat, humpelnd mit seiner Mutter mitzuhalten. Am Gartentörchen dreht sich Linus noch einmal zu mir um. Etwas ist in seinem Blick, das mir nicht gefällt. Es ist eine Mischung aus Angst und Hilferuf. Ich atme tief durch. Etwas stimmt hier nicht. Die Beine und auch die Arme des Jungen waren übersät von Blutergüssen, die mit ihren verschiedenen Farben darauf hinweisen, dass sie unterschiedlich alt sind. Entweder ist der kleine Linus so ungeschickt, dass er wirklich andauernd hinfällt. Oder er wird misshandelt.

*

Am nächsten Morgen bin ich immer noch total durcheinander. In der Nacht hatte ich schlimme Albträume, die von meinem Unfall, aber auch von dem kleinen Linus handelten.

Als ich völlig verschlafen vor meiner Tasse Kaffee auf der

Terrasse sitze, kommt plötzlich Marianne um die Ecke. In der Hand schwenkt sie eine Brötchentüte, und ihr Lächeln ist beinahe so breit wie das Gartentor.

»Hast du Lust auf eine kleine Tour mit der Harley bei dem schönen Wetter?«, ruft sie fröhlich.

»Ich habe dir eine Brezel und eine Seele mitgebracht.«

»Wie lieb von dir! Eine Seele habe ich ja schon ewig nicht mehr gegessen«, freue ich mich und packe die längliche Seele aus, die wie ein kleines Baguette aussieht. »Möchtest du vielleicht einen Kaffee?«

Marianne schüttelt den Kopf. »Lieber so bald wie möglich das schöne Wetter ausnutzen. Morgen soll es schon wieder regnen. Also, was ist … kommst du mit?«

»Marianne, ich enttäusche dich ungern. Aber seit meinem Unfall können mir Zweiräder gestohlen bleiben. Ich bevorzuge etwas mehr Schutz um mich herum. Außerdem habe ich heute schon etwas vor.«

»Soso. Das klingt ja geheimnisvoll.« Marianne zwinkert mir zu. »Hast du jemanden kennengelernt? Etwa einen schmucken Doktor im Krankenhaus?«

»Doktor Wagner ist in der Tat ein schmucker Mann«, antworte ich grinsend. »Dennoch muss ich dich wieder enttäuschen, denn er ist leider mindestens 20 Jahre zu alt für mich und, dem Ring an seinem Finger nach, verheiratet.«

»Wie schade! Wer ist denn dann deine Verabredung? Jemand, den du von früher kennst? Thomas Bommer vielleicht?«, hakt Marianne nach.

»Du bist ja gar nicht neugierig, meine Liebe«, erwidere ich mit einem Augenzwinkern.

»Ich gebe zu: So neugierig bin ich gar nicht. Ich habe euch neulich zusammen gesehen, als ich auf dem Heimweg vom Salon war.« Marianne grinst breit.

»Thommy und ich haben uns zufällig getroffen, und er hat mich ein Stündchen auf sein Segelboot eingeladen. Wir haben nur ein wenig geplaudert. Da ist nichts«, kläre ich sie auf.

»Alte Liebe rostet nicht! Manchmal kann man ein Süppchen wieder aufwärmen«, fordert sie mich lächelnd heraus.

Wenn sie wüsste, wie recht sie hat. Doch es ist nicht Thommy, an den ich die ganze Zeit denken muss.

»Oh nein. In diesem Fall ist die Liebe leider total verrostet. Thommy und ich waren nicht richtig zusammen, es gibt also nichts aufzuwärmen. Nein, ich habe heute eine andere Verabredung. Medizinischer Art«, gebe ich bekannt.

»Das verstehe ich doch. Dein Vater wartet bestimmt auf dich«, räumt Marianne ein.

»Ganz bestimmt sogar. Nächste Woche bringe ich Vater in die Reha-Klinik. Bald wird er wieder zu Hause sein!«

»Oh, das ist ja wunderbar! Ich freue mich sehr. Auch wenn das wohl bedeutet, dass du uns bald verlässt?«, freut sich Marianne.

»Ich fürchte, ja. Ich werde zu Hause gebraucht. Sag mal, kennst du eine Frau Obermüller?«, wechsle ich das Thema.

Marianne denkt kurz nach. »Meinst du die Obermüllers, die früher die Wirtschaft *Lamm* betrieben haben?«

Ich zucke die Schultern.

»Das ist die Einzige, die mir zu diesem Namen einfällt. Das war eine tragische Sache mit den Obermüllers.«

»Ach ja? Inwiefern denn?« Nun bin ich es, die neugierig ist.

»Den Obermüllers gehörte, wie gesagt, das *Lamm*, eine gutbürgerliche Wirtschaft im Ort«, erzählt Marianne.

»Ich erinnere mich. Vor Jahren war ich dort mit meinen Eltern essen. Das ist lange her.«

»Es war ein alter Familienbetrieb, den Herr Obermüller seinerzeit von seinen Eltern mit Schulden geerbt hat. Dennoch hat sich die Familie große Mühe gegeben, das *Lamm* ein wenig flotter zu gestalten, und hat, wie man so hört, hohe Kredite aufgenommen, um renovieren zu können. Doch dann kam Corona. Sie bekamen große Probleme, weil die Wirtschaft monatelang geschlossen war und die staatlich versprochenen Wirtschaftshilfen nicht rechtzeitig ankamen. Die Familie konnte die Kredite nicht zurückzahlen und verlor nicht nur die Gastwirtschaft, sondern auch ihr Heim an die Bank. Vater Obermüller fing an zu trinken und stürzte am Tag vor der Zwangsversteigerung betrunken vom Gerüst, welches zu den Renovierungsarbeiten angebracht worden war. Er sitzt seitdem im Rollstuhl, und die arme Frau Obermüller muss die ganze Familie durchbringen. Ich glaube, sie hat drei Kinder. Und einen Mann im Rollstuhl, der auch noch säuft. Soviel ich weiß, arbeitet sie im *Ahoi*, aber ich habe sie auch schon abends im *Kaufland* Regale einräumen sehen.«

Ich atme tief durch. »Vermutlich ist das die Frau Obermüller, die ich meine. Sie war gestern hier mit ihrem Sohn Linus. Der Junge ist gestürzt, und ich wollte mir die Wunde heute noch einmal ansehen.«

Ich denke kurz nach, ob ich Marianne von meinem Verdacht erzählen soll, entscheide mich aber dagegen. Erst möchte ich den Jungen genauer ansehen, bevor ich einen möglicherweise unbegründeten Verdacht ausspreche.

»Das ist eine sehr gute Idee und geht natürlich vor. Wir beide sehen uns ein andermal!« Marianne lächelt mir zu und wendet sich zum Gehen.

»Genieße deine Motorradtour! Und nochmals vielen Dank für die tollen Brötchen«, verabschiede ich sie.

Nach dem leckeren Frühstück, das ich vor lauter Gedanken an Linus gar nicht recht genießen konnte, mache ich mich im Bad zurecht. Wieder gönne ich mir einen Spritzer *No 17*, der sofort meine Sinne vernebelt. »Wie gut du duftest«, höre ich in meiner Erinnerung die Stimme an meinem Hals flüstern. Ich schließe die Augen und lasse das Gefühl zu.

Ich löse mein Haarband und lasse meine langen Locken auf meine nackten Schultern fallen.

Die Erinnerung ist so intensiv, als sei es gestern gewesen. Dabei war es der

*

Valentinstag vor sieben Jahren

Eine der Weisheiten meiner Mutter war: »Es gibt keine Zufälle im Leben. Alles geschieht aus einem besonderen Grund. Entweder ist es ein Geschenk, das wir erleben, oder eine Lektion, aus der wir lernen.

Für ihren Husten galt das wohl nicht. Er hatte sich noch immer nicht gebessert und schien von Tag zu Tag schlimmer zu werden. Mein Vater verordnete ihr erneut ein Antibiotikum, doch ich zweifelte, dass sie es nahm. Stattdessen dokterte sie wie üblich selbst mit Schmalzwickeln und Ingwer-Honig-Tee mit mäßigem Erfolg herum. Als Thommy an jenem 14. Februar anrief und mich zu einem Valentinstag-Dinner einladen wollte, sagte ich ihm mit der Begründung ab, ich wolle meine Mutter nicht alleine lassen, was er seinem Verhalten zufolge wohl etwas seltsam fand. In Wirklichkeit wollte ich den Valentinstag nicht mit ihm feiern, weil ich der Meinung war, dass dieser den Liebenden vorbehalten sein sollte. Und ich liebte Thommy nicht, das wurde mir immer bewusster. Mir war klar, dass ich ihn nicht mehr lange hinhalten konnte. Er hatte es nicht verdient, dass ich ihm etwas vormachte. Zu meiner Verteidigung muss ich sagen, dass ich allerdings auch nicht das Gefühl hatte, dass er selbst unsere Beziehung allzu ernst nahm. Thommy hatte so viele Interessen und war in seiner Freizeit durch seine Sport- und Musikvereine ständig unterwegs. Im Grunde waren wir irgendwie zusammen und irgendwie auch nicht.

Meine grippekranke Mutter war indes froh, dass ich ihr einige Arbeiten im Haushalt, das Einkaufen und Kochen von einfachen Gerichten wie Spaghetti Napoli oder Fischstäbchen mit Kartoffelbrei sowie natürlich das Gassigehen mit Pepe abnahm. So war ich auch an diesem frühen Abend des Valentinstags mit Pepe unterwegs zum See. Es war bitterkalt, und ich hatte das Gefühl, gleich würde es wieder zu schneien beginnen, also beeilten wir uns, um möglichst schnell zurück in die warme Stube zu kommen. Im Andreas-Brugger-Weg betrachtete ich wie so oft die schönen Häuser, in denen bereits Lichter brannten, obwohl es noch nicht dunkel war. »Hallo, kleine Seejungfrau! Was machst du denn hier?«, hörte ich plötzlich eine Stimme. Die Stimme, die mir einen Schauer über den Rücken rieseln ließ, kam aus dem Garten einer wunderschönen Villa mit prächtigem altem Baumbestand.

Ich tat so, als hätte ich nichts gehört und ging einfach weiter. Doch plötzlich fasste mich jemand von hinten sanft am Arm. Pepe fing sofort an zu knurren.

»Ruhig, Pepe«, beruhigte ich den Hund. »Kein Grund zur Aufregung!«

Ich drehte mich um. Ein Blick in die dunklen Augen von Lukas, und ich war verloren. Er nahm meine Hand.

»Darf ich dich ein Stück begleiten?«, fragte er mit sanfter Stimme.

»Das solltest du nicht«, versuchte ich halbherzig, ihn davon abzuhalten.

»Bis jetzt habe ich immer selbst entschieden, was ich sollte und was nicht«, antwortete er belustigt.

»Du weißt doch, was ich meine!«, entgegnete ich. »Du hast eine Freundin!«

»Ja, und was noch viel schlimmer ist: Du bist die Freundin meines Bruders«, antwortete Lukas ernst.

»Trotzdem fühle ich mich so sehr von dir angezogen, wie ich es noch nie bei jemandem erlebt habe. Ich verstehe es selbst nicht!«, gab er nun zu.

Seine Worte spiegelten genau das wider, was auch ich empfand.

Wir waren wie zwei Magneten, die nicht anders konnten, als aufeinander zuzugehen.

»Darf ich mitkommen, wenn ich verspreche, dich in Ruhe zu lassen?«, fragte er grinsend.

Ich nickte. Insgeheim hatte ich gehofft, er würde sich nicht abweisen lassen.

Was war nur los mit mir? Sonst war ich immer so vernünftig und alles andere als abenteuerlustig. Bei Lukas setzte mein Verstand komplett aus. Auf einmal spürte ich nicht einmal mehr die Kälte, die mich eben noch zurück nach Hause gelockt hatte.

Wir gingen nebeneinander am See entlang, plauderten belanglose Dinge und waren glücklich, zusammen zu sein.

»Wohnst du in dem schönen Haus am See?«, fragte ich Lukas.

Er lachte. »Schön wär's! Das Haus gehört meiner Oma Hedwig. Als Kind war ich sehr oft bei ihr. Meine Eltern hatten ja immer viel in der Firma zu tun. Aber ich war so gerne bei Oma Hedwig, spielte stundenlang mit meiner Schildkröte in dem verwunschenen Garten. Auch heute bin ich noch gerne bei ihr. Sie hat so viel zu erzählen! Ich glaube, ich bin der Einzige in der Familie, der Oma Hedwig überhaupt richtig zuhört.«

Ich erkannte, wie viel Lukas seine Großmutter bedeutete, und erinnerte mich an die Begegnung mit ihr auf der Weihnachtsfeier, die eine besondere für mich gewesen war. Oma Hedwig hatte gedacht, dass Lukas und ich ein Paar wären.

»Deine Oma Hedwig ist ein toller Mensch. Ich würde ihr auch gerne zuhören«, bekundete ich.

Plötzlich zog mich Lukas dicht an sich heran.

»Es tut mir leid, ich muss mein Versprechen brechen, dich in Ruhe zu lassen!«, erklärte Lukas daraufhin lächelnd und küsste mich sanft.

Nichts war mehr von Bedeutung. Die Kälte, Jessica, Thommy … alles schien so weit entfernt. Inzwischen war mir vollkommen egal, ob uns jemand sehen oder erkennen würde. Um diese Uhrzeit und bei dieser Kälte zogen es ohnehin die meisten vor, das warme Stübchen nicht zu verlassen. Zurück bei Oma Hedwigs Haus konnten wir uns einfach nicht voneinander trennen, auch wenn ich das Gefühl hatte, dass meine Zehen inzwischen eingefroren waren.

»Siehst du das kleine Badehäuschen am Ende des Gartens?«, fragte Lukas schließlich. »Sollen wir uns dort ein bisschen aufwärmen?«

Ich schüttelte den Kopf und deutete auf Pepe.

»Ich glaube, auch Pepe könnte eine kleine Pause im Warmen vertragen«, wandte Lukas ein.

Ich zögerte. Einerseits wollte ich nichts mehr, als noch länger mit Lukas zusammen zu sein. Andererseits hielt mich mein schlechtes Gewissen zurück.

Ich hatte Thommy für heute Abend abgesagt und knutschte hier wild mit seinem Bruder herum.

»Komm mit«, flüsterte Lukas und zog mich durch den inzwischen dunklen Garten.

Der Schnee auf dem kleinen Holzsteg knirschte unter unseren Füßen. Vor uns leuchtete das kleine weiße Holzhäuschen hell vor dem dunklen See.

Ich sah mich um zu der hell erleuchteten Villa. Ob Oma Hedwig uns sehen konnte? Vermutlich nicht, es war zu dunkel. Lukas hatte sein Auto an der Seite des Hauses geparkt, die der Straße zugewandt war, also war es unwahrscheinlich, dass sie es bemerken würde. Sicher dachte sie, er sei längst zu Hause.

Lukas hob einen der Blumenkästen leicht an und zauberte einen Schlüssel hervor, mit dem er das Badehaus aufschloss.

»Das sieht ja gemütlich aus!«, entfuhr es mir.

»Früher gab es viele dieser Badehäuser am Bodensee. Man zog sich ja nicht vor dem anderen Geschlecht um, wenn man in einer der Badeanstalten am See baden wollte. Die reichen Leute leisteten sich diesen Luxus auch privat«, klärte Lukas mich auf und nahm mir meine dicke Winterjacke ab.

Das kleine Häuschen war spärlich, aber entzückend möbliert. Ein breites Sofa mit vielen Kissen lud vor dem Fenster zum See zum Verweilen ein. Darüber hinaus gab es einen Bauernschrank an der Wandseite, einen kleinen Tisch aus Holz mit zwei dazu passenden Stühlen, ein Bücherregal und eine kleine Garderobe direkt neben der

Tür. Weitere Möbel oder Accessoires waren nicht vorhanden, nur noch ein abgetretener Teppich vor dem Sofa und eine schlichte weiße Lampe über dem Tisch. Lukas hängte unsere beiden Jacken an die Garderobe und lächelte mich an.

»Oma Hedwig wollte sich nicht in ihrem Haus umziehen?«, fragte ich grinsend.

»Mein Opa Ludwig und Oma Hedwig haben das Haus 1959 gekauft, da gab es das Badehäuschen schon. Ich glaube, sie haben es gar nicht groß genutzt, höchstens einmal ein Glas Wein auf der Bank vor dem Häuschen getrunken. Ihr Leben bestand ja hauptsächlich aus Arbeit. Leider ist mein Opa sehr früh gestorben, da war ich gerade fünf. Für mich als Kind war das Häuschen immer der ideale Platz zum Spielen oder um mich zu verstecken.«

Lukas nahm meine Hand, und wir ließen uns auf dem gemütlichen Sofa nieder. Aus der Schublade des Tisches zauberte er eine Kerze, die nun ein sanftes Licht verbreitete. Zu meiner Verwunderung rollte sich Pepe, der erst aufgeregt jeden Winkel des Häuschens inspiziert und abgeschnüffelt hatte, zu unseren Füßen zusammen und schloss die Augen. Allzu warm war es nicht, eine Heizung schien es nicht zu geben. Als Lukas bemerkte, dass ich fröstelnd die Arme verschränkte, fragte er besorgt: »Ist dir immer noch kalt? Warte!«

Er holte eine dicke, warme Wolldecke aus dem Schrank und wickelte mich darin ein. Dann setzte er sich ganz dicht neben mich und streichelte mir sanft über das Gesicht. »Meine kleine Seejungfrau«, flüsterte er leise in mein Ohr.

Schon beim Klang seiner tiefen Stimme bekam ich eine Gänsehaut. Ich schloss die Augen, als er mich sanft küsste, und auf einmal war mir überhaupt nicht mehr kalt. Ich strich die Decke ab, als Lukas sanft meinen Pullover hochschob, den BH öffnete und meine Brüste streichelte. Noch nie hatte mich jemand so zärtlich berührt. Noch nie hatte ich mir gewünscht, diese Berührung würde niemals enden. Nun schob auch ich seinen Pullover hoch und bewunderte seinen breiten, männlichen Brustkorb, seine starken Arme. Unsere Küsse wurden immer fordernder, wir zogen uns gegenseitig aus, und ich konnte es nicht abwarten, mit ihm nackt unter der Decke zu liegen. Einen kurzen Moment flackerte ein Gedanke auf: Was tun wir hier?

Doch dann versank ich in seinen Armen und vergaß den Rest der Welt.

Noch nie in meinem Leben hatte ich einen Mann so sehr begehrt. Ich konnte es nicht abwarten, ihn in mir zu spüren. Als er in mich eindrang und ich schon kurz darauf zum Höhepunkt kam, wusste ich endlich, was Liebe war.

Danach hielten wir uns innig umschlungen. Wir konnten nicht fassen, was mit uns geschehen war. Ich wollte fragen: »Was machen wir jetzt?«, doch meine Lippen blieben stumm. Lukas gehörte zu einer anderen Frau. Einer Frau, die in seiner Familie und im Familienbetrieb bereits einund ausging und vermutlich die Schwiegertochter war, die sich seine Mutter gewünscht hatte. Ich dachte an unsere Begegnung auf der Weihnachtsfeier der Bommers, aber vor allem an das, was Lukas vorhin gesagt hatte: »Viel schlimmer ist, dass du die Freundin meines Bruders bist.« Ich liebte Thommy nicht, das war mir heute Abend besonders bewusst geworden, doch er war ein wertvoller Mensch, dem ich auf gar keinen Fall wehtun wollte.

Als Lukas mir sanft über die Stirn strich und liebevoll fragte: »Was denkst du, kleine Seejungfrau?«, antwortete ich daher: »Es war ein Fehler, Lukas. Wir dürfen das auf gar keinen Fall wiederholen.« Ich werde nie seinen Blick vergessen, eine Mischung aus Verwunderung und Traurigkeit.

»Es war kein Fehler, und das weißt du so gut wie ich«, antwortete Lukas ernst. Ich löste mich aus seinem Arm, stand auf und begann, mich hastig anzuziehen.

Pepe, der bis jetzt ruhig vor sich hingedöst hatte, sprang erschrocken auf und fing an zu bellen.

»Es tut mir leid. Aber wir dürfen uns nicht wiedersehen!«, wiederholte ich, auch wenn ich innerlich anderer Meinung war. Lukas war genau der Mann, den ich mir immer gewünscht hatte. Wir verstanden uns in jeder Hinsicht perfekt. Doch es durfte nicht sein!

»Ich möchte dich aber wiedersehen!«, antwortete Lukas und nahm mich fest in die Arme. Schweigend hielten wir uns eine lange Weile fest. Wir konnten uns nicht voneinander trennen.

Auf dem Heimweg ließ ich meinen Tränen freien Lauf. Ein Teil von mir war unfassbar glücklich. Nie hätte ich geglaubt, einmal eine solche Liebe erleben zu dürfen. Dagegen war alles andere, was ich vorher erlebt hatte, jeder Sex bedeutungslos. Der andere Teil in mir war der, der genau wusste, dass diese Liebe unmöglich war. Ich hasste ihn dafür.

Meine Mutter empfing mich hustend an der Tür. Thommy hatte bereits zweimal angerufen, und sie hatte ihn vertröstet, dass ich mit dem Hund spazieren sei. Ich konnte ihn nicht zurückrufen, was sollte ich ihm sagen? Dass ich gerade mit seinem Bruder im Bett war? Wie ein aufgeregtes Huhn lief ich im Rosenhaus herum und suchte nach einer Antwort auf all die Fragen, die ich mir selbst innerlich stellte.

»Möchtest du mir etwas erzählen?«, fragte Mama krächzend. »Du warst doch nicht nur spazieren? Hattest du *ein Valentinstags-Date?« Sie grinste, aber sah so entsetzlich blass aus. Ich machte mir Sorgen. Und dann war ich auch noch so lange weggewesen! Was war ich nur für ein Mensch? Kurz entschlossen setzte ich Teewasser auf, verfrachtete meine Mutter auf die Couch und schaltete den Fernseher ein.*

»Ich hatte kein Date, das weißt du doch. Ich habe unterwegs zufällig Melissa getroffen und mich verplaudert«, log ich.

Ich rief Thommy zurück, berichtete von meinem Spaziergang, ohne jedoch den eigentlich wichtigen Teil zu erwähnen, sondern erfand stattdessen, dass ich Honig und Ingwer für meine kranke Mutter im Supermarkt eingekauft hatte. Mir fehlte der Mut, ihm die Wahrheit zu sagen, und doch wusste ich, dass ich über kurz oder lang mit ihm reden musste. »Ich finde, wir haben uns voneinander entfernt«, kleidete Thommy in Worte, was deutlich zwischen uns stand.

Was sollte ich ihm nur sagen?

»Du hast recht«, gab ich zu.

»Es ist gerade alles ein bisschen viel, weißt du«, versuchte ich mich an einer unsicheren Erklärung.

»Was meinst du mit ›alles‹?«, hakte Thommy misstrauisch nach.

»Wir haben doch schon darüber gesprochen. Es ist das Studium, von dem ich nicht mehr weiß, ob es das richtige ist. Meine kranke Mutter, die mir große Sorgen macht. Ich muss mich hier um so viel kümmern … gerade sehne ich mich nach ein bisschen Zeit für mich selbst.«

»Amanda, wir sehen uns kaum noch. Ich verstehe deine Sorgen, aber du weißt doch, dass ich immer für dich da bin. Ich mag deine Mama sehr und könnte euch beide unterstützen.«

Thommys Worte brachen mir fast das Herz. Gerade eben hatte ich ihn betrogen. Mit seinem Bruder!

»Das ist wirklich lieb von dir, und ich weiß das auch sehr zu schätzen!«, bedankte ich mich. »Aber ich komme schon klar«, setzte ich zögernd hinzu. »Ich brauche nur ein bisschen Zeit. Ist das in Ordnung für dich?«

Natürlich war es nicht in Ordnung für Thommy. Und auch nicht für mich.

Es war nur ein Aufschub. Früher oder später musste ich ihm die Wahrheit sagen, oder wenigstens die halbe Wahrheit: dass ich ihn nicht liebte. Doch jetzt war nicht der richtige Zeitpunkt dafür, schon gar nicht am Telefon.

Das mit Lukas durfte er ohnehin niemals erfahren.

»Nimm dir die Zeit, die du brauchst, Amanda«, schlug Thommy nun vor.

»Aber vergiss nicht, was ich eben gesagt habe. Ich bin für dich da, wann immer du mich brauchst!«

Nachdenklich legte ich auf. Mein Vater war noch in der Praxis, also brachte ich meiner Mutter den Tee und setzte mich zu ihr auf die Couch.

Wir sahen einen Film im Fernsehen, auf den ich mich kein bisschen konzentrieren konnte. Meine Mutter trank ihren Tee und fragte aus heiterem Himmel: »Wollen wir nach Schweden fahren?«

Es war genau das, was ich brauchte. Und sie wahrscheinlich auch.

Mein Vater war skeptisch, ihr Husten gefiel ihm nicht. Doch sie versprach, nun endlich das verschriebene Antibiotikum zu nehmen, und versicherte ihm, dass die Seeluft ihr immer gut getan hatte.

Für mich war der Tapetenwechsel genau das Richtige. Er gab mir die Gelegenheit, meine Semesterferien sinnvoll zu nutzen und mir in Ruhe zu überlegen, was ich mit meinem Leben anfangen sollte. Gleichzeitig konnte ich meiner Mutter etwas Gutes tun, indem ich mit ihr durch die Straßen ihrer Heimat spazierte. Schweden war wunderschön in diesem Winter. Klirrend kalt, sonnig, ein einziger Wintertraum. Ich konnte zusehen, wie sie sich in Göteborg erholte und von Tag zu Tag gesünder und glücklicher wurde. Das tat auch mir gut. Nur eine Antwort auf meine Frage, die mein eigenes Leben betraf, hatte ich noch nicht gefunden. Wir spazierten durch die kleinen Boutiquen und genehmigten uns jeden Tag eine Fika, die kleine Kaffeepause, die in Schweden zu einem normalen Tag einfach dazugehört. Die Zeit verging wie im Flug, und ich wünschte, wir hätten noch ein paar Wochen länger bleiben können. Als wir auf der Fähre von Göteborg nach Kiel waren, lagen wir in unserer kleinen Kabine in unseren Betten und träumten vor uns hin.

Auf einmal stellte meine Mutter die Frage, vor der ich mich die ganze Zeit schon, wenn sie mich ruhig angesehen hatte, gefürchtet hatte: »Bist du verliebt, mein Liebes?«

Ich fing an zu weinen. Sie stand aus ihrem Bett auf und kam zu mir, um sich auf die Bettkante zu setzen. »Das dachte ich mir schon. Nicht weinen … die Liebe ist doch etwas Wunderbares!«

»In diesem Fall nicht.« Auf einmal sprudelte alles, was ich seit Wochen mit mir herumgetragen hatte, aus mir heraus. Mutter hörte ruhig zu, dann gab sie mir einen Rat, mit dem ich nicht gerechnet hatte: »Hör auf dein Herz! Du bist niemandem Rechenschaft schuldig. Ja, es ist traurig für Thommy, und er hat es nicht verdient, dass man ihn hintergeht. Also tue es auch nicht. Er ist nicht der Richtige für dich, und deshalb musst du auch nicht an etwas festhalten,

das dir nicht allzu viel bedeutet. Und was diesen Lukas angeht: Noch ist er nicht mit Jessica verheiratet! Es ist seine Wahl, nicht die seiner Eltern. Warte ab. Lass dich auf keine Affäre ein, dazu bist du zu schade. Aber wenn es Liebe ist, dann lass sie zu! Sie ist ein Geschenk, das nicht jeder im Leben bekommt. Wenn es etwas Ernstes ist mit euch beiden, werdet ihr einen Weg finden.« Ihre Worte taten mir so gut, und ich wollte so gerne glauben, was sie sagte.

»Sag mal, Mama … ist es dir damals nicht schwergefallen, Göteborg zu verlassen und so weit entfernt ein neues Leben in der Provinz, noch dazu in einem anderen Land, anzufangen?«

Nachdenklich sah sie mich an.

»Doch, es ist mir entsetzlich schwergefallen. Aber es war der einzige Weg für mich, wieder glücklich zu werden.«

»Wie meinst du das?«, wunderte ich mich.

»Ich brauchte den Abstand. Als ich Hilda damals in Berlin besuchte, war mein Herz gebrochen.«

»Du warst auch unglücklich verliebt?« Deshalb hatte sie so viel Verständnis für mich! »Dabei habe ich immer gedacht, es sei Hilda gewesen, die Liebeskummer hatte, und ihr deswegen zum Bodensee gefahren seid.«

»So war es auch, so ähnlich jedenfalls. Als ich in Berlin ankam, hatte Hilda gerade ihren damaligen Freund rausgeschmissen. Du kennst sie. Sie war nicht wirklich am Boden zerstört, nur wütend auf den Kerl. Als sie vorschlug, eine Reise Richtung Süden zu unternehmen, willigte ich gerne ein. Mir war nur wichtig, selbst auf andere Gedanken zu kommen.«

Ich rutschte ein wenig zur Seite, damit Mama sich neben mich legen konnte. Bestimmt hatte sie schon kalte Füße.

»Was ist denn in Göteborg passiert?«, fragte ich neugierig.

»Ich war damals in einer kleinen Buchhandlung beschäftigt. Dort lernte ich eines Tages einen sehr interessanten Mann kennen, den Bruder meiner Chefin. Amanda, ich verliebte mich so unsterblich in diesen Mann! Als er mir gestand, dass er verheiratet war, war es schon zu spät. Obwohl er mir nichts vormachte, ließ ich mich auf die Sache ein. Zwei Jahre habe ich immer gehofft, dass das mit uns größer wäre als die Sache mit seiner Frau und es nur eine Frage der Zeit wäre, wann er sie verlassen würde und wir offiziell zusammen sein konnten.«

»Doch diese Zeit kam nie?«, vermutete ich.

»Eines Tages lagen wir bei mir zu Hause im Bett. Während er mich in den Armen hielt, berichtete er mir freudestrahlend, dass er Vater würde. Wir hatten uns gerade geliebt, und er sagte mir, dass ich die Erste sei, der er diese freudige Nachricht verraten hatte. So wichtig sei ich ihm. Es war ein Schock. Ich wurde krank, konnte mir nicht vorstellen, weiter für seine Schwester zu arbeiten, weil ich mich vor dem Tag fürchtete, an dem er mit Frau und Kind das Geschäft betreten würde. Also nahm ich Urlaub, fuhr zu Hilda nach Berlin – und den Rest kennst du ja. Aber weißt du was? Das klingt jetzt nach einer sehr unglücklichen Geschichte, und das ist sie wohl auch. Doch sie fand ihr Ende, und ich wurde wieder glücklich, was ich niemals für möglich gehalten hätte. Ich lernte deinen Vater kennen und war wieder in der Lage, mein Herz zu verschenken. Am Bodensee fand ich doch noch mein Glück, im Rosenhaus, *mit deinem Vater und vor allem mit dir!«*

Mama küsste mich und ging zurück in ihr Bett.

Glücklich und zuversichtlich fuhren wir zurück nach Hause. Inzwischen war es bereits März und der Frühling am Bodensee viel weiter fortgeschritten als im kalten

Norden. Seit dem Gespräch mit meiner Mutter hatte ich das Gefühl, dass nun vielleicht doch noch alles gut werden würde. Wie hätte ich auch ahnen können, dass genau das Gegenteil eintreten und bald ein großes Unglück über uns hereinbrechen würde?

7. Kapitel

Linus

Später am Tage rufe ich bei Ute an. Ich hoffe, dass sie am Nachmittag Zeit finden wird, um kurz vorbeizukommen. Es wäre gut, wenn sie Frau Obermüller abzulenken könnte, damit ich Linus in Ruhe untersuchen kann.

»Amanda, wie schön, dass du dich meldest!«, begrüßt sie mich freundlich.

»Hallo, Ute! Wie geht es dir?«, antworte ich.

»Danke, sehr gut. Wie es einem so geht, wenn man einen Riesenwäschekorb vor sich hat, den man eigentlich bügeln sollte«, antwortet Ute lachend.

»Schade. Ich wollte dich eigentlich zum Kaffee einladen.«

»Wenn das so ist, dann muss wohl der Bügelkorb noch warten«, freut sie sich. »Wann und wo hattest du denn gedacht?«

»Hier bei mir im *Rosenhaus*. So gegen 16 Uhr?«, schlage ich vor.

»Das klingt super. Um diese Zeit sind meine beiden Männer nämlich auf dem Fußballplatz.«

Kurz vor 16 Uhr steht Ute vor der Tür. Die Obermüllers sind noch nicht da. Ich bin mir nicht sicher, ob sie überhaupt kommen. Möglicherweise hat Frau Obermüller meinen Verdacht bemerkt. In diesem Fall wird sie sich garantiert nicht bei mir blicken lassen.

»Ich habe uns draußen auf der Terrasse den Kaffeetisch gedeckt«, begrüße ich sie.

Im Wohnzimmerschrank hatte ich eine alte Tischdecke mit Rosenmuster gefunden und dazu Mamas geliebtes, altes weißes Porzellan aufgedeckt.

»Das hatte ich gehofft! Das Wetter ist einfach zu schön, um drinnen zu sein«, freut sich Ute. »Allerdings muss unser Plauderstündchen ein paar Minuten warten. Wir müssen erst kurz in die Praxis«, erkläre ich, nachdem sie hereingekommen ist.

»Kein Problem. Liegt denn etwas an?«

In wenigen Sätzen erzähle ich vom gestrigen Besuch der Obermüllers.

»Ach herrje. Der kleine Linus …«, seufzt Ute.

Ich sehe sie fragend an.

»Na, du hast doch bestimmt bemerkt, dass er … na, dass er nicht so ist wie andere Kinder. Er ist ein bisschen zurückgeblieben, nicht wahr?«, erklärt sie mir vorsichtig.

»Linus ist auf jeden Fall in seiner Entwicklung verzögert. Aber das ist nicht das Einzige, das mir Sorgen macht. Er scheint sehr tollpatschig zu sein.«

»So könnte man es auch ausdrücken. Jedenfalls ist er ziemlich oft hier, weil er irgendwo dagegen gelaufen oder heruntergefallen ist.«

Bevor ich Ute weitere Fragen zu Linus stellen kann, steht er mit seiner Mutter vor der Tür.

Ich flüstere Ute kurz zu, dass sie Frau Obermüller am Empfang aufhalten soll, weil ich Linus kurz alleine untersuchen möchte. Ute nickt und öffnet die Tür.

»Hallo, Frau Obermüller, hallo, Linus!«, begrüßt sie freundlich die beiden.

Während Ute Frau Obermüller in ein Gespräch über die Versichertenkarte verwickelt, nehme ich Linus unter meine Fittiche. »Dann wollen wir uns dein Knie einmal anschauen, ob es schon ein bisschen geheilt ist.«

Misstrauisch sieht uns Frau Obermüller nach. Linus macht den gleichen verängstigten Eindruck wie gestern, weswegen ich versuche, sein Vertrauen zu gewinnen.

»Der Sohn unserer Sprechstundenhilfe Ute spielt auch Fußball. Er heißt Elias, kennst du ihn vielleicht?«, frage ich ihn.

Linus schüttelt den Kopf.

»Linus, kannst du bitte einmal deine Hose ausziehen, damit ich mir die Wunde ansehen kann? Am besten auch dein T-Shirt und das Unterhemd, dann kann ich dich kurz gründlich untersuchen.«

Während Linus tut, wie ihm geheißen, versuche ich, ihn abzulenken: »Bist du auch in einem Fußballverein?«

Wieder schüttelt er den Kopf. »Du kickst lieber zu Hause auf dem Hof, nicht wahr? Das macht meine Tochter auch so gerne. Hast du noch Geschwister?«

Linus nickt.

»Das ist ja toll! Dann hast du immer jemanden zum Spielen zu Hause.«

Linus antwortet nicht, sondern hält den Blick fest Richtung Boden gerichtet.

»Wie alt sind denn deine Geschwister?«, frage ich ihn.

Er zuckt die Schultern.

In dem Moment, als Linus sein Hemdchen über den Kopf zieht, stockt mir der Atem.

Sein ganzer schmächtiger Oberkörper ist ebenso wie seine Beinchen mit Hämatomen übersät. Diese weisen wie die an den Armen verschiedene Farben auf, weswegen sie zu unterschiedlichen Zeiten passiert sein müssen und nicht von einem einzigen Unfall stammen können.

Die Wunde an seinem Knie scheint gut zu heilen. Ich desinfiziere sie und lege einen frischen Verband an. Sorgen machen mir dagegen die vielen blauen Flecken.

Es kann unmöglich sein, dass Linus derart oft hinfällt oder sich stößt. Für mich gibt es keinen Zweifel: Er wird misshandelt, und zwar massiv. Linus hält noch immer den Blick auf den Boden gesenkt, während ich seine Bronchien abhöre. Meine Hand zittert, am liebsten möchte ich weinen. Wer kann einem so kleinen Jungen das antun? Und vor allem warum?

In diesem Moment stürmt Frau Obermüller in den Raum. Linus erschrickt und sieht ängstlich zu ihr.

»Was machen Sie denn da? Linus hat eine Verletzung am Knie und nicht am Oberkörper.«

Ich versuche, die Fassung zu bewahren. Sie ist seine Mutter und sieht ihr Kind jeden Tag. Es kann doch nicht sein, dass sie die vielen blauen Flecken nicht bemerkt hat.

»Du kannst dich wieder anziehen, Lukas«, wende ich mich an das Kind.

»Ich habe Linus kurz allgemein untersucht«, erkläre ich seiner Mutter mit ernster Miene.

Sie sieht, dass mir sein Zustand nicht entgangen ist, und antwortet schnippisch.

»Das war nicht nötig. Das hat Ihr Vater erst kürzlich getan. Linus ist gesund!«

»Trotzdem würde ich gerne einmal in Ruhe mit Ihnen sprechen, Frau Obermüller. Wann haben Sie denn Zeit?«

»Ich wüsste nicht, worüber wir sprechen sollten. Erst gestern habe ich Ihnen gesagt, dass meine Zeit knapp bemessen ist!«

Hektisch zieht sie Linus am Arm.

»Einen Moment noch, bitte.«

Ich gehe zum Schreibtisch und ziehe etwas aus der Schublade.

Es ist ein Sammelalbum für Fußballbilder. Ich habe es heute Morgen bei Frau Rotenberger zusammen mit ein paar Bildchen der angesagten Fußballer für Linus gekauft.

»Schau mal, das ist für dich. Weil du so tapfer warst«, wende ich mich an Linus und drücke ihm das Album in die Hand.

»Deine Wunde sieht gut aus. Bald wirst du wieder Fußball spielen können! Inzwischen kannst du dir das Album ansehen und die Bilder einkleben.«

Ein Lächeln huscht über sein Gesicht. Sofort blickt er ängstlich zu seiner Mutter.

»Komm jetzt, Linus. Ich muss zur Arbeit!«

Schon sind die beiden aus der Tür und lassen mich nachdenklich zurück.

Den anschließenden Kaffee mit Ute kann ich kaum genießen. Die ganze Zeit muss ich an den armen Linus mit seinen vielen Verletzungen denken.

Ich zögere dennoch, meinen Verdacht laut auszusprechen. Daher bin ich froh, dass Ute mich während unserer Kaffeestunde mit ihrem munteren Plaudern über ihre Familie ablenkt.

Ich denke daran, wie glücklich ihr Sohn Elias in der Geborgenheit einer Familie aufwachsen kann. Einer Geborgenheit, die Linus offensichtlich fehlt.

Eine Stunde später verabschiedet sich Ute, die noch einkaufen und kochen möchte, bevor ihre Männer vom Fußballplatz zurückkehren.

Ich entschuldige mich für meine geistige Abwesenheit. »Tut mir so leid, wenn ich ein bisschen zerstreut war! Ich habe solche Kopfschmerzen ... das muss am Föhn liegen.«

»Oh, das kenne ich«, bestätigt Ute. »Von Kopfschmerzen kann ich, seit wir hier leben, ganze Arien singen! Mach dir keine Gedanken, es war trotzdem sehr nett bei dir. Ich komme in den nächsten Tagen in der Praxis vorbei. Ein paar Abrechnungen warten auf mich.«

»Wenn du mir Bescheid sagst, wann du kommst, dann besorge ich uns Kuchen!«, verspreche ich.

»Wir machen das so: Ich backe uns einen schönen Apfelkuchen, den kann ich nämlich gut. Und du organisierst uns ein Fläschchen Sekt, einverstanden? Immerhin haben wir zusammengearbeitet und noch nicht einmal Einstand gefeiert!« Ute grinst breit und hebt zum Abschiedsgruß die Hand.

Wie nett sie ist. Das Zusammensein mit ihr ist leicht, selbst an einem Tag wie diesem.

Doch kaum, dass Ute gegangen ist, kommt mir das Haus wieder kalt und leer vor. Ich vermisse meine Mutter so sehr! Ein wenig Trost finde ich in meinem allabendlichen Telefonat mit Tina, doch anschließend fühle ich mich noch einsamer. Es wird Zeit, nach Hause zurückzukehren. Doch mein Zuhause in Berlin kommt mir nicht nur räumlich schrecklich weit entfernt vor. Mir fällt auf, dass ich abgesehen von Valentina dort nicht sehr viel vermisse, was im Wesentlichen daran liegt, dass mein Leben dort geprägt ist von meinem hektischen Arbeitsalltag in der Klinik sowie Stress und Lärm, den die Großstadt mit sich bringt. Wann könnte ich dort abends das Fenster öffnen und würde außer Vogelstimmen nichts hören?

Ein Blick auf mein Handy zeigt mir, dass sich Vincent

noch immer nicht gemeldet hat. Es ist sicher ein Zeichen, dass ich darüber nicht allzu traurig bin.

Um mich abzulenken, klappe ich meinen Laptop auf und recherchiere im Internet nach Kindesmisshandlungen. Es ist keine angenehme Lektüre, und ich frage mich erschüttert, zu welch abscheulichen Dingen Menschen fähig sind. Vor allem innerhalb der Familie. Hinter verschlossenen Türen spielen sich so viele schreckliche Dinge ab, dass es mir kalt den Rücken herunterläuft. Wenn ich nur wüsste, was hinter den Türen von Familie Obermüller vor sich geht! Kann Herr Obermüller sein schweres Schicksal im Rollstuhl nicht ertragen und lässt seinen Frust an seinem eigenen Kind aus? Sind es die älteren Geschwister, die den zurückgebliebenen Jungen derart traktieren, weil er sie nervt? Oder ist es gar Frau Obermüller selbst, die von mehreren Jobs und der großen Aufgabe einer Familie mit einem schwierigen Mann und drei Kindern völlig überfordert ist?

Wie ich soeben gelesen habe, steckt gerade Überforderung der Täter sehr häufig hinter Gewalt an Kindern. Wie schlimm wäre das, wenn es ausgerechnet die Mutter wäre?

Ich denke an meine kleine Valentina. Kinder glauben doch bedingungslos, dass wir Eltern das Richtige tun und würden unsere Handlungen niemals infrage stellen.

Vielleicht irre ich mich und Linus ist furchtbar ungeschickt und fällt ständig hin. Doch irgendetwas in mir kann das nicht glauben. Ich habe den Blick seiner Mutter gesehen, als sie plötzlich hereinkam und gesehen hat, wie ich Linus untersuche. Sie war erschrocken. Keine Mutter ist erschrocken, wenn ihr Kind untersucht wird. Es sei denn, es kommt etwas ans Licht, was besser verborgen bleiben soll. Was soll ich nur tun? Ich kann doch unmöglich zulassen, dass der kleine Linus noch mehr Gewalt ausgesetzt wird. Wenn ich das Jugendamt einschalte, wird die Familie vermutlich viel mehr Probleme bekommen, als sie ohnehin schon hat. Aber möglicherweise wird ihnen geholfen.

Spätabends klappe ich den Laptop seufzend zu, doch ich bin viel zu aufgewühlt, um Schlaf zu finden.

Am nächsten Morgen stehe ich wie gerädert in der kleinen Küche und brühe mir einen Kaffee auf. Nachdem ich mich die ganze Zeit hin und her gewälzt habe, weiß ich endlich, was ich tun werde: Ich werde mit Vater sprechen. Er ist der einzige Mensch, dem ich mich anvertrauen möchte. Und er kennt die Familie Obermüller gut, denn sie sind seit Jahren seine Patienten. Es muss doch auch ihm etwas aufgefallen sein!

Wie jeden Tag freut sich mein Vater, mich zu sehen. Das Band, das uns verbunden hat, ist stärker als der ganze Zwist, der uns auseinandergetrieben hat. Als ich ihn mit rosigen Wangen in seinem Krankenbett liegen sehe und höre, wie er sich in barschem Ton bei der Krankenschwester über das schlechte Essen beschwert, lächle ich in mich hinein. Er wird bald wieder ganz der Alte sein. Ich hoffe nur, dass er mir die Sache mit Valentina nicht allzu übel nehmen wird. Ich schiebe diese Nachricht vor mir her, doch ist mir bewusst, dass ich bald mit der Sprache heraus muss.

Vater lächelt, als er mich sieht. Noch mehr, als er das Stück Erdbeerkuchen sieht, das ich ihm mitgebracht habe.

»Ich bin froh, wenn ich endlich wieder draußen bin. Dieser Fraß, den sie Diätkost nennen, ist wirklich nicht zu genießen«, verkündet er mir.

»Ein bisschen abspecken ist deiner Genesung sicher zuträglich«, verteidige ich die Krankenhausküche.

»Als ob ich das nicht selber wüsste«, grantelt er schon wieder. »Aber das hier grenzt an Folter.«

»Bestimmt kochst du dir zu Hause immer dein Lieblingsessen«, fordere ich ihn ein wenig heraus. Ich kann mich nicht entsinnen, dass mein Vater in all den Jahren, die wir zusammenlebten, auch nur einmal den Kochlöffel geschwungen hat. Meist kam er viel zu spät zum Abendessen aus der Praxis, und Mama musste ihm die Mahlzeit aufwärmen, was sie stets klaglos und mit einem Lächeln tat. Wie versorgt er sich heute?

Vater sieht mich erstaunt hat. Mit Sicherheit kann er meine Gedanken lesen.

»Das nun nicht. Aber ein Schnitzel braten kriege ich hin. Was denkst du denn?«, knurrt er.

»Auch mal ein bisschen Gemüse oder Salat?«, hake ich nach.

»Ich muss ja nicht gleich zum Veganer werden, oder? Es reicht, wenn Marianne mir manchmal Gemüsesuppe kocht.« Mein Vater verzieht das Gesicht.

Ich denke an die Gemüsesuppe, die Marianne neulich für mich zubereitet hat und die ausgesprochen lecker war. Hilda hatte neulich nicht so unrecht. Für einen Arzt ernährt sich mein Vater wahrscheinlich ausgesprochen ungesund. Ich hoffe nur, er hat sich inzwischen das Rauchen abgewöhnt. Meine Mutter lag ihm immer in den Ohren damit, doch er erklärte stets, er brauche hin und wieder eine Zigarre, um Stress abzubauen. Nun, die Ärzte in der Reha-Klinik werden ihm schon sagen, wie die richtige Ernährung für ihn auszusehen hat, damit sie ihn nicht bald wiedersehen. Vielleicht glaubt er denen ja mehr als mir.

Um ihn abzulenken, bringe ich die Sprache auf mein eigentliches Anliegen.

»Sag mal, Papa … du kennst doch die Familie Obermüller?«, beginne ich.

Angestrengt denkt er nach. Kein Wunder bei den vielen Patienten, die er hat.

»Die Familie, die früher den Gasthof *Lamm* betrieben hat?«, erinnere ich ihn.

»Ach die. Ja, natürlich. Schreckliche Geschichte damals«, fällt ihm ein. Vater spricht langsam, aber es geht schon viel besser als noch vor einigen Tagen.

»Marianne hat mir erzählt, dass die Familie den Gasthof verloren hat und der Mann seitdem im Rollstuhl sitzt. Frau Obermüller muss jetzt die Familie ernähren und reibt sich auf zwischen mehreren Jobs und der Familie.«

Vater sieht mich grüblerisch an. »Warum erzählst du mir das alles? Die Familiengeschichte ist mir bekannt.«

Ich atme tief durch.

»Wie gut kennst du die Familie? Kommen sie öfter zu dir in die Praxis?«, hake ich nach.

»Mensch, Amanda. Jetzt komm auf den Punkt! Um was geht es?«, fragt er ungeduldig.

»Es geht um Kindesmisshandlung«, äußere ich meinen Verdacht.

»Was genau meinst du, Amanda?« Mein Vater setzt sich kerzengerade hin.

»Es geht um Linus. Wie ich hörte, ist es das jüngste Kind der Familie. Er ist neun, kommt mir aber in seiner Entwicklung deutlich verzögert vor. Außerdem ist er furchtbar eingeschüchtert und ängstlich.«

»Wann hattest du denn Kontakt zu Linus?« Vater beobachtet mich aufmerksam.

In kurzen Worten schildere ich ihm den ersten Besuch der beiden.

»Dabei ist dir eine Misshandlung aufgefallen?«, fragt er mich konkret.

»Ich weiß es eben nicht. Es ist nur eine Vermutung, und ich habe mich die ganze Nacht damit herumgequält. Die beiden waren vorgestern hier, weil Linus angeblich von der Schaukel gefallen ist. Er könnte aber auch geschubst worden sein. Er hat so unglaublich viele blaue Flecken, und zwar nicht erst seit gestern. Die Hämatome sind unterschiedlich alt.

Um ehrlich zu sein, habe ich bei ihrem ersten Besuch schon nicht an einen Sturz von der Schaukel geglaubt. Ich war mir jedoch nicht sicher und habe deshalb Frau Obermüller gebeten, am nächsten Tag mit Linus wiederzukommen, damit ich mir die Wunde noch einmal ansehen kann.«

»Und? Sind sie wiedergekommen?«, erkundigt sich Vater.

»Ja, obwohl ich daran gezweifelt hatte. Doch sie standen pünktlich vor der Tür. Ute hat Frau Obermüller abgelenkt, sodass ich Linus in Ruhe untersuchen konnte. Dabei fiel mir auf …«

»Ute war auch da? Ich glaube, ich kann mich bald zur Ruhe setzen!« Ein leises Lächeln huscht über sein Gesicht.

Ich gebe es ihm zurück und fahre fort: »Ich bat Linus, auch sein Hemd auszuziehen, und entdeckte die vielen Hämatome, die unterschiedlich alt waren. Ich gebe zu, ich habe nicht viel Erfahrung in diesem Bereich, aber es kommt mir merkwürdig vor, dass ein Junge so oft hinfallen oder stürzen soll. Dazu kommt sein seltsames Verhalten. Wie ich eben sagte, ist er auffallend ängstlich und extrem schüchtern. Du hättest seine Augen sehen sollen, als seine Mutter zur Tür hereinkam. Und ihr Gesicht erst!«

Vater hört sich alles in Ruhe an. Dann antwortet er, ernst und langsam.

»Das ist ein schwerwiegender Verdacht, mein Mädchen.«

Mein Mädchen. Wie lange habe ich das nicht mehr gehört. Ich nehme seine Hand. Er sieht mich unverwandt an.

»Doch jetzt, wo du ihn aussprichst, muss ich zugeben, dass mir vor Kurzem auch etwas sehr merkwürdig vorgekommen ist. Es war vor ein paar Wochen. Linus hatte sich angeblich beim Schulsport die Hand verstaucht. Mir fiel auf, dass er rote Striemen am Handgelenk hatte … als ob ihm jemand die Hand gewaltsam umgedreht hatte. Wir machten ein Röntgenbild, doch gebrochen war nichts. Ich versorgte die schmerzende Hand mit einem Schmerzgel und einem Druckverband, bat die beiden aber, am nächsten Tag wiederzukommen. Irgendetwas kam mir komisch vor, und ich wollte mir den Jungen näher ansehen. Sie kamen jedoch nicht.«

»Bei mir schon. Vielleicht dachte Frau Obermüller, ich sei keine Gefahr, weil ich zu unerfahren bin. Was soll ich tun, Papa? Wenn es tatsächlich so ist, wie ich vermute … wie wir beide vermuten … dann wird dem kleinen Linus regelmäßig Leid angetan. Das können wir doch nicht zulassen!«

Mein Vater sieht mich ernst an.

»Nein, das können und das dürfen wir nicht. Allerdings ist das eine Sache, bei der man sehr subtil vorgehen muss. Wir haben nur eine Vermutung und wissen nichts Genaues. Unter Umständen machen wir die Sache schlimmer, wenn wir gleich große Geschütze auffahren.«

»Was meinst du damit?«

»Ich meine damit, dass wir im Moment davon absehen sollten, die Polizei oder das Jugendamt einzuschalten. Wir sollten Fakten schaffen. Untersuchungsergebnisse zusammenstellen, Unregelmäßigkeiten der letzten Zeit überprüfen. Anschließend Kontakt zur Familie aufnehmen und das Gespräch suchen. Fast immer wird Hilfe benötigt. Diese können wir anbieten … nur …«

»Was nur?«

»Ich bin ja hier und kann nichts tun! Verdammter Mist.«

»Keine Sorge. Ich kümmere mich darum«, antworte ich bestimmt.

»Du willst mit den Obermüllers reden?« Fragend zieht Vater eine Augenbraue nach oben.

»Ich kann es zumindest versuchen. Ob sie mich ernst nehmen, ist allerdings fraglich. Was denkst du, wer dahintersteckt? Der Vater vielleicht?«

»Ich weiß nicht recht. Ich kenne Herrn Obermüller nur von früher, als er die Gastwirtschaft besaß. Damals war er äußerst zuvorkommend und freundlich.«

»Menschen ändern sich, Vater. Vielleicht hat er den Unfall nicht verkraftet, und den Verlust des Heims und seiner Existenz erst recht nicht. Es könnte der Auslöser dafür sein, dass er seine Familie nicht so behandelt, wie sie es verdient. Um es einmal vorsichtig auszudrücken.«

»Es kann auch alles ganz anders sein, Amanda. Nur weil Vater Obermüller im Rollstuhl sitzt, muss nicht heißen, dass er seinen Frust an seinem Sohn auslässt«, mutmaßt mein Vater.

»Das stimmt. Es gibt noch ältere Geschwister. Und was ist mit Frau Obermüller selbst? Ich habe das Gefühl, dass sie total überfordert ist. Auf jeden Fall braucht die Familie Hilfe.«

Die Krankenschwester erscheint an der Tür, und ich nutze die Gelegenheit, um mich zu verabschieden. »Ich kümmere mich darum!«, wiederhole ich und küsse meinen Vater auf die Wange. Als ich mich zum Gehen wende, fragt er plötzlich leise: »Amanda?«

Ich drehe mich um.

»Ich bin stolz auf dich!«

Die ganze Heimfahrt über bin ich glücklich über seine Abschiedsworte, die mir so viel bedeuten. Ich kann mich nicht erinnern, dass mein Vater mir jemals gesagt hat, dass er stolz auf mich ist, selbst wenn es so war. Plötzlich bemerke ich, dass sich das Wetter geändert hat. Noch vor ein paar Stunden strahlte die Sonne hell vom Himmel, doch nun sieht es nach Regen aus. Blinkend leuchtet die Sturmwarnung auf der anderen Seite des Sees.

Der See wirkt dunkel und rau, schwarze Wolken türmen sich über ihm, und man kann kaum erkennen, wo das Wasser aufhört und der Himmel beginnt.

Gedankenverloren fahre ich nach Hause. Als ich an Oma Hedwigs Haus vorbeikomme, bemerke ich erschrocken Blaulicht zwischen den hohen Bäumen blinken. In diesem Moment fährt der Rettungswagen aus der Ausfahrt, dicht gefolgt von einem dunklen Geländewagen – Lukas! Hoffentlich ist nichts Schlimmes mit Oma Hedwig passiert.

Zu Hause angekommen, habe ich noch immer 1.000 Gedanken im Kopf. Das Gespräch mit meinem Vater, die Sorge um Oma Hedwig, aber auch die weitere Vorgehensweise in Sachen Linus beschäftigen mich sehr. Zum Glück holt mich Pepe, der den ganzen Tag noch nicht draußen war, auf den Boden der Tatsachen zurück. Inzwischen hat heftiger Regen eingesetzt, doch das interessiert den Hund natürlich nicht. Aus meinem alten Kleiderschrank entnehme ich eine Regenjacke mit Kapuze, die ich über mein Kleid ziehe. In unserem Bauernschrank im Flur finden sich ein paar alte Gummistiefel mit Margeritenmuster, die früher meiner Mutter gehörten. Nun bin ich für den Regen ausgerüstet und verlasse mit Pepe das Haus. Automatisch zieht es mich zur Villa von Oma Hedwig am See. Vielleicht ist Birgit da und kann mir Auskunft über ihr Schicksal erteilen. Im Haus brennt Licht, doch auf mein Klingeln öffnet zu meinem Bedauern niemand. Enttäuscht wende ich mich zum Gehen, während der Regen unerbittlich auf mich herunterprasselt. In diesem Moment biegt Lukas' dunkler Geländewagen in die Einfahrt ein.

»Lukas ... was ist mit Oma Hedwig?«, rufe ich ihm zu, als er aus dem Wagen klettert.

»Kleine Seejungfrau ... was machst du denn hier?«, begrüßt er mich und kommt näher. Für einen kurzen Moment denke ich an mein merkwürdiges Outfit und das regennasse Haar, doch es ist nicht wichtig. Wichtig ist nur Oma Hedwig.

»Sie hatte einen Schwächeanfall und ist im Krankenhaus«, klärt Lukas mich auf.

»Dort haben sie gesagt, sie sei kurz vor dem Austrocknen, und haben sie an den Tropf gehängt«, ergänzt er.

»Ach herrje. Sie trinkt zu wenig«, antworte ich. »Ich hatte neulich schon den Verdacht und deshalb Birgit gebeten, ihr Wasserglas ständig aufzufüllen.«

»Du hast dir Sorgen gemacht«, stellt Lukas fest und kommt näher.

Er streicht mir eine nasse Strähne aus dem Gesicht, und mein Herz beginnt, wie verrückt zu klopfen. Nach all den

Jahren hat er die gleiche Wirkung auf mich wie früher. Die Zeit hat die Wunden nicht geheilt. Ich hatte geglaubt, ich wäre über ihn hinweg. Doch das stimmt nicht. Ich bin nicht über ihn hinweg. Ich hatte nur vergessen, wie sich Liebe anfühlt.

Ich hatte vergessen *wollen*, wie sich Liebe anfühlt. Irgendwann hatte ich wieder schlafen können. Tinchen hatte es geschafft, mein gebrochenes Herz zu heilen.

Und nun steht Lukas vor mir, und es ist so, als hätte es die vergangenen Jahre nicht gegeben. Er ist verheiratet, sagt mein Verstand. Er hat dich verraten, sagt mein Verstand. Er ist daran schuld, dass mein Leben in Stücke gerissen wurde, ich mühsam wieder auf die Füße kommen musste, sagt mein Verstand. Doch mein Körper sagt etwas ganz anderes. Sein Gesicht ist auf einmal ganz nah. Als er mich küsst, schweigt mein Verstand. Ich bin verloren. Wie damals.

8. Kapitel

Frühling

Zu Hause kann ich immer noch seine Haut auf meiner spüren. Irgendwie fühle ich ihn bei mir und ich weiß jetzt, dass er nie wirklich weg war. Ich habe so sehr versucht, ihn aus meinem Kopf und vor allem aus meinem Herzen zu bekommen, doch alle Anstrengungen, die ich unternahm, selbst der Ortswechsel nach Berlin, waren sinnlos. Sobald er vor mir steht, bin ich ihm verfallen. Wenn mir eine Freundin eine solch irre Geschichte erzählen würde, würde ich die Augen verdrehen und mich fragen, ob sie vielleicht zu viele schnulzige Liebesgeschichten gelesen oder im Fernsehen gesehen hat. In der Realität passieren solche Dinge nicht. In der Realität passieren solche Liebesgeschichten wie die von Vincent und mir. Man lernt sich kennen, findet sich sympathisch, geht miteinander aus, schläft miteinander, passt irgendwie zueinander, fertig. Ich erkenne jetzt, dass ich in Berlin auch gar nichts anderes wollte. Ich habe Vincent nie eine echte Chance gegeben, ihn nie richtig an mich herangelassen. Ich habe mein Herz verschlossen und somit mir selbst die Gelegenheit genommen, mich für einen anderen Menschen zu öffnen und mich zu verlieben. Vielleicht habe ich einen Fehler gemacht, doch ich konnte nicht anders.

Vincent, der fast ausschließlich für seine Arbeit lebt, hat es mir leicht gemacht. Wahrscheinlich hat er es selbst nicht einmal gemerkt, bis zu der Sache mit dem Malediven-Urlaub. Nun tut es mir leid, wie so vieles. Aber ich kann nicht anders.

Natürlich sind Lukas und ich wieder im Badehäuschen gelandet. Wir sind regelrecht übereinander hergefallen, und es hat sich angefühlt, wie nach Hause zu kommen. Noch immer spüre ich seinen heißen Atem, seine Zärtlichkeit auf meiner Haut und gleichzeitig seine leidenschaftliche Begierde. Nach einer heißen Dusche sitze ich nun, traurig und glücklich zugleich, in meinem Schlafanzug im Wohnzimmer zwischen vielen Kissen auf dem alten Sofa und betrachte wie so oft die alten Bilder. Die liebe Marianne hatte mir einen köstlichen Kartoffeleintopf vor die Tür gestellt, versehen mit einer Glückskäferkarte, auf der stand: »Ich habe wieder einmal zu viel gekocht! Komm doch in den nächsten Tagen zum Essen zu mir. Gruß Marianne.« Ich nehme mir vor, dieses Angebot sehr gerne anzunehmen, bevor ich wegfahre. Bei diesem Gedanken spüre ich einen Stich im Herzen. Mein altes Leben in Berlin scheint so weit weg zu sein.

Als ich vorhin gegangen bin, hat Lukas gesagt, wir müssen reden. Über uns. Über alles, was geschehen ist. Wir können nicht einfach so zur Tagesordnung übergehen, und damit hat er recht. Darum haben wir uns für morgen Abend verabredet. Wir wollen uns im Lindenhofpark in Lindau treffen und bei einem Spaziergang über alles sprechen. Allein dieser Gedanke lässt mein Herz heftig klopfen. Draußen prasselt heftiger Regen, und Mamas alter CD-Player gibt Chopin wieder. Ach, Mama! Warum kannst du nicht mehr hier sein und mit mir reden? Oder mit mir schweigen, mich einfach nur verstehen! Ich weiß ja selbst, dass es falsch ist. Aber wie kann etwas falsch sein, was sich so richtig anfühlt? Was sich immer richtig angefühlt hat, auch damals schon im

*

Frühling vor sieben Jahren

Als Mama und ich aus Göteborg zurückkehrten, fühlten wir uns beide gestärkt. Ihrer Erkältung ging es viel besser, und meine Gewissensbisse waren weitgehend verschwunden. Was war schon passiert? Ich hatte mich in einen jungen Mann verliebt, der bereits eine Freundin hatte. So etwas kam ständig vor. Paare verlieben sich, Paare trennen sich. Manchmal auch wegen anderen Menschen. Das Einzige, was mir schwerfiel, war, mit Thommy zu reden. Ich konnte ihm nicht die Wahrheit sagen, denn ich ahnte, sie würde ihn zu sehr schmerzen. Sein älterer Bruder war nicht nur sein Vorbild, sondern auch der Mann, der das Familienunternehmen im Sinne seiner Vorfahren weiterführen würde. Ich konnte und wollte Lukas nicht von dem Thron stoßen, den sie für ihn gebaut hatten. Es lag mir fern, einen Familienzwist heraufzubeschwören, und deshalb ging ich beiden Brüdern weiterhin aus dem Weg. Doch es dauerte nicht lang, da kam es zu einer erneuten Begegnung mit Lukas am See. Wieder war ich unfähig, ihm und seiner enormen Anziehungskraft zu widerstehen, und so landeten wir erneut im kleinen Badehaus. In seinen Armen war ich glücklich. Ich war ich. Als hätte es vorher nur eine blasse Kopie meiner Selbst gegeben, als wäre ich das Schulmädchen geblieben, das am Rockzip-

fel seiner Eltern hing. Es war nicht nur das Körperliche, das mich anzog. Mit Lukas konnte ich stundenlang über alles reden. Über Dinge, die mich bewegten, Dinge, die ich in der Zeitung gelesen hatte und die mich beschäftigten. Er fand für alles eine Antwort, regte mich zum Denken an, auch zum kritischen Hinterfragen. Lukas erzählte mir von Schottland und ich ihm von Schweden. Wir lagen uns in den Armen und träumten davon, gemeinsam beide Länder zu bereisen. Nachdem wir uns einige Male zufällig über den Weg gelaufen waren, tauschten wir unsere Handynummern aus und begannen, uns heimlich Nachrichten zu schicken oder uns im Bootshaus fest zu verabreden. Es war der Reiz des Verbotenen, das war mir klar, und doch war es so viel mehr als das. Meine Gefühle für Lukas waren tief und aufrichtig. Ich wäre auf der Stelle mit ihm nach Schottland oder auf den Mond ausgewandert, wenn er mich darum gebeten hätte. Er war mein Seelenverwandter und mein Geliebter zugleich. Ich konnte nicht nur mit ihm reden, ich konnte auch mit ihm schweigen, was ich schon immer als viel wichtiger empfunden hatte. Manchmal lagen wir einfach nur da und träumten vor uns hin. Er teilte meine Vorliebe für Butterbrezeln und Weintrauben, die ich manchmal ins Badehäuschen mitbrachte. Er kannte meine Schüchternheit und meine geheimen Ängste, nicht gut genug zu sein. Dann hielt er mich in den Armen und gab mir das Gefühl, die tollste Frau der Welt zu sein. Er war leidenschaftlich, nicht nur im Bett, sondern in seinem ganzen Tun und Handeln. Ich liebte es, wie er mir mit leuchtenden Augen von seinem Whisky vorschwärmte. Er ließ mich davon kosten, und ich konnte die Malz- und Fruchtnoten schmecken und die Vanille- und Trockenfrucht-Aromen riechen, von denen er sprach. Lukas war stark und sensibel zugleich und genau das, was ich mir immer bei einem Mann ersehnt hatte. Mehr als alles in der Welt wünschte ich mir, dass wir uns nicht mehr länger heimlich treffen mussten, sondern vor aller Welt zeigen konnten, dass wir ein Liebespaar waren.

Doch das war nicht nur aus Rücksicht Thommy gegenüber so schnell nicht möglich. Es gab ja auch noch Jessica, die in der Firma und vor allem in der Familie mehr als nur einen Fuß in der Tür hatte. So, wie ich sie einschätzte, war sie auf gar keinen Fall bereit, ihren Lebenstraum aufzugeben. Eines Nachmittags war ich sehr verzagt, weil Lukas eine Verabredung mit mir im Badehäuschen abgesagt hatte. Er hatte es damit erklärt, dass er in der Firma überraschenderweise eine Whisky-Verkostung durchführen müsste, welche seine Mutter kurzfristig arrangiert hatte. Ich dachte daran, dass dies seine Welt war. Und auch die von Jessica, die ihm mit Sicherheit bei dieser Whisky-Verkostung hilfreich zur Seite stand. Unglücklich ließ ich mich auf die weiße Bank im Garten neben meine Mutter fallen, die ein Vokabelheft in der Hand hielt.

»Was machst du da?«, fragte ich sie.

»Ich habe mir überlegt, dass ich vielleicht einen Schwedisch-Kurs an der Volkshochschule anbieten könnte. Ich weiß zwar nicht, ob daran Interesse besteht, aber vielleicht möchte jemand seinen Urlaub in Schweden verbringen und davor etwas Schwedisch lernen?«

»Gute Idee«, antwortete ich abwesend.

»Was ist denn los, mein Schatz? Das Wetter ist viel zu schön, um traurig zu sein«, ermunterte Mama mich. »Außerdem ist es nun wirklich kein Mann der Welt wert, dass man seinetwegen den Kopf hängen lässt, schon gar nicht, wenn man so jung und schön ist wie du.«

»Ach, Mama. Wie heißt es gleich? Es ist kompliziert«, erwiderte ich und berichtete von der geplatzten Verabredung. »So langsam zweifle ich daran, dass Lukas genauso fühlt wie ich«, gestand ich plötzlich.

»Lass nicht mit dir spielen, Liebes!«, warnte Mama, und ihre Stimme wurde ernst.

»Ich denke eigentlich nicht, dass Lukas mit mir spielt. Dafür ist er nicht der Typ.«

Mama sah mich prüfend an.

»Wenn es Liebe ist, werdet ihr einen Weg finden«, wiederholte sie ihre Worte von der Fähre.

»Weißt du, so einfach ist das alles nicht. Es gibt ja noch seine Familie und Jessica, die dort schon als künftige Schwiegertochter gesehen wird«, seufzte ich.

»Liebe ist nie einfach, mein Schatz«, antwortete meine Mutter. »Aber vergiss nicht: Noch ist diese Jessica nicht die Schwiegertochter, auch wenn sie das gerne möchte und sie sich selbst und die Familie sie vielleicht bereits so sehen. Es gehören zwei dazu! Dein Lukas ist doch alt genug, selbst zu entscheiden, welche Frau er will.« Sie hatte ja so recht. Selbst wenn ich mir einredete, dass Lukas Jessica nicht wehtun wollte, so musste er doch in der Lage sein, eine Entscheidung zu treffen. Im Geschäftsleben war das ja auch kein Problem für ihn. Entweder er wollte mich oder Jessica, beide Frauen konnte er nicht haben.

Doch schon am nächsten Tag waren meine Ängste und Zweifel vergessen. Ein Anruf von ihm mit der Bitte, mich mit ihm zu treffen, genügte.

Unsere Beziehung wurde immer intensiver, und ich begann langsam zu glauben, dass nun endlich alles gut werden würde. Lukas distanzierte sich privat von Jessica und sprach immer häufiger davon, dass er ihr die Wahr-

heit sagen würde. Ich war der glücklichste Mensch auf der Welt, als er zum ersten Mal »Ich liebe dich, meine kleine Seejungfrau« zu mir sagte.

Als ich das erkannte, wurde mir klar, dass auch ich endlich reinen Tisch machen musste. Schon viel zu lange hatte ich es vor mir hergeschoben, doch nun wurde es Zeit, mit Thommy zu sprechen. Obwohl wir uns kaum gesehen hatten, fiel es mir nicht leicht. Immerhin war er mir immer ein echter Freund gewesen. Wie oft hatte er meiner Mama geholfen, Kräuter zu pflücken und zu trocknen oder den Rasen zu mähen, weil Papa mal wieder keine Zeit dazu hatte und er es nicht mit ansehen konnte, wie sie mit dem alten, schweren Gerät herumhantierte. Als ich Thommy ein paar Tage vor dem Apfelblütenfest traf und ihm sagte, dass es keine Zukunft für uns gäbe, war er unfassbar traurig. Er hatte es bestimmt kommen sehen, und dennoch fragte er mich nach dem Grund, den ich ihm beim besten Willen nicht benennen wollte. Ich redete mich damit heraus, dass meine Gefühle für ihn nur freundschaftlich wären und ich für eine richtige Beziehung wohl noch nicht bereit wäre. Den wirklichen Grund konnte und wollte ich ihm nicht sagen, auch wenn ich mir inzwischen mehr als alles in der Welt wünschte, dass Lukas und ich unsere heimlichen Treffen beenden und ein offizielles Paar sein würden.

Thommy war verletzt und antwortete auf meinen ehrlichen Wunsch, doch Freunde bleiben zu können, mit einem bitteren Lachen.

Es war ein paar Tage vor dem Apfelblütenfest, welches die Familie Bommer stets gemeinsam besuchte, um dort Kundenkontakte zu pflegen. Seitdem ich mich offiziell von Thommy getrennt hatte, war natürlich keine Rede mehr davon, sie zu begleiten, was mir ganz recht war. Mein

Kreislauf machte mir seit ein paar Tagen Probleme und ich rechnete nach … meine Regel war einmal ausgeblieben. Es konnte doch nicht sein, dass ich schwanger war?

Lukas war in den Tagen vor dem Fest in der Firma sehr beschäftigt und hatte keine Zeit für mich. Die Zweifel kehrten zurück. Was, wenn er wirklich nur mit mir gespielt hatte? Er hatte gesagt, er wollte sich von Jessica trennen. Aber bis jetzt hatte er es meines Wissens nicht getan.

Meine Nerven spielten komplett verrückt. Ich musste mit ihm reden, und zwar bald. Ich brauchte Klarheit, vor allem für mich selbst. Am Tag vor dem Fest kaufte ich in der Apotheke einen Schwangerschaftstest. Es war ungewöhnlich warm für Ende April, und ich schob meine Kreislaufprobleme darauf. Dann kam der Tag, an dem ich die Klarheit bekam, die ich gesucht hatte, und der mein ganzes weiteres Leben verändern sollte …

*

Am nächsten Morgen erwache ich mit Katzenjammer. Nicht nur Regen und Sturm hatten mir eine schlaflose Nacht beschert. Traurig sehe ich aus dem Fenster. Der Wind hat fast alle rosa Blüten von dem schönen Kirschbaum gefegt. So glücklich ich gestern noch in Lukas' Armen war, es gibt keinen Zweifel: Ich muss nach Hause, ich muss nach Berlin, selbst wenn ich gar nicht mehr weiß, ob dort wirklich mein Zuhause ist. So schnell wie möglich. Nicht nur, weil Tina mir von Tag zu Tag mehr fehlt, sondern vor allem wegen Lukas. Die Geister der Vergangenheit sind wieder da und versuchen, mein Leben und meine Gedanken auf den Kopf zu stellen. Dabei hatte ich mir geschworen, dass es nie wieder so weit kommen darf.

Und nun habe ich wieder das Gefühl, dass ich etwas Falsches getan habe. Bevor ich mich wieder mit Haut und Haar in etwas verstricke, was mich schon einmal beinahe umgebracht hat, muss ich die Reißleine ziehen. Ich darf nicht zulassen, dass er mich erneut enttäuscht.

Doch bevor ich nach Hause fahre, muss ich noch ein paar wichtige Dinge erledigen.

Vor allem muss ich Vater in die Reha-Klinik bringen. Schließlich bin ich seinetwegen am Bodensee und kann erst gehen, wenn ich weiß, wie es mit Vater weitergeht und dass er in guten Händen ist.

Und ich muss mit Frau Obermüller sprechen. Ich mache mir Sorgen um den kleinen Linus. Auch wenn ich nicht weiß, ob ich ihm irgendwie helfen kann, möchte ich es versuchen.

Und ja, ich muss auf jeden Fall in Ruhe mit Lukas reden. Mir ist klar, dass ich nicht immer davonlaufen kann. Es sind zu viele Dinge ungesagt zwischen uns. Vielleicht werde ich dann endlich meinen inneren Frieden finden. Doch seltsamerweise gerät mein Herz schon bei dem bloßen Gedanken an ihn total aus dem Takt.

Nach einem kurzen Frühstück ziehe ich Jeans und einen einfachen Pulli über, dann mache ich mich mit Pepe auf den Weg zum See. Ich habe vor, mir einen Cappuccino im *Bistro Ahoi* zu gönnen und zu versuchen, mit Frau Obermüller zu sprechen oder einen Termin mit ihr zu vereinbaren. Auf dem Weg dorthin bleibe ich vor einem alten Haus stehen. Es war einmal eine Gastwirtschaft, und man kann den Schriftzug »Lamm« über dem Eingang erkennen. Der Vorgarten, der einmal der Biergarten war, ist ebenso wie das Anwesen total verwahrlost. Dies war also das Heim und die Wirkungsstätte der Familie Obermüller. Ich kann mir nur annähernd vorstellen, wie schwer es ihnen gefallen sein muss, das hier aufzugeben. Nun wohnt die Familie laut Marianne in einem Mehrfamilienhaus, und Frau Obermüller hat alle Hände voll zu tun, die Familie irgendwie durchzubringen.

Spontan beschließe ich eine Planänderung, nämlich Familie Obermüller direkt zu Hause aufzusuchen. Die Adresse habe ich neulich im Internet herausgesucht. Vielleicht ist Frau Obermüller zu dieser frühen Stunde zu Hause und noch gar nicht an ihrem Arbeitsplatz im *Ahoi*. Wenige Minuten später finde ich mich vor einem tristen Wohnblock wieder. Ich mache Pepe mit seiner Leine an dem einzigen Baum weit und breit fest und suche unter den vielen Namen die Klingel der Obermüllers.

»Hallo?«, ertönt eine männliche Stimme aus der Sprechanlage.

»Amanda Fischer. Ich bin die Ärztin von Linus und wollte mich nach seinem Befinden erkundigen«, stelle ich mich vor. Es dauert einen Moment, in dem ich mich frage, ob man mich überhaupt empfangen möchte, doch dann ertönt der Summton, und ich betrete den schmucklosen Hausflur. Mit dem schmuddeligen Aufzug fahre ich bis in den sechsten Stock. Eine der vielen Eingangstüren ist geöffnet, und ich gehe darauf zu. Ein Mann im Rollstuhl füllt den Türrahmen aus.

»Guten Morgen, ich bin Amanda Fischer. Herr Obermüller?«, begrüße ich ihn freundlich.

»Morgen. Sie kommen wegen Linus, sagten Sie. Der ist nicht da. Ist in der Schule.«

Seine Augenränder sind so tief wie der Grand Canyon, und sein Blick ist leer und verloren. Herr Obermüller war in seiner Jugend bestimmt ein stattlicher Mann, doch nun sitzt er zusammengesunken in seinem Rollstuhl. Das vermutlich einst dichte dunkle Haar ist schütter, und er wirkt sehr viel älter, als er vermutlich ist.

»Ja, genau. Ich wollte mich nur erkundigen, wie es Linus geht. Kann ich kurz reinkommen?«

»Linus ist nicht da, das habe ich doch schon gesagt«, antwortet er ablehnend.

»Ich weiß. Ich wollte kurz mit Ihnen oder Ihrer Frau sprechen. Ist sie denn da?«, bleibe ich hartnäckig.

Herr Obermüller schüttelt den Kopf, rollt aber beiseite, damit ich eintreten kann.

»Meine Frau ist beim Arbeiten«, erklärt er und rollt vor mir ins Wohnzimmer. Hier dudelt der Fernseher, und ich bemerke sehr wohl die Bierflasche auf dem Tisch. Es ist 10 Uhr morgens, und sie ist bereits geöffnet. Ich kann mir nicht vorstellen, dass sie von gestern Abend übrig geblieben ist, auch wenn nicht allzu große Ordnung herrscht. Ein großer Wäscheständer steht vor dem staubigen Fenster. Er ist brechend voll, ebenso wie der Bügelkorb daneben. Ein Blick in die kleine angrenzende Küche beweist, dass auch dort niemand aufgeräumt hat.

»Ach so, ja. Ihre Frau hat mir gesagt, dass sie im *Bistro Ahoi* arbeitet. Ich dachte einfach, ich schaue einmal vorbei.«

Herr Obermüller bietet mir keinen Stuhl an. Vermutlich, weil es keinen gibt, auf dem nicht irgendwelche Zeitschriften mit ausgefüllten Kreuzworträtseln herumliegen.

»Im *Ahoi* ist sie ab 11 Uhr. Davor räumt sie Regale ein im *Kaufland*«, lässt er mich wissen. »Was ist denn mit Linus?«

»Nun …«, fange ich an. Es fällt mir schwer, einen richtigen Grund für meinen Besuch zu finden. Ich wollte mir ja nur die Lebensumstände der Familie ansehen. Herr Obermüller hält den Blick gesenkt. Wahrscheinlich ist es ihm peinlich, dass das Wohnzimmer so unaufgeräumt ist. Mein Blick fällt auf eine Sofaecke, in der das von mir geschenkte Fußballmagazin liegt, und bin gerührt.

»Wie schön ... Linus scheint sich über das Magazin gefreut zu haben!«, gebe ich lächelnd zum Besten. »Ich glaube, er ist ein großer Fußballfan.«

»Das ist er. Er blättert den ganzen Tag darin. Also nach der Schule halt.«

»Vielleicht könnte Linus einem Verein beitreten?«, schlage ich vor.

»Sie haben ihn doch gesehen!«, herrscht mich Herr Obermüller an. »So schmächtig wie er ist, rennen ihn die anderen doch über den Haufen!«.

»Mit ein bisschen Training könnte sich das ja ändern«, gebe ich zurück. »Er würde sicher bald viel kräftiger dadurch.«

»Es ist ja nicht nur das. Linus ist auch geistig nicht so ganz auf der Höhe. Dazu kommt, dass er stottert. Was glauben Sie, was die anderen Buben mit so einem Weichei machen?«

Ich bin schockiert, wie Herr Obermüller von seinem kleinen Sohn spricht. Selbst wenn ich mir nicht so sicher bin, ob nicht ein Funken Wahrheit an seinen Worten ist. Kinder können so grausam sein. »Woher kommt das denn, dass Linus ›geistig nicht so ganz auf der Höhe‹ ist?«

Herr Obermüller zuckt die Schultern.

»Linus war ein Frühchen und als kleines Kind oft krank«, gibt er zu. Das erklärt so manches. Für die Förderung eines solchen Kindes war in dieser Familie schon während des Gaststättenbetriebes vermutlich nie Zeit. Wobei Herr

Obermüller heute die Zeit dazu hätte. Er macht mir aber nicht den Eindruck, dass er die Ruhe und Geduld dazu aufzubringen vermag. Vielmehr sieht es so aus, als würde er mich schnell loswerden wollen, damit er sich wieder in Ruhe seinem Bier und dem Quiz im Fernsehen widmen kann. Das wird bestimmt nicht anders sein, wenn Linus zu Hause ist.

»Was wollen Sie denn eigentlich jetzt?«, fragt er ungehalten.

»Bei der Untersuchung von Linus ist mir aufgefallen, dass er viele Verletzungen hat, die nicht alle von ein und derselben Ungeschicklichkeit neulich herkommen können«, gebe ich mutig zu.

Herr Obermüller sieht mich aufgebracht an. »Was wollen Sie mir damit sagen?«

»Ich wollte Sie fragen, ob Sie vielleicht eine Idee haben, warum Linus so ungeschickt ist, dass er offenbar andauernd hinfällt oder sich stößt?«, frage ich vorsichtig.

»Woher soll ich das wissen? Hören Sie, Linus ist ein schwieriges und vor allem furchtbar tollpatschiges Kind. Er stolpert und fällt ständig hin. Da hat er eben ein paar blaue Flecken. Das meinten Sie wahrscheinlich, oder?« Herr Obermüller sieht mich lauernd an. »Oder meinten Sie etwas anderes? Glauben Sie etwa, dass Linus hier geschlagen wird?«

Ich atme tief durch.

»Aber nein, das wollte ich damit nicht ausdrücken.« Natürlich wollte ich das.

»Sonst wäre doch längst das Jugendamt bei Ihnen gewesen, nicht wahr?«, klopfe ich auf den Busch. Ich hoffe, er versteht meine klare Botschaft. Wenn jemand dem kleinen Linus hier etwas körperlich angetan hat, dann ist es nicht verborgen geblieben. Dieser »Jemand« muss also auf der Hut sein, und ich hoffe, er hat meine Warnung verstanden.

»Ich habe mir nur überlegt, wie Linus möglicherweise durch eine sportliche Tätigkeit seine körperlichen Schwächen überwinden und in Zukunft etwas weniger tollpatschig sein könnte. Vielleicht überlegen Sie sich das in Ruhe mit Ihrer Frau. Ich denke, Sie werden auch nicht wollen, dass Ihr kleiner Junge ständig Verletzungen hat, die ihm Schmerzen bereiten.«

Der Blick von Herrn Obermüller ist immer noch lauernd. Vermutlich fragt er sich gerade, ob ich die Familie nicht doch beim Jugendamt anzeigen werde.

»Überlegen Sie es sich. Ich bin gerne jederzeit bereit zu helfen, wenn Sie es wünschen.«

Aus meiner Handtasche zaubere ich einen Stift, mit dem ich meine Handynummer auf ein freies Stück Papier, das in der Unordnung auf dem Tisch herumliegt, kritzele.

»Und wenn es nur bei der Auswahl eines Vereines ist. Es muss ja nicht Fußball sein. Ganz bestimmt gibt es etwas, das Linus gerne tut und was ihm körperliche und seelische Stärke verleihen könnte. Nun will ich Sie aber nicht länger aufhalten«, verabschiede ich mich mit einem Blick auf den Fernseher.

»Auf Wiedersehen. Einen schönen Tag noch«, verabschiedet sich Herr Obermüller unerwartet freundlich, nachdem er mich in seinem Rollstuhl zur Tür begleitet hat. Ich schenke ihm ein Lächeln, was er sonderbar traurig erwidert. Er tut mir leid. Was hat er noch vom Leben? Das Schicksal hat ihn, der laut meinem Vater in seiner Gaststätte immer freundlich zu allen Gästen war, zu einem verbitterten Mann gemacht. Aber ist er auch jemand, der sein Kind schlägt?

Nachdenklich gehe ich nach Hause. Ich bin mir nicht sicher, was ich von dieser Begegnung erwartet habe und ob sie wirklich erfolgreich war. Meine Handynummer wird in den Müll wandern, und alles geht so weiter wie bisher. Vielleicht aber auch nicht. Etwas war in dem Blick von Herrn Obermüller, als ich sagte, er würde doch nicht wollen, dass sein Kind Schmerzen erleiden müsste. Als sei ihm das bisher noch gar nicht klar gewesen. Mein Vorschlag, dem Jungen zu helfen und ihn vielleicht in einem Verein unterzubringen, schien ihn auch erfreut zu haben. Vielleicht war doch nicht alles umsonst?

*

Sobald ich Pepe zu Hause abgeliefert habe, mache ich mich auf den Weg ins Krankenhaus nach Tettnang. Oma Hedwig liegt in einem Bett am Fenster, das einen wunderbaren Ausblick auf die blühenden Obstbäume bietet, und trägt ein rosafarbenes Nachthemd mit kleinen Margeriten. Sie lächelt und scheint sich über meinen Besuch zu freuen. Statt Blumen habe ich eben am Kiosk die neueste Ausgabe der *Frau im Spiegel* gekauft, weil ich das Magazin neulich bei ihr zu Hause gesehen habe. Oma Hedwig freut sich riesig, mich zu sehen. Es ist auch schon wieder etwas Farbe in ihrem kleinen faltigen Gesicht. »Amanda, wie schön, dass du mich besuchen kommst! Hast du Lukas gesehen?«, fragt sie, und ich überlege, wie sie das wohl meint.

»Heute noch nicht, aber gestern haben wir uns zufällig getroffen. Er hat mir erzählt, dass Sie einen Schwächeanfall hatten und deshalb ins Krankenhaus gekommen sind. Sie hatten mir doch versprochen, immer schön zu trinken?«, erinnere ich sie.

Oma Hedwig lächelt ein wissendes Lächeln und nimmt meine Hand. »Ihr habt euch zufällig getroffen? Das ist schön. Macht euch keine Sorgen um mich. Ich bin nur schon ein bisschen alt. Aber ich passe auf mich auf. Denn ich möchte ja noch mein Urenkelkind kennenlernen!«

Dabei sieht sie mir tief in die Augen. Was meint sie mit Urenkelkind??? Von Tina kann sie nichts wissen. Vielleicht hat sie ja Jessica gemeint. Oder es einfach nur so dahingesagt. Ich lächle zurück. »Das werden Sie ganz bestimmt, Oma Hedwig.« Ich berichte von meinem Vater und dass es diesem viel besser geht sowie von den ersten Touristen, die am Bodensee die Straßen verstopfen. Als die Schwester hereinkommt, verabschiede ich mich: »Bevor ich nach Berlin zurückfahre, komme ich noch einmal vorbei. Dann werde ich mich davon überzeugen, dass Ihr Wasserglas immer gefüllt ist!« Oma Hedwig nimmt meine Hand. »Das wäre schön, Amanda.«

Schon kurz darauf bin ich auf dem Weg in das nächste Krankenhaus in Friedrichshafen zu meinem Vater. Heute ist der Tag, an dem er es verlassen kann, und ich denke daran, mit welcher Angst, ich könnte auch ihn noch verlieren, ich es vor Kurzem betreten habe. Doktor Wagner hat mir versichert, dass mein Vater auf einem guten Weg ist, wieder ganz der Alte zu werden. Die Kur in der Reha-Klinik wird ihr Übriges tun, sodass ich glaube, dass Vater bald nach Hause kann. Auf einmal fällt mir der Tag ein, als ich damals selbst aus dem Krankenhaus entlassen wurde. Es ging mir körperlich zwar viel besser, doch ich war weit entfernt davon, genesen zu sein.

*

Vor sieben Jahren

»Ich bin ja so froh, dass du wieder gesund bist!«, hatte Jessica gesäuselt und meine Tasche auf den Rücksitz ihres Mini Cabrios geworfen. »Ist denn alles wieder in Ordnung? Ich meine, mit deinem Kopf?«

Inzwischen hatte der Sommer Einzug gehalten, und Jessica und ich waren in ihrem knallroten Mini unterwegs. Es war unerträglich heiß, und sie hatte das Dach ihres Cabrios geöffnet, unsere blonden Haare wehten im Wind. Während ich nach der langen Zeit im Krankenhaus sehr blass war, leuchtete Jessicas Haut golden in der Sonne. Bestimmt verbrachte sie viel Zeit im Strandbad oder auf dem Tennisplatz. Eigentlich hätte mich mein Vater aus der Klinik abholen sollen, aber wie üblich kam er an diesem Tag nicht aus der Praxis heraus. Er beauftragte Marianne, die allerdings in ihrem kleinen Friseursalon ebenso alle Hände voll zu tun hatte. Wie es der Zufall wollte, war die Kundin, die gerade fertig geworden war, als mein Vater anrief, Jessica. Wie mir Marianne später erzählte, erklärte sich Jessica sofort bereit, mich von der Klinik abzuholen.

Als ich das Krankenhaus verließ und statt meines Vaters die strahlende und frisch erblondete Jessica erblickte, geriet ich in Panik. Warum reagierte ich so heftig auf sie? Ich mochte sie nicht besonders, aber das war doch noch lange kein Grund, derart verstört zu reagieren. Mein Gehirn schien noch nicht richtig zu funktionieren, auch wenn die Ärzte anderer Meinung waren. Ich zwang mich, ruhig zu atmen und Jessica zu versichern, dass ich mich freute, sie zu sehen. In mir war eine unerklärliche Angst. Möglicherweise lag das auch an ihrem sehr flotten Fahrstil. Wenn man einen schweren Unfall hatte, der einen beinahe das

Leben gekostet hätte, wird man im Straßenverkehr vermutlich etwas panisch. Ich wunderte mich, dass es Jessica nicht genauso ging. Schließlich war sie bei dem Unfall dabei gewesen. Allerdings hatte sie im Gegensatz zu mir wie durch ein Wunder nur einige Prellungen davongetragen. Plötzlich sprach sie mich an:

»Bist du wieder vollkommen in Ordnung, Amanda? Du siehst blass um die Nase aus!«

»Danke, es geht mir gut«, antwortete ich knapp.

»Du hattest ja einen Riesenschutzengel! Man hat mir erzählt, dass du ein mittelschweres Schädel-Hirn-Trauma erlitten und dein Gedächtnis verloren hast. Erinnerst du dich denn wirklich an gar nichts?«, fragte Jessica neugierig.

Ich schüttelte den Kopf. Selbst wenn ich mich erinnern würde, wäre es kein Gespräch zwischen uns beiden wert.

»Und was sagen die Ärzte? Kommt das irgendwann wieder?«

»Sie wissen es nicht, Jessica. Es ist möglich, aber das hängt von vielen Faktoren ab.«

»Zum Beispiel?«

Ich hatte nun wirklich keine Lust, mich näher auf das Thema einzulassen.

»Keine Ahnung. Die Erinnerung kann durch viele Dinge getriggert werden. Stimmungen, Gerüche, Musik … Aber sag mal, wie geht es dir eigentlich?« Ich wollte unbedingt vom Thema ablenken.

»Mir? Oh, mir geht es wirklich gut!« Mit einem Seitenblick auf mich und mit wichtigtuerischer Miene verkündete sie: »Wenn du den Tag des Unfalls vergessen hast, dann weißt du es ja noch gar nicht. Stell dir vor: Lukas und ich werden heiraten!«

Ich hatte das Gefühl, als hätte mir jemand in den Magen geboxt. Niemals zuvor hatte mir etwas so wehgetan. Außer der Nachricht, dass meine Mutter gestorben war, kaum, dass ich wieder einigermaßen unter den Lebenden weilte.

Ich konnte nicht antworten, betrachtete stattdessen den blauen Himmel und die Schäfchenwolken.

»Thommy und du bekommt natürlich noch eine offizielle Einladung«, plapperte sie weiter. »Ich denke, Thommy würde sich sehr freuen, wenn du mit ihm zusammen zu unserer Hochzeit kommen würdest.« Jessica zwinkerte mir zu. Auch wenn mich Thommy ein paarmal im Krankenhaus besucht hatte, so waren wir doch auseinander. Wusste Jessica das nicht?

»Also, die Hochzeit wird wahrscheinlich im Spätsommer sein. Wir haben uns überlegt, vielleicht in den Bergen zu heiraten. So eine richtig schöne Almhochzeit … das wäre doch romantisch!«, kündigte sie munter weiter an, nicht ohne mich von der Seite weiterhin zu beobachten.

Ich riss mich zusammen, auch wenn mir zum Heulen war, und sagte nur:

»Herzlichen Glückwunsch!«

»Du wirst ganz bestimmt auch wieder glücklich«, ermunterte sie mich.

Ich erinnerte mich so gut an das Gefühl, das mich damals im Auto überwältigte. Nach den langen Monaten im Krankenhaus und vor allem, nachdem ich gerade mit dem Leben davongekommen war, hätte ich eigentlich glücklich sein müssen. Aber meine geliebte Mama war tot. Und dann erzählte mir Jessica auch noch freudestrahlend von ihrer Hochzeit mit dem Mann, den ich über alles liebte.

Zum Glück waren wir kurz darauf am Rosenhaus *angekommen, und ich konnte mich verabschieden.*

»Du sollst wissen, dass ich dir nichts nachtrage, Amanda. Ich meine das mit dem Unfall.«

Was meinte sie? Ich hatte den Unfall doch nicht absichtlich herbeigeführt! Ich wusste ja nicht einmal, warum ich sie überhaupt auf dem Roller mitgenommen hatte! Warum war sie nicht mit Lukas nach Hause gefahren? Ich wollte sie fragen, doch meine Lippen blieben stumm.

»Es war eine Verkettung unglücklicher Ereignisse«, beschwichtigte Jessica mich nun. »Aber was geschehen ist, ist geschehen. Wir lassen die Vergangenheit ruhen und freuen uns auf die Zukunft!« Strahlend sah sie mich an.

»Vielen Dank fürs Abholen, Jessica.« Meine Beine waren schwer wie Blei, als ich aus dem Auto stieg.

»Sehr gerne! Melde dich einfach, wenn du was brauchst, ja?«

Dann brauste sie davon.

*

»Hoffentlich haben die in der Reha-Klinik besseres Essen als im Krankenhaus«, unterbricht mein Vater schimpfend meine Gedanken, während wir durch die blühende Frühlingslandschaft fahren. Der Regen hat der Blüte gutgetan, und mit dem heutigen Sonnenschein und der Wärme scheint die Natur förmlich zu explodieren.

Doch ich habe kaum einen Blick dafür. Zu sehr bin ich aufgewühlt von der Erinnerung, die so plötzlich wiederkam. Ich zwinge mich zu anderen Gedanken und sage mit einem Seitenblick auf die Wampe meines Vaters: »Wie ich neulich schon sagte: Ein bisschen Abspecken würde dir bestimmt nicht schaden!«

Vater blickt beleidigt aus dem Fenster.

»Was soll ich deiner Meinung denn machen? Mir abends nach einem Zwölf-Stunden-Arbeitstag Gemüse schnippeln?«

»Also erstens gibt es da jemanden, der beziehungsweise die sich sehr freuen würde, wenn sie ein wenig Gemüse für dich schnippeln dürfte. Du müsstest nur öfter durch den Garten gehen ...«

»Du meinst Marianne? Willst du mich jetzt verkuppeln, oder was?« Grimmig sieht mein Vater mich an. »Danke ... kein Bedarf!«

»Ich will dich keineswegs verkuppeln, Papa. Ich frage mich nur die ganze Zeit, wie es sein kann, dass einem derart klugen Mann entgangen sein kann, dass eine sehr attraktive und dazu äußerst liebenswerte Dame direkt neben ihm wohnt.«

»Das ist mir keineswegs entgangen. Ich bin ja weder blind noch blöd! Aber ich brauche keine Frau. Womöglich soll ich auf meine alten Tage auf ihr Knattermoped steigen! Mit Sicherheit nicht. Ich will meine Ruhe und habe meine Arbeit, das genügt«, antwortet er in scharfem Ton, der keinen Widerspruch duldet.

»Gut, dass wir davon sprechen: Es darf keinen Zwölf-Stunden-Arbeitstag mehr geben. Das muss dir klar sein, Papa. Du hast einen Warnschuss bekommen, den du sehr ernst nehmen musst. Als Arzt weißt du das doch selbst am besten«, gebe ich zurück.

»Und meine Patienten? Die soll ich auf einmal alle im Regen stehen lassen, oder wie?«, grummelt er vor sich hin.

»Aber nein. Du brauchst Unterstützung! Hast du schon mal daran gedacht, dir einen jungen Kollegen oder eine Kollegin in die Praxis zu nehmen? Ihr könntet euch die Patienten aufteilen, und so langsam könntest du dich aus der Praxis zurückziehen«, schlage ich vor.

»Natürlich habe ich schon daran gedacht. Nahezu jede Minute, seitdem du mir erzählt hast, dass du Ärztin geworden bist!«, gibt er zurück und sieht mich abwartend an.

Ich tue so, als ob ich seinen Blick nicht bemerke, und atme tief durch. Ich weiß, was er meint. Es wäre das, was er sich immer gewünscht hat. Dass ich eines Tages seine Arbeit in der Praxis fortsetzen werde, wenn er zu alt dazu ist. Eigentlich wäre das ein schöner Gedanke, aber …

»Mein Leben ist doch in Berlin, Papa«, erinnere ich ihn.

In diesem Augenblick klingelt mein Handy.

»Marianne, wir haben gerade von dir gesprochen!«, begrüße ich sie.

»Ach ja? Äh … das ist ja schön«, höre ich ihre melodische Stimme. »Ich wollte auch gar nicht stören, es ist nur so … Hier ist Besuch für dich, Amanda!«

9. Kapitel

Überraschender Besuch

Natürlich hat es länger gedauert als gedacht, Vater in der Reha-Klinik unterzubringen. Bis wir alle Aufnahmemodalitäten hinter uns gebracht hatten und er sein Zimmer bezogen und sich häuslich eingerichtet hatte, vergingen über zwei Stunden. Wieder einmal hatte ich es nicht geschafft, ihm von Valentina zu berichten, denn zwischen Tür und Angel wollte ich es nun wirklich nicht tun. Ich nehme es mir für meinen Abschiedsbesuch bei ihm vor, was vielleicht auch gut ist, falls er wütend auf mich sein wird. Wovon ich ausgehe. Natürlich hat Vater heute meine Unruhe gespürt, glücklicherweise jedoch nicht weiter nachgefragt. Er ist zu beschäftigt, seine Sachen auszupacken und die Schwestern auf Nettigkeit zu überprüfen. Ich habe Marianne nicht gefragt, wer der Besuch ist, der auf mich wartet, weil ich ihrer zögerlichen Stimme nach befürchte, dass es möglicherweise Lukas ist. Das würde Vater zu sehr aufregen. Mit Lukas bin ich zwar eigentlich erst um 18 Uhr verabredet, aber vielleicht ist ihm ja etwas dazwischengekommen und er wollte absagen? Dabei fällt mir ein, dass nur er mir seine Handynummer mit der Bitte, ihn anzurufen, gegeben hatte, was ich bis jetzt nicht getan habe. Also hätte er mich telefonisch schon mal nicht erreichen können und ist wirklich vorbeigekommen? Möglicherweise handelt es sich bei dem geheimnisvollen Besuch aber auch um Herrn Obermüller oder seine Frau? Vielleicht haben sie ja über meinen Vorschlag nachgedacht und wollen mit mir reden. Ute, die sich schon ein paarmal gemeldet hat, weil sie sich gerne mit mir treffen wollte, hätte Marianne wohl kaum als »Besuch« bezeichnet. Während ich noch über die verschiedenen Möglichkeiten nachsinne, als ich in den Möwenweg einbiege, wird mir beim Anblick der Einfahrt zum *Rosenhaus* schlagartig klar, dass keine davon in Betracht kommt. Mit diesem Besuch hätte ich nun wirklich nicht gerechnet.

Ein schicker Porsche ziert den Parkplatz vor dem Haus, und der Typ, der braun gebrannt in lässigen Jeans und mit einer coolen Sonnenbrille im Gesicht auf der weißen Bank in unserem Vorgarten sitzt, ist mir nur allzu gut bekannt.

»Vincent ... was machst du denn hier?« Verblüfft steige ich aus dem Auto und gehe auf ihn zu. Stürmisch reißt er mich in die Arme.

»Die Malediven waren toll. Aber nicht so toll, wie ich dachte. Und ich habe mir überlegt, woran das wohl liegen mag? *Du* hast gefehlt!«

Strahlend steht dieser gut aussehende Mann vor mir und macht mir so etwas wie eine Liebeserklärung. Jedenfalls sagt er mir, dass er mich vermisst hat, und das ist aus seinem Mund ungefähr ein und dasselbe. Ich frage mich, warum es nicht das in mir auslöst, was es auslösen sollte. Nicht das, was die Begegnung mit Lukas neulich und gestern in mir bewirkt hat.

»Du scheinst dich ja seeehr zu freuen!« Misstrauisch betrachtet Vincent mein Gesicht.

»Natürlich freue ich mich, dich zu sehen, Vincent!«, erwidere ich hastig und versuche mich an einem strahlenden Lächeln. »Wie schön, dass du den weiten Weg auf dich genommen hast, um mich zu sehen. Wenn du vorher angerufen hättest, wäre ich zu Hause gewesen und hätte ein bisschen für das Abendessen eingekauft.« Ich umarme ihn. Es fühlt sich seltsam an. Vertraut, aber mein Herz bleibt still.

»Es sollte eine Überraschung sein! Einkaufen brauchst du nicht. Ich führe dich natürlich in ein tolles Lokal zum Essen aus, das ist doch klar. Du wirst mir ganz bestimmt deine Heimat ein wenig zeigen wollen! Es ist ja wirklich niedlich hier. Wie in einem kitschigen Heimatfilm … haha.« Dafür könnte ich ihm eine kleben.

»Das ist also dein Elternhaus? Sieht wie ein altes Bauernhaus aus, oder nicht?«, quasselt er weiter.

Während ich Vincent hereinbitte und er weiter über den vielen Verkehr, vor allem »hier in der Provinz« ablästert, fällt mir auf, dass er kein einziges Mal meinen Vater erwähnt, weswegen ich schließlich hier bin. Und Tina schon gar nicht. Im Wohnzimmer folge ich seinem Blick, und auf einmal betrachte ich das gemütliche Wohnzimmer mit seinen schiefen Fachwerkbalken, dem alten Sofa und dem überquellenden Bücherregal mit seinen Augen. Alles schäbig.

»Hier bist du also groß geworden? Aha.« Viel Gutes hat er für mein Zuhause, in dem ich viele Jahre glücklich war, nicht übrig. Sein Blick fällt auf unser Familienfoto über dem Kamin.

»Das ist deine Mutter? Hübsche Frau! Du siehst ihr sehr ähnlich. Wie aus dem Gesicht geschnitten.« Bei dem Gedanken an meine Mutter muss ich schlucken. Ich nehme ihm das Bild aus der Hand und stelle es an seinen Platz zurück.

»Weißt du was, Vincent? Du setzt dich einen Augenblick auf die Terrasse, und ich bringe dir einen kühlen Eistee. Inzwischen mache ich mich ein bisschen frisch, ja? Dann können wir gleich los.«

Im Badezimmer setze ich mich für einen Moment auf die Wanne und atme tief durch. Ein Spritzer des Duftes *No 17*, und ich bin zurück in meinem alten Leben. Ich schließe die Augen, denke an die vielen Male, als ich mich voller Vorfreude auf ein Treffen mit Lukas zurechtgemacht habe. Lukas! Ich sehe auf die Uhr. In weniger als einer halben Stunde wollten wir uns in Lindau treffen. Hoffentlich ist er nicht schon losgefahren. Aber meist kommt er sowieso nicht pünktlich aus der Firma. Schnell tippe ich eine Nachricht an ihn, es sei mir bedauerlicherweise etwas dazwischengekommen. Es wäre wahrscheinlich sowieso eine Schnapsidee, mich mit ihm zu treffen. Selbst wenn ich heute früh noch dachte, es sei gut, über alles, was passiert ist zu sprechen, bin ich nun anderer Meinung. Was soll das bringen? Was gestern vorgefallen ist, war nur ein Aufflackern von etwas, das nie sein sollte. Warum sollen wir alles aufwühlen? Lukas ist inzwischen verheiratet und hat mit seiner Frau und seiner Familie große Pläne in Kressbronn. Mein Leben dagegen findet schon lange nicht mehr hier statt. Es gehört Tina, meiner Arbeit und vielleicht Vincent, auch wenn ich in letzter Zeit kaum an ihn gedacht habe. Er an mich aber offensichtlich schon, denn schließlich hat er sich meinetwegen auf den weiten Weg gemacht.

Ich streife ein altes weißes Sommerkleid über, da es ziemlich warm geworden ist, ziehe mir die Lippen knallrot nach und schlüpfe in ein Paar Ballerinas, die ich in meinem Schrank gefunden habe. Trotz der alten, keineswegs von einem Designer stammenden Garderobe, wie sie seine Bekannten so tragen, pfeift Vincent anerkennend durch die Zähne, als ich von oben komme. Er reicht mir die Hand und dreht mich im Kreis. Dann schließt er mich in die Arme und küsst mich zärtlich. Ich löse mich aus seinen Armen, lächle ihn an und streife den Gedanken an Lukas und die Vergangenheit ab. Es ist alles so lange her. Und vor allem ist es vorbei.

Nachdem ich Vincent in unserem kleinen Ort herumgeführt habe, was schnell geschehen war, fragt er mich: »Gibt es in deinem Bullerbü auch irgendwo etwas Anständiges zu essen?« Ich denke scharf nach. Das Restaurant im *Seehotel* soll sehr gut sein, doch es ist für den heutigen Abend bereits ausgebucht. Ebenso die gemütliche und urige *Kapelle*, in der es mit den dunklen Balken so ähnlich aussieht wie im *Rosenhaus*. Auf einmal fällt mir etwas ein, was Vincents Großstadt-Ansprüchen genügen könnte: das *Heinzler am See* in Immenstaad. Dort haben meine Eltern ihre Silberhochzeit gefeiert, und die Lage ist einfach traumhaft. Ich genieße die herrliche Fahrt am See entlang und die Blicke der Menschen, die uns von der großen Seeterrasse aus beobachten, als wir aus Vincents teurem Porsche aussteigen. Ich weiß, was sie denken. Ein junges, attraktives und erfolgreiches Paar aus der Hauptstadt, welches einige romantische Tage am Bodensee verbringt. Das Essen ist unglaublich gut, der Service und die Stimmung in dem schönen Restaurant wirklich bezaubernd, aber dennoch …

»Wo bist du nur mit deinen Gedanken, Liebling?«, fragt Vincent beim Dessert und nimmt meine Hand. Ja, wo bin ich nur? Wenn ich das nur wüsste.

»Mein Vater ist heute in die Reha-Klinik gekommen.

Und ich vermisse mein Tinchen«, antworte ich seufzend. Doch das ist nur die halbe Wahrheit.

»Das kann ich gut verstehen. Aber es ist doch toll, dass dein Vater schon in der Reha ist! Dann kannst du eigentlich morgen mit mir nach Hause fahren«, schlägt Vincent vor.

Den ganzen Abend ist er äußerst charmant, macht mir Komplimente und sagt mir immer wieder, wie sehr er mich vermisst hat. Eigentlich kann man sich als Frau doch nichts Besseres wünschen. Dennoch spüre ich bei seinen Worten und dem Gedanken an den Abschied von hier einen Stich im Herzen.

»Du musst morgen zurück?«, frage ich erstaunt.

»Ja, ich habe übermorgen einen wichtigen Termin in der Kanzlei. Da geht es um richtig viel Geld, das lässt sich nicht aufschieben. Und du weißt ja, ich bin einfach der Beste!«, übertreibt Vincent. »So, wie sich das eben angehört hat, kommt dein Vater doch jetzt ganz gut ohne dich klar. Und Tina wird sich bestimmt riesig freuen!«

»Da hast du recht. Ich freue mich auch so sehr auf sie«, antworte ich ausweichend.

»Aber morgen kann ich noch nicht zurück. Ich muss meinem Vater ein paar Dinge in die Reha-Klinik bringen und etwas in seiner Praxis mit der Sprechstundenhilfe klären. Anschließend düse ich aber sofort mit meinem kleinen Polo los!«, verspreche ich, und Vincent scheint sich damit zufriedenzugeben.

Auf der Toilette sehe ich auf meinem Handy nach, ob Lukas geantwortet hat. Doch da ist keine Nachricht von ihm. Gerade als ich mein Handy bereits enttäuscht wieder in die Tasche stecken möchte, fällt mir auf, dass meine Nachricht an ihn gar nicht zugestellt wurde. Seltsam. Ich versuche es telefonisch, doch es ertönt »Die von Ihnen gewählte Nummer ist nicht vollständig. Bitte rufen Sie die Auskunft an.« So ein Mist! Vermutlich habe ich die Nummer in meiner Aufregung gestern falsch notiert. Nun wird er denken, ich habe ihn bewusst versetzt. Dabei hätte ich das nie getan, ganz egal, was zwischen uns geschehen ist. Seufzend lasse ich das Handy in meine Handtasche gleiten und kehre zu Vincent zurück. Doch ich bin gedanklich so abwesend, dass ich den Abend nicht wirklich genießen kann. Im *Rosenhaus* angekommen, lassen wir den Abend bei einem Glas Spätburgunder ausklingen, den Vincent abfällig mit den Worten: »Ich dachte, du wolltest mir ein Glas Rotwein anbieten? Das ist doch kein Rotwein!«, bewertet. Vincent streichelt sanft über mein nacktes Bein, was eine Gänsehaut bei mir verursacht.

»Was ist denn los?«, fragt er, als ich seine Hand beiseiteschiebe. »Du bist schon die ganze Zeit so komisch. Irgendwie komme ich mir so überflüssig vor. So, als würde ich dich hier stören.«

»Nein, Vincent … so ist es nicht«, verteidige ich mich.

»Es ist nur … ich habe beim besten Willen keine Lust auf Sex. Ich habe meine Tage, und es war in letzter Zeit alles so viel für mich. Die Sorge um meinen Vater und wie es mit ihm weitergeht und das alles«, stammle ich hilflos vor mich hin.

Vincent sieht mich abwartend an, dann sagt er plötzlich: »Meinst du, ich habe nicht gemerkt, dass etwas nicht stimmt? Das war schon in Berlin so. Irgendwie warst du so schwierig und unnahbar. Welche Frau schlägt eine Malediven-Reise aus? Stattdessen bist du hierher gefahren und hast dich kaum gemeldet. Heute stehe ich nach der langen Fahrt vor dir, und du fällst mir nicht um den Hals, wie ich es insgeheim erwartet habe, sondern fragst nur lapidar: ›Was machst du denn hier?‹ Also raus mit der Sprache: Was ist los? Hast du keinen Bock mehr auf unsere Beziehung? Habe ich was falsch gemacht? Oder gibt es einen anderen?«

Er hat es nicht verdient, dass ich ihn belüge. Ich habe schon einmal jemandem etwas vorgemacht. Thommy. Auch er hatte es nicht verdient, dass ich ihn hinhalte. Aber damals war ich unerfahrener. Heute sollte ich aus eigener schmerzlicher Erfahrung wissen, dass man nicht mit einem anderen Herzen spielen darf. Ich hole tief Luft.

»Das ist es nicht, Vincent. Glaub mir, ich habe mich wirklich gefreut, dass du gekommen bist. Aber ich weiß gerade selbst nicht, was mit mir los ist. Seitdem ich hier bin, gehen mir so viele Dinge aus meiner Vergangenheit, die ich nicht überwunden habe, durch den Kopf. Ich komme damit gerade überhaupt nicht klar. Vielleicht kam ich dir auch deshalb in Berlin so ›schwierig und unnahbar‹ vor. Ich weiß, dass ich diese Dinge hinter mir lassen und endlich in meinem Leben in Berlin ankommen muss. Aber es gelingt mir irgendwie nicht.«

»Was sind das für Dinge aus deiner Vergangenheit? Du hast mir nie etwas davon erzählt«, will Vincent wissen.

»Ich weiß. Ich habe diese Dinge viel zu lange verdrängt. Weil es wehgetan hat. Es hängt mit einem Mann zusammen, der mir damals das Herz gebrochen hat«, gestehe ich.

»So etwas habe ich schon vermutet.« Vincent seufzt und nimmt einen großen Schluck von dem Spätburgunder, den er soeben noch zu verabscheuen schien.

»Aber es ist nicht nur das. Ich hatte damals einen schweren Unfall, von dem ich bis heute nicht weiß, wie es dazu kam. Als meine Mutter davon erfuhr, erlitt sie einen Herzinfarkt und starb. Ich habe mir lange Zeit vorgeworfen, daran schuld zu sein …«, gebe ich nun zu.

»Aber Liebling! Was für ein Blödsinn! Du konntest doch nichts dafür, dass deine Mutter einen Herzinfarkt erlitt. Ich nehme an, es war eine Verkettung sehr unglücklicher Umstände«, tröstet mich Vincent. »Warum hast du mir nie von dem Unfall erzählt? Ich kann gut verstehen, dass du hier schmerzlich an diese Dinge erinnert wirst. Umso wichtiger, dass du bald nach Hause zurückkehrst!«

»Vielleicht hast du recht«, erwidere ich seufzend. »Das kann sein. Weißt du, ich bin damals von hier geflohen und habe das Geschehene nie richtig verarbeitet. Seitdem ich wieder hier bin, musste ich mich den Geistern der Vergangenheit stellen und erkenne, dass ich sie wohl nicht richtig besiegt habe. Vielleicht hast du recht, solang ich hier bin, wird mir das wohl auch nicht gelingen.«

Gerade, als Vincent wieder meine Hand nehmen möchte, klingelt mein Handy.

»Herr Obermüller … das ist ja eine Überraschung!«, wundere ich mich.

»Frau Doktor … Sie hatten doch gesagt, Sie könnten uns vielleicht helfen. Ich glaube, jetzt wäre eine gute Gelegenheit.« Im Hintergrund ist lautes Gekreische zu hören und ein Geräusch, als ob Porzellan zerschlagen wird.

»Ich komme sofort!«, antworte ich und lege auf.

Ich schnappe meine Jacke und rufe Vincent bedauernd »Es tut mir leid … ein Notfall!« zu, dann bin ich auch schon an der Tür.

In seinen Augen sehe ich tiefes Misstrauen und noch etwas anderes: Enttäuschung.

Es ist nicht weit bis zu den Obermüllers, deshalb gehe ich zu Fuß, auch weil ich von dem Spätburgunder getrunken habe.

Auf mein Klingeln bei den Obermüllers öffnet niemand, doch nachdem ich mehrere andere Klingeln betätigt habe, ertönt der Summer der Eingangstür, und die Tür lässt sich öffnen. Bereits im Hausflur ist lautes Gekreische zu hören, und ich nehme nicht den Aufzug, sondern stürme über das Treppenhaus nach oben. Im oberen Hausflur erwartet mich vor der Tür der Obermüllers eine aufgeregte ältere Dame, die offenbar die Nachbarin ist.

»Hören Sie das? Das ist doch nicht normal! Jetzt reicht es, ich rufe die Polizei! Das geht andauernd so. Irgendwann bringen die sich da drin um!«

Ich klingle und klopfe so lange, bis mir geöffnet wird.

Im Wohnzimmer kreischt Frau Obermüller und wirft alle möglichen Gegenstände wie Kaffeetassen und Blumenvasen durch die Gegend.

»Wo sind Ihre Kinder?«, frage ich Herrn Obermüller, der hilflos in seinem Rollstuhl vor mir sitzt. Auf einmal wird mir schlagartig klar, dass er es auf keinen Fall gewesen sein kann, der dem kleinen Linus etwas angetan hat.

»Die Großen sind unterwegs wie jeden Abend. Linus ist in seinem Zimmer.«

»Ja, die Frau Doktor! Schauen Sie sich ruhig hier um in diesem Saustall. Ich arbeite den ganzen Tag und renne mir die Zunge aus dem Hals, und der da«, fast spuckt sie die Worte abfällig in die Richtung ihres Mannes, »hockt nur herum und versäuft das bisschen, was ich verdiene. Und dann soll ich auch noch nach einem langen Arbeitstag kochen und putzen und Wäsche machen und und und …« Die Wäsche fliegt durch die Luft. Ich kann erkennen, dass Frau Obermüller nicht nur völlig außer sich, sondern auch total betrunken ist.

»Nicht einmal das Frühstücksgeschirr hat die faule Bagage abgeräumt! Und dann kommen auch noch Sie und setzen meinem Mann Flöhe ins Ohr. Dass Linus in einen Verein eintreten soll und solchen Unsinn. Der schafft es doch nicht einmal, seine Hausaufgaben zu machen! Alles lässt er liegen und stehen, und der da ist ihm ja auch das beste Vorbild! Und ich kann dann allen alles hinterherräumen. Und wenn ich dann einmal die Nerven verliere und mir die Hand ausrutscht, dann bin ich die Böse, und Sie kommen daher mit Ihrem Handtäschchen und faseln was vom Jugendamt. Was wissen Sie schon vom Leben?« Auf einmal bricht Frau Obermüller in Tränen aus und sackt in sich zusammen. Schwankend will sie sich auf einen Stuhl fallen lassen, der bereits mit Rätselzeitschriften belegt ist. Der Stuhl wackelt bedrohlich und kippt um. Frau Obermüller schluchzt laut auf, stürzt zu Boden und schlägt sich den Kopf an der Tischkante auf. Blutend bleibt sie auf dem Fußboden liegen. Im ersten Moment weiß ich nicht, was ich zuerst tun soll. Mein Vater wüsste es. Dieser Gedanke gibt mir plötzlich Kraft.

Ich untersuche Frau Obermüller sofort, fühle den Puls und leuchte ihr in die Augen. Zum Glück scheint sie sich nicht ernsthaft verletzt zu haben. Behutsam drehe ich sie auf die Seite, nehme mein Handy aus der Tasche und rufe einen Krankenwagen. »Sie brauchen Hilfe«, sage ich mit bestimmtem Ton zu ihr. »Und die bekommen Sie jetzt. Versprochen. Ich kümmere mich darum.«

Ich weiß zwar noch nicht genau, wie, aber ich weiß, dass ich nicht nach Berlin fahren werde, ehe ich mein Versprechen umgesetzt habe. In diesem Augenblick erscheint die Polizei in Begleitung der Nachbarin.

»Ich sage Ihnen, das geht andauernd so. Jeden Tag dieses Theater! Irgendwann bringen die sich um, da kann man doch nicht wegsehen. Da wohnen ja auch Kinder«, schimpft die Nachbarin. Die Polizisten treten ein.

»Polizeiobermeister Kuhn. Was ist hier geschehen?«, fragt einer der Beamten, und Herr Obermüller zuckt hilflos mit den Schultern. »Meine Frau…«, beginnt er stotternd.

»Ich glaube, Frau Obermüller hat einen Nervenzusammenbruch«, komme ich ihm zur Hilfe und erkläre: »Sie ist gestürzt und hat sich am Tisch verletzt.«.

»Wer sind Sie denn?«, fragt mich der Beamte.

»Amanda Fischer. Ich bin die Ärztin der Familie. Herr Obermüller hat mich angerufen, weil die familiäre Situation eskaliert ist«, erkläre ich und berichte in wenigen Worten, was geschehen ist.

»Ihre Frau hat psychische Probleme?«, fragt der Beamte, doch Herr Obermüller zuckt wieder mit den Schultern. »Ich weiß nicht, was sie hat. Sie ist ständig aggressiv und unberechenbar.«

»Sind Kinder im Haus?«, fragt der Polizist weiter.

»Die beiden Großen sind unterwegs. Nur mein kleiner Sohn Linus ist da. Im Kinderzimmer«, erklärt Herr Obermüller, worauf sich die Beamten auf den Weg zu Linus machen, welcher zum Glück zwar ängstlich, jedoch unbeschadet in seinem Bettchen liegt.

Inzwischen trifft der Notarzt ein und untersucht die blutende und heulende Frau Obermüller gründlich. Nicht nur wegen ihrer Platzwunde, sondern hauptsächlich wegen ihres psychischen Zustandes ordnet er an, Frau

Obermüller in die Klinik zu bringen. Der Polizist Kuhn erklärt, dass er aufgrund der vorgefundenen Zustände eine Veranlassung sieht, das Jugendamt zu informieren. Ich erkenne die Angst in den Augen von Herrn Obermüller und verspreche, dass ich alles in meiner Macht Stehende dafür tun werde, der Familie zu helfen. Doch ich mache Herrn Obermüller klar, dass es langsam Zeit für ihn wird, endlich Verantwortung zu übernehmen. Auch muss er die älteren Geschwister in die Pflicht nehmen, die durchaus alt genug sind, sich um den Haushalt und den kleinen Linus zu kümmern. Bevor ich nach Hause gehe, schaue ich kurz in sein Kinderzimmer. Ängstlich liegt er im Bett, doch als er mich sieht, huscht ein winziges zaghaftes Lächeln über sein Gesicht.

»Es wird alles gut, Linus«, verspreche ich. »Deine Mama ist krank. Aber sie wird wieder gesund! Du brauchst keine Angst zu haben. Dein Papa kümmert sich um dich und deine Geschwister auch. Und wenn was ist, dann kommt ihr einfach zu mir, ja?«

»Darf ich dann mit dem Hund spielen?«, fragt Linus leise. Mir kommen fast die Tränen. Es ist das erste Mal, das er mit mir spricht.

Zuhause angekommen, bin ich derart in Gedanken versunken, dass ich nicht gleich bemerke, dass der Porsche weg ist. Ein Zettel liegt auf dem Tisch: Ich übernachte im *Seehotel.* Möchte nicht länger stören.

*

Am nächsten Morgen bemerke ich erstaunt, dass es bereits fast 10 Uhr ist. Ich muss völlig erschöpft gewesen sein. Ich konnte nur schwer einschlafen, weil ich so viel über den vergangenen ereignisreichen Tag nachdenken musste. Ich bin froh, dass Frau Obermüller im Krankenhaus ist. Man wird ihr dort helfen. Bevor der Notarzt sie mitgenommen hat, hatte ich kurz mit ihm gesprochen und ihm von meinen Beobachtungen, auch von Linus, erzählt. Ich denke, er wird meinen Bericht wohl an die Kollegen im Krankenhaus weitergegeben haben, wo man Frau Obermüllers Probleme erkennen wird. Meiner Meinung nach wird sie wohl einige Zeit in der Psychiatrie verbringen. Ich hoffe sehr, dass Herr Obermüller einsieht, dass er ebenfalls Hilfe braucht, um nicht nur sein Alkoholproblem, sondern auch seine Depression zu heilen. Nach der ganzen Aufregung gestern war ich nicht mehr in der Lage gewesen, mich bei Vincent im *Seehotel* zu melden. Ich weiß, dass er erwartet hat, dass wir unser Gespräch fortsetzen, und nun bestimmt enttäuscht von mir ist. Deshalb rufe ich gleich dort an, doch ich erfahre, dass er bereits gegen 8 Uhr abgereist sei. An sein Handy geht er nicht, was ich zwar bedaure, mir jedoch weitere Rechtfertigungen für mein Verhalten erspart. Auf einmal tut mir alles unglaublich leid, und ich fühle mich traurig. Schließlich ist Vincent extra zu mir gekommen und hat sich das alles bestimmt anders vorgestellt. Warum kann ich ihm nicht die Gefühle entgegenbringen, die ich für Lukas, der mich so schwer enttäuscht hat, immer noch hege?

Nachdem ich den restlichen Vormittag damit verbracht habe, ein paar Telefonate zu führen, mache ich mich am Nachmittag endlich zu meiner Runde mit Pepe, der am Vormittag lediglich kurz in den Garten durfte, auf. Nach langem Hin und Her ist es mir gelungen, mit der zuständigen Sachbearbeiterin vom Jugendamt zu sprechen, die mir zugesichert hat, schnellstmöglich eine Familienhelferin zu finden, die Familie Obermüller schon bald unterstützen wird. Auch mit Linus' Lehrerin sprach ich, die mir berichtete, dass sie Familie Obermüller schon mehrfach auf seine Lernschwäche hingewiesen und eine Sonderschule empfohlen habe, in der Linus seinem Alter und seinen Fähigkeiten entsprechend unterrichtet werden kann. Ich war überrascht, dass sich Herr Obermüller im Gegensatz zu sonst bei meinem heutigen Anruf von der Idee überzeugt zeigte.

Draußen in der Frühlingsluft atme ich tief durch und es gelingt mir, wieder ein wenig zu meiner inneren Ruhe zurückzufinden. Beim Bäcker leiste ich mir ein Stück Erdbeerkuchen und beschließe, zu Hause auf der Terrasse in Ruhe Kaffee zu trinken und mit meinem Tinchen zu telefonieren. Das habe ich nämlich sowohl gestern als auch vorgestern durch die Aufregung versäumt, denn jedes Mal, wenn ich daran dachte, sie anzurufen, schlief sie vermutlich schon. Nun ist es bereits kurz nach 16 Uhr, und Hilda müsste sie eigentlich aus dem Kindergarten abgeholt haben.

Als ich nach Hause komme, erwartet mich erneut eine Überraschung. Am Gartenzaun steht Marianne und ruft: »Du hast Besuch!« Auf einmal habe ich so etwas wie ein Déjà-vu. Es ist der gleiche Satz wie gestern, als sie mich anrief, doch ich meine nicht den Besuch von Vincent. Irgendwo in meinem Kopf taucht auf einmal in meiner Erinnerung meine Mutter auf.

*

Vor sieben Jahren

Es war ein sehr warmer Frühlingstag, ich trug Shorts und betrat verschwitzt das Rosenhaus. *Meine Mutter rief aus der Küche: »Du hast Besuch!«, und zeigte nach oben. Erstaunt ging ich die Treppe zu meinem Zimmer hinauf. Dort war Jessica gerade dabei, mit ernster Miene auf ihrem Handy herumzutippen. Als sie mich entdeckte, rief sie erfreut aus: »Da bist du ja endlich!«*

Ich wunderte mich. Was wollte Jessica denn hier? Sie hatte mich noch nie zu Hause besucht, so gut befreundet waren wir nicht. Nun saß sie auf meinem Bett, die braunen Beine übereinandergeschlagen und grinste mich an, als wäre es das Normalste der Welt.

Mir war schlecht. Nicht erst, seitdem sie hier war. Doch dadurch wurde es nicht besser. Eigentlich hatte ich mich etwas hinlegen wollen. Ihr Blick hatte etwas Hinterhältiges, was mir eine Gänsehaut verursachte. Ob sie etwas von Lukas und mir mitbekommen hatte? Was sollte dann das blöde Grinsen? Ich spürte, wie mir der kalte Schweiß ausbrach.

»Jessica. Was gibt's?«, fragte ich sie dennoch höflich.

»Ich wollte mal bei dir vorbeischauen. Wegen heute Abend. Deine Mutter sagte, du seist frische Luft schnappen, weil es dir nicht so gut geht. Was ist denn los?«, erkundigte sie sich heuchlerisch. Doch ich war auf der Hut.

»Eine Magen-Darm-Verstimmung, nichts Schlimmes«, erklärte ich ihr.

»Oh Gott, du bist ja ganz weiß! Kann ich irgendetwas für dich tun?«

Ihre Stimme klang freundlich, aber ihre Augen musterten mich kalt. Ich traute ihr nicht. Etwas stimmte ganz und gar nicht. Ihre Worte und der Ausdruck ihrer Augen passten nicht zueinander.

Ich schüttelte den Kopf. Plötzlich wurde mir so übel, dass ich glaubte, mich übergeben zu müssen.

»Entschuldige mich bitte einen Moment«, sagte ich und eilte in mein Bad. Dort kam ich gerade rechtzeitig zur Kloschüssel.

Anschließend ließ ich kaltes Wasser über meine Handgelenke laufen und befeuchtete ein Tuch, mit dem ich mein erhitztes knallrotes Gesicht zu kühlen versuchte. Ich sah mich um. Etwas war anders als vorhin. Was war es? Mein Duft No 17 stand nicht im Regal, sondern auf dem Fensterbrett neben der Kloschüssel. Hatte ich es dort hingestellt? Als ich in mein Zimmer zurückkehrte, war Jessica verschwunden. Doch nur ein paar Minuten später kam sie zur Tür herein, in der Hand ein Tablett mit Tee und Zwieback, welches sie so gut es auf ihren hohen Absätzen möglich war, einigermaßen sicher durch das Zimmer zu meinem Nachttischchen balancierte.

»Jetzt legst du dich erst mal ein bisschen hin«, bestimmte sie. »Deine Mutter hat dir eine Tasse Eisenkraut-Tee gemacht und mir auch noch Tropfen mitgegeben. Das soll bei Übelkeit helfen!«

»Vielen Dank, Jessica. Es geht schon wieder«, verkündete ich.

»Na, ich weiß nicht. Du siehst richtig scheiße aus, wenn ich das so sagen darf. Ruh dich mal lieber schön aus. Ich denke, du solltest auf gar keinen Fall heute Abend auf das Apfelblütenfest gehen, wenn es dir so schlecht geht.«

Jessica betrachtete mich mitleidsvoll. Doch ich sah immer noch etwas anderes in ihren Augen. Was war es nur? Irgendetwas führte sie im Schilde, das spürte ich genau.

»Es wäre sowieso besser, wenn du dich vom Fest fernhalten würdest«, erklärte sie nun im strengen Ton, der die eigentliche Absicht des Besuchs offenbarte.

Statt einer Antwort sah ich sie nur fragend an.

»Du kannst dir bestimmt vorstellen, dass es Thommy nicht so gut geht, seitdem du ihn derart eiskalt abserviert hast. Ich glaube, es würde seine Wunden erneut aufreißen, wenn er dich heute Abend wiedersehen würde. Aber so, wie ich die Sache beurteile, bist du ohnehin zu krank und zu schwach, um auf das Fest zu gehen, nicht wahr?« Listig sah sie mich an.

Wenn du dich da mal nicht täuschst, dachte ich. Doch ich antwortete: »Keine Sorge. Ich werde Thommy nicht den Abend verderben.«

»Weißt du, ich denke, du solltest ihm noch einmal eine Chance geben«, schlug Jessica plötzlich unvermittelt vor. »Er meint es wirklich ernst mit dir!«

Was ging sie das eigentlich an? Es konnte ihr doch vollkommen egal sein, ob Thommy und ich zusammen waren oder nicht. Ich wollte nur noch, dass sie endlich ging.

Ich antwortete daher nicht auf ihren Vorschlag, sondern bedankte mich für ihr Mitgefühl und den Tee. Dann erklärte ich, dass ich in der Tat etwas müde sei und Ruhe brauchte und es wohl besser sei, wenn sie jetzt gehen würde.

Mein Plan ging auf. Jessica verabschiedete sich, wünschte mir gute Besserung und stöckelte aus dem Zimmer. An der Tür warf sie mir noch eine Kusshand zu, dann war sie weg.

*

Die Erinnerung ist so mächtig, dass ich für einen Moment nicht aus dem Wagen steigen kann. Es muss der Tag des Apfelblütenfestes gewesen sein. Der Tag, an dem der Unfall geschah. Ganz offensichtlich ging es mir schon am frühen Abend nicht gut. Was ist danach passiert? Die Begegnung mit Jessica in meiner Erinnerung muss jedenfalls, kurz bevor ich damals zum Fest ging, stattgefunden haben. Noch immer fehlt mir das entscheidende Puzzleteil. Der Teil des Abends, der zu dem Unfall geführt hat. Vielleicht hat Thommy ja recht und die Erinnerung kommt zurück, wenn ich noch einmal auf das Apfelblütenfest gehe? Allerdings bekomme ich schon beim Gedanken daran eine Gänsehaut. Womöglich begegne ich dort Lukas mit seiner Jessica, und diese Vorstellung beschert mir erneut Übelkeit.

Nanu? Wem gehört denn das schicke Oldtimer Cabriolet auf unserem Hof?

Neugierig steige ich aus.

»Ich habe deine Familie schon mal reingelassen!«, ruft mir Marianne aus ihrem Garten zu.

Sie trägt einen witzigen Sonnenhut und ein Oberteil, das mit Hunderten von Margeriten bedruckt ist.

Meine Familie? Ich schließe die Tür auf und …

»Mamiiiiii!« Mein Tinchen stürmt in meine Arme.

Ach, mein Tinchen. Wie gut es tut, sie wiederzusehen! Ich drücke meine Kleine so fest, dass mir selbst die Luft wegbleibt.

Sie strahlt mich an mit ihrem kleinen Zahnlückengesicht und den Sommersprossen auf ihrer Stupsnase. Ihre blonden Locken sind in einen lockeren Pferdeschwanz gebunden, und sie trägt ihre geliebte Jeans-Latzhose und darunter ihr Lieblings-T-Shirt: weiß mit gelben Bienchen bestickt.

Auf der Terrasse sitzt Hilda in einem gelben Kleid mit weißen Tupfen, das ich noch nie an ihr gesehen habe. Sie hat eine überdimensional große Sonnenbrille auf der Nase und ruft mir vorwurfsvoll entgegen: »Amanda … da bist du ja endlich!« Doch sie grinst dabei, deshalb ist ihr Vorwurf nicht allzu ernst zu nehmen. Neben ihr sitzt ein gut aussehender, grauhaariger Mann in weißem Polohemd und Jeans, den ich ebenfalls noch nie gesehen habe. Er nimmt seine teure Sonnenbrille ab und lächelt mir freundlich entgegen. Was ist hier los?

Mit meinem Tinchen an der Hand betrete ich den Garten.

»Das ist ja eine Überraschung! Warum habt ihr nicht angerufen?«, erkundige ich mich neugierig.

»Dann wäre es ja keine Überraschung gewesen«, antwortet Hilda und verdreht übertrieben die Augen. Warum in aller Welt meint jeder, er müsse mich überraschen? Gestern Vincent, heute Hilda … warum können sie nicht einfach anrufen und ihren Besuch anmelden, damit ich mich darauf einstellen kann?

Der gut aussehende ältere Herr erhebt sich. »Erlauben Sie, dass ich mich vorstelle? Mein Name ist Fritz Hasselhoff. Und Sie müssen Amanda sein. Ich habe schon viel von Ihnen gehört!« Er gibt mir freundlich die Hand, und ich nicke. Dabei werfe ich einen fragenden Blick in Hildas Richtung, die ihn jedoch zu übersehen scheint und stattdessen eine Bitte an Tina richtet: »Holst du mir bitte ein Glas Wasser aus der Küche, Tinilein? Diese Hitze ist ja nicht auszuhalten!« Sie zaubert ein Taschentuch aus ihrer Handtasche, wischt sich den Schweiß von der Stirn und fächelt sich anschließend Luft damit zu. Dann wendet sie sich an mich und erklärt den Grund ihres Besuchs: »Keine Sorge, Amanda. Wir wollen uns hier nicht bei dir einnisten. Fritz und ich sind auf dem Weg nach Italien. Ich dachte, wir setzen Tini bei dir ab und fahren dann gleich weiter. Du hast sie doch bestimmt schon vermisst!«

»Und wie!«, antworte ich ehrlich.

»Oder passt es dir nicht?« Hilda mustert mich misstrauisch.

»Ganz im Gegenteil. Es passt super! Ihr wollt nach Italien?«, freue ich mich für sie.

Und was soll das überhaupt mit »Fritz und ich«? Ich habe diesen Mann noch nie gesehen, und sie tut so, als wären sie schon lange ein Paar. Als ob Hilda meine Gedanken errät, nimmt sie auf einmal Fritz' Hand und schaut ihm tief in die Augen.

»Was gibt es Schöneres als Italien im Frühling? Ich weiß, es kommt vielleicht überraschend für dich. Aber als Fritz mich gestern fragte, ob ich nicht Lust auf eine kleine Spritztour mit ihm in seinem Oldtimer nach Italien hätte, habe ich spontan zugesagt. Du weißt ja, wie ich bin!«

Oh ja, das weiß ich. Offenbar hat Hildas langjähriger Freund, der langweilige Hajo, ausgedient. Fritz strahlt mich mit blütenweißen falschen Zähnen an.

»Wolltest du mir nicht ein Wasser holen, Tinilein?« Hildas Ton wird ein bisschen strenger. Tinchen, die noch immer meine Hand hält, gibt selbstbewusst zurück: »Ich weiß doch gar nicht, wo die Küche ist!«

»Ich gehe mit dir, mein Schätzchen. Zeit für eine Tasse Kaffee habt ihr doch bestimmt?«, frage ich in Richtung Hilda.

»Ich dachte schon, du würdest nie fragen! Natürlich haben wir das. Aber nur ein Stündchen. Wir wollen heute noch bis Tirol fahren. Dort übernachten wir in einem tollen Viersternehotel mit Schwimmbad und Sauna, das Fritz für uns reserviert hat, bevor wir dann morgen weiter Richtung Bella Italia fahren.«

»Ich dachte immer, du hasst Sauna?«, kann ich mir nicht verkneifen zu fragen.

»Man kann seine Meinung auch mal ändern!«, ruft Hilda uns hinterher.

Tina grinst wie ein Honigkuchenpferd und hüpft neben mir in die Küche.

»Es ist sooo toll hier, Mami! Ich hab schon den Hund gestreichelt, der ist ganz lieb.«

»Das ist Pepe«, erkläre ich ihr. »Er mag Kinder.« Mein Blick fällt auf Pepe, der faul im Garten in der Sonne liegt.

»Ich hab dich ganz doll vermisst, Mami«, sagt Tinchen auf einmal.

»Ich hab dich auch ganz doll vermisst, mein Schatz. Wie schön, dass du jetzt da bist!« Ich nehme sie fest in die Arme und beschließe, ihr meinen Heimatort in Ruhe zu zeigen, bevor wir gemeinsam nach Berlin zurückfahren. Ihren Opa muss Tinchen ja auch noch kennenlernen. Vielleicht erspart mir das eine Erklärung. Wenn er Tina sieht, wird sie ihn verzaubern.

So ein Mist! Der Kaffee ist alle. Und Kekse oder etwas, das ich dazu anbieten könnte, habe ich natürlich auch nicht im Haus. Warum mussten sie mich unbedingt überraschen? Zum Glück gibt es Marianne!

Mit Tinchen an der Hand gehe ich durch den Garten zu ihr herüber.

»Hallo, Marianne! Ich möchte dir gerne jemand vorstellen. Das ist Valentina … meine Tochter.«

Marianne macht den Gartenschlauch, mit dem sie gerade ihr Blumenbeet gewässert hat, aus und lächelt freundlich.

Sie gibt Tina die Hand und begrüßt sie. »Hallo, Valentina! Schön, dich kennenzulernen.«

Tinchen grinst und zeigt ihre Zahnlücke.

Marianne sieht mich lächelnd an und verkündet: »Ich

habe mir gleich gedacht, dass das kleine Mädchen deine Tochter ist. Sie sieht genauso aus wie du früher!«

Nachdem ich Marianne mein Anliegen von dem fehlenden Kaffee geschildert habe, geht sie sofort mit uns ins Haus und packt Kaffee, Milch und ein paar Kekse in einen Korb.

»Die ist ja nett!«, flüstert Tinchen mir nebenbei zu.

»Komm doch mit!«, bitte ich Marianne. »Ich würde dir gerne meine Tante Hilda und ihren Begleiter vorstellen.«

»Wollt ihr nicht lieber ein bisschen unter euch sein? Ihr habt euch doch bestimmt viel zu erzählen!«, erwidert Marianne.

»Ich würde mich freuen, wenn du mitkommst«, erkläre ich, und Tinchen ruft: »Ich auch!«

Kurze Zeit später steht der frisch aufgebrühte Kaffee auf dem Tisch, den Tina mit Begeisterung mit mir zusammen mit Mutters altem Kaffeeservice gedeckt hat. Wie hätte Mama sich über ihr kleines Enkelchen gefreut. Beim Gedanken an sie bekomme ich wieder einen Stich im Herzen. Glücklicherweise konnten wir Marianne, die ein paar Stücke von übrig gebliebenem Rhabarberkuchen mitgebracht hat, überreden mitzukommen. Während sich die Erwachsenen angeregt unterhalten, spielt Tina mit Pepe, und ich versuche, den Sonnenschirm so zu stellen, dass wir einigermaßen im Schatten sitzen können. Die Nachmittagssonne brennt so stark, dass nicht nur Hilda ins Schwitzen gerät.

»Ein kleiner Vorgeschmack auf Bella Italia«, grinse ich in Hildas Richtung.

»Am Gardasee ist es bestimmt noch heißer«, gibt sie grummelig zurück. »Das ist ja richtig im Süden!«

»Das bedeutet nicht automatisch, dass es dort heißer ist«, bekunde ich.

»Ich bitte dich! Das kann man doch nun wirklich nicht vergleichen!«, gibt Hilda Widerworte.

»Kann man das nicht?«, erkundigt sich Fritz. »Ich finde das Klima hier ziemlich mediterran. Aber das ist natürlich subjektiv. Jedenfalls war mir das bis jetzt nicht so bewusst. Auch, dass die Gegend hier am Bodensee so wunderschön ist, wusste ich nicht! Diese Blütenpracht … ein wahrer Traum! Ich habe am Ortseingang ein Schild gesehen. Hier wird am Wochenende das Apfelblütenfest gefeiert? Das passt ja! Es müssen Millionen von Blüten sein.« Ich finde es schön, dass Fritz versucht, dem Gespräch eine andere Wendung zu geben, und verstehe überhaupt nicht, warum Hilda heute so zickig ist. Vielleicht liegt es daran, dass Fritzens Blick recht häufig in Mariannes ansehnlichen Ausschnitt wandert.

»Ja, am Wochenende wird viel los sein. Das Apfelblütenfest lockt immer viele Gäste aus nah und fern an. Es gibt allerhand zu essen und zu trinken, dazu viel Musik und Tanz«, kläre ich Fritz auf.

»Sie haben wirklich eine zauberhafte Heimat, Amanda«, findet er und lächelt strahlend.

»Wir können uns gerne duzen«, erwidere ich und freue mich über das Kompliment, dass er meiner Heimat ausgesprochen hat. Hilda scheint dagegen nicht allzu sehr erfreut darüber zu sein.

»Na ja«, gibt sie schmallippig von sich. »Ehrlich gesagt war mir immer ein Rätsel, was meine Schwester hier in der Provinz gesucht hat. Dieser Ort ist ja nun wirklich ein Kaff. Und dann diese Schwaben. Weiß doch jeder, dass die engstirnig sind!«

Bei diesen Worten zieht Marianne die Stirn in Falten.

»Hier wohnen keineswegs nur Schwaben«, klärt sie

Hilda auf. »Erstens liegen wir an der Grenze zu Bayern, und darüber hinaus gibt es sehr viele andere ›Reingeschmeckte‹, die sich in unsere wunderbare Landschaft verliebt haben. Davon abgesehen sind Schwaben auch nicht engstirniger als andere! Sie sind vielleicht zurückhaltender und nicht so von sich eingenommen. Es kommt eben darauf an, was man mag. Die Berliner sollen dagegen reichlich schnoddrig sein, wie man so hört«, lässt Marianne schnippisch vernehmen.

»Oh, ich wollte hier niemanden beleidigen«, gibt Hilda von sich, doch auch ihre Lippen sind auf einmal sehr schmal. Ich fürchte, dass sie tatsächlich ein wenig eifersüchtig ist, weil ihr Fritz Marianne für ihren Geschmack etwas zu viel Aufmerksamkeit geschenkt hat.

»Ich kann mir schon vorstellen, was deiner Schwester hier gefallen hat«, äußerst sich dieser. »Die Gegend ist sehr liebenswert …« Damit wirft er Marianne einen Blick zu, der nun deutlich besagt, dass er nicht nur die Gegend meint.

»Außerdem hatte sie ja ihre Familie hier und das hübsche Haus«, ergänzt er.

»Hübsche Haus? Meinst du etwa diesen alten Schuppen?«, entfährt es Hilda.

Was fällt ihr ein? Ihre Eifersucht ist das eine. Aber deshalb braucht sie wirklich nicht mein Elternhaus zu beleidigen. Doch bevor ich etwas dazu sagen kann, fährt Hilda schon fort: »Nun ja. Für manche Frauen mag es ja das größte Glück sein, sich Mann und Herd komplett unterzuordnen. Da waren wir Schwestern eben doch sehr unterschiedlich!«

Marianne zieht erneut die Stirn in Falten und wundert sich: »Ich bin mir nicht sicher, ob wir von derselben Person sprechen. Sie meinen doch Ihre Schwester? Ich habe Gunilla in all den Jahren kein bisschen so erlebt, dass sie sich ›Mann und Herd untergeordnet‹ hätte. Ganz im Gegenteil! Gunilla liebte ihre Familie über alles, doch sie war eine sehr eigenständige Person, die ihre eigenen Interessen sehr wohl gepflegt hat. Oft auch gegen den Wunsch ihres Mannes!« Marianne spielt auf den Kräutergarten an und die Tees und Mittelchen, die Mutter daraus gezaubert hat.

»Jedenfalls hatte Gunilla ihren eigenen Kopf und wusste sehr wohl, diesen durchzusetzen!«, bekräftigt Marianne. Sie hat auf einmal einen knallroten Kopf und steht auf. Echauffiert erklärt sie uns, dass ihre Yoga-Stunde wartet und sie sich leider verabschieden muss. Ich weiß, dass ihre Yoga-Stunde bereits gestern war und sie wahrscheinlich nur genug von Hildas selbstherrlicher Art hat, und grinse sie verstehend an.

Bei aller Dankbarkeit, die ich Hilda gegenüber empfinde, weiß ich doch, dass sie manchmal sehr anstrengend sein kann. Besonders heute. Vielleicht hat Fritz eine leichte Ahnung davon, denn er gibt Marianne die Hand und erklärt bedauernd: »Es war mir ein Vergnügen, Sie kennenzulernen!«

Wie es zu erwarten war, gefällt das Hilda ganz und gar nicht, und sie schenkt beiden einen vernichtenden Blick. Auch sie erhebt sich und verkündet: »Ich denke, wir sollten langsam aufbrechen. Sonst kommen wir heute nirgendwo mehr hin.«

»Du hast recht, mein Schatz. Wie immer! Darf ich noch kurz Ihre Toilette benutzen?«, wendet sich Fritz an mich, und ich zeige ihm den Weg.

Als er außer Hörweite ist, kann ich Hilda endlich fragen, woher sie ihn kennt.

»Ich parshippe jetzt!«, erklärt sie, worauf sich Marianne am Gartentörchen erstaunt umdreht.

»Ach, wirklich? Wenn man dort so tolle Männer kennenlernen kann, muss ich mich unbedingt auch dort anmelden!«, findet sie lachend. Ich hoffe nicht, dass sie diesen Gedanken in die Tat umsetzen wird. Schließlich träume ich davon, dass aus ihr und meinem Vater ein Paar wird. Nicht ganz uneigennützig, wie ich zugeben muss. Ich wäre einfach beruhigter, wenn ich wüsste, dass Papa nicht länger allein ist, wenn ich wieder weg bin.

Hilda wirft Marianne einen unmissverständlichen Blick zu, der besagt: »Fritz gehört aber mir!«, worauf diese uns zuwinkt, bevor sie hinter dem Gartenzaun verschwindet.

»Was ist eigentlich mit Hajo?«, erkundige ich mich. Immerhin war er doch der Mann an Hildas Seite in den letzten Jahren.

»Ach der. Du weißt doch, wie langweilig er ist. Wann hätte er mich je zu einer spontanen Tour nach Italien eingeladen?«

»Das nicht. Aber er war zuverlässig und treu«, verteidige ich ihn. Bei Fritz bin ich mir da nicht so sicher. Ich habe durchaus den Eindruck gewonnen, dass ihm Mariannes Attraktivität keineswegs entgangen ist.

»Und langweilig! Was ist eigentlich mit dir? Du bist so komisch!«, unterstellt mir Hilda plötzlich. »Du hast doch nicht wieder etwas mit diesem Typen angefangen?«

»Welchem Typen?«, frage ich und stelle mich dumm.

»Du weißt genau, wen ich meine! Ich kann dich nur warnen. Das hat schon einmal zu nichts geführt. Du weißt, wie es dir damals ergangen ist. Willst du etwa, dass das wieder so kommt?« Hilda sieht mich strafend an.

»Keine Sorge. In ein paar Tagen bin ich wieder in Berlin«, beruhige ich sie. Sie meint es ja nur gut.

»Gott sei Dank! Vincent ist so ein netter Mann. Ihr passt wirklich gut zusammen, und außerdem hat er kein Problem mit Valentina. Das ist nicht unwichtig!«

»Ein Mann, der ein Problem mit Valentina hat, käme für mich nicht infrage«, stelle ich deutlich fest.

Nun bringt sie auch mich in Rage. Was soll denn das jetzt?

Selbst wenn Hilda es wirklich nur gut meint, so kann ich doch sehr gut meine eigenen Entscheidungen treffen. Abgesehen davon, mich von Lukas fernzuhalten wahrscheinlich. Glücklicherweise kommt in diesem Moment Fritz um die Ecke und nimmt Hilda in den Arm.

»Auf nach Bella Italia, meine Schöne!« Verliebt sieht Hilda ihn an und wirkt gleich viel entspannter und jünger.

Nachdem sich die beiden verabschiedet und unter lautem Hupen und Winken vom Hof gefahren sind, lassen Tina und ich uns erschöpft auf das große blaue Sofa fallen. Ich habe Hilda versichert, dass sie auf dem Rückweg von Italien gerne bei uns vorbeikommen können, diesmal aber bitte vorher anrufen sollen, weil wir nur noch ein paar Tage hier sein werden. Mein Urlaub nähert sich bedrohlich dem Ende, und es wird Zeit, nach Hause zurückzukehren.

»Weißt du was, Tinchen? Ich zeige dir jetzt den Ort, in dem ich aufgewachsen bin. Den See und das Schwimmbad und vielleicht meine alte Schule, wenn du möchtest. Einen Spielplatz finden wir bestimmt auch unterwegs … was hältst du davon?«, schlage ich vor.

»Au ja! Darf Pepe mit?« Begeistert hopst Tina herum.

»Mit dem gehen wir später noch ein Stück. Ich möchte nämlich gerne auf dem Heimweg einen kurzen Stopp beim

Supermarkt einlegen, und Pepe soll nicht draußen in der Hitze auf uns warten müssen. Was möchtest du gerne essen? Spaghetti?«

»Jaaaaa! Mit Tomatensoße. Und Schokopudding zum Nachtisch!«

Die Welt ist eine andere, wenn man sie mit Kinderaugen sieht. Der Weg zum See dauert heute viel länger, weil Tinchen überall stehen bleibt und sich an allem freut, was sie entdeckt. Einmal ist es ein Schwimmbad in einem Garten, ein andermal ein kleiner Hase. Das Schreibwarengeschäft von Frau Rotenberger findet sie ebenso toll wie den kleinen Geschenkeladen mit den Spielsachen.

Ich erkenne jetzt, dass ich Tina gleich hätte mit hierher nehmen sollen. Was für ein blöder Gedanke, sie in der Großstadt zu lassen! Andererseits hat meine Seele diese Zeit gebraucht, um wieder anzukommen. Ich habe in den letzten Tagen so viel geweint und um meine Mutter getrauert, was sehr wichtig war, mir jedoch in Tinchens Gesellschaft nicht in dieser Weise möglich gewesen wäre.

Eines ist jedenfalls klar: Tina ist glücklich hier. Weil ich hier bin, natürlich. Aber auch, weil sie einfach alles schön findet. Den See, die Uferpromenade, den ganzen Ort, die Eisdiele und den Spielplatz sowieso. Aber auch Pepe und das *Rosenhaus*. Ich spüre, dass sie müde wird. Kein Wunder, sie hat ja auch einen langen Tag mit der weiten Fahrt hinter sich. Deshalb schlage ich den Heimweg vor, welchen wir an dem kleinen Supermarkt im Dorf unterbrechen.

»Mami, kann ich Eis zum Nachtisch haben statt Pudding?«, fragt Tina und bleibt am Obstregal stehen. »Und Erdbeeren dazu?«

»Schätzchen, die schmecken doch noch nicht. Sollen wir nicht lieber warten, bis sie reif sind?«, erkläre ich.

»Biiiiiiitte!«, bettelt Tinchen.

»Deine Mami hat recht. Eigentlich schmecken diese Erdbeeren noch nicht so gut. Jedenfalls nicht so lecker, wie die, die hier wachsen, und die sind noch nicht reif«, erklingt eine Stimme, die mir nur allzu vertraut ist.

»Lukas … was machst du denn hier?« Erschrocken sehe ich ihn an. Wie immer, wenn ich Lukas sehe, rast mein Herz, und heute ganz besonders. Weil Valentina neben mir steht. Seine Tochter.

»Was ich hier mache? Ich kaufe ein, so wie du«, antwortet er mit unbewegter Miene.

Dann wendet er sich lächelnd Tinchen zu: »Du musst Amandas Töchterchen sein.«

»Mami, woher weiß der Mann das?«, flüstert Tina mir zu.

»Weißt du, ich kenne deine Mami schon ganz lange«, erklärt Lukas und beugt sich zu ihr herunter. »Dein Opa ist im Ort als Landarzt sehr bekannt. Als ich noch ein Kind war, war ich ab und zu in seiner Sprechstunde, und da sah ich deine Mami manchmal im Garten spielen. Sie sah genauso aus wie du jetzt«, erklärt er ihr.

Bis auf die Augen, denke ich. Die hat sie von dir. Ich bete, dass er es nicht bemerkt, und spüre, wie ich flammendrot werde.

»Echt?« Tinchen zeigt Lukas ihre Zahnlücke.

»Echt. Sie hatte meistens einen Zopf, so wie du jetzt. Und so eine Latzhose hatte sie, glaube ich, auch.«

Ich muss grinsen. Das weiß ich ja selbst nicht mehr. Vielleicht stimmt es auch gar nicht, denn Lukas grinst schelmisch.

»Wie heißt du denn?«, fragt Lukas nun.

»Tina«, spreche ich für sie.

»Eigentlich heiße ich Valentina«, korrigiert Tinchen mich. »Aber Mami sagt meistens Tina zu mir. Oder Tinchen«, erklärt sie mit Nachdruck.

»Soso. Valentina ... das ist aber ein hübscher Name!« Ich hoffe, dass ihm nicht der Valentinstag einfällt, an dem wir beide das erste Mal richtig zusammen waren.

Tinchen sieht mich an und lächelt.

»Wie alt bist du denn, Valentina?«, kommt die Frage, vor der ich mich am meisten gefürchtet habe.

»Ich bin schon sechs«, antwortet Tinchen bereitwillig.

»Ach, dann hast du sicher vor Kurzem Geburtstag gehabt ... wie ich?«, will Lukas es genau wissen.

Mir ist siedend heiß.

»Wir müssen jetzt gehen«, will ich mich verabschieden, doch Tinchen bleibt stehen.

»Nein, das war nicht vor Kurzem. Das ist schon gaaaanz lange her. Mein Geburtstag war schon im Dezember«, erklärt sie.

»Im Dezember? Das ist ja eigentlich ein doofer Monat ...«, antwortet Lukas ausweichend, und ich frage mich, ob er nachrechnet.

»Das ist überhaupt kein doofer Monat! Da ist doch Weihnachten. Und mein Geburtstag!«, widerspricht Tina.

»Da hast du natürlich recht. Ich meinte ja nur, da musst du immer das ganze Jahr lang warten, bis du Geschenke bekommst. Aber bestimmt schenkt dir deine Mami auch unter dem Jahr hin und wieder etwas. Nicht wahr, Amanda? Also, ich bin der Meinung, du solltest Valentina heute die Erdbeeren schenken. Ich muss meine Aussage von eben zurücknehmen. Ich glaube, sie sind bestimmt doch sehr lecker, so wie sie aussehen!« Herausfordernd grinst Lukas mich an.

»Na gut!« Schnell lege ich die Erdbeeren in den Einkaufskorb, dann wende ich mich zum Gehen. Nichts wie weg hier! Plötzlich fällt mir etwas Wichtiges ein:

»Lukas, wie geht es Oma Hedwig?«

»Sie ist zum Glück wieder daheim. Ich weiß allerdings nicht, wie lange wir sie noch alleine zu Hause lassen können. Meine Mutter ist dafür, dass sie in ein Altersheim kommt. Aber du kennst ja Oma Hedwig. Sie kann ganz schön stur sein.«

»Stur habe ich sie eigentlich nicht erlebt. Aber ich kann mir sehr gut vorstellen, dass sie ihr schönes Heim nicht aufgeben mag«, bedaure ich. »Gibt es denn keine andere Lösung? Eine Pflege zu Hause?« Geld genug haben die Bommers doch.

Ich mag mir Oma Hedwig beim besten Willen nicht in einem unpersönlichen Altersheim vorstellen, selbst wenn mir bekannt ist, dass es durchaus angenehme Einrichtungen gibt. Aber Oma Hedwig gehört einfach zu ihrer alten Villa.

»Das wäre mir auch am liebsten. Wir werden versuchen, eine Lösung zu finden, die das Beste für Oma Hedwig ist«, antwortet Lukas.

»Das klingt gut. Hör mal, wegen gestern …«, versuche ich mich unbeholfen an einer Entschuldigung und wundere mich, dass Lukas gar nicht fragt, warum ich nicht zu unserer Verabredung gekommen bin.

»Schon gut. Familie geht vor«, antwortet er stattdessen ernst.

In diesem Moment ertönt eine andere Stimme. »Schahatz? Hast du die Limetten gefunden?«

Als Jessica um die Ecke biegt und erkennt, mit wem ihr »Schahatz« gerade spricht, fallen ihre Gesichtszüge in sich zusammen. Ihr Blick fällt erst auf mich, dann auf Valentina, und ihre Miene gefriert zu Eis.

Ohne das Kind zu beachten, nickt sie mir nur kurz zu und zieht an Lukas' Ärmel.

»Wir müssen uns leider beeilen. Die Grubers kommen in einer Stunde, und ich würde gerne zu Hause sein, wenn das Fleisch angeliefert wird.«

Lukas bleibt jedoch hartnäckig bei uns stehen.

»Na dann. Hat mich gefreut, dich kennenzulernen, Valentina. Vielleicht sehen wir uns ja noch einmal, solang ihr am Bodensee seid«, verabschiedet er sich seelenruhig von Tina.

»Morgen beginnt das Apfelblütenfest«, erklärt er in meine Richtung.

Tina sieht mich fragend an, doch ich schüttle den Kopf.

»Wir besuchen morgen den Opa und dann fahren wir nach Hause, hat Mama gesagt.«

Lukas nickt. Er sieht mir tief in die Augen, und sein Blick geht mir komplett unter die Haut. Ich möchte in seinen Armen versinken, mit ihm das Geschäft verlassen und in den Sonnenuntergang segeln. Mit ihm und Tina. Aus dem Augenwinkel sehe ich, dass Jessica vor Wut kocht.

»Das verstehe ich«, erklärt Lukas mit einem Seufzer. »Dann bleibt mir ja nur, euch eine gute Heimfahrt zu wünschen! Alles Gute«, verabschiedet er sich nun endgültig von uns beiden.

Es zerreißt mein Herz. Ich möchte ihn zurückhalten. Ihm in Ruhe erklären, warum ich gestern nicht zu unserem Treffen kommen konnte. Und noch vieles mehr. Doch meine Lippen bleiben stumm, denn seine Ehefrau ist bei ihm. Schnell ziehe ich Tinchen um die Ecke.

»Wer war das denn, Mami?«, fragt sie neugierig.

»Nur ein alter Freund«, flüstere ich ausweichend.

»Der war doch gar nicht alt« wundert sich Tina.

»Alt ist er nicht. Ich meinte damit, dass es schon so lange her ist, dass wir befreundet waren«, kläre ich sie auf.

»Warum seid ihr denn nicht mehr befreundet? Magst du ihn nicht mehr? Der war doch sehr nett. Aber du siehst auf einmal so traurig aus!« Tina schiebt schnell ihre kleine Hand in meine.

»Aber nein, ich bin doch nicht traurig!« Schnell zaubere ich ein Lächeln auf mein Gesicht.

»Ich mag Lukas immer noch sehr. Aber seine Frau ist eine doofe Nuss.«

»Das finde ich auch. Die hat so komisch geguckt. Als ob sie dich fressen will.«

»Ist doch egal. Wir machen uns jetzt einen superschönen Abend und feiern unser Wiedersehen! Zur Feier des Tages gibt es nicht nur Spaghetti mit Tomatensoße, sondern auch noch Vanilleeis. Mit Erdbeeren. Und dazu Limonade und ein Überraschungsei!«

Zu Hause angekommen, erwartet uns Ute, die noch etwas in der Praxis erledigen möchte und ihren Sohn Elias mitgebracht hat. Während ich ihr in wenigen Worten von dem überraschenden Besuch meiner Tante Hilda und ihrem neuen Freund Fritz berichte, beäugen sich Valentina und Elias neugierig.

»Wie wäre es, wenn ihr beide ein bisschen mit Pepe in den Garten geht? Ich bereite inzwischen das Abendessen zu. Ute und Elias können gerne mit uns essen!«, schlage ich vor.

»Au ja!« Begeistert zwitschern die beiden Kinder mit dem Hund ab in den Garten, und Ute folgt mir in die

Küche, wo ich den Einkaufskorb auspacke und mit den Vorbereitungen für das Abendessen beginne.

»So verlockend das Angebot ist, ich muss leider dankend ablehnen. Patrick möchte das schöne Wetter nutzen und den Grill anschmeißen. Ich wollte dich eigentlich dazu einladen. Wie sieht es aus? Wollt ihr nicht mitkommen?«, fragt Ute.

»Das ist sehr lieb gemeint, Ute. Vielen Dank! Aber ich glaube, das wird heute ein bisschen viel für Valentina. Sie hat heute schon eine weite Reise hinter sich.«

»Das verstehe ich natürlich. Ich freue mich so für dich! Was für eine wunderbare Idee deiner Tante, dein Tinchen vorbeizubringen. Ich weiß doch, wie sehr du sie vermisst hast.«

»Ich freue mich auch. Wobei der Besuch meiner Tante ein bisschen anstrengend war. Sie scheint mir sehr verliebt und leider sehr eifersüchtig zu sein.« Ich erzähle von unserer nicht allzu harmonischen Kaffeestunde, und Ute lacht schallend. »Da kannst du mal sehen, dass die Liebe nie einfach ist. In jungen Jahren nicht und in reiferen offenbar schon gar nicht. Hoffen wir das Beste für deine Tante! Weißt du, sie hat ja nichts zu verlieren. Wenn sie mit diesem Fritz ein paar schöne Tage in Italien und vielleicht auch anschließend verbringen kann, dann ist das doch eine Bereicherung für sie. Sie braucht ja nun nicht unbedingt einen Lebenspartner, der gleich bei ihr einzieht.«

»Und wenn doch? Ich gebe zu, dass ich Hilda brauche, um auf Tina aufzupassen. Wie soll das gehen, wenn sie mit diesem Gigolo dauernd auf Reisen geht?«

»Dann findet sich eine andere Lösung. Lass das auf dich zukommen! Tinchen wird ja auch größer. Deine Tochter ist wirklich allerliebst. Du kannst sie nicht verleugnen.«

»Da bist du nicht die Erste, die das bemerkt!«, gebe ich zu. »Wobei ich finde, dass sie auch viel von ihrem Vater hat. Wo wir gerade von ihm sprechen: Wir haben Lukas gerade zufällig im Supermarkt getroffen, und ich hoffe sehr, dass ihm die Ähnlichkeit mit ihm nicht ebenfalls aufgefallen ist.«

»Was? Du bist Valentinas Vater über den Weg gelaufen? Ach du liebe Zeit! Das war doch bestimmt sehr aufregend für dich«, erkundigt sich Ute teilnahmsvoll.

»Aufregend ist untertrieben. Mein Herz rast immer noch wie verrückt«, gebe ich zu.

»Puh, das kann ich mir gut vorstellen. Wie hat er denn reagiert? Meinst du wirklich, er könnte etwas gemerkt haben?«

Ich zucke seufzend die Schultern. »Es war merkwürdig. Lukas hat so komisch gefragt, wann Valentina Geburtstag hat.«

»Hoffentlich hat er nicht nachgerechnet. Wie war das denn so für dich? Ihn wiederzusehen?« Neugierig sieht Ute mich an.

Sie weiß ja nicht, dass Lukas und ich uns schon zuvor begegnet sind. Und vorgestern sogar wieder im Bett gelandet sind. Würde sie mich dafür verurteilen?

»Er zieht mich immer noch an wie ein Magnet …«, erkläre ich. Als ich es ausspreche, wird mir klar, dass es nicht im Entferntesten ausdrückt, was ich für ihn empfinde. Ich nehme eine Flasche Weißwein aus dem Kühlschrank und gieße Ute und mir ein Gläschen davon ein.

»… nach all den Jahren und nach allem, was passiert ist«, ergänze ich.

»Ach, du Scheiße. Du liebst ihn immer noch. Das hört sich nicht gut an«, stellt Ute fest.

»Das ist es auch nicht. Vor allem, weil er ja inzwischen verheiratet ist!«

»Mann, wieso hat der auch einfach so eine andere geheiratet?«, wundert sich Ute.

»Ach Ute, das war nicht ›einfach so‹. Glaube mir, ich habe mir selbst diese Frage schon x-mal gestellt. So ganz unschuldig bin ich nicht an der Situation. Immerhin war es so, dass ich einfach weggegangen bin. Aber das habe ich doch hauptsächlich gemacht, weil Jessica damals gesagt hat, dass sie heiraten werden. Wie konnte er mich so belügen? Ich war unfassbar verletzt!«

Ute sieht mich mitfühlend an.

»Warum hat er nie nach mir gesucht? Warum hat er sich so schnell getröstet und tatsächlich diese blöde Jessica, von der er immer behauptet hat, dass sie ihm nichts bedeutet, geheiratet? Ich verstehe es einfach nicht. Gestern wollten wir uns aussprechen, aber dann kam mir etwas dazwischen. Ich hatte aus Versehen seine Handynummer falsch notiert und konnte ihn nicht erreichen. Er muss geglaubt haben, dass ich ihn nicht sehen will«, lasse ich sie mit einem tiefen Seufzer wissen.

»Hast du ihm das eben erklärt, als ihr euch zufällig begegnet seid?«, fragt Ute.

»Nein, da kam seine Frau um die Ecke«, seufze ich.

»Ich weiß übrigens, dass dir gestern etwas dazwischenkam«, grinst Ute plötzlich und trinkt einen Schluck von dem kühlen Weißwein. »Ich wollte nämlich eigentlich gestern vorbeikommen. Aber dann sah ich dich in einem schicken Porsche Cabrio an der Seite eines seeeehr attraktiven Mannes aus dem Möwenweg biegen. Verrätst du mir, wer das war?«

»Das war Vincent. Attraktiv ist er zweifellos«, gebe ich zu.

»Aber?«

»Es gibt kein ›Aber‹. Ach, Ute. Ich verstehe mich ja selbst nicht! Vincent und ich sind seit etwa zwei Jahren zusammen. Ich mag ihn. Es ist nett mit ihm, angenehm. Aber ich weiß nicht, ob das reicht.«

»Auf keinen Fall reicht das. Du musst das Gefühl haben, dass du ohne ihn nicht leben kannst. Alles andere führt zu nichts«, erklärt Ute.

»Genau dieses Gefühl habe ich bei Vincent nicht. Im Grunde habe ich ihn überhaupt nicht vermisst, seitdem ich hier bin. Natürlich habe ich mich gefreut, als er auf einmal vor mir stand, und den Abend mit ihm sehr genossen. Aber als er dann mit mir schlafen wollte …«

Wie muss sich Vincent gefühlt haben? Dabei fällt mir ein, dass ich heute Abend versuchen wollte, ihn zu erreichen.

»… hattest du Lukas im Kopf«, stellt Ute sachlich fest.

»Genau. Und dann bekam ich einen Anruf. Von Herrn Obermüller.«

»Von Herrn Obermüller? Geht es Linus nicht gut?«, wird Ute hellhörig.

»Ach, das weißt du ja noch gar nicht. Als ich Linus neulich untersuchte, fielen mir einige Hämatome auf, die unterschiedlich alt waren. Selbst wenn man in Betracht zieht, dass Linus ungeschickt und tollpatschig ist, kam mir das merkwürdig vor.«

»Du denkst an Kindesmisshandlung? Um ehrlich zu sein, habe ich auch in diese Richtung gedacht«, gibt Ute mit ernstem Gesicht zu. »Und als du mich neulich nach den Obermüllers gefragt hast, habe ich gründlich über die Familie nachgedacht und mir die letzten Male in Erinnerung gerufen, als er in der Praxis war. Ich wollte nur keinen Verdacht aussprechen …«

»Das ging mir ähnlich. Ich wollte mir erst ein besseres Bild verschaffen und habe deshalb mit meinem Vater gesprochen und anschließend Familie Obermüller aufgesucht.«

Ute sieht mich abwartend an.

»Mir wurde schnell klar, dass die Familie Hilfe braucht. Herr Obermüller hat ein massives Alkoholproblem und ist sehr wahrscheinlich depressiv. Er muss aber selbst erkennen, dass er Hilfe braucht, sonst wird er sich nicht aus dieser Lage befreien können.«

»Meinst du, er hat Linus geschlagen?« Ute reißt die Augen weit auf.

Ich schüttle den Kopf.

»Nein, das glaube ich nicht. Auch wenn mir der Gedanke anfangs kam. Als das Telefon gestern klingelte, bin ich deshalb gleich los. Ich gebe zu, es war eine willkommene Gelegenheit, aus Vincents Armen zu flüchten. Das muss er auch so gesehen haben, denn als ich zurückkam, war er weg. Vielleicht hat er angenommen, ich würde mich mit einem anderen Mann treffen, weil ich den Anrufer mit ›Herr Obermüller‹ begrüßt habe. Diesem hatte ich neulich meine Handynummer hinterlassen und meine Hilfe angeboten. Jedenfalls war bei den Obermüllers zu Hause der Teufel los, als ich dort ankam. Herr Obermüller war total betrunken und ließ zu, dass seine ebenfalls stark alkoholisierte und vollkommen hysterische Frau ihn beschimpfte und, wie wild geworden, alle mögliche Sachen durch die Gegend warf.«

»Du denkst, sie war es? Frau Obermüller hat Linus geschlagen? Das gibt es doch nicht!« Erstaunt reißt Ute erneut die Augen auf.

»Ich weiß nicht, ob sie Linus geschlagen hat. Ich vermute aber, dass sie ihn wohl öfter recht hart angefasst und sicher auch das eine oder andere Mal geschubst hat, sodass er gefallen ist.«

Ute schlägt die Hand vor den Mund.

»Das ist ja furchtbar! War Linus dabei, als sie so ausgeflippt ist?«

»Nein, er war in seinem Zimmer. Verängstigt unter der Bettdecke. Jedenfalls ist Frau Obermüller noch mehr ausgerastet, als sie mich gesehen hat. Bei ihrem Tobsuchtsanfall ist sie plötzlich unglücklich gestürzt. Die Polizei und der Notarzt kamen, denn sie hat stark am Kopf geblutet. Das war aber gut so, denn nun ist sie im Krankenhaus. Ich habe schon mit dem behandelnden Arzt telefoniert. Frau Obermüller wird bald in eine psychiatrische Klinik verlegt.«

»Oh Gott, das hört sich ja alles schrecklich an. Was wird denn sein, wenn sie entlassen wird? Dann geht doch alles von vorne los!«

»Das denke, nein, das hoffe ich nicht. Ich glaube, dass Frau Obermüller seit längerer Zeit völlig ausgebrannt und total überfordert war. Alles blieb an ihr hängen, sie musste sich um alles kümmern. Zwei Jobs, drei Kinder, davon zwei in der Pubertät und eines, das besonderer Hilfe bedarf. Dazu der Haushalt und ein depressiver, alkoholabhängiger Mann. Das war alles viel zu viel für sie. Es darf nicht länger die Last allein auf ihren Schultern liegen. Ich habe versucht, Herrn Obermüller das klarzumachen. Bevor noch irgendwann etwas Schlimmeres geschieht. Ich denke, dieser Abend war auch für ihn ein Schock. Vielleicht hat er diesen gebraucht und ist jetzt bereit, eine Therapie zu machen. Ich habe meine Hilfe angeboten und mit einer Mitarbeiterin des Jugendamts gesprochen, die eine Familienhelferin beauftragen wird, welche der Familie zu Hause unter die Arme greifen kann. Aber es muss natürlich die ganze Familie zusammenhalten und mithelfen. Wollen wir hoffen, dass sich alles zum Guten wenden wird.«

»Vor allem für Linus«, ergänzt Ute.

Wir beide betrachten unsere beiden Kinder, die glückselig mit Pepe im Garten herumtollen. Welch ein schönes Bild! Wir sehen uns an und denken das Gleiche. Hoffentlich bekommt Linus noch eine Chance auf eine annähernd glückliche Kindheit.

»Bleib doch hier«, sagt Ute plötzlich und nimmt mich in den Arm. »Ich meine, bleib doch hier am See. Mit deinem Tinchen. Bei deinem Vater in der Praxis und hier im *Rosenhaus.*«

Sie spricht den Gedanken aus, den ich selbst schon gedacht, aber tief in meinem Inneren vergraben habe.

Ach, wenn das alles so einfach wäre!

10. Kapitel

Das Foto

Mit Herzklopfen mache ich mich am nächsten Tag, begleitet von Tinchen, auf den Weg in die Reha-Klinik zu meinem Vater. Wie wird er wohl auf die Tatsache reagieren, dass er ein Enkelkind hat? Schon so lange und so oft habe ich mir diese Frage gestellt, und nun ist endlich der Tag gekommen, an dem er es erfahren soll. Hoffentlich macht er es mir nicht allzu schwer. Ich sehe in den Rückspiegel und betrachte das kleine Gesichtchen von Tina. Auf einmal bin ich froh, dass sie bei mir ist. Eigentlich kann er sie nur liebhaben.

Mein Vater sitzt im Garten der Klinik in einem Rollstuhl und blättert gelangweilt in einer Zeitung. Vermutlich hat er das Ganze jetzt schon über und zählt die Tage, bis er endlich nach Hause entlassen wird. Als er mich entdeckt, hebt er die Hand zum Gruß und wendet sich seiner Zeitung zu. Dann blickt er wieder zu mir zurück, als ob er jetzt erst bemerkt, dass ich ein Kind an der Hand habe.

Abwartend und schweigend sieht er uns beiden entgegen.

Auch Tina sagt nichts, sondern betrachtet ihren Opa mit unverhohlener Neugierde.

»Hallo, Papa. Wie ich sehe, geht es dir schon viel besser!«, begrüße ich ihn, als wir ihn erreicht haben. Vater antwortet nicht, sondern betrachtet Tinchen mit unbeweglicher Miene.

Ich hole tief Luft. »Darf ich dir deine Enkelin vorstellen? Das ist Valentina, genannt Tina.«

Meines Vaters Blick wandert von Tinchen zu mir, dann richtet er plötzlich den Blick in die Ferne, als ob er dort etwas oder jemanden suchen würde. Verstohlen wischt er sich eine Träne aus dem Augenwinkel. Ich weiß, dass er an Mutter denkt. Eine Sekunde, die mir wie eine Ewigkeit vorkommt, später wendet er jedoch den Kopf und strahlt Tina an:

»Hallo, Valentina!«

»Hallo. Bist du mein Opa?« Tinchens Stimme ist leise und schüchtern.

»Der bin ich. Schade, dass ich noch nicht mit dir spazieren gehen kann. Aber bald geht es wieder! Dein Opa hat heute schon fleißig geübt.«

»Können wir nicht trotzdem spazieren gehen? Mami hat mir ein Eis am See versprochen«, fragt Tinchen und sieht mich bittend an.

»Natürlich können wir das. Deine Mami kann ja meinen Rollstuhl schieben. Aber ich glaube, dazu benötigt sie noch ein wenig Kraft. Was hältst du davon, wenn du uns ein Eis am Kiosk holst, Amanda? Ich kann Valentina ja inzwischen erzählen, wie du so als Kind warst. Anschließend gehen wir ein bisschen zu den Enten«, erklärt mein Vater.

»Au ja!«, freut sich Valentina.

Das Eis scheint gebrochen. Ich atme tief durch. So schlimm war es ja gar nicht. Das kleine süße Mädchen macht es meinem Vater natürlich auch leicht, es ins Herz zu schließen. Als ich mit dem Eis zurückkehre, finde ich die beiden lachend vor.

Gleich neben dem Ententeich befindet sich ein kleiner Spielplatz, auf dem Tinchen kurze Zeit später nach Herzenslust herumtobt.

»Du hast mir also verschwiegen, dass du ein Kind hast. Musst ja mächtig Angst vor mir haben. Ich bin doch kein Ungeheuer!« Die Stimme meines Vaters klingt scharf, als Tinchen außer Hörweite ist. Da ist er nun doch, der Vorwurf, vor dem ich mich so lange gefürchtet habe.

»Nein, das bist du nicht. Trotzdem hatte ich Angst vor deiner Reaktion«, gebe ich zu.

»Warum denn? Ein uneheliches Kind ist doch heutzutage keine Schande mehr! Wer ist der Vater? Bist du mit ihm nicht mehr zusammen?«, erkundigt sich Vater neugierig.

Ich schüttle den Kopf.

»Wahrscheinlich so ein Großstadtschnösel, der sich nur mit dir amüsieren wollte. Stimmt's?«

Wieder schüttle ich den Kopf.

Auf einmal dämmert es ihm, und er scheint nachzurechnen.

»Wann hat Valentina Geburtstag?«, fragt er.

»Am 5. Dezember.«

Mein Vater schlägt sich mit der Hand gegen die Stirn. »Das war es also, warum sich deine Mutter um dich Sorgen machte! Und ich habe geglaubt, du würdest Drogen nehmen!«

»Was meinst du damit?«, frage ich überrascht.

Woher soll Mama gewusst haben, dass ich schwanger bin?

»Das Kind ist von ihm, nicht wahr? Von diesem Kerl aus der Obstbrennerei? Deshalb hat er nicht lockergelassen und so oft nach dir gefragt! Weil er der Vater ist!«

»Nein, das ist er nicht!«, erkläre ich hitzig.

Mein Vater weiß nichts von Lukas und mir. Er kennt nur Thommy, und der ist nicht der Vater von Valentina.

»Aber wieso glaubst du, Mutter hätte sich Sorgen um mich gemacht, weil ich schwanger war?«, will ich es nun genauer wissen. »Sie wusste nichts davon!«

»Sie muss es geahnt haben. Du weißt, sie hatte einen siebten Sinn. Am Tag des Unfalls kam sie in mein Arbeitszimmer gestürmt. Sie war sehr aufgeregt und meinte, sie würde sich große Sorgen um dich machen. Es ginge dir nicht gut, und deshalb hätte sie versucht, dich von dem Apfelblütenfest abzuhalten. Doch du wärst ›trotz deines Zustands‹ mit der Vespa losgefahren ...«

Woher kann Mutter es gewusst haben? Es kann nicht nur ihr siebter Sinn gewesen sein! Ich versuche, mir alles, was ich von dem Tag weiß, in Erinnerung zu rufen.

Plötzlich fällt es mir ein. Der Schwangerschaftstest! Als ich während Jessicas Besuch in meinem Bad war, war etwas anders gewesen. Ich hatte geglaubt, es sei der Duft gewesen, der nicht mehr im Regal, sondern auf der Fensterbank gestanden hatte. Auf der Fensterbank, auf die ich zuvor den Schwangerschaftstest gelegt hatte. Der Test war weg, als ich im Bad war. Da bin ich mir ganz sicher. Ob meine Mutter ihn an sich genommen hatte?

Mein Vater unterbricht meine Gedanken. »Hätte ich nur geahnt, was sie damit meinte. Ich habe geglaubt, du hättest irgendwelche Drogen genommen. Wie gesagt, du hattest dich in letzter Zeit sehr verändert, und mir war klar, dass das deiner Mutter auch aufgefallen war. Ich gebe zu, ich war wütend, dass du sie so aufgeregt hast. Mir war nicht klar, dass sie in Wirklichkeit nur Angst um dich hatte. Ich habe versucht, sie zu beschwichtigen, und sie daran erinnert, dass du doch immer vernünftig warst und auch diesmal auf dich aufpassen würdest.

Jetzt weiß ich auch …«

Vater macht eine kurze Pause.

»… jetzt weiß ich auch, was du neulich gemeint hast, als du mir versichert hast, dass du an dem Abend garantiert nicht betrunken warst oder dir etwas eingeworfen hattest. Es erklärt mir jetzt so vieles. Damals war ich wütend, weil ich glaubte, dass du unvernünftig warst. So kannte ich dich nicht. In Wirklichkeit ging es dir nicht gut, weil du schwanger warst … dazu das furchtbare Wetter … deshalb kam es zu diesem schrecklichen Unfall! Mein Gott, hätte ich das alles nur früher gewusst!« Mein Vater stützt den Kopf in die Hände. »Mein Mädchen … und meine Frau … ich … ich hätte an diesem Abend für euch da sein müssen! Statt zu irgendwelchen Patienten zu fahren, hätte ich bei ihr sein sollen. Mit ihr zum Apfelblütenfest fahren und dich nach Hause holen. Dann wäre das alles nicht passiert!«

»Nun mach dir keine Vorwürfe, Papa. Es ist doch meine Schuld. Ich habe euch absichtlich nichts von der Schwangerschaft gesagt. Weil ich erst mit jemand anderem darüber sprechen wollte. An diesem Abend wollte ich es ihm sagen. Doch dann kam alles ganz anders …«

»Er hat dich im Stich gelassen! Ich bin froh, dass ich ihm gesagt habe, er soll dich in Ruhe lassen und sich zum Teufel scheren!«

Was will er nur immer mit Thommy? Der kann nun wirklich gar nichts für die ganze Sache.

»Du irrst dich, Papa«, erkläre ich. »Weißt du was? Es ist auch gar nicht mehr wichtig. Wir haben doch neulich beschlossen, dass wir endlich damit aufhören wollen, uns selbst ständig die Schuld an dieser Sache zu geben. Es war eine unglückliche Nacht. Aber wir beide haben in den vergangenen Jahren genug gelitten. Ich glaube, jetzt ist es endlich an der Zeit, dass wir wieder glücklich sind.« Ich umarme ihn fest und drücke ihm einen dicken Kuss auf die Wange. In diesem Moment kommt Tinchen zu uns und kuschelt sich auch an ihren Opa. Zum ersten Mal seit Langem habe ich das Gefühl, dass nun doch wieder alles gut wird.

*

Selten war ich so verwundert wie über diesen Nachmittag. Die Reaktion meines Vaters auf Tina ist einfach unbeschreiblich. Die Stunden bei ihm vergehen wie im Flug, und er wird nicht müde, Tinchen eine Kindergeschichte von mir nacheinander zu erzählen. In meiner Erinnerung hat mein Vater immer nur gearbeitet, doch ich erkenne nun, dass dem gar nicht so war. Offenbar hat er doch sehr viel mehr Anteil an meinem Leben genommen, als mir bewusst war. Wir reden auch viel über meine Mutter, und Vater betont unentwegt, wie glücklich sie über ihre entzückende kleine Enkelin Valentina gewesen wäre.

»Deine Mami muss dir nachher im *Rosenhaus* unbedingt ein paar Kinderbilder von sich zeigen«, schlägt er Valentina vor.

»Au ja! Aber ich weiß schon, dass ich ihr sehr ähnlich sehe«, gibt Tinchen altklug zurück.

»Das haben schon viele Leute gesagt.«

»Ach ja? Wer denn?«, wundert sich Vater.

»Marianne zum Beispiel«, stelle ich fest.

»Können wir mit Opa noch Abendbrot essen?«, bittet Tina auf einmal.

Ich sehe auf die Uhr. In der Tat ist es beinahe 18 Uhr.

»Das geht hier leider nicht«, bedauere ich. »Aber ich habe eine andere Idee. Wir schauen auf dem Weg nach Berlin bei Opa vorbei und sagen ihm Auf Wiedersehen. Was meinst du dazu?«

Tinchen nickt lächelnd, und mir wird ganz warm ums Herz, weil die beiden schon nach wenigen Stunden ein Herz und eine Seele geworden sind.

»Könnt ihr nicht ein paar Tage länger bleiben? Bis ich hier rauskomme?«, bittet mein Vater.

»Das geht leider nicht, Papa. Mein Urlaub ist zu Ende. Jetzt wirst du erst einmal ganz gesund. Wir kommen bald wieder, das ist fest versprochen! Tina gefällt es im *Rosenhaus* nämlich richtig gut.«

»Bei Pepe«, ergänzt Tina.

»Und wenn es dir wieder richtig gut geht, kannst du uns ja in Berlin besuchen«, schlage ich vor.

»Jaaaaa!«, ruft Tina begeistert. »Dann gehen wir in den Zoo. Das hat Mami mir nämlich sowieso versprochen.«

»Das machen wir. Ich muss unbedingt Pinguine sehen«, erklärt Vater begeistert.

»Pinguine! Das sind meine Lieblingstiere«, freut sich Tina.

»Was du nicht sagst! Die von deiner Mama übrigens auch.«

Zu Hause angekommen, erwartet uns Marianne mit der Nachricht, sie habe schon wieder viel zu viel gekocht, und ob wir nicht mit ihr zusammen zu Abend essen wollen.

Tinchen freut sich. Es gibt Kartoffelsalat und Würstchen, was sie liebt.

Ich spüre, dass sie glücklich, aber müde ist. Wieder war es ein langer Tag mit vielen Eindrücken, die das kleine Kinderherz überflutet haben. Ich kann immer noch nicht fassen und bin so froh, dass mein Vater so wunderbar auf die Neuigkeit, plötzlich Großvater zu sein, reagiert hat. Auch Marianne freut sich sehr darüber, als ich ihr davon berichte. Ich erzähle ihr natürlich nicht, dass ich ein bisschen auf den Busch geklopft und ihn gewarnt habe, er würde Marianne wohl bald an einen Internet-Herzbuben verlieren, wenn er nicht langsam in die Gänge kommt.

Nach dem Abendessen schlägt Marianne eine Runde *Mensch ärgere dich nicht* vor, doch ich winke ab, weil ich mit Pepe unbedingt eine größere Runde gehen muss. Tina sieht mich enttäuscht an.

»Lass Tinchen doch solang hier. Wir spielen ein bisschen, während du deine Hunderunde drehst. Wie wäre das?«, schlägt Marianne vor.

Tinchen ist begeistert, und auch ich bin nicht gerade unglücklich darüber, denn es haben sich dunkle Wolken am Himmel gebildet, und es sieht schwer nach Gewitter aus. Wie vor sieben Jahren … als ich mich fast auf den Tag genau auf den Weg zum Apfelblütenfest gemacht habe. Während ich durch Mariannes Garten auf das *Rosenhaus* zugehe, denke ich an die Worte meines Vaters, als er von der Sorge meiner Mutter um mich berichtete. Als ich am Kräutergarten vorbeikomme, sehe ich sie auf einmal deutlich vor mir, und es schleicht sich eine Erinnerung in mein Gedächtnis.

*

Vor sieben Jahren
Am Abend des Apfelblütenfestes

Der Tag war unfassbar schwül. Mutter saß im Schatten auf ihrer geliebten weißen Bank und zupfte Kamillenblüten in ein Gefäß. Ihr Gesicht war trotz der Hitze sehr blass, und sie schien besorgt:

»Geht es dir besser, mein Liebes? Der Tee hat dir doch bestimmt geholfen?«, fragte sie aufgeregt.

Ich nickte, obwohl mir immer noch unwohl war. Wenn es nur nicht so unglaublich schwül wäre! Mama sah mich weiter misstrauisch an.

»Ich denke, es wäre besser, nicht auf das Fest zu gehen. Schau dir die dunklen Wolken über dem See an … es wird ein Gewitter geben! Bleib doch lieber bei mir. Ich mache uns einen Eistee, und wir sitzen ein bisschen im Garten und unterhalten uns, bevor der Regen kommt.« Sie sah mich bittend an.

Ob sie es wusste? Das konnte eigentlich nicht sein, denn ich hatte es ja selbst erst heute erfahren. Es sei denn, Mama wäre in meinem Bad gewesen und hätte dort den Schwangerschaftstest entdeckt.

Andererseits war es auch möglich, dass sie es so oder so wusste. Meine Mutter fühlte Dinge lange Zeit, bevor andere sie bemerkten.

Sie lächelte. In ihrem hellblauen Baumwollkleid sah sie unfassbar jung aus. Ihr blondes Haar war zu einem unordentlichen Dutt gesteckt, und an ihren Ohren baumelten die blauen Ohrringe, die ich ihr zum Geburtstag geschenkt hatte.

»Keine Sorge, Mama. Ich bleibe nicht lange. In einer Stunde bin ich wieder da«, antwortete ich ihr und schenkte auch ihr ein Lächeln.

Auf einmal spürte ich keine Angst mehr. Meine Mutter würde eine wunderbare Oma sein! Sie würde mir helfen, mein Studium trotzdem zu beenden. Ich nahm mir vor, gleich bei meiner Rückkehr mit ihr darüber zu sprechen. Sie würde sich so sehr freuen! Aber erst einmal musste ich es Lukas sagen!

*

Ich erinnere mich so deutlich an die Szene, dass mir Tränen in die Augen steigen. Vielleicht wäre alles anders gekommen, wenn ich damals nicht zum Apfelblütenfest gegangen wäre. Nein, nicht vielleicht. Alles wäre anders gekommen, wenn ich nicht zum Fest gegangen wäre. Ich hätte keinen Unfall verursacht, Mama hätte keinen Herzinfarkt bekommen, und falls doch, wäre ich da gewesen, um sie rechtzeitig ins Krankenhaus zu bringen. Das aufkommende Schuldgefühl, das ich schon so lange nicht mehr gespürt habe, legt sich wie ein Panzer auf meine Brust. Ich zwinge mich, ruhig ein- und auszuatmen. Dann gehe ich ins Haus und hole Pepe und seine Leine.

Der Wind treibt die Wolken über den See, und die Sturmwarnung blinkt unentwegt. Die frische Luft tut mir gut. Endlich kann ich wieder durchatmen. Die Erinnerung eben kam mit solcher Wucht, dass sie mir den Atem geraubt hat. Doch noch immer fehlt das entscheidende Puzzleteil. Mein Gehirn weigert sich noch immer, die Erinnerung an diesen Abend vollständig zuzulassen. Dabei habe ich das Gefühl, dass ich kurz davor bin, alles zu erfahren … Es fehlt nicht mehr viel … doch ich habe keine Zeit mehr. Der Schlüssel zu meinen Erinnerungen liegt hier, und ich muss nach Berlin zurück. So langsam habe ich das Gefühl, dass dieser winzige Teil wohl nie ans Tageslicht kommen wird. Vielleicht soll es ja auch gar nicht sein.

»Amanda?«

Es ist Lukas, der mich anspricht. Seine Worte holen mich aus meinen Gedanken. Ohne es zu merken, bin ich am See einfach weitergelaufen. Bis zu Oma Hedwigs Haus.

»Hallo, Lukas. Geht es Oma Hedwig wieder schlechter?«, erkundige ich mich besorgt.

»Zum Glück nicht. Aber heute tagt hier der Familienrat, wie es mit ihr weitergehen soll. Meine Mutter hat einige Unterlagen vorbereitet und möchte Oma Hedwig davon überzeugen, dass es besser für sie ist, wenn sie doch in ein Seniorenheim übersiedelt.«

»Das kann ich mir beim besten Willen nicht vorstellen. Sie gehört doch hierher!« Ich sehe mich in dem verwunschenen Garten um.

»Ich werde mein Möglichstes tun, damit sie in ihrem Zuhause bleiben kann. Leider kann ich das nicht alleine entscheiden. Meine Eltern sind sehr besorgt, dass sich ein Vorfall wie neulich wiederholen könnte. Aber was machst du hier?«

»Pepe hat mich zu einem kleinen Abendspaziergang überredet«, erkläre ich.

»Deine Familie wollte nicht mit?«, fragt er provozierend.

»Meine Familie? Wenn du Tina damit meinst: Sie spielt mit Marianne *Mensch ärgere dich nicht*«, erkläre ich.

»Und warum hast du deinen Mann nicht mitgenommen zum Spaziergang? Ist es ihm zu stürmisch hier am See?«, fragt Lukas nun deutlich.

»Welchen Mann?«, frage ich erstaunt.

»Valentinas Vater. Ich nehme an, das war der Grund, warum du unsere Verabredung gestern nicht einhalten konntest. Du hättest wenigstens absagen können!«

»Das habe ich ja. Aber offenbar hatte ich deine Handynummer falsch notiert …«, entschuldige ich mich.

»Eine blödere Ausrede fällt dir wohl nicht ein. Aber ich verstehe das schon …« Lukas sieht verärgert aus.

»Es ist keine Ausrede. Warte …« Ich ziehe mein Handy aus der Tasche und zeige ihm die Nachricht, die ich geschrieben habe, welche aber nicht gesendet wurde.

»Welche Nummer hast du denn notiert?«

Ich lese sie ihm vor.

»Kein Wunder hat es nicht geklappt. Es fehlt eine Fünf. Aber es ist ja auch egal.«

Lukas sieht mich an. Es ist dieser Blick, der mich einfach vernichtet. Schnell sehe ich weg in den Himmel. Es sieht wirklich äußerst bedrohlich nach Regen aus.

»Egal ist es nicht«, sage ich nun leise und hoffe und wünsche mir zugleich, dass er mich in die Arme nimmt wie beim letzten Mal. Doch Lukas bleibt einfach stehen.

»Du hättest mir trotzdem sagen können, dass du eine Familie hast!«, wirft er mir vor.

Ich atme tief durch.

»Gut, ich hätte dir sagen können, dass ich eine Tochter habe. Mehr Familie habe ich nämlich nicht. Außer Tante Hilda«, erkläre ich seufzend.

»Und was ist mit deinem Mann?«, hakt er nach.

»Mit welchem Mann? Wovon redest du denn die ganze Zeit, Lukas?«

»Komm schon, Amanda … jetzt tu doch nicht so. Er ist Valentinas Vater, nicht wahr? Ich habe dich doch mit ihm gesehen. Als du nicht zu unserer Verabredung gekommen bist, bin ich zu dir gefahren. Ich habe euch aus dem Haus kommen und in den Porsche einsteigen sehen.«

Endlich dämmert es mir: Er meint Vincent. Lukas muss mich an dem Abend mit Vincent gesehen haben.

»Das war nicht mein Mann. Und er ist auch nicht Tinas Vater. Tina ist erst seit gestern hier. Hilda hat sie gebracht, bevor sie mit ihrem Freund nach Italien gefahren ist«, erkläre ich ihm.

»Mach mir nichts vor. Ob nun Mann oder Freund. Ihr wart jedenfalls sehr verliebt«, wirft Lukas mir plötzlich heftig vor.

Es ist die Art, wie er mir auf einmal Vorhaltungen macht. Ich fasse es nicht.

»Ich soll dir nichts vormachen, Lukas? Dir, der du damals mir die große Liebe vorgegaukelt, aber eine andere geheiratet hast? Du redest etwas von ›Vormachen‹? Was hast du denn geglaubt? Dass ich dir bis ans Ende meiner Tage hinterherheule, während du mit einer anderen Frau ein neues Leben beginnst?«, werfe ich ihm laut vor.

»Pssst … sei doch nicht so laut!«, versucht er, mich zu beruhigen. Doch ich will mich nicht beruhigen.

»Ich soll nicht laut sein? Damit mich deine Frau nicht hört, oder warum soll ich nicht laut sein? Mir reicht es jetzt! Geh hinein zu deiner Familie und krieche unter deren Rockzipfel, wie du es immer getan hast!« Wütend wende ich mich zum Gehen.

»Moment! Das darf ja wohl nicht wahr sein! Darf ich daran erinnern, dass du es warst, die damals einfach abgehauen ist und mich sitzen gelassen hat? Doch nicht umgekehrt! Oder hast du das etwa auch ›vergessen‹?« Nun wird auch Lukas laut.

»Ich habe es keineswegs vergessen«, höre ich mich auf einmal viel leiser sprechen. In meinem Kopf beginnt es zu summen. Der Kopfschmerz ist so plötzlich aufgetaucht, dass es mir vor den Augen flimmert. Das ist bestimmt die Aufregung, denke ich und zwinge mich, ruhig zu atmen, wie ich es gelernt habe.

Lukas sieht mich an.

»Du bist einfach weggegangen«, wiederholt er seine Worte. »Ohne ein einziges Wort, ohne eine Erklärung«, sagt er plötzlich.

In meinem Kopf summen die Gedanken und purzeln durcheinander.

»Ich ... ich ...«

Was soll ich ihm sagen, hier auf dem Hof seiner Großmutter? Dass ich vollkommen fertig war? Keineswegs genesen und voller Trauer um meine Mutter ... und mit der Nachricht im Herzen, dass er sich gerade mit einer anderen verlobt hatte?

Das Summen in meinem Kopf wird lauter. Aus dem Himmel fallen große Tropfen, doch das ist mir vollkommen egal.

»Du hast mich gehen lassen«, sage ich leise. »Du hast mich nicht gesucht. Sondern eine andere geheiratet.« Das Summen verwandelt sich in ein Dröhnen.

»Amanda, das stimmt nicht!«, widerspricht Lukas.

In diesem Moment steckt die Hausangestellte Birgit ihren Kopf aus der Eingangstür von Oma Hedwigs Villa.

»Herr Bommer, kommen Sie bitte? Ihre Mutter erwartet Sie. Die Besprechung sollte eigentlich schon vor einer Viertelstunde beginnen ...«

»Ich komme gleich«, ruft Lukas zurück.

Mein Kopf dröhnt so sehr, dass mir schwindelig wird.

Lukas bemerkt es, wie er es immer bemerkt hat, wenn es mir nicht gut geht. Er macht einen Schritt auf mich zu. »Meine kleine Seejungfrau«, sagt er leise.

Wenn er mich jetzt wieder in die Arme nimmt, bin ich verloren.

Lukas fährt sich durch die nassen Haare.

»Wir hätten schon längst über alles miteinander reden sollen. Ich weiß, ich habe damals verdammt viel falsch gemacht. Habe viel zu lange herumgeeiert, ohne eine Entscheidung zu treffen. Das wurde mir viel zu spät klar. Ich wünschte wirklich, es wäre anders, aber es ist nun einmal so gelaufen. Und jetzt? Was ist das mit uns, Amanda? Seitdem ich dich wiedergesehen habe, kann ich an nichts anderes mehr denken. Und als wir neulich ... im Badehäuschen ... es war genau wie früher. Ich fühle genau das Gleiche wie damals. Es war ein Fehler, dass wir auseinandergegangen sind. Es waren diese schrecklichen, diese unglücklichen Umstände. Lass uns nicht noch einmal den gleichen Fehler machen.«

Mir geht es ganz genauso. Aber ich weiß auch, dass es nicht sein darf.

»Du hast eine Ehefrau, Lukas. Eine Frau, der du die Treue versprochen hast! Du kannst nicht gleichzeitig mit mir zusammen sein! Das hat damals schon nicht funktioniert!«, erinnere ich ihn.

Ich kämpfe gegen die aufsteigenden Tränen und denke an mein Tinchen, an mein Leben in Berlin, das so wohlgeordnet ist. Ich kann das nicht noch einmal. Mich wieder auf ihn einlassen und am Ende doch wieder alleine sein. Ich kann nicht noch einmal diesen Schmerz spüren. Nie wieder. Die Angst ist zu groß. Noch einmal schaffe ich das nicht.

»Es tut mir leid.« Meine Stimme ist belegt, und ich sehe ihm in die Augen. Erkenne den gleichen Schmerz, den auch ich gerade empfinde.

»Geh zu deiner Familie. Mach's gut, Lukas.«

Ich drehe mich um und verlasse den Hof, ohne mich umzudrehen.

Es war die richtige Entscheidung. Er ist verheiratet. Und er lässt mich wieder gehen.

*

Auf dem Heimweg begegnen mir fröhliche Menschen auf ihrem Weg zum Apfelblütenfest. Es regnet kaum noch, und der Wind treibt die Wolken vor sich her wie eine Herde verirrter Schafe. So ähnlich fühle ich mich jetzt auch. Lukas schafft es immer wieder, mich komplett aus der Fassung zu bringen. Jedenfalls klopft mein Herz noch immer wie verrückt und beruhigt sich erst, als ich mit Tinchen und einer heißen Schokolade auf unserem gemütlichen Sofa sitze. Wir blättern in den alten Fotoalben, und ich erzähle ihr viel von ihrer Großmutter, die ich so unfassbar vermisse.

»Da sieht es ja aus wie bei Pippi Langstrumpf!«, ruft Tinchen begeistert aus, als wir das Album von unserem Schwedenurlaub durchblättern. »Mami, die sagen alle, dass ich so aussehe wie du als Kind. Hast du auch Bilder von dir als Sechsjährige?«

»Natürlich! Ich müsste sogar noch ein paar Fotos von meiner Einschulung und meiner ersten Klasse in der Grundschule haben. Warte mal!«

Ich stehe auf und suche im Wohnzimmerschrank nach den Bildern, doch dort sind sie leider nicht. Ob mein Vater sie in seinem Arbeitszimmer hat? Als ich neulich dort war, habe ich gesehen, dass er auch einige Alben in seinem Schrank hinter dem Schreibtisch verwahrt hat. Vielleicht hat er nach der Arbeit ab und zu darin geblättert. Ich sehe ihn vor mir, eine Käsestulle in der Hand, wie er versucht, in den Bildern einer längst vergangenen Zeit Trost zu finden. Er muss sich sehr allein gefühlt haben.

»Bin gleich zurück!«, rufe ich Tinchen zu. Sie grinst und blättert weiter durch das Album, während Pepe zu ihren Füßen liegt.

Im Arbeitszimmer stöbere ich im Schrank herum. Als ich ein Album herausnehme, fällt etwas herunter. Es ist ein Papierordner mit der Beschriftung »Amandas Unfall«. Nanu, was hat Papa denn da alles gesammelt? Es sind einige Zeitungsberichte von meinem damaligen Unfall, Bilder von meiner demolierten Vespa, Berichte für die und von der Versicherung sowie von den Ärzten aus dem Krankenhaus. Ich will den Ordner zurückstellen, da fällt etwas heraus. Was ist das? Ein Strafmandat. Eine Anzeige wegen Fahren mit überhöhter Geschwindigkeit in der Ortschaft. Darauf ist ein Foto zu sehen, aufgenommen von einem Blitzer. Eine Stimme sagt mir, dass ich es genauer anschauen sollte. Ich knipse die kleine Lampe auf Vaters Schreibtisch an und halte das Foto direkt darunter. Was ist denn das? Das gibt es doch nicht! Ich muss mich setzen, denn meine Knie sind auf einmal weich wie Gelee. Mein Herz beginnt zu rasen, und wieder summt es in meinem Kopf. Es ist unmöglich. Und doch muss es so sein. Meine Augen können mich nicht trügen. Meinen Vater vielleicht, denn er sieht schon lange nicht mehr gut. Wieder halte ich das Foto unter das Licht. Es ist sehr unscharf, und auf den ersten Blick sieht man zwei junge Frauen auf einem Motorroller. Eine davon ist hellblond, trägt eine rote Jacke und sitzt auf dem Beifahrersitz. Die Fahrerin ist ebenfalls hellblond und trägt ein rotes Shirt. Das bin eindeutig nicht ich. Jessica ist die Fahrerin! Die Erkenntnis trifft mich wie ein Schlag.

Man sieht es nur, wenn man wirklich ganz genau hinsieht, denn wir haben beide fast die gleiche Statur, die gleiche Haarfarbe. Aber es ist eindeutig: Jessica sitzt vorne am Lenker und ich hinten, mit geschlossenen Augen. Warum habe ich Jessicas Jacke an? Warum sitze ich hinten? Auf meinem eigenen Motorroller?

Das Summen in meinem Kopf nimmt zu. Wenn ich nicht gefahren bin, dann habe auch ich nicht den Unfall verursacht, sondern Jessica. Warum hat sie etwas anderes behauptet?

Was ist in dieser Nacht geschehen? Mit zitternden Händen lege ich das Foto zurück.

Ich muss es wissen. Ich muss endlich die Wahrheit herausfinden! Ich bin so kurz davor. Ich kann nicht einfach nach Berlin zurückfahren und so tun, als wäre nichts gewesen. Ich muss wissen, was damals passiert ist! Ich springe so schnell auf, dass beinahe der Stuhl umfällt.

Im Wohnzimmer stelle ich fest, dass Tinchen auf dem Sofa eingeschlafen ist, mit dem Fotoalbum im Arm und Pepe zu ihren Füßen.

Schnell streife ich meine Jacke über und schlüpfe in meine Turnschuhe. Sie sind zwar noch feucht von vorhin, aber auch das ist mir egal. Leise ziehe ich die Tür hinter mir zu und eile durch Mariannes Garten.

Sie trägt einen rosa Schlafanzug aus Seide und öffnet mir verwundert die Tür.

»Ist etwas passiert?«, fragt sie erstaunt.

»Nein. Aber ich muss noch einmal dringend weg. Es ist wirklich sehr wichtig!«

Marianne sieht mich prüfend an, doch sie zieht sofort ihre Strickjacke über.

»Kannst du vielleicht kurz auf Tina aufpassen? Sie schläft, aber ich könnte sie zu dir …«

»Blödsinn. Ich gehe ins *Rosenhaus*. Ist doch egal, wo ich fernsehe.« Marianne nimmt den Schlüssel aus dem Schlüsselkasten und schlüpft in ihre Schuhe.

»Schwirr ab. Und lass dir Zeit! Ich mache das gerne.« Sie lächelt. Was sie wohl denkt? Dass ich ein Date habe? In diesem Outfit? Ich sehe an mir herunter. Meine Hose ist vom Kuscheln auf der Couch total verknittert, und meine Schuhe sind dreckig. Dazu trage ich die Jacke meiner Mutter. So würde selbst ich nicht zu einer Verabredung gehen. Doch ich erspare mir weitere Erklärungen, sondern bedanke mich nur mit einer Umarmung. »Ich bin bald zurück!«

11. Kapitel

Die Erinnerung kehrt zurück

Was habe ich eigentlich vor? Thommy hat neulich gesagt, ich müsste noch einmal zum Apfelblütenfest, weil dort vielleicht die Erinnerung wiederkäme. Er hat recht. Wenn es einen Ort gibt, an dem ich mich erinnern kann, was passiert ist, dann dort. Schließlich hat alles dort angefangen. Die meisten Leute kommen mir schon entgegen. Sie sind auf dem Heimweg, weil es langsam empfindlich kühl wird, obwohl es wenigstens nicht mehr regnet. Je näher ich mich dem Festgelände nähere, desto mehr summt es erneut in meinem Kopf. Auch heute Abend spielt wie jedes Jahr eine Band, und ihre Sängerin singt aktuelle Hits und Oldies, die zum Tanzen anregen. Es sind nicht mehr viele Leute auf der Tanzfläche, und ich bleibe einen Moment stehen, in der Hoffnung, dass die Musik irgendetwas in mir auslöst. Doch ich höre nur Summen. Langsam gehe ich weiter und betrachte die Menschen auf den Bierbänken. Doch ich kenne sie nicht, und sie sagen mir nichts. Es sind nur Menschen, die zusammensitzen und ein Gläschen Wein trinken, lachen und tanzen. Sie haben nichts mit mir zu tun.

Es war ein Fehler. Mein Gehirn möchte sich nicht erinnern. Dieser Abend soll in der Dunkelheit des Vergessens bleiben. Ich drehe mich um und schlage die Richtung zu den Verpflegungsständen ein. An der Imbissbude bleibe ich stehen. Ein Duft nach Bratwurst und Pommes frites aus der Fritteuse steigt mir in die Nase. Ich schließe die Augen und atme tief durch. Gleichzeitig ertönt ein Lied: »Dir gehört mein Herz.« Ich reiße die Augen auf und wende den Blick zur Tanzfläche. Das Summen in meinem Kopf wird auf einmal so stark, dass ich glaube, mein Kopf ist kurz davor zu platzen. Menschen drehen sich im Kreis, sehen sich verliebt in die Augen. »Dir gehört mein Herz.« Ein Bild kommt aus dem Dunkel meines summenden Kopfes und möchte unbedingt ans Licht. Ich schließe wieder die Augen, das Bild wird deutlicher. Und dann ist sie plötzlich da, mit voller Wucht: die Erinnerung an den Abend. An das

*

Apfelblütenfest vor sieben Jahren

Es ist unglaublich schwül. Wann war es je so heiß im Mai? Die Gerüche von heißer Bratwurst und fettigen Pommes am Imbissstand verursachen mir Übelkeit. Mir ist schwindlig, und ich möchte mich hinsetzen. Wo ist Lukas? Ich kann ihn nirgends sehen.

Die Coverband beginnt ein neues Lied.

»Atemlos durch die Nacht …« Fröhlich und beschwingt tanzen die Menschen in den Sommerabend. Wenn mir nur nicht so schlecht wäre.

Auf einmal entdecke ich Lukas. Er sitzt mit der ganzen Familie Bommer an einem der langen Biertische, die vor dem Podest mit der Tanzfläche aufgestellt sind. Ich atme tief durch. Ich werde zu ihm gehen und ihm sagen, dass ich ein Kind bekomme. Von ihm. Alles wird gut werden.

Doch bevor ich mich in Bewegung setzen und zu ihnen gehen kann, sehe ich Jessica, die sich auf schwindelerregend hohen Sandalen und in hautengen weißen Jeans auf den Tisch zubewegt. Verena Bommer bietet ihr den Platz neben sich an, doch Jessica quetscht sich stattdessen neben Lukas und legt ihm vertraulich eine Hand auf den Arm. Die Übelkeit in mir wird immer schlimmer, und obwohl ich eben noch so schnell wie möglich zu Lukas wollte, kann ich mich nicht von der Stelle rühren.

Jessica beugt sich ganz nah zu Lukas und flüstert ihm lächelnd etwas ins Ohr. Seine Miene erstarrt. Verena scheint sie daraufhin etwas zu fragen, und Jessica antwortet lächelnd. Die Bommers machen erstaunte, freudige Mienen und erheben ihr Glas. Doch noch bevor sie anstoßen können, steht Lukas auf und geht vom Tisch weg.

Was ist da los?

Erst vor ein paar Tagen, als ich in seinen Armen lag, hat Lukas versprochen, sich von Jessica zu trennen und es ihr so bald wie möglich zu sagen. Sieht so etwa Schlussmachen aus? Oder hat Lukas es sich anders überlegt? Mein Herz klopft laut. Gleichzeitig ist mir schwindlig.

Auf einmal spüre ich eine Hand auf meiner Schulter. »Lukas!«, rufe ich erfreut.

In diesem Moment spielt die Band »Dir gehört mein Herz« von Gregor Meyle. Ausgerechnet dieses Lied!

Wortlos zieht mich Lukas an das andere Ende der Tanzfläche. Wie gut es tut, ihn zu spüren. Er hält mich so fest, dass mir für einen Augenblick nicht mehr schwindlig ist. Ich liebe ihn so sehr! Wenn er nur bei mir ist, kann mir nie mehr etwas passieren. Wir sehen uns an und verlieren uns in diesem Blick. Doch Lukas ist unglaublich ernst.

»Ich muss mit dir reden«, flüstert er in mein Ohr.

»Ich mit dir auch. Aber später … es ist zu laut hier«, antworte ich, und er drückt mich so fest an sich, als wolle er mich nie wieder loslassen. Doch ich spüre, dass etwas nicht stimmt. Lukas' sonst so strahlendes Lächeln ist verschwunden. Eine unerklärliche Angst greift nach meinem Herzen, und die Übelkeit kehrt zurück. Plötzlich dreht sich alles um mich, und ich habe Angst, aus den Latschen zu kippen.

Ich fürchte, ich muss mich übergeben, so schlecht ist mir.

»Ich bin gleich zurück …«, rufe ich und mache mich von ihm los.

»Amanda … warte! Was ist denn los?«, ruft Lukas mir nach, doch ich habe mich schon durch die Tanzenden geschoben und versuche, so gut es geht ohne zu schwanken, zum Toilettenwagen zu kommen. Dort ist eine Riesenschlange, und ich schaffe es nicht, mich anzustellen. Ein paar Schritte weiter entdecke ich ein Gebüsch. Wieder ist der Brechreiz so stark, dass ich es gerade noch schaffe, mich dahinter zu übergeben. Mit zitternden Händen krame ich ein Taschentuch aus meiner Handtasche und bemerke, wie ein Paar, das an mir vorübergeht, mit dem Kopf schüttelt. »Immer diese besoffenen Weiber! Die sind schlimmer als die Männer«, ärgert sich die Frau. Das Zittern meines Körpers wird schlimmer. Ich fühle mich unendlich schwach und nicht imstande, zurück auf das Fest zu gehen. Der Wind hat aufgefrischt und fährt durch meine Haare. Die dunklen Wolken sind nun direkt über dem Festgelände, das Gewitter kann jeden Moment loslegen. Was soll ich nur tun? Ich nehme mein Handy heraus und wähle Lukas' Nummer. Vielleicht kann er mich nach Hause bringen, und wir können dort in Ruhe reden.

Doch »Zu diesem Anschluss besteht zurzeit keine Verbindung«. Dann rufe ich ihn eben von zu Hause aus an, beschließe ich seufzend. Den kurzen Weg dorthin werde ich schon schaffen. Anschließend muss ich mich unbedingt hinlegen. Ich zwinge mich, ganz ruhig zu atmen, doch noch immer dreht sich alles um mich.

Auf einmal packt mich jemand unsanft am Arm. Es ist Thommy.

»Wie lange geht das schon mit euch?« Seine Stimme ist voller Zorn.

Er muss Lukas und mich auf der Tanzfläche beobachtet haben.

»Mit meinem Bruder! Ich fasse es nicht. Wie kannst du nur! Du weißt doch, dass Jessica und er so gut wie verlobt sind … Und an mich denkst du wohl überhaupt nicht mehr? Kein Wunder hattest du seit Wochen keine Zeit mehr für mich!« Thommy schäumt vor Wut.

»Ich glaube es einfach nicht: Du hast eine Affäre … ausgerechnet mit meinem Bruder«, wiederholt er laut. »Ein bisschen mehr Anstand hätte ich dir doch zugetraut! Vielleicht sagst du auch einmal etwas dazu?«

Ich kann nicht antworten, denn eine neue Woge der Übelkeit überkommt mich.

Was soll ich auch sagen? Dass »alles nicht so ist, wie es aussieht«? Nein, es ist noch viel schlimmer. Es ist keine Affäre, möchte ich sagen. Es ist Liebe. Und ich bekomme ein Kind von ihm. Mir ist so unglaublich schlecht, dass ich mich kaum auf den Beinen halten kann.

»Wir reden morgen«, stammle ich und reiße mich los.

Auf dem Weg zu meiner Vespa spreche ich mir selber weiter Mut zu, dass ich mich gleich zu Hause hinlegen kann. Zu allem Unglück bricht auf einmal der Sturm los.

Endlich bin ich bei der Vespa angekommen, doch ich bekomme vor lauter Schwindel kaum das Schloss auf.

Um mich herum laufen die Menschen durcheinander, alle wollen nach Hause, bevor das Unwetter so richtig loslegt. Hätte ich nur auf Mama gehört!

»Weißt du, wo Lukas ist?« Plötzlich steht Jessica in ihren weißen Jeans und der roten Jacke vor mir. »Ich kann ihn nirgends finden …«

Ich schüttle den Kopf.

»Was ist denn los mit dir? Du bist ja kreidebleich!«, ruft Jessica bestürzt aus.

»Ist dir etwa immer noch schlecht? Du siehst furchtbar aus!« Ihr Blick fällt auf den Schlüssel in meiner Hand. »Du willst doch wohl nicht etwa fahren? Du kannst dich ja kaum auf den Beinen halten!«

Auch wenn Jessica eigentlich der letzte Mensch ist, den ich jetzt bei mir haben möchte, bin ich froh, dass sich überhaupt jemand um mich kümmert.

»Mensch, du zitterst ja wie Espenlaub!« Jessica sieht sich hilfesuchend um, aber sie scheint niemanden unter den vielen Menschen, die versuchen, irgendwie zu ihren Fahrzeugen zu kommen, zu entdecken. Kurz entschlossen zieht Jessica ihre rote Jacke aus.

»Hier, zieh die an. Ich fahre dich nach Hause!« Sie nimmt mir den Schlüssel der Vespa ab.

»Jessica, du kannst doch gar nicht …«, protestiere ich schwach. Am liebsten würde ich mich hier an Ort und Stelle wieder übergeben.

»Klar kann ich mit dem Ding fahren. Ich habe im letzten Sommer Kati mit ihrem Roller nach Hause gefahren, weil sie zu viel Aperol Spritz intus hatte. Ach, komm … mach nicht so ein Gesicht! Wir hauen ab, bevor das Wetter noch schlimmer wird.«

Notgedrungen klettere ich hinter ihr auf den Roller und

halte mich an ihr fest. In meinem Normalzustand hätte ich sie niemals ans Steuer gelassen. Kaum sind wir losgefahren, schlingert der kleine Roller auch schon. Jessica ist unsicher, das spüre ich.

Plötzlich dreht sie sich zu mir um. »Lukas und ich werden heiraten … wir haben es eben der Familie gesagt.«

Das gibt es doch nicht! Ich kann nicht antworten.

Heftiger Regen setzt ein und peitscht uns unerbittlich ins Gesicht. Innerhalb kurzer Zeit sind wir klitschnass, doch ich spüre die Nässe nicht, denn mir ist unglaublich schlecht. Ich schließe die Augen. Gleich sind wir zu Hause, denke ich noch, als wir die große Kurve ansteuern, die in die Nonnenhorner Straße mündet.

Doch Jessica fährt viel zu schnell. Die Straße ist nass, und man kann vor lauter Regen kaum etwas sehen.

»Nimm das Gas weg!«, rufe ich.

Doch es ist zu spät. Jessica verliert die Kontrolle, die Vespa gerät ins Schlingern, und wir rasen geradeaus ins Nichts. Dann wird alles dunkel.

*

Keuchend halte ich mich an dem Stehtisch vor dem Imbiss fest. Ein verliebtes Pärchen gesellt sich zu mir, doch sie bemerken mich nicht, denn sie haben nur Augen füreinander und füttern sich gegenseitig mit Pommes.

Ich bin in meiner Erinnerung gefangen wie in einem Traum und kann beinahe die Übelkeit fühlen, die ich damals empfand. Ich war schwanger. Aber es muss noch etwas anderes gewesen sein als die Übelkeit, die Schwangere empfinden, zumal sich diese ja meist am Morgen bemerkbar macht. Vielleicht hatte ich so etwas wie einen Magen-Darm-Infekt. Jedenfalls ging es mir richtig schlecht.

»Amanda! Was machst du denn hier?« Es ist Thommys Stimme, welche mich freudig begrüßt.

Thommy hält ein Weizenbier in der Hand und grinst mich fröhlich an.

Ich starre ihn entgeistert an. Thommy hat das von mir und Lukas gewusst. Er hat mich an dem Abend darauf angesprochen, kurz bevor ich Jessica begegnete.

»Meine Erinnerung ist zurück«, gebe ich bekannt und betrachte seine Reaktion.

Er gibt sich erfreut: »Was? Das ist doch toll! Siehst du, ich habe dir doch gesagt, du musst noch einmal zum Apfelblütenfest. Dann kommt sie von alleine wieder.«

»Thommy, sag mir die Wahrheit. Was weißt du von dieser Nacht?«, frage ich ihn ohne Umschweife.

»Ich dachte, deine Erinnerung sei zurück? Was willst du denn noch wissen?«, fragt er misstrauisch.

»Du hast mich an jenem Abend angesprochen. Kurz vor dem Unfall«, erkläre ich. »Du hast mich gefragt, wie lange das mit Lukas und mir schon so ginge. Erinnerst du dich?«

»Ach, Amanda. Das ist alles so lange her. Was soll denn das jetzt noch? Wichtig ist nur, dass du dich an diesen Abend erinnerst. Die Details sind doch unwichtig.«

»Nein, das sind sie nicht. Thommy, die Details sind sogar sehr wichtig für mich! Ich habe jetzt fast alle Puzzleteilchen zusammen. Ich muss aber ganz genau wissen, wie das damals war. Sonst werde ich nie zur Ruhe kommen. Bitte rede mit mir!«

Ich sehe ihn bittend an.

»Ich weiß zwar nicht, was das alles nach dieser langen

Zeit noch soll … aber bitte! Komm mit …« Thommy zieht mich zu einer leeren Parkbank, die etwas weiter vom Festplatz entfernt steht und wo es ruhiger ist.

Wir setzen uns, und Thommy nimmt einen großen Schluck aus seinem Weizenbierglas. Ich habe den Eindruck, dass es nicht sein erstes Glas heute Abend ist.

»Warum hast du mich das damals gefragt? Wie lange das mit Lukas und mir schon geht?«, wiederhole ich meine Frage.

»Keine Ahnung. Wie gesagt, das ist doch alles viel zu lange her«, druckst er herum.

Ich sehe ihn unverwandt an und spüre, dass da noch mehr ist, was er mir nicht sagen will.

Er nimmt einen großen Schluck und schießt los:

»Warum werde ich das wohl gefragt haben? Vermutlich war ich eifersüchtig. Immerhin hattest du damals kurz vor dem Fest mit mir Schluss gemacht. Ich konnte mir keinen vernünftigen Grund zusammenreimen, warum. Und dann habe ich euch zusammen gesehen. Auf der Tanzfläche. Wie ihr getanzt habt.« Thommy bricht ab. Ich spüre, dass es immer noch nicht die ganze Wahrheit ist, und sehe ihn abwartend an.

»Was hat Jessica an dem Abend zu euch gesagt?« Mir fällt ein, wie sie siegessicher auf den Tisch der Familie Bommer zugetänzelt ist, Lukas etwas ins Ohr geflüstert und dann allen anderen laut verkündet hat.

Thommy starrt mich an. Wahrscheinlich fragt er sich, woher ich das weiß. Er kann ja nicht wissen, dass ich die Szene beobachtet habe.

»Ich weiß nicht, was du meinst …«, redet er sich heraus.

»Doch, das weißt du. Bitte! Ich muss es wissen!«

»Sie hat nur gesagt, dass sie am Nachmittag bei dir war.

Dass es dir schlecht ging und sie dir Eisenkraut-Tee und Tropfen gegeben hat, die sie von deiner Mutter hatte.«

In meinem Kopf beginnt es erneut zu summen. Er meint etwas völlig anderes als ich.

Er redet von Jessicas Besuch bei mir und nicht von dem, was am Familientisch verkündet wurde.

»Wann hat sie dir das erzählt?«, frage ich.

»Na, das wolltest du doch eben wissen! Auf dem Fest haben wir uns kurz am Weinstand getroffen. Da hat sie gesagt, dass sie bei dir war und es dir schlecht ginge ... und sie nicht so ganz unschuldig daran sei. Wegen der Tropfen und so. Sie hatte gegoogelt, dass Eisenkraut manchmal erst recht Übelkeit auslösen kann.«

»Warum hat sie das gemacht?«, frage ich. Thommy zuckt die Schultern.

»Sie wollte wohl nicht, dass du zum Fest kommst«, vermutet er.

Es ist richtig, dass Eisenkraut oder Verbene Übelkeit oder Erbrechen auslösen kann. Hauptsächlich bei Schwangeren! Wusste Jessica, dass ich schwanger war? Ich denke an ihren Besuch. Wieder erinnere ich mich: Als ich in meinem Bad war, war etwas anders gewesen. Seit vorhin weiß ich, dass es nicht der Duft war, der woanders stand, sondern der Schwangerschaftstest, der nicht mehr auf der Fensterbank lag. Hatte Jessica ihn an sich genommen? Oder Mama? Aber Mama hätte mir dann doch nie Eisenkraut gegeben, wenn sie gewusst hätte, dass ich schwanger war? Oder wusste sie am Ende nicht, dass Eisenkraut in großen Mengen bei Schwangeren unter Umständen sogar Wehen auslösen kann? War Mama deshalb an diesem Abend so besorgt um mich? Weil ihr irgendwann bewusst wurde, dass sie mit dem Verabreichen von Verbene möglicherweise einen Fehler gemacht hatte? Vielleicht hatte sie das Ganze so aufgeregt, dass sie deshalb einen Herzinfarkt bekam? Weil sie sich schuldig an meinem Unfall fühlte?

Ich bin vollkommen durcheinander.

»Jessica kam an diesem Nachmittag, um mich zu bitten, nicht zu dem Fest zu kommen. Weil ich dir nicht wehtun sollte«, korrigiere ich Thommy. »Sie meinte, ein Treffen mit mir, auch wenn es zufällig wäre, würde dich nur aufwühlen.«

Thommy, der die ganze Zeit in sein Bierglas gestarrt hat, lacht auf einmal bitter auf.

»Ach, meinetwegen, ja? Haha. Na, wenn du das glaubst, bitte schön.«

Er hat offensichtlich mehr getrunken, als ich bisher angenommen habe.

»Wie meinst du das jetzt?«, hake ich nach.

»Meine liebe Amanda. Die liebe, liebe Jessica ... nein, ich will nicht sarkastisch sein. Jessica ist ja wirklich lieb. Manchmal. Wenn sie ihren Kopf durchsetzen kann. Haha. Wie mit der Planung der neuen Ferien-Apartments! Ich hatte das alles schon fertig und ein paar super Ideen. Da kam sie wieder an und hat sich ganz lieb bei Mutter eingeschleimt und 1.000 Fehler darin gefunden. So lange, bis am Ende sie die Planung machen durfte.«

Auf einmal weiß ich: Das ist mit Sicherheit einer der Gründe, warum Thommy kein allzu großes Interesse an der Firma hat. Lukas und Jessica, das Dreamteam. Unterstützt von Mama Verena. Dass Thommy nicht gut auf Jessica zu sprechen ist, ist meine Chance, die Wahrheit zu erfahren!

»Ich weiß, wie sie sein kann. Bei mir war sie auch so lieb. Dabei war alles geheuchelt«, bestärke ich ihn daher.

Thommy sieht mich herausfordernd an. »Hast du dich wirklich nie gefragt, warum Jessi dich nicht auf dem Fest sehen wollte? Aber halt, nein, du hattest ja alles vergessen. Stimmt ja. Haha.« Wieder lacht Thommy bitter auf.

»Jetzt sag schon endlich, was du damit meinst!«

Thommy sieht mich an. Sein Blick ist glasig. »Na gut. Ist doch eh alles verdammt lang her. Und auch egal inzwischen. Lukas und Jessi sind verheiratet, und du hast auch eine Familie, wie man hört.«

Also hat sich das inzwischen schon herumgesprochen. Kein Wunder, wenn ich hier mit einem kleinen Kind an der Hand herumlaufe. Und mit Vincent haben mich offenbar auch ein paar Leute gesehen. So ist das nun einmal in so einem kleinen Ort. Man kann nicht lange etwas geheim halten.

»Jessica wollte dich nicht von mir, sondern von Lukas fernhalten! Was hast du denn gedacht? Sie wusste doch längst Bescheid. Hat dich wohl ein paarmal zu oft in der Nähe von Oma Hedwigs Haus gesehen, wenn ihr Schatzi dort war. Kann auch sein, dass sie euch einmal zusammen gesehen hat. Weiß ich nicht mehr so genau.« So langsam fängt Thommy an zu lallen.

Jessica wusste von Lukas und mir. Wie ich eben dachte: So ist das nun einmal in einem kleinen Ort. Sie wusste von uns, als sie mich besuchen war und mir Freundschaft und Besorgnis vorgeheuchelt hat. Mir kommt ein absurder, aber durchaus möglicher Gedanke: Vielleicht hat sie, als ich noch nicht zu Hause war, den Schwangerschaftstest gefunden und befürchtet, ich könne es ihrem Lukas auf dem Fest verraten. Um dies zu verhindern, hat sie sofort gegoogelt, was mir in meinem Zustand nicht guttun könnte. Ist dabei auf Verbene gestoßen und hat Mama danach gefragt. Diese hat ihr leichtgläubig das Eisenkraut zur Verfügung gestellt, ohne zu wissen, was sie damit anrichten würde. Ob das möglich sein kann?

In meinem Kopf nistet sich der Bienenschwarm wieder ein.

»Ich weiß nur, dass Jessica mir auf dem Fest am Weinstand gesagt hat, dass sie dafür gesorgt hat, dass du nicht kommst. Sie war ganz schön sauer auf dich und hat mich als Idioten bezeichnet, weil ich nicht gemerkt habe, was zwischen euch läuft. Ich habe natürlich nachgehakt, und da kam sie mit der Sprache raus. Dass du was mit Lukas hinter meinem und ihrem Rücken angefangen hast. Das hat mich natürlich auch nicht gerade gefreut. Wir haben dann ein paar Gläser Wein zusammen getrunken und uns gegenseitig bedauert. Aber dann hat sie plötzlich gesagt, sie habe eine Möglichkeit gefunden, das mit euch beiden zu beenden.«

Ich sehe Thommy abwartend an.

»Später kamen meine Eltern mit Lukas, und ich habe mich zu ihnen gesetzt. Jessica hat gesagt, sie würde gleich nachkommen. Sie wollte sich wohl noch frisch machen oder so. Auf jeden Fall kam sie kurz darauf und hat uns verkündet, dass Lukas und sie ein Baby bekommen würden. Zur Bekräftigung hat sie einen Schwangerschaftstest auf den Tisch gelegt. Ich habe mich noch gewundert, wo sie den auf einmal herhatte. Wie auch immer. Meine Mutter war hocherfreut. Aber Lukas ist sofort aufgestanden und weggegangen. Das war kurz, bevor der Sturm losbrach. Ich bin ihm nachgegangen … weil ich mit ihm reden wollte. Ich wollte ihn zur Rede stellen und fragen, wie er seiner Freundin ein Kind machen und gleichzeitig mit dir herumvögeln kann! Da habe ich euch beide auf der Tanzfläche gesehen … und mir war alles klar. Das war nicht nur Sex mit euch beiden. So hast du mich jedenfalls nie angesehen.« Wieder lacht Thommy bitter auf. Das Dröhnen in meinem Kopf ist mittlerweile so stark, dass es Übelkeit verursacht. Vielleicht ist es auch das, was er mir eben erzählt hat. Es kann doch unmöglich sein, dass Jessica auch schwanger war! Nein, es muss so sein: Sie war diejenige, die den Schwangerschaftstest in meinem Bad entdeckt hat. Sie muss in diesem Moment den Entschluss gefasst haben, diesen an sich zu nehmen, der Familie Bommer zu präsentieren und Lukas damit an sich zu binden.

»Auch Lukas habe ich nie so gesehen, wenn er mit Jessi zusammen war.« Thommy starrt wieder in sein Glas.

»Ich bin dann enttäuscht zur Bar und hab mir erst mal einen reingekippt. Oder zwei. Als der Sturm losbrach, bin ich los und habe nach euch gesucht. Ich habe gesehen, wie du drauf warst. Du warst ordentlich high, auch wenn du sagst, du hast dir nichts eingeworfen. Egal. Wir haben kurz geredet, aber dann hast du mich stehen lassen, und ich bin zurück an die Bar. Aber ich habe noch gesehen, dass Jessica bei dir war.«

»Sie ist die Vespa gefahren, Thommy. Weißt du, was das heißt? Sie hat den Unfall verursacht! Nicht ich, wie ich es all die Jahre angenommen habe!«, konfrontiere ich ihn mit meiner Erinnerung. Mein Herz rast wie verrückt.

»Kann schon sein. Ich weiß es nicht. Ich bin weggegangen und habe mich nur noch einmal umgedreht. Ich dachte, es wäre Jessica auf dem Rücksitz gewesen. Habe nur ihre rote Jacke gesehen«, weicht Thommy aus. Er weiß es, ich spüre es.

»Viele Leute haben euch gesehen. Alle haben gesagt, es war Jessica, die hinten drauf saß«, ergänzt er.

»Nein, es war nicht Jessica, die hinten auf dem Sozius saß. Sondern ich. Ich habe einen Beweis. Auf diesem Foto ist ganz deutlich die Fahrerin zu erkennen. Es ist Jessica!«, klopfe ich auf den Busch, denn so deutlich zu erkennen ist sie ja gar nicht. Sonst wäre mein eigener Vater nicht diesem Irrtum aufgesessen.

»Was denn für ein Foto?«, fragt Thommy irritiert.

»Es ist sogar ein ganz offizielles. Aufgenommen von einem Blitzer wegen zu schnellem Fahren«, gebe ich bekannt.

»Wenn du das Foto hattest, warum hast du dann so getan, als wüsstest du nicht mehr, was damals passiert ist? Ich verstehe dich nicht, Amanda. Was willst du denn jetzt damit nach der langen Zeit?«, fragt Thommy hitzig.

Ich atme tief durch.

»Ich habe das Foto erst heute im Arbeitszimmer meines Vaters entdeckt. Bis heute hat mich meine Erinnerung im Stich gelassen. Aber jetzt ist es Zeit, die Wahrheit zu erfahren. Thommy, gib es zu: Du wusstest, dass Jessica an diesem Abend mit meiner Vespa gefahren ist, stimmt's?«

Thommy steht auf. Er schwankt, als er sagt: »Ich hole mir noch ein Bier. Willst du auch eines?«

Ich schüttle den Kopf und sehe ihm direkt in die Augen.

Er hält dem Blick nicht stand.

»Was sollte ich denn machen? Sie hat mich angefleht, dass ich nicht sage, dass ich euch wegfahren gesehen habe. Sie hatte viel zu viel getrunken, und ihr Führerschein wäre futsch gewesen, deshalb hat sie mich noch von der Unfallstelle aus heulend angerufen. Ganz davon abgesehen, dass es ihr wohl peinlich war, wenn herausgekommen wäre, dass sie besoffen und schwanger war.«

»Aber wie konnte sie lügen? Sie wusste doch, dass ich

auf dem Sozius gesessen bin! Ich hätte jederzeit die Wahrheit sagen können!«, wundere ich mich.

Thommy sieht mich ernst an. »Ich glaube, sie dachte, du wärst …«

»Jessica dachte, ich sei tot«, ergänze ich seinen Satz und bekomme eine Gänsehaut.

»Sie dachte … wir dachten … du schaffst es nicht. Es sah ja auch total danach aus. Deshalb hat sie gesagt, dass du gefahren bist. Damit ihr nichts passiert. Sie war ja mit dem Schrecken davongekommen. Aber dann fiel ihr wohl ein, dass ich euch gesehen haben könnte, weil ich in der Nähe war. Dabei habe ich das doch gar nicht.« Ich merke Thommy an, dass er uns ganz genau gesehen hat, und verachte ihn dafür, dass er nicht den Mut hat, mir das ins Gesicht zu sagen.

»Ich fasse es nicht. Du hast die Wahrheit gekannt und nichts gesagt. Was bist du nur für ein Mensch?« Nun ist mir wirklich richtig schlecht.

»Was hätte das denn geändert? Ich wollte dir nicht schaden, Amanda. Du wusstest doch gar nichts mehr! Ich wollte nur Jessica helfen. Sie war so verzweifelt. Wie ich! Ich wollte dich nicht verlieren! Nicht an meinen Bruder …« Thommy holt tief Luft. »Ich war so sauer auf dich. Ob du es glaubst oder nicht: Ich habe dich wirklich geliebt, Amanda! Und bitte, glaube mir: Ich war so froh, dass du den Unfall überlebt hast.«

Ich halte sein Gestammel nicht länger aus und starre ihn entgeistert an, worauf er sich noch mehr verteidigt:

»Was meinst du, warum ich fortgegangen und so lange im Ausland geblieben bin? Denkst du, mir ist das alles leichtgefallen?« Thommy atmet schwer.

»Du hättest mir die Wahrheit sagen müssen«, sage ich noch einmal.

Thommy rauft sich die Haare. »Mensch, Amanda, was soll das alles denn jetzt noch? Es macht doch keinen Sinn, die Vergangenheit aufzuwärmen. Es ist alles gut! Wie gesagt, heute seid ihr alle wieder happy.« Ihm gehen die Worte aus, darum verabschiedet er sich eilig: »Also … ich geh dann mal!«

Thommy verschwindet in der Dunkelheit. Wahrscheinlich ist er froh, dass er die unangenehme Begegnung mit mir endlich hinter sich hat. Irgendwann musste er damit rechnen, dass mein Gedächtnis wiederkommt. Genauso wie Jessica. Kein Wunder war sie neulich so seltsam zu mir.

Aufgewühlt gehe ich nach Hause. Das Puzzleteilchen, das ich so lange gesucht habe, ist endlich da. Aber es geht mir nicht besser damit. Jessica wusste von Lukas und mir und wollte mich loswerden. Sie ahnte, dass es zwischen uns etwas Ernstes war und er sich von ihr trennen wollte. Deshalb wollte sie mich vom Apfelblütenfest fernhalten und mit der ganzen Familie Bommer auf heile Welt machen. Doch dann habe ich ihre Pläne durchkreuzt und bin trotzdem dort aufgetaucht. Obwohl es mir schlecht ging, woran sie und leider auch meine Mutter nicht ganz unschuldig waren. Als sich die Gelegenheit bot, mich vom Fest fortzubringen, bevor ich mit Lukas reden konnte, und auch noch der Unfall geschah, bei dem ich mein Gedächtnis verlor, schien ihr Plan aufzugehen. Sie konnte meinen Schwangerschaftstest einsetzen, um Lukas an sich zu binden. Hätte sich Lukas anders verhalten, wenn er die Wahrheit gewusst hätte? Die Antwort auf diese Frage spüre ich tief in meinem Herzen.

*

Als ich nach Hause komme, sieht Marianne mich nur fragend an. Sie hat Tinchen nach oben in mein Zimmer getragen und sie dort ins Bett gebracht. Weil ich nicht gut im Verstellen und auch viel zu aufgewühlt bin, um einschlafen zu können, erzähle ich Marianne alles und zeige ihr auch das Foto, das ich gefunden habe.

»Nun beruhige dich erst einmal. Ich mache dir eine schöne Tasse Tee«, bietet Marianne an und verschwindet in die Küche. Kurz darauf kehrt sie wieder mit heißem Tee mit Milch und ein paar Schokoladenkeksen. »Die helfen doch immer!«

Wie gut, dass sie da ist. Ich könnte jetzt nicht alleine sein.

»Dann erzähle mal von Anfang an. Das ist doch nicht der Anfang der Geschichte?«, ermuntert sie mich. Ich komme nicht umhin, Marianne die ganze Wahrheit zu erzählen, und sie bekommt große Augen, als sie von meiner geheimen Liebe zu Lukas erfährt.

»Donnerwetter. Das hätte ich dir gar nicht zugetraut!«, lacht sie plötzlich los. »Tja, die stillen Wasser … haben es manchmal faustdick hinter den Ohren.«

»So war es nicht«, verteidige ich mich. »Für mich war Lukas meine große Liebe«, füge ich hinzu. »Ist meine große Liebe«, würde ich am liebsten sagen, denn an meinen Gefühlen zu ihm hat sich nichts geändert.

»Irgendwie hatte unsere Liebe nie eine Chance«, gebe ich bekannt.

»Nein? Warum denn nicht? Das verstehe ich nicht!«, erklärt sie.

»Nun, dummerweise war ich doch mit seinem Bruder zusammen, und als ob das nicht schon gereicht hätte, war Lukas seit Jahren fest mit Jessica liiert, die wiederum total dicke mit seiner Mutter war. Wir haben es natürlich geheim gehalten, aber unser Verhältnis wurde immer intensiver, und das ist Jessica nicht verborgen geblieben. Ich muss

Lukas den Vorwurf machen, dass er im Gegensatz zu mir keine klaren Verhältnisse geschaffen und dadurch alles noch viel schlimmer gemacht hat. Ich habe mich ja wenigstens von Thommy getrennt, wenn auch viel zu spät und ohne konkreten Grund. Kein Wunder war auch er misstrauisch und am Ende verletzt, als er von Jessica die Wahrheit erfuhr.«

Ich kann mir sehr gut vorstellen, wie Jessica sich bei Thommy ausgeheult und diesen aufgewiegelt hat.

»Wenn ich ehrlich bin, mochte ich diese Jessica noch nie. Wenn sie sich von mir Strähnchen färben lässt, erklärt sie mir immer ganz genau, wie ich meine Arbeit zu tun habe. Und wie die immer auftritt, wenn sie Brötchen einkaufen geht. Immer muss sie überall herumprahlen. Das ganze Dorf weiß schon von dem neuen Bauvorhaben der Bommers, von dem sie so tut, als hätte sie das alles eingefädelt und ausgearbeitet.«

Ich denke an Thommy und seine Enttäuschung wegen seiner nicht beachteten Baupläne.

Seufzend trinke ich einen Schluck heißen Tee.

»Auf diese Weise kommt man halt zu etwas!«, rege ich mich auf. Schließlich hat Jessica ihr Ziel erreicht, auch wenn die Mittel dazu alles andere als anständig waren.

»Was willst du jetzt tun? Du kannst doch unmöglich nach Berlin zurückfahren, ohne die beiden zur Rede zu stellen. Gut, mit Thommy hast du ja schon gesprochen. Wenn du mich fragst, ist er ein Weichei. Das war er schon immer, deshalb hat er auch in der Firma nichts zu melden. Und deshalb wolltest du ihn auch nicht!«, schimpft Marianne vor sich hin.

»Vergiss nicht: Thommy stand schon immer im Schatten seines großen Bruders«, verteidige ich ihn, obwohl ich wütend auf ihn bin. »Lukas war der attraktivere, ideenreichere, aktivere der Brüder. Ich glaube, Thommy war sehr verletzt, als auch ich noch Lukas ihm vorgezogen habe. Seine Eitelkeit und sein männlicher Stolz waren angeknackst, und er war zu Recht sehr wütend auf mich«, gebe ich zu.

»Das mag ja sein. Aber er wusste offenbar, dass du diesen Unfall nicht verursacht hast, und hat geschwiegen! Dabei muss er doch geahnt haben, dass du dich mit Schuldgefühlen herumplagst. Schließlich ist deine Mutter bei der Nachricht gestorben! Spätestens da hätte er mit der Wahrheit herausmüssen!«, empört sich Marianne und steht auf. »Also ich hole uns mal einen Likör. Den brauche ich jetzt und du wahrscheinlich noch viel mehr.« Offensichtlich kennt sich Marianne in unserem Haushalt besser aus als ich, denn sie kehrt schon nach einer Minute zurück mit zwei von Mamas Likörgläschen und einer Flasche Brombeerlikör der *Bommer Destillerie*. »Auch das noch!« Beim Anblick der Flasche verdrehe ich übertrieben die Augen, was Marianne ein Lächeln entlockt.

»Du siehst schon wieder besser aus«, stellt sie fest, und ich fühle mich auch so.

Auf einmal tut es gut, über all diese Dinge zu reden, die ich so lange mit mir selbst abgemacht habe und zu denen ich ja teilweise bis heute keinen Zugang hatte.

»Was geschehen ist, ist geschehen. Ich muss meinen Frieden finden, Marianne! Ich kann das nicht alles wieder aufwühlen und mich noch länger damit herumquälen. Es war wichtig für mich, die Wahrheit herauszufinden. Obwohl ich von Jessicas und Thommys Verhalten entsetzt bin, bin ich irgendwie erleichtert, dass die dunkle Stelle in meinem Kopf jetzt weg ist. Endlich kenne ich die Wahrheit, und ob du es glaubst oder nicht, ich fühle mich sogar erleichtert, dass ich diesen Unfall nicht verursacht habe. Als sei ich nicht länger für Mamas Tod verantwortlich!«

»Das warst du nie und das weißt du auch! Deine Mama hatte ein krankes Herz, und wer weiß, wie lange sie ohne den Unfall noch gelebt hätte. Aber ich verstehe dich sehr gut und bin froh, dass du jetzt endlich die Wahrheit über diese verhängnisvolle Nacht kennst. Nun kannst du alles hinter dir lassen und endlich befreit dein Leben führen! Ich finde allerdings schon, dass du Jessica zur Rede stellen solltest. Sie darf doch nicht ungeschoren davonkommen, wenn sie so gelogen hat!«

»Du hast recht. Allerdings frage ich mich, was das bringen soll. Das Einzige, was ich sicher weiß, ist, dass Lukas die Wahrheit erfahren muss. Ich versuche, ihn morgen zu treffen, und werde ihm alles sagen, was ich herausgefunden habe. Er hat ein Recht darauf, die Wahrheit zu erfahren. Auch, was Valentina angeht.«

Marianne sieht mich mit großen Augen an.

»Du willst damit sagen, dass Lukas Bommer Tinchens Papa ist?« Marianne lacht laut heraus. »Na, Glückwunsch! Das wird weder Jessica noch ihrer Schwiegermutter gefallen! Ich bin ganz deiner Meinung, es wird höchste Zeit, es Lukas zu sagen. Weißt du was? Ich hole Tinchen morgen ab und mache mit ihr einen Ausflug zum *Affenberg*. Sie wird die Äffchen lieben, und dir wird es Zeit geben, Lukas zu treffen und ihm alles in Ruhe zu erklären.«

Zum Abschied umarmt Marianne mich herzlich, nicht ohne dreimal zu fragen, ob es mir auch wirklich gut geht und sie uns alleine lassen kann.

Am nächsten Morgen wache ich total gerädert auf. In

der Nacht hatte ich schlimme Albträume, die von dem Unfall, Jessica und Thommy handelten. Natürlich auch von Lukas. Marianne hat recht: Es wird höchste Zeit, dass er die Wahrheit erfährt. Er muss selbst entscheiden, wie er damit umgehen wird. Es wird sicher nicht einfach für ihn sein zu erfahren, dass seine Ehe auf einem Lügengerüst aufgebaut wurde, welches seine Ehefrau Jessica mühsam errichtet hat. Gleichzeitig bin ich aufgeregt, was er zu der Tatsache sagen wird, dass Valentina seine Tochter ist.

Gleich nach dem Frühstück steht Marianne mit gepacktem Picknickkorb vor der Tür. Ich habe Tinchen schon von ihrer Idee mit dem *Affenberg* erzählt, und sie ist hochbegeistert, einen Ausflug zu machen. Natürlich möchte sie mich gerne dabeihaben, doch sie gibt sich zufrieden, als ich ihr erkläre, dass ich noch einiges erledigen und das *Rosenhaus* putzen muss.

Mit klopfendem Herzen tippe ich gleich, nachdem Marianne und Tina weg sind, eine Nachricht an Lukas, diesmal an die richtige Handynummer. »Lukas, mein Gedächtnis ist zurück, und ich weiß jetzt, was damals geschehen ist. Ich muss dich dringend sehen. Auch du musst die Wahrheit erfahren! Um 12 Uhr im Badehäuschen?«

Während ich auf die Antwort warte, laufe ich unruhig wie ein verirrter Tiger im *Rosenhaus* umher. Ich sammle Tinchens Spielsachen ein, ihre Puppe, ihren Schlafteddy und ihre Bilderbücher sowie alle Bilder, die sie gemalt hat, seitdem sie hier ist. Immer wieder hat sie das *Rosenhaus* gemalt mit vielen bunten Blumen, Pepe und sich selbst. Und mir natürlich. Auf dem letzten Bild ist auch eine Frau mit braunem Haar, die vermutlich Marianne sein soll, zu sehen, und ich muss bei dem Gedanken, wie schnell Tinchen Vertrauen zu ihr gefasst hat, lächeln.

Sobald ich mit Lukas gesprochen habe, werde ich packen, und wir können zurück nach Berlin fahren. Seltsamerweise spüre ich bei dem Gedanken, das *Rosenhaus* und die liebliche Bodenseelandschaft zu verlassen, einen Stich im Herzen. Was ist nur mit mir los? Ich kann mir gerade überhaupt nicht vorstellen, in mein normales, richtiges Leben in Berlin zurückzukehren, dabei hat es mir doch einmal viel bedeutet. Wie und ob das mit Vincent und mir weitergehen wird, steht auch noch in den Sternen. Erst einmal muss ich das hier zu Ende bringen.

Endlich piepst mein Handy, und die ersehnte Antwort von Lukas trifft ein: »Das klingt ja spannend. Ich werde da sein!«

Um mich von meiner Unruhe abzulenken, räume ich weiter auf, wische Staub und putze die Küche. Schließlich möchte ich alles ordentlich hinterlassen, und Papa soll ein sauberes Haus vorfinden, wenn er aus der Reha-Klinik nach Hause kommt. Obwohl ich fest davon überzeugt bin, dass Marianne sich weiterhin gut um ihn kümmern wird. Jedenfalls, wenn er sich nicht allzu stur anstellt, und das werde ich ihm schon ausreden. Ich rufe Ute an und sage ihr, dass es allerhand zu erzählen gibt, was allerdings bis zum nächsten Wiedersehen warten muss. Sie nimmt mir das Versprechen ab, dies nicht allzu lange auf sich warten zu lassen. Anschließend gehe ich unter die Dusche, wasche meine Haare und ziehe, weil es warm und sonnig ist, mein weißes Sommerkleid an. Zu guter Letzt lege ich etwas von meinem Duft *No 17* auf, und ich komme mir genauso vor wie damals, als ich mich für ein Treffen mit Lukas vorbereitet habe. Nur dass mein Herz gefühlt noch viel stärker klopft als damals.

Pünktlich um kurz vor 12 Uhr stehe ich vor dem Badehäuschen und fingere nach dem Schlüssel im Blumentopf. Lukas ist noch nicht da, und das gibt mir Gelegenheit, meine Gedanken zu sortieren. Ich setze mich auf das Sofa, auf dem wir uns unzählige Male geliebt haben. Wenn ich die Augen schließe, ist er wieder bei mir, und ich kann seine zärtliche Stimme in meinem Ohr hören. Ich bin so in Gedanken versunken, dass ich nicht bemerke, wie sich die Tür leise öffnet.

Erst als ich Schritte hinter mir höre, drehe ich mich um.

Ich erschrecke, als ich sehe, wer gekommen ist. Es ist nicht Lukas, sondern Jessica, die mit wutverzerrtem Gesicht vor mir steht.

»Du hast wohl geglaubt, du kannst hier wieder ein Schäferstündchen mit meinem Mann abhalten, und hast dich dafür ordentlich herausgeputzt. Aber ich muss dich enttäuschen! Lukas kommt nicht und wird auch nie mehr kommen!«

»Jessica. Was willst du hier?«, frage ich und zwinge mich, ruhig zu bleiben.

Woher wusste sie von unserer Verabredung?

»Wo ist Lukas?«, frage ich daher noch einmal.

»Ich habe dir eben schon gesagt: Lukas kommt nicht, und er wird auch in Zukunft nicht zu dir kommen. Nimm endlich zur Kenntnis, dass Lukas eine Ehefrau hat, und halte dich aus unserem Leben heraus!« Jessicas Stimme ist in ein schrilles Keifen übergegangen.

»Und das konnte er mir nicht selber sagen? Wie kommt es überhaupt, dass du statt seiner hier bist? Du hast meine Nachricht abgefangen, stimmt's?«, sage ich ihr auf den Kopf zu. Schlimm genug, dass Jessica offenbar in Lukas' Handy herumschnüffelt.

»Du hast meine Nachricht beantwortet, und Lukas weiß überhaupt nichts davon. Habe ich recht?« Ich treffe wohl ins Schwarze, denn Jessicas Stimme wird leiser, jedoch eiskalt:

»Natürlich habe ich das. Du hast wohl vergessen, dass wir nicht nur zusammen leben, sondern auch noch zusammen arbeiten. Wir sitzen im selben Büro. Hast du kleine Schlampe etwa geglaubt, ich lasse mir so einfach meinen Mann wegnehmen? Das hast du schon einmal versucht und nicht geschafft!«

»Nein, das habe ich nicht geschafft. Weil du gelogen hast, Jessica. So war es doch, nicht wahr? An dem Tag, als du bei mir warst, um mich vom Apfelblütenfest abzuhalten, hast du in meinem Bad den Schwangerschaftstest gefunden und mitgenommen. War es doch *die* Gelegenheit, ihn Lukas im Beisein seiner Familie auf dem Fest zu präsentieren. Du wusstest, er würde nicht in aller Öffentlichkeit einen Streit mit dir provozieren. Aber dann sahst du deine Felle davonschwimmen, denn statt mit dir angemessen zu feiern, zog er es vor, mit mir zu tanzen. Dein Plan ging nicht auf, Jessica. Obwohl du wohl im Internet herausgefunden haben musst, dass Eisenkraut bei Schwangeren nicht nur Bauchkrämpfe und Übelkeit, sondern sogar Wehen auslösen kann, bin ich trotzdem auf dem Apfelblütenfest erschienen. Es muss eine ordentliche Dosis gewesen sein, die du mir verabreicht hast.«

»Deine Mutter war nicht nur unfähig, sondern genauso eine Schwindlerin wie du! Sie hat so getan, als wüsste sie alles über Heilkräuter. Aber dass Eisenkraut diese Wirkung hat, war ihr offenbar nicht bekannt. Ha!« Jessica lacht höhnisch auf, während ich bei den bösen Worten über meine Mutter immer wütender werde.

»Kein Wunder war sie so fertig, als ich sie aus dem Krankenhaus angerufen habe. Wahrscheinlich hatte sie es inzwischen nachgelesen. Sie wusste doch nichts von deiner Schwangerschaft, oder?«, klopft Jessica auf den Busch.

Ich kann nicht antworten.

»Du warst es also, die meiner Mutter die Nachricht von dem Unfall übermittelt hat?«, frage ich leise. Es war die Nachricht, die meine Mutter so sehr aufgeregt hat, dass sie einen Herzinfarkt bekam.

»Was dachtest du denn? Selber konntest du es ja nicht.«

»Was hast du ihr gesagt?« Ich kann förmlich fühlen, wie mir das Blut zu Kopf steigt und das Summen in meinem Kopf wieder einsetzt. Dabei hatte ich gehofft, dass das endlich vorbei ist, seitdem ich die Wahrheit kenne.

»Ich habe ihr gesagt, dass du einen Unfall verursacht hast, weil du zu viel Alkohol oder Drogen konsumiert hast. Einen Unfall, bei dem du das Bewusstsein und ich mein Baby verloren habe.« Jessicas Augen sind zu Schlitzen verengt und ihre Lippen schmal wie ein Bleistift.

Ich zwinge mich, ruhig weiter zu atmen, doch das Summen in meinem Kopf wird stärker.

»Du bist eine erbärmliche Lügnerin, Jessica«, sage ich ruhig. Doch ich muss mich am Stuhl festhalten, weil meine Knie weich werden.

»Du weißt ganz genau, dass nicht ich es war, sondern du, die den Unfall verursacht hat!«

»Woher willst du das wissen? Ich denke, du hast dein Gedächtnis verloren? Jetzt fällt dir auf einmal eine solche Lügengeschichte ein. Kein Mensch wird dir das glauben. Lukas schon gar nicht!«, kreischt Jessica los.

Dass ich damals bei dem Unfall mein Gedächtnis verloren habe, war das Beste, was Jessica passieren konnte. Und dass ich kurz darauf von hier fortgegangen bin, muss sie sehr erleichtert haben. Musste sie doch ständig damit rechnen, dass meine Erinnerung wiederkehrt und ich die Wahrheit über den Unfall herausfinde. All die Jahre hat sie diesen Moment gefürchtet, das sehe ich ihr in diesem Augenblick an.

»Ich denke schon, dass er und auch alle anderen mir glauben werden, Jessica. Du wirst es sein, die am Ende als Lügnerin dastehen wird. Und das hast du auch verdient!«, sage ich und sehe ihr fest in die Augen. Dabei denke ich an meine geliebte Mutter, wie sie an jenem Abend auf der weißen Bank sitzt und zu mir sagt: »Geh nicht, Amanda … bleib bei mir!«

»Du hast kein Baby verloren, weil du überhaupt nicht schwanger warst!«, klopfe ich noch leise auf den Busch. Dann mache ich einen Schritt Richtung Tür, doch Jessica versperrt mir den Weg.

»Wie willst du das beweisen? Das kannst du nicht!« Erhitzt baut sie sich vor mir auf. Ihre Augen funkeln vor Zorn. Ich erkenne an ihrem Blick, dass ich voll ins Schwarze getroffen habe. »Ebenso wenig wie du deine ungeheuerliche Behauptung, ich habe den Unfall verursacht, beweisen kannst!« Ihre Stimme wird unsicher. Sie kann sich nicht darauf verlassen, dass ich nicht doch einen Beweis dafür habe.

»Doch, das kann ich und das werde ich. Verlass dich darauf!«, erwidere ich, so ruhig es mir möglich ist. Sicherheitshalber erwähne ich das Foto nicht. Wer solche Lügen auftischt und verbreitet, wird wohl alles tun, damit sie nicht herauskommen und deshalb auch nicht vor einem Einbruch im *Rosenhaus* zurückschrecken.

Ich versuche, Jessica beiseitezuschieben, doch sie hält mein Handgelenk so fest, dass es schmerzt.

»Hau endlich ab! Sonst … wirst du es bereuen! Dich braucht hier kein Mensch!«, giftet sie laut.

»Du kannst mir nicht drohen. Du nicht!«, antworte ich, so gelassen ich es mit dem schmerzenden Handgelenk hinbekomme.

Doch sie hält mich weiterhin wie in einem Schraubstock fest. Sie ist kräftiger als ich, das steht außer Frage. So langsam bekomme ich es mit der Angst, sie könnte mir etwas antun.

Jessica hat einen irren Ausdruck in den Augen, und ich befürchte, dass sie zu allem fähig ist. Wir sind ganz allein. Niemand weiß, dass wir hier sind. Ich vermute, sie wird meine Nachricht an Lukas gelöscht haben, ebenso wie die Antwort, die sie an mich auf seinem Handy geschrieben hat.

»Ich warne dich: Entweder du schnappst heute noch dein verzogenes Rotzbalg und verschwindest ein für alle Mal aus unserem Leben, oder ich mache dich fertig!«, droht Jessica mit funkelnden Augen, ohne mein Handgelenk loszulassen. Die Wut verleiht ihr Kräfte, über die ich im Augenblick nicht verfüge.

»Das kannst du nicht«, antworte ich, so ruhig ich kann.

»Und ob ich das kann! Es reicht ja wohl, dass du hier in der Praxis deines Vaters Patienten behandelst, obwohl du überhaupt keine Zulassung dafür hast!«, spielt sie ihren Trumpf aus. Ich habe keine Ahnung, wie sie zu dieser Information kommt. Doch so, wie ich sie einschätze, hat sie bei der Ärztekammer angerufen und denen etwas vorgelogen.

»Das ist nicht wahr«, gebe ich zurück.

»Natürlich ist es wahr.« Selbstsicher grinst sie mich an.

»Jessica, was soll das? Auch ich könnte dir großen Ärger machen. Du hast eine Falschaussage gemacht, was den Unfall angeht. Also überlege dir gut, was du tust. Ich denke, es ist besser, wenn du mich jetzt gehen lässt.«

Jessica lässt mich so plötzlich los, dass ich taumle. Ich kann mich fangen und nutze die Gelegenheit, die Tür aufzureißen.

»Lass Lukas in Ruhe!«, kreischt mir Jessica hinterher, als ich aus der Tür eile.

»Ich denke, Lukas kann selbst entscheiden, was er möchte und wer ihn in Ruhe lassen soll. Du kannst vielleicht sein Handy manipulieren, aber nicht seine Gedanken und Gefühle, auch wenn du dir das noch so sehr wünschst!«, werfe ich ihr über die Schulter zu. Ich bin bereits auf dem baufälligen Steg, als mich eine Hand von hinten erfasst. Jessica ist noch immer vor Wut außer sich. Sie gibt mir einen kräftigen Stoß, und ich stolpere gegen das morsche Geländer, das unter meinem Gewicht nachgibt. Ich höre noch: »Ich sage es zum letzten Mal: Lass uns in Ruhe, oder du wirst es bereuen!«, dann knackt es gefährlich, und das Geländer bricht auseinander. Ich kann mich nicht halten, sondern stürze in die Tiefe. Kaltes Wasser umgibt mich, doch noch viel kälter ist Jessicas eisiges Gelächter, als ich auftauche. Ich schwimme langsam auf das Ufer zu und sehe sie schnellen Schrittes davoneilen. Kurz darauf heult der Motor ihres Mini Cabrios auf.

12. Kapitel

Die Wahrheit und der Tod

Im *Rosenhaus* angekommen, brauche ich eine Weile, um meine Fassung wiederzuerlangen. Ich gehe unter die warme Dusche, föhne mein Haar und ziehe mir trockene Sachen an. Mein Versuch, Lukas auf dem Handy zu erreichen, scheitert ein weiteres Mal. Es ist ausgeschaltet, was vermutlich Jessicas Verdienst ist. Er wird irgendwo in der Brennerei sein, also versuche ich es dort auf dem Festnetz. Vielleicht kann die Sekretärin, Frau Krebs, Lukas ausrichten, dass er mich zurückrufen soll, und ich bete zu Gott, dass nicht Jessica ans Telefon geht. Doch es ist die Chefin selbst, Verena Bommer, die mein Telefonat entgegennimmt.

»Hier ist Amanda Fischer. Kann ich bitte Lukas sprechen?«, formuliere ich mein Anliegen, während mein Herz pocht. Weiß ich doch, wie eng verbandelt sie mit Jessica ist.

Und so überrascht mich ihre Reaktion keineswegs.

»Nein, das können Sie nicht. Lukas ist bei seiner Frau, und das sollten Sie respektieren, Frau Fischer. Bei allem Verständnis dafür, was Sie alles durchgemacht haben, möchte ich Sie doch bitten, Lukas und unsere Familie in Ruhe zu lassen. Jessica kam eben völlig aufgelöst nach Hause nach dem, was Sie ihr angetan haben. Glauben Sie mir, ich werde nicht zulassen, dass ein Mitglied unserer Familie derart behandelt wird!«

Verständnislos frage ich zurück: »Was meinen Sie mit ›nach dem, was ich ihr angetan habe‹, Frau Bommer?« Mein Herz rast.

»Sie wissen genau, was ich meine! Jessica hat Sie dabei ertappt, wie Sie sich unberechtigterweise Zugang zu dem Badehäuschen verschafft haben, was sich auf unserem Grundstück befindet. Sie waren wohl vollkommen außer sich, weil Sie noch immer unglücklich verliebt in unseren Lukas sind und nicht akzeptieren können, dass er von Ihnen nichts wissen will, weil er mit Jessica sehr glücklich ist. Offenbar haben Sie unserer Jessi sehr wehgetan und sie darüber hinaus in Ihrer Wut ins Wasser geworfen. Jessica hat uns die roten Striemen an ihrem Handgelenk und an ihrem Hals gezeigt. Wie gesagt, bei allem Verständnis: Es reicht jetzt, Frau Fischer! Halten Sie sich von uns fern, oder wir werden Sie wegen Belästigung anzeigen.«

Sie legt auf. Meine Hand zittert so stark, dass mir beinahe der Hörer aus der Hand fällt. Ich kann es nicht fassen: diese Lügnerin! Sie hat es wieder getan. Wieder hat sie alle belogen.

Das kann ich nicht auf mir sitzen lassen. Ich betrachte die roten Striemen an meinem eigenen Handgelenk und frage mich, wie Jessica sich das selbst beibringen konnte. Wütend ziehe ich meine Schuhe an, schnappe meinen Autoschlüssel und stürme aus dem Haus.

Ich werde jetzt zur Brennerei fahren und allen dort von Jessicas Lügen erzählen. Doch je näher ich der Destillerie komme, desto mehr verlässt mich der Mut. Wem wird man wohl glauben? Mir, die vor sieben Jahren Thommy Bommer das Herz gebrochen hat, »unter Alkohol und Drogen« einen Unfall verursacht hat und danach einfach abgehauen ist? Die ihren Vater jahrelang im Stich gelassen hat und nun mit einem Kind hier aufgetaucht ist? Oder der armen Jessica, die sich seit Jahren für Familie und Firma aufopfert und ihren Mann vor einer irren Stalkerin retten will? Ich nehme das Gas weg und fahre langsam an der Brennerei vorbei. Sowohl Lukas' Geländewagen als auch Jessicas roter Mini stehen auf dem Hof. Vielleicht hat Lukas ja mitbekommen, dass ich angerufen habe, und im Hintergrund abgewunken. Ich fahre weiter und passiere die große Obstwiese, die Jessicas Eltern gehört. Da sehe ich sie. Lukas und Jessica stehen sich gegenüber. Auf einmal legt er die Arme um sie. Ich gebe Gas und fahre, so schnell es geht, weg. Was wollte ich auch hier? Etwas einfordern, das mir nie gehört hat? Mich rechtfertigen für etwas, das ich nie getan habe? Lukas die Wahrheit über seine Ehefrau erzählen, die sie sowieso anders darstellen wird? Es ist sinnlos. Höchste Zeit zu packen und nach Hause zu fahren. Vielleicht kann ich ihn jetzt endlich vergessen.

»Was hat er gesagt?«, raunt Marianne mir zu, als Tinchen mit Pepe im Garten spielt.

Ich ziehe sie in die Küche und berichte in wenigen Worten, was passiert ist.

»Das darf doch nicht wahr sein! Das kannst du nicht so hinnehmen, Amanda!«

Seufzend reiche ich Marianne ein Glas von der Flasche *Spätburgunder*, die ich eben geöffnet habe. Die beiden haben unterwegs schon bei *Max & Moritz* gegessen, und mir ist nach den Geschehnissen des vergangenen Tages der Appetit vergangen. Wenigstens ist meine Wut inzwischen einigermaßen verraucht, obwohl ich nicht fassen kann, wie man so dreist lügen kann. Doch die Erkenntnis, dass dazu auch Menschen gehören, die diese Lügen glauben, gibt mir die Kraft, Lukas endlich loszulassen. Ich habe alles gepackt, und es kann morgen früh nach Hause gehen. Natürlich werden wir bei meinem Vater vorbeifahren. Mit Herrn Obermüller habe ich vorhin telefoniert. Er hat Linus zusammen mit Unterstützung von dessen Lehrerin an einer Sonderschule angemeldet. Dort gibt es spezielle Sportangebote wie seinen geliebten Fußball, worauf sich Linus besonders freut. Die Familienhelferin ist sehr nett und kommt dreimal pro Woche vorbei. Und auch die älteren Geschwister kümmern sich mittlerweile um den Haushalt, solang es Frau Obermüller nicht gut geht und sie in der Klinik ist. Herr Obermüller hat mir versprochen, dass er zu einem Alkoholentzug bereit ist, und ich hoffe, er wird dieses Vorhaben in die Tat umsetzen. Wenigstens kann ich mich in diesem Punkt entspannen.

»Jessica kann dich nicht anzeigen. Du hast nicht in der Praxis gearbeitet, sondern lediglich einen Rat ausgesprochen«, sagt Marianne. Wir setzen uns auf die weiße Bank vor Mamas Kräutergarten und halten einen Moment inne. Unvermittelt schlägt sie vor: »Ich werde deinen Vater bitten, den Rosengarten auf Vordermann zu bringen! Was hältst du davon?«

»Großartige Idee. Der Garten kann weiß Gott ein wenig Aufhübschen vertragen. Was den Rat angeht, den ich den Patienten ausgesprochen habe: Ein bisschen mehr habe ich schon getan. Frau Rotenberger habe ich nur geraten, nämlich ein Heuschnupfenmedikament auszuprobieren. Aber Linus habe ich tatsächlich untersucht. Allerdings darf ich als Ärztin in Notfällen Menschen behandeln. Das muss ich sogar! Und es war schließlich ein Notfall. Frau Obermüller hat mich ausdrücklich darum gebeten«, antworte ich.

»Ich denke nicht, dass Jessica dir länger Ärger machen wird. Sie hat doch wieder einmal bekommen, was sie wollte. Wenn du erst weg bist, wird Gras über die Sache wachsen, und sie wird erst in Aufruhr geraten, wenn du wiederkommst. Was hoffentlich bald der Fall sein wird!«

»Ich hoffe es«, erkläre ich seufzend. »Ich habe meinem Vater versprochen, dass Tina und ich in den nächsten Ferien wiederkommen. Das wird dann allerdings wohl erst kurz vor ihrer Einschulung sein.«

»Wie schade. Ich habe mich so an dich und die Kleine gewöhnt. Es war einfach schön, wieder Leben im *Rosenhaus* zu spüren«, gesteht Marianne und sieht mich ernst an.

»Mir hat es auch gutgetan, wieder hier zu sein. Abgesehen von der einen Sache natürlich.«

Ich betrachte mein Tinchen, die glücklich mit Pepe im Garten spielt. Für sie ist es wie im Paradies. Wieder stelle ich mir die Frage, ob unser Leben in Berlin wirklich noch zu uns passt.

Allerdings darf ich dabei nicht an Lukas denken. Ich kann nicht zurückkehren, denn ich würde ihm hier zu oft über den Weg laufen.

Als hätte sie meine Gedanken erraten, fragt Marianne: »Was ist mit Lukas? Willst du ihn wirklich so kampflos aufgeben?«

»Das habe ich doch längst. Er ist verheiratet …«

»Und der Vater deines Kindes! Vergiss das nicht. Du hast es ihm immer noch nicht gesagt.«

»Das wollte ich ja! Ich werde jetzt garantiert nicht hinfahren und mir die Blöße geben. Am Ende denken die, ich bin wirklich eine Stalkerin! Nein, das lasse ich lieber. Vielleicht sage ich es ihm beim nächsten Mal, wenn wir uns zufällig über den Weg laufen. Wie du eben gesagt hast: Dann ist auch wieder etwas Gras über die Sache gewachsen.«

Marianne sieht mich zweifelnd an: »Wie du meinst! Es wird schon alles so kommen, wie es soll.« Sie denkt kurz nach und setzt mit ernster Miene bedeutungsvoll hinzu: »Manchmal muss man aber auch kämpfen, wenn einem etwas wichtig ist!«

»Ach nee! Das sagst ausgerechnet du? Vielleicht solltest du das auch tun, meine Liebe!«, antworte ich und zwinkere ihr zu.

»Bin schon dabei!« Marianne lächelt geheimnisvoll. Dann verabschiedet sie sich von uns, nicht ohne uns beide ordentlich zu drücken und uns das Versprechen abzunehmen, bald wiederzukommen.

»Um Pepe kümmere ich mich, bis dein Vater wiederkommt!«, verspricht sie.

Weil ich spüre, dass Tina müde ist und wir morgen eine weite Fahrt vor uns haben, bringe ich sie bald zu Bett.

»Mama, können wir nicht hierbleiben? Ich finde es so toll hier. Auf dem *Affenberg* sind ganz viele Affen, die man mit Popcorn füttern kann! Da war sogar ein Babyäffchen, das war soo niedlich!«, berichtet sie mit schweren müden Augen.

»Ein Babyäffchen? So wie du?« Ich kitzele sie ein bisschen, bis sie vor Freude quietscht.

»Wir kommen bald wieder her. Das habe ich doch eben Marianne versprochen.«

»Und Opa auch!«

»Opa auch.« Ich stimme unser Gute-Nacht-Lied »Guten Abend, gute Nacht« an, was zu Tinas Einschlafritual gehört, küsse sie auf die Stirn, und sie kuschelt sich an ihren Teddy.

Unten nehme ich mir ein Glas Wein mit auf die Terrasse und lasse mir die Ereignisse des Tages durch den Kopf gehen. Auf einmal höre ich ein Motorengeräusch, das kurz darauf verstummt. Ich schleiche in die Küche und spähe aus dem Fenster. Im Hof steht ein dunkler Geländewagen. Lukas!

Schnell öffne ich die Tür, damit er nicht klingeln muss und Tinchen womöglich aufwacht.

»Was machst du hier, Lukas?«, begrüße ich ihn nicht gerade freundlich.

»Wir müssen reden, Amanda. Kann ich reinkommen?«

Obwohl mein Herz vor Aufregung rast, bitte ich ihn herein beziehungsweise heraus auf die Terrasse. Dort biete ich ihm ein Glas Wein an.

Was will er hier? Jessica hat ihm doch die Lügengeschichte aufgetischt, und er hat sie entsprechend getröstet, wie mir nicht entgangen ist.

»Ich weiß, was heute passiert ist«, beginnt Lukas nun vorsichtig.

Wahrscheinlich meint er Jessicas Version, und ich betrachte mein Handgelenk, an dem sich immer noch rote Druckstellen befinden.

»Ich habe Jessica nichts getan«, erkläre ich mit fester Stimme.

»Ich weiß. Deshalb bin ich hier.«

Ich sehe ihn fragend an.

»Oma Hedwig hat heute Nachmittag in der Brennerei angerufen und mich gebeten, zu ihr zu kommen, um etwas im Garten zu helfen. Ich habe mir schon gedacht, dass sie mir eigentlich etwas anderes sagen wollte, das habe ich an ihrer Stimme gehört. Als ich bei ihr war, hat sie mir dann alles erzählt. Sie hat gegen Mittag vom Wohnzimmerfenster aus gesehen, wie du zum Badehäuschen gingst … wie früher … und dachte, ich würde auch gleich nachkommen. Dass Jessica kam, hat sie sehr gewundert, umso mehr, als es schon bald darauf laut wurde. Sie hat mehrmals Jessicas schrille Stimme gehört und ihre Drohungen, dich von mir fernzuhalten.

Dann bist du plötzlich aus dem Badehäuschen getreten, und Jessica hat dich mit voller Wucht gegen das Geländer geschubst. Das morsche Holz hat wohl sehr schnell nachgegeben, sonst hättest du Fliegengewicht es wohl kaum zum Einsturz gebracht. Aber laut Oma Hedwig hat Jessica dich wirklich sehr heftig gestoßen, sodass du dein Gleichgewicht verloren hast und in den See gestürzt bist. Anscheinend hat Jessi dich dann auch noch ausgelacht.

Uns hatte Jessica ein paar Stunden zuvor eine ganz andere Geschichte aufgetischt. Unter Tränen hatte sie uns erzählt, dass sie Oma Hedwig besuchen wollte und dich dabei erwischt habe, wie du dabei warst, in das Badehäuschen einzubrechen. Als sie dich zur Rede gestellt habe, wärst du vollkommen hysterisch geworden und hättest sie angeschrien, dass sie dir damals den Mann weggenommen hätte, und sie verbal beleidigt. Schließlich hättest du sie körperlich angegriffen und am Hals und am Handgelenk gequetscht und sogar ins Wasser geworfen. Das hat mich gewundert, weil sie knochentrocken in der Brennerei aufgetaucht ist. Sie hat es aber damit erklärt, dass sie vorher zu Hause war, um sich umzuziehen. Jedenfalls kam mir die ganze Geschichte sehr seltsam vor. Warum solltest du dich so verhalten? Ich kenne dich doch, das hättest du nie getan. Außerdem habe ich mich gefragt, was du wohl im Badehäuschen wolltest. Als Oma Hedwig mir dann alles erzählt hat, wurde mir einiges klar.«

»Ich habe dir eine Nachricht geschickt, weil ich mit dir reden wollte. Die hat Jessica abgefangen und ist statt deiner im Badehäuschen aufgetaucht«, erkläre ich.

»Das dachte ich mir schon. Mein Handy war nämlich seltsamerweise unauffindbar, obwohl ich mir sicher war, dass ich es mit ins Büro genommen hatte. Jessica muss es ausspioniert haben, als ich in der Brennerei unterwegs war. Sie hat deine Nachricht gelöscht, das fiel mir aber erst viel später auf, als das Handy auf einmal wieder da war. Da kannte ich die Geschichte schon von Oma Hedwig. Ich habe Jessica um ein Gespräch gebeten und sie bei einem Spaziergang zur Rede gestellt.«

»Ihr wart in den Obstwiesen unterwegs?«, rate ich.

»Genau. Woher weißt du das?«

Ich antworte nicht darauf. Ist ja auch nicht notwendig.

»Nachdem ich sie damit konfrontiert habe, dass Oma Hedwig euch beobachtet hat, hat sie alles zugegeben. Sie fing an zu weinen und hat mir erklärt, dass sie Angst hatte, ich würde wieder auf dich hereinfallen und sie könnte mich verlieren und so weiter.«

Und dann hast du sie getröstet und in die Arme genommen, denke ich, spreche es aber nicht aus.

Stattdessen warte ich darauf, dass Lukas fortfährt.

»Worüber wolltest du mit mir reden, Amanda?«, fragt er jetzt.

»Ich weiß nicht, ob das noch wichtig ist«, erkläre ich seufzend.

»Ich glaube, es ist sehr wichtig«, widerspricht Lukas.

»Ich habe mein Gedächtnis wiedererlangt und weiß jetzt, was damals in der Nacht des Unfalls passiert ist. Ich dachte, du müsstest es auch erfahren, aber nach dem heutigen Tag bin ich mir nicht mehr so sicher.«

»Weil Jessica gesagt hat, du sollst dich von mir fernhalten? Ich kann sehr wohl für mich alleine entscheiden!«

»Kannst du das? Damals konntest du es nicht, Lukas«, widerspreche ich.

»Doch, das konnte ich. Ich hatte mich bereits entschieden. Aber du wolltest mich nicht mehr sehen. Ich wollte mit dir reden, dich fragen, ob das, was erzählt wurde, wahr war.«

»Wann wolltest du mit mir reden?«, wundere ich mich.

»Als du aus der Klinik zurück warst, natürlich!«

»Wer hat was erzählt?«, frage ich, obwohl ich die Antwort bereits kenne. Außer meinem Vater gab es nur einen einzigen Menschen, der mich gesehen hat, als ich aus dem Krankenhaus kam. »Was hat sie dir erzählt?«, frage ich jetzt.

»Jessica hat gesagt, dass du ihr auf dem Heimweg vom Krankenhaus erzählt hast, dass du dich an nichts, an absolut gar nichts, was vor dem Unfall geschehen ist, erinnern kannst.«

So ähnlich war es ja auch.

»Und dass du froh bist, dass diese Zeit hinter dir liegen würde und du alles, was gewesen ist, einfach nur vergessen möchtest. Sie hat gesagt, du hättest ihr unterwegs berichtet, dass du dir sogar vorstellen könntest, mit Thommy von hier wegzugehen und woanders ein neues Leben anzufangen. Thommy hätte dir im Krankenhaus so beigestanden. Dabei war er im Gegensatz zu mir so gut wie nie dort!«

Ich weiß nichts davon, dass Lukas bei mir im Krankenhaus war. Ich weiß nur, dass Jessica eine verdammte Lügnerin ist.

»Das hast du ihr geglaubt? Nach allem, was zwischen uns war?« Ich kann es einfach nicht fassen!

»Natürlich nicht. Ich dachte mir schon, dass sie einen Keil zwischen uns treiben wollte. Als Thommy dann aber mehr oder weniger das Gleiche behauptete …«

»Was? Das kann nicht sein. Das glaube ich nicht!«, empöre ich mich.

»Nach Jessicas Gerede wollte ich natürlich sofort zu dir, um mit dir zu reden. Doch ich kam zu spät. Du warst bereits fort, und dein Vater meinte, ich solle mich zum Teufel scheren. Die Familie Bommer hätte euch alle ins Unglück gestürzt, und du wärst fort, weil du mit niemandem hier mehr etwas zu tun haben wolltest.«

»Das klingt nach meinem Vater«, muss ich leider zugeben.

»Es hätte nicht viel gefehlt und er hätte mir eine reingehauen. In gewisser Weise habe ich ihn ja verstanden. Er hatte gerade seine Frau beerdigt, seine Tochter lag wochenlang schwer verletzt im Krankenhaus, und kaum, dass sie nach Hause kam, hat auch sie ihn im Stich gelassen.«

»Ich habe ihn nicht im Stich gelassen.« Doch, das hast du, meldet sich eine Stimme in mir.

»Ich habe es nur nicht mehr ausgehalten! Mein Zuhause war nicht mehr mein Zuhause. Meine Mutter war tot, und mein Vater gab mir die Schuld daran. Das war alles zu viel für mich. Mein Kopf tat so unfassbar weh, ich brauchte einfach Luft.«

Mein Kopf tat so weh. Wie immer, wenn ich Stress habe.

»Ich war so verzweifelt, weil ich nicht wusste, wo du bist. Dein Handy funktionierte seit dem Unfall nicht mehr, und dein Vater wusste angeblich selbst nicht, wo du hinwolltest. Ich fuhr überall in der Gegend herum und suchte dich. Irgendwann traf ich Thommy, der im Biergarten am See saß. Er war ziemlich betrunken und sagte: ›Sie ist weg, Brüderchen. Vergiss sie!‹ Natürlich habe ich ihn sofort gefragt, was er damit meint, aber er hat nur bitter gelacht. ›Ich habe sie am Bahnhof getroffen. Sie hat genug von uns beiden. Sie will ein neues Leben anfangen und all das hier vergessen. Verstehst du das? Sie ist weg!‹«

»Warum hast du nicht weiter nach mir gesucht?«, frage ich leise.

»Du bist einfach abgehauen und wolltest auch noch gesucht werden?« Spöttisch grinst Lukas mich an. »Du wirst es nicht glauben: Ich habe dich gesucht. Dein Vater war ziemlich genervt von mir, weil ich dauernd dort aufgetaucht bin, aber er kam irgendwann mit der Sprache raus, dass du in Berlin bei deiner Tante bist. Also habe ich dort angerufen … immer wieder. Du warst nie da und hast auch nie zurückgerufen.«

Lukas! Es war Lukas, der mich im *Rosenhaus* gesucht hat, als ich weg war. Lukas und nicht Thommy. Als mein Vater sagte, der Bommer-Typ hätte mich durcheinandergebracht und nach mir gefragt, habe ich angenommen, dass es Thommy war, der wissen wollte, wo ich geblieben war. Immerhin war es Thommy, der damals bei uns aus- und eingegangen ist. Von Lukas wusste mein Vater nichts. Oder doch? Vielleicht hatte meine Mutter ihm ja erzählt, was ich ihr anvertraut hatte. Kein Wunder war er so wütend auf mich. Er muss geglaubt haben, dass ich mit zwei Männern gleichzeitig zusammen bin. Was ja in gewisser Weise auch so war. Das passte nicht in Vaters geordnetes, moralisches Weltbild.

»Irgendwann wurde deine Tante dann ziemlich deutlich und hat gesagt, ich soll dich nicht länger belästigen. Du hättest ein neues Leben angefangen und wärst sehr glücklich mit einem anderen Mann. Damit hat sie wahrscheinlich den Typen mit dem Porsche gemeint.«

Hilda! Wie konnte sie nur vor mir verheimlichen, dass Lukas nach mir gesucht hat? Aber nach der Wut kommt die Erkenntnis: Sie wollte mich schützen. Sie hatte gesehen, wie ich bei ihr in Berlin ankam. Wie kaputt ich war. Ich hatte Monate gebraucht, um in ein einigermaßen normales Leben zurückzufinden. Erst als Valentina auf die Welt kam und ich in meinem Studium Erfolg hatte, hatte ich es halbwegs ins Leben zurückgeschafft. Niemals hätte sie zugelassen, dass ich noch einmal derart unglücklich sein würde. Natürlich hatte ich Hilda nicht alles erzählt, aber mein Zustand und die Tatsache, dass ich den Vater meines Kindes hartnäckig verschwieg, war ihr Auskunft genug. Sie ahnte, dass mir jemand das Herz gebrochen hatte, und dieser Jemand konnte nur Lukas sein. Kein Wunder ließ sie ihn nicht mehr an mich heran. Deshalb war sie neulich auch so misstrauisch und hat mich gewarnt, den gleichen Fehler wieder zu begehen.

»Das wusste ich nicht«, gebe ich nun zu. »Wenn ich es gewusst hätte …«

»… hättest du dich bei mir gemeldet?«

Lukas lässt seine Finger durch mein Haar gleiten, und ich schließe die Augen.

»Ich weiß nicht. Warum hast du das getan … Jessica trotzdem geheiratet? Nach alldem …«, schießt es plötzlich aus mir heraus. So lange quält mich diese Frage schon.

»Ich hatte ein schlechtes Gewissen. Immerhin hatte sie unser Baby bei dem Unfall verloren«, erklärt Lukas.

In mir brodelt es.

»Sie hatte die Schwangerschaft auf dem Apfelblütenfest verkündet. Meine Eltern haben mir zu verstehen gegeben, dass ich zu meiner Verantwortung stehen muss. Aber ich wollte es nicht. Ich wollte sie nicht heiraten und auch kein Kind von ihr.«

Das Summen in meinem Kopf geht wieder los. Wieder erinnere ich mich an das Fest, wie Jessica etwas verkündet und alle sich lachend zuprosten.

»Ich wollte immer nur dich ...«, offenbart Lukas auf einmal.

Ich darf ihn nicht ansehen. Nicht in diese Augen schauen.

»Du hast aber sie geheiratet«, stelle ich hartnäckig fest.

Lukas schweigt. Fast meine ich schon, er wird gar nicht darauf antworten, da sagt er plötzlich:

»Es war ein paar Monate, nachdem du fort warst ... mich ohne ein Wort des Abschieds einfach so verlassen hast. Mir wurde klar, dass du nicht wiederkommen würdest. Ich habe so oft auf ein Lebenszeichen von dir gehofft, aber es schien, als ob du mich komplett aus deinem Leben gestrichen hattest.« Plötzlich sieht er mich an.

»Das stimmt nicht«, sage ich leise. »Das hätte ich nicht gekonnt. Aber ich war so verletzt, als Jessica mir auf dem Heimweg vom Krankenhaus erzählt hat, dass ihr euch auf dem Apfelblütenfest verlobt und im Spätsommer heiraten wollt.«

»Wann hat sie das gesagt? Auf dem Heimweg vom Krankenhaus? Das gibt es doch nicht! Das stimmte nicht!«

»Muss es ja wohl«, sage ich mit einem Blick auf seinen Ehering.

»Wir haben nicht im Spätsommer, sondern im darauffolgenden Frühling geheiratet. Nachdem du damals fort warst, habe ich klare Worte mit Jessica gesprochen und mich anschließend total in der Arbeit vergraben.«

»Klare Worte?«, hake ich nach.

»Sie hatte unser Baby bei dem Unfall verloren, und ich fühlte mich wirklich schlecht. Aber ich habe ihr gesagt, dass ich sie nicht heiraten kann. Dass es nicht an ihr, sondern an mir liegt ... doch sie wusste natürlich, dass du es warst, die zwischen uns stand, und gab nicht auf. Wie gesagt, ein paar Monate nach deinem Weggehen und der Auskunft deiner Tante, du hättest einen Freund, wurde mir klar, dass du nicht wiederkommen würdest. Es war kurz vor Weihnachten, und wir hatten mit der Belegschaft mit dem neuen Whisky auf das vergangene Jahr und die Feiertage angestoßen. Als alle weg waren, fühlte ich mich auf einmal unendlich allein. Ich muss gestehen, dass der Whisky unglaublich gut schmeckte und mich tröstete an diesem Abend.«

»Da hast du Jessica angerufen, damit sie dich noch ein bisschen mehr tröstet?« Selbst jetzt, nach all den Jahren, tut dieser Gedanke weh. Ich verdränge den Gedanken an Vincent und vor allem daran, dass ich mich selbst in eine neue Beziehung geflüchtet habe, wenn auch erst Jahre später.

»Das war nicht nötig. Sie war ja bei der Weihnachtsfeier dabei und kam zurück, als alle weg waren. Nun, du kennst sie ja ...«

Oh ja. Ich kann mir lebhaft vorstellen, wie verführerisch Jessica an diesem Abend aufgetreten ist. Ich schiebe den Gedanken an sie in reizvoller Unterwäsche unter einem Nikolauskostüm einfach weg, obwohl er durchaus vorstellbar wäre.

»Für mich war die Sache erledigt. Für Jessica natürlich nicht. Sie kam nach ein paar Wochen mit der Nachricht um die Ecke, dass sie wieder schwanger wäre. Meine Mutter war hellauf begeistert. Und die Dinge nahmen irgendwie ihren Lauf.«

»Die Dinge nahmen irgendwie ihren Lauf …«, wiederhole ich leise.

Es tut unfassbar weh.

»Was wurde aus dem Baby?«, hake ich nach.

»Ziemlich bald nach der Hochzeit bekam Jessica auf einmal starke Bauchschmerzen und Blutungen. Nach einem Besuch beim Frauenarzt erklärte sie mir, sie habe eine Fehlgeburt gehabt, und es sei nicht sicher, ob sie jemals Kinder bekommen könne. Wahrscheinlich war der Unfall schuld, bei dem sie das erste Baby verloren hatte.«

Mein Kopf tut so unglaublich weh. Ich bin sicher, dass beide Schwangerschaften erfunden waren. Beim Gedanken an die verlogene Jessica und an Lukas, der auf sie und ihre Lügen reingefallen ist, wird mir schlecht.

»Ich kann es nicht beweisen, aber ich glaube, dass sie dich beide Male belogen hat, um dich mit einer Schwangerschaft unter Druck zu setzen und dich an sich zu binden.«

»Wie kommst du darauf?« Lukas sieht mich ernst an.

Nun ist es Zeit, selbst Farbe zu bekennen.

Wenn nur das Summen in meinem Kopf nicht wäre!

»Es war nicht Jessica, die damals auf dem Apfelblütenfest schwanger war. Sondern ich. Sie hat mich vor dem Fest besucht, um mich mit fadenscheinigen Gründen davon fernzuhalten. Als ich noch nicht zu Hause war, hat sie in meinem Zimmer auf mich gewartet. Jessica muss in meinem Bad den Schwangerschaftstest gefunden und die Möglichkeit erkannt haben, dich damit an sich zu binden. Was ja auch geklappt hat.«

»Deinen Schwangerschaftstest? Du warst damals schwanger?« Fassungslos sieht Lukas mich an. Dann scheint er zu begreifen und ein flüchtiges Lächeln huscht über sein Gesicht.

»Nee, oder? Das glaube ich jetzt nicht! Valentina?«

Ich nicke.

»Ach, meine kleine Seejungfrau. Was haben wir nur für einen Mist gebaut! All die Jahre …«

Lukas nimmt mich in die Arme.

Auf einmal laufen mir Tränen über das Gesicht. Weil er es mir so einfach macht. Weil er der Vater meiner kleinen Tochter ist. Weil ich ihn immer so sehr geliebt habe. Und immer noch liebe.

Wir halten uns die ganze Nacht in den Armen, als wollten wir uns nie wieder loslassen. Wir reden, lachen, lieben uns. Als Lukas sich verabschiedet, weiß er über alles Bescheid. Auch über den Unfall und Jessicas Lügen darüber. Ich habe ihm das Foto gezeigt, und er war genauso überrascht und entsetzt wie ich. Als er sich an der Tür verabschiedet, nimmt er mich noch einmal fest in die Arme.

»Bleib hier, Amanda«, bittet er mich.

»Ich kann nicht. Ich habe einen Job, Kollegen am Krankenhaus, die ich nicht im Stich lassen kann!«

»Aber mich kannst du wieder im Stich lassen? Ich kann dich nicht noch einmal gehen lassen! Schon gar nicht, wo ich jetzt weiß, dass wir ein gemeinsames Kind haben!«, empört er sich.

»Ich glaube, du musst erst einmal selbst ein paar Dinge klären, Lukas. Sonst macht das mit uns nämlich keinen Sinn. Vor allem solltest du vielleicht deine Eltern, insbesondere deine Mutter, darüber informieren, dass ich keine irre Stalkerin bin.«

»Keine Sorge, das werde ich tun. Noch heute spreche ich mit Jessica und dem Rest der Familie«, verspricht er mit ernster Miene.

»Kommst du dann zurück?«

»Ich denke darüber nach«, weiche ich aus.

»Bitte komm wieder. Bald! Sonst hole ich dich. Sonst hole ich euch!« Lukas lächelt.

»Oma Hedwig hat übrigens selbst eine Entscheidung getroffen. Sie wird nicht in ein Heim gehen, sondern stattdessen eine Pflegerin einstellen«, wechselt er unvermittelt das Thema.

»Das ist eine wunderbare Idee«, freue ich mich.

»Und sie möchte einen Teil ihres großen Hauses untervermieten. Damit sie nicht so allein ist.« Bedeutungsvoll sieht Lukas mich an.

Ich ahne, was er mir damit sagen will.

»Meinst du es wirklich ernst, Lukas? Oder lässt du mich wieder fallen und gehst zu Jessica zurück?«, kann ich mir nicht verkneifen zu fragen.

»Ich gehe noch einmal zu ihr zurück. Um die Sache zu beenden. Das hätte ich schon längst tun sollen.« Lukas streicht mir zärtlich über die Wange, und ich spüre einen angenehmen Schauer, wie immer, wenn er mich berührt.

»Außerdem habe ich dich nicht fallen gelassen. Und ich werde dich nie fallen lassen! Diesmal wirst du mich nicht mehr los. Nie mehr.«

Als er mich wieder in den Arm nimmt und zärtlich küsst, bin ich der glücklichste Mensch der Welt.

Und doch spüre ich tief in mir drin eine unheilvolle Vorahnung. Als ob das, was gerade geschieht, nicht von Dauer ist, sondern schon bald in etwas Furchtbarem enden wird.

*

Tinchen ist quengelig. Erst ist ihr zu warm, dann zu kalt. Erst hat sie Hunger, dann auf einmal Durst.

Alle paar Minuten müssen wir auf der Autobahn anhalten, weil sie angeblich aufs Klo muss. So kommen wir nie voran! Ich muss auf die Tube drücken, damit wir noch vor dem Abend in Berlin ankommen. Wir sollten unsere Koffer auspacken und uns eingewöhnen, bevor morgen unser normaler Alltag wieder losgeht. Ich verstehe gar nicht, was mit Tina los ist! Eben, als wir uns von ihrem Opa verabschiedet haben, war sie noch so fröhlich und hat mit ihm herumgealbert. Wir haben uns länger bei ihm aufgehalten als geplant, vor allem, weil Tinchen unbedingt noch mit ihm zu den Enten spazieren wollte.

Vater ist der Abschied mindestens ebenso schwergefallen wie uns. Ich kann mich nicht daran erinnern, dass er mich jemals so fest in die Arme genommen hat. Gefühlsduseleien waren ihm immer zuwider gewesen, doch heute hatte er sogar ein Tränchen verdrückt. Als er sich von Tinchen verabschiedete, habe ich noch etwas anderes in seinen Augen erkannt: Zuversicht. Hoffnung. Seitdem habe ich das Gefühl, in die falsche Richtung zu fahren.

Ich bin unendlich glücklich, dass Vater und ich uns versöhnt haben. Und Lukas … in der letzten Nacht habe ich gespürt, wie sehr er mir gefehlt hat. Er vervollständigt mich, ist mein Seelenpartner, der Mensch, den ich über alles liebe. Schon beim Gedanken an ihn klopft mein Herz wie verrückt, und die Schmetterlinge in meinem Bauch tanzen. Es war für uns beide eine besondere Nacht, weil wir uns stundenlang in den Armen gelegen und geliebt haben, als wollten wir uns nie mehr loslassen. Ich denke an seine dunkle Stimme, den Duft seiner Haut und spüre die Zärtlichkeit seiner Hände. In seinen Armen habe ich mich so geborgen gefühlt wie nie in den ganzen letzten Jahren. Außerdem haben wir uns endlich ausgesprochen und erkannt, dass wir beide große Fehler gemacht haben. Der größte Fehler war, dass wir viel zu lange nicht miteinander geredet und all die Missverständnisse, die uns entzweit haben, ausgeräumt haben. Keiner von uns beiden wollte sich je vom anderen trennen. Und doch lasse ich Lukas jetzt wieder zurück, gerade jetzt, wo wir endlich erkannt haben, dass wir eine richtige Familie sind, die zusammengehört. Das ist doch verrückt und eigentlich genau das Gegenteil von dem, was ich möchte! Denn mein Gefühl ist so anders als damals, als ich alles nur vergessen und ganz weit weg wollte. Diesmal möchte ich nicht weg, sondern könnte mir durchaus vorstellen, mit Tinchen am Bodensee wieder glücklich zu sein. Aber würde das funktionieren? Ich glaube schon, dass sich Tina in Kressbronn sehr wohlfühlen würde, auch wenn sie Hilda und ihre kleinen Freundinnen sehr vermissen würde. Allerdings wäre jetzt genau der richtige Zeitpunkt für einen Neubeginn, da sie im Spätsommer eingeschult wird. Tinchen ist glücklich mit ihrem Opa und auch im *Rosenhaus* mit Pepe, wobei ich mir nicht vorstellen kann, wieder bei meinem Vater einzuziehen. Aber wir könnten uns ja auch irgendwo eine kleine Wohnung mieten. Hat Lukas nicht davon gesprochen, dass Oma Hedwig einen Teil ihres Hauses untervermieten möchte? Wir mögen uns, und sie wäre nicht länger allein. Dass das Leben in der beschaulichen Natur, ganz besonders am schönen Bodensee, viel besser zu mir und meinem Kind passt als die hektische Großstadt, steht auf jeden Fall fest. Wenn ich so darüber nachdenke, sehne ich mich nach nichts mehr als nach einem ruhigen Leben. Mit Tinchen, die sicher begeistert wäre, wenn sie in meiner alten Grundschule eingeschult werden könnte. Und ja, vielleicht auch mit Lukas, wenn alle Dinge geregelt wären. Bis jetzt weiß Tina ja noch gar nicht, dass er ihr Papa ist. Sobald wie möglich soll sie davon erfahren. Wie sie wohl darauf reagieren wird?

Ach, es ist eine Lebensentscheidung, die ich treffen muss!

Denn ich müsste nicht nur meine Arbeit im Krankenhaus, sondern mein ganzes Leben in Berlin aufgeben. Doch welches Leben? Was habe ich dort schon außer Tina und meiner Arbeit? Das Großstadt-Partyleben hat mich ohnehin nie interessiert. Hilda würde sich über meine Idee wundern, zumal sie von der Provinz ohnehin alles andere als angetan ist und mich vermutlich nicht verstehen würde. Es würde zwar sehr seltsam für sie sein, wenn wir nicht mehr da wären, aber andererseits hat sie ja nun mit ihrem *Parship*-Lover genug Zerstreuung. Ich bin Hilda für alles, was sie für uns getan hat, unendlich dankbar, und das werde ich auch ausführlich zum Ausdruck bringen. Hilda könnte uns ja jederzeit besuchen, selbst wenn sie nicht gerade auf dem Weg nach Italien ist. Und auch wir könnten öfter einen Abstecher in die Hauptstadt machen. Falls ich die quirlige Stadt doch vermissen sollte. Oder einfach, um einen Besuch bei Hilda oder Leni zu machen. Leni! Auch sie würde nicht gerade erfreut sein, mich als Kollegin und Freundin zu verlieren. Und Vincent? Ich nehme an, dass er es ohnehin schon weiß, dass unsere gemeinsame Zeit vorbei ist. Reden muss ich trotzdem mit ihm.

Als wir uns vorhin verabschiedeten, hat Vater angedeutet, dass er viel schneller gesund werden würde, wenn es einen Grund für ihn gäbe, nach Hause zu kommen. Ich habe ihn an Marianne erinnert und in diesem Zusammenhang ihren

Wunsch, Mamas Rosengarten auf Vordermann zu bringen, erwähnt. Zu meiner Verwunderung wusste er bereits davon, weil Marianne ihn besucht und ihre Freude über sein baldiges Heimkommen betont hat. Vielleicht besteht ja doch Hoffnung, dass mein Vater sich ihr mehr öffnet. Ich kann mir jedenfalls keine bessere Frau für ihn vorstellen, und ein bisschen Glück hat er mehr als verdient. Seinem verschmitzten Grinsen nach zu urteilen, ist dies durchaus im Bereich des Möglichen. Wenn ich nun die Facharztausbildung in seiner Praxis absolvieren würde? Dann könnte er sich so langsam zurückziehen und das Leben mit Marianne genießen. Es muss ja nicht auf ihrem Motorrad sein!

So viele Gedanken sausen durch meinen Kopf. Was soll ich tun? Mein ganzes Leben aus den Angeln heben?

Unauffällig wende ich den Blick für einen Moment von der Straße, um auf mein Handy zu linsen. Doch da ist nichts. Keine Nachricht von Lukas.

Was, wenn ich mir gerade völlig umsonst Gedanken über eine mögliche Zukunft mit ihm am Bodensee mache? Wenn Lukas sich gar nicht von Jessica trennen wird, sondern mir heute Nacht nur etwas vorgemacht hat? Tief in mir drin spüre ich einen Stich im Herzen. Es ist dasselbe Gefühl wie damals. Ich habe Angst, Lukas wieder nicht vertrauen zu können.

Er hat mir versichert, dass er jetzt, wo er von Jessicas Lügen und Intrigen weiß, die Fassade nicht länger aufrechterhalten möchte. Aber würde es wirklich mit uns funktionieren? Würde Jessica uns wirklich in Ruhe lassen?

Im Radio beginnt ein Lied. Es ist »Hey« von Andreas Bourani. Meine Hymne vor sieben Jahren, die mir zu überleben half.

Wenn der Sinn von allem sich nicht zeigt
Sich tarnt bis zur Unkenntlichkeit
Wenn etwas hilft mit Sicherheit, dann Zeit
Es geht vorbei, es geht vorbei
Hey, sei nicht so hart zu dir selbst
Es ist ok, wenn du fällst
Auch wenn alles zerbricht
Geht es weiter für dich

Wie oft habe ich dieses Lied damals gehört! Es hat mir in den dunklen Stunden geholfen, als ich mich traurig und allein gefühlt habe.

Wenn lieben grade kämpfen heißt
Dann bleib
Es geht vorbei, es geht vorbei

höre ich Andreas Bourani singen. Hat Marianne nicht auch so etwas Ähnliches gesagt? Dass man manchmal um etwas kämpfen muss, wenn es einem viel bedeutet?

Ich muss Lukas anrufen. Um seine Stimme zu hören und zu erfahren, ob alles gut ist. Ich wähle seine Nummer, doch das Handy ist wieder einmal aus.

Nun regnet es auch noch, und Tinchen quengelt schon wieder. Diesmal fragt sie, warum wir nicht am Bodensee geblieben sind. Ich versuche, sie zu beruhigen, doch meine Gedanken sind bei Lukas. Warum meldet er sich nicht?

Was für eine furchtbare Fahrt!

Ich bin aufgewühlt und unkonzentriert. Vor lauter Aufregung gebe ich unbewusst mehr Gas. Ich möchte diese Fahrt so schnell es geht hinter mich bringen.

Als ich gerade einen Lastwagen überhole, gerät mein Auto plötzlich ins Schlingern. Mein Gott, was ist da los??? Hektisch trete ich auf die Bremse. In diesem Moment bricht das Fahrzeug aus, und ich versuche krampfhaft gegenzulenken. Hilfe! Wir geraten ins Schleudern. In diesem Moment braust der große Lastwagen mit lautem Getöse haarscharf an uns vorbei. Tina schreit so laut, wie ich es noch nie bei ihr gehört habe. Plötzlich knallt unser Wagen gegen die Mittelleitplanke und schleudert wie eine Billardkugel quer über die Fahrbahn zur rechten Leitplanke. Dabei rammen wir noch ein anderes Fahrzeug, das uns nicht mehr ausweichen konnte. Beide Fahrzeuge schrammen mit einem lauten quietschenden Geräusch die rechte Leitplanke entlang und kommen auf der Standspur zum Stehen. Ich zittere am ganzen Körper und kann keinen klaren Gedanken fassen.

»Maaaaaaama, was ist passiert?«, schreit Tina von hinten. »Du blutest ja ganz doll!«

Sie fängt bitterlich an zu weinen. Ich fasse mit der Hand an den Kopf und spüre das warme Blut. Was passiert ist? Ja, wenn ich das nur wüsste! Ich drehe mich zu Tinchen um.

»Geht es dir gut, mein Schatz? Ist alles in Ordnung?« Ich streichle über ihr Beinchen. Tinchen nickt, aber sie weint. Wahrscheinlich hat sie sich mindestens ebenso erschrocken wie ich und hat noch mehr Angst, weil ich blute. Zum Glück scheint sie nicht verletzt zu sein.

Hinter mir hält ein anderes Auto. Es ist das Fahrzeug, das wir gestreift haben. Ich beobachte im Rückspiegel, wie der Fahrer auf der Beifahrerseite aussteigt und zu uns kommt. Er gibt mir ein Zeichen, dass ich das Fenster herunterfahren soll. Meine Hände zittern so stark, und ich bin so durcheinander, dass ich nicht weiß, welchen Hebel ich drücken soll. Er öffnet die Autotür und fragt mit einem besorgten Blick auf mein Kind: »Sind Sie verletzt?«

»Ich glaube, ich habe mir den Kopf angeschlagen.«

»Haben Sie schon die Polizei gerufen?«

»Nein, ich weiß noch gar nicht, was überhaupt passiert ist und wie es so weit kommen konnte.« Mir fällt auf, dass ich zittere wie Espenlaub.

»Ihnen ist wohl ein Reifen geplatzt. Und das bei der Geschwindigkeit, die Sie draufhatten! Daraufhin ist Ihr Wagen ins Schlingern geraten und hat uns touchiert. Das hätte böse ausgehen können ... für uns alle! Aber zum Glück scheint ja nicht viel passiert zu sein ... da haben Sie wohl einen großen Schutzengel gehabt!«

Ein Schutzengel. Mama. Min Ängel. Der Spruch auf ihrem Grabstein. Ich bin total verstört, kann keinen klaren Gedanken fassen.

Nur den einen, dass ich schon wieder einen Unfall hatte. Und dass wir leben, mein Kind und ich. Ich hätte es nicht ertragen, wenn Tina etwas zugestoßen wäre. Tränen laufen über meine Wangen und vermischen sich mit dem Blut aus meiner Kopfwunde.

Der Fahrer des anderen Autos nimmt sein Handy heraus und ruft die Polizei an.

»Wo wir sind? Warten Sie, ich schicke Ihnen ein Standortbild. Vermutlich ein geplatzter Reifen bei einem VW Polo, älteres Modell. Die Fahrerin blutet am Kopf, scheint unter Schock zu stehen. Ein Kind sitzt hinten im Wagen, sieht mir auf den ersten Blick unverletzt aus. Mir ist glücklicherweise auch nichts passiert, nur mein Wagen ist beschädigt. Sie schicken die Autobahnpolizei und einen Krankenwagen? Gut, wir warten.« Der Fahrer fragt mich: »Können Sie aussteigen? Aber bitte vorsichtig, nur hier auf der Beifahrerseite.« Ich klettere mit steifen Gliedern heraus, und er hilft mir dabei. Der Fahrer stellt sich als Josef Huber vor und ist wirklich nett, dafür, dass ich sein Auto gerammt und beschädigt habe. Er betätigt das Warnblinklicht und stellt in ungefähr 100 Metern Entfernung ein Warndreieck auf. Ich bin froh, dass er das tut, denn ich bin handlungsunfähig, zittere wie Espenlaub. Bis die Polizei eintrifft, versuche ich, Tinchen zu trösten.

Mein Kopf tut höllisch weh, aber ich versuche, mir nichts anmerken zu lassen.

Die Polizei trifft gleichzeitig mit einem Krankenwagen ein. Während die Polizisten aufmerksam meinen Polo betrachten und sich mit Herrn Huber unterhalten, untersucht uns der Notarzt beide. Er stellt eine Platzwunde bei mir fest und vermutet einen Schock. Tina ist wie durch ein Wunder unverletzt. Mein Schutzengel. Min Ängel. Ein Abschleppwagen trifft ein und lädt den Polo auf. So können wir unmöglich weiterfahren. Abgesehen davon, dass das Auto an der linken Seite total verbeult ist, ist ja auch der Reifen kaputt. Laut Notarzt dürfen wir auch gar nicht weiterfahren, wir sollen auf jeden Fall mit ins nächste Krankenhaus kommen, um dort noch gründlicher untersucht zu werden. Dabei geht es mir schon viel besser, bis auf den stechenden Kopfschmerz. Kopfschmerzen bin ich ja mittlerweile gewöhnt.

»Können Sie sich vorstellen, warum der Reifen geplatzt ist?«, fragt mich der Polizist, der mein Auto eben ganz genau angesehen hat. »Lag etwas auf der Fahrbahn?«

Herr Huber raunt mir zu: »Das fragen die wegen der Versicherung. Die zahlt nicht, wenn Sie vergessen haben, Ihre Reifen zu prüfen!«

»Ich habe auf der Fahrbahn nichts gesehen«, erkläre ich wahrheitsgemäß.

»Wann haben Sie denn zuletzt den Reifendruck geprüft?«, will der Beamte wissen.

»Vor zwei Wochen, als ich zum Bodensee fuhr«, antworte ich.

Der Polizist nickt und schaut sich in Ruhe alle Reifen an.

»Es ist wirklich sehr seltsam …«, sagt er und betrachtet das Fahrzeug ruhig, »… aber ich glaube, wir müssen die Kripo einschalten. Wir lassen Ihren Wagen von der Kriminaltechnik untersuchen. Es sieht so aus, als wären alle vier Reifen absichtlich angeritzt worden. Ich habe den Eindruck, jemand wollte, dass Sie Ihre Reise nicht beenden können …«

»Was wollen Sie damit sagen?« Entgeistert starre ich ihn an.

»Nun, es ist nur ein Verdacht. Aber es sieht so aus, als sollten Sie einen Unfall haben. Der Wagen ist beschlagnahmt. Alles Weitere muss die Kripo klären.«

Ich kann nicht fassen, was der Polizeibeamte sagt. Mit meinen Nerven bin ich völlig am Ende. Wer kann uns so etwas Böses antun?

*

Tinchen und ich müssen eine Nacht zur Beobachtung im Krankenhaus Herrenberg bleiben, auch wenn es uns den Umständen entsprechend gut geht und meine Wunde am Kopf tatsächlich nur eine Platzwunde ist.

Aber man will uns dort beobachten und regelmäßig den Blutdruck kontrollieren. Valentina ist noch in der Kinderklinik, darf jedoch die Nacht mit mir verbringen.

Ich muss beim Schleudern des Wagens mit voller Wucht gegen das Fenster gestoßen sein, aber mehr ist zum Glück nicht passiert. Wir hatten wirklich einen großen Schutzengel. Min Ängel.

Die Sache hätte ganz anders ausgehen können, und das ist es, was mich vollkommen verstört.

Die Polizei wird Ermittlungen aufnehmen, denn es besteht der Verdacht, dass die Reifen manipuliert beziehungsweise angeritzt wurden. Natürlich hat mich der Beamte gefragt, ob ich mir vorstellen kann, dass jemand einen Unfall von Valentina und mir bewusst herbeiführen wollte. Ich habe diese Frage nicht konkret beantwortet, auch wenn ich mir das sehr wohl vorstellen kann. Jessica. Wie weit ist sie gegangen, um mich loszuwerden? Kann es sein, dass sie einen schweren Unfall, der tödlich hätte enden können, in Kauf genommen hat, um Lukas zu halten? Es gibt jedoch keinen anderen Menschen auf dieser Welt, der mir einfällt und der ein Interesse daran haben könnte, dass uns etwas zustößt.

Wie konnte Jessica uns das nur antun? Dass sie mich loswerden wollte, ist das eine. Aber Valentinas Leben zu gefährden, ist mit absolut nichts zu erklären und schon gar nicht zu verzeihen.

Natürlich musste ich Vater informieren. Ich habe einige Details ausgelassen (zum Beispiel, warum der Reifen geplatzt ist) und ihm versichert, dass es uns gut geht. Dennoch ist er in großer Sorge und hat gesagt, wir hätten am Bodensee bleiben sollen, dann wäre das nicht passiert. Schon wieder ein Unfall … es muss unerträglich für ihn sein.

Lukas ist nicht zu erreichen. Warum meldet er sich nicht? Gerade jetzt hätte ich ihn gebraucht! Ich bin enttäuscht und verwirrt. Es kommt mir so vor, dass er nicht erreicht werden möchte. Dabei hatte ich nach der Nacht mit ihm geglaubt, wir könnten endlich gemeinsam glücklich werden. Eine Träne kullert meine Wange herunter. Er hätte sich auch damals anders verhalten und zu mir stehen müssen, sagt eine Stimme in meinem Kopf.

Jessica wird niemals aufgeben und uns in Ruhe lassen, das ist mir jetzt klar. Tina und ich sind gerade mit dem Leben davongekommen. Aber ob man ihr diese Tat nachweisen kann und sie jemals ihre gerechte Strafe bekommen wird, ist fraglich.

Welchen Preis sind wir bereit, für die Liebe zu zahlen?, fährt mir durch den Kopf.

Dieser Preis ist zu hoch!

Ich sehe auf mein Handy. Lukas hätte sich längst gemeldet, wenn er reinen Tisch mit Jessica gemacht hätte, so wie er es versprochen hat.

Nein. Valentina und ich werden nach Berlin zurückkehren. Dort ist unser Leben. Dort haben wir unsere Ruhe. Wir haben uns. Das ist Glück genug.

Ich schließe die Augen. Ich sehe blühende Apfelbäume, die sich im leisen Abendwind bewegen. Ich sehe das Badehaus vor dem blauen See. Tina, die mit Pepe im Garten spielt.

Seufzend öffne ich die Augen, stehe auf und gehe zum Fenster. Mein Blick fällt auf den Hof. Dort sind keine blühenden Apfelbäume. Nur der Krankenhausparkplatz.

Ein Geländewagen prescht in die einzige freie Parklücke.

Ein Mann steigt aus. Er trägt eine Lederjacke und sieht übernächtigt aus. Er fährt sich durch das unordentliche Haar und eilt auf das Gebäude zu.

Auf einmal schaut der Mann nach oben.

Als er mich sieht, bleibt er kurz stehen, winkt mir zu und lächelt.

Ich lächle zurück, hebe ebenfalls leicht die Hand und schließe erneut die Augen.

Ich sehe blühende Apfelbäume. Das Badehaus vor dem blauen See. Valentina mit Pepe im Garten.

Ich öffne die Augen. Der Mann ist verschwunden. Gleich wird er zu meiner Tür hereinkommen und mich »seine kleine Seejungfrau« nennen. Er ist alles, was ich je wollte.

Ich stelle mir noch einmal dieselbe Frage:

Welchen Preis sind wir bereit, für die Liebe zu zahlen?

Die Antwort lautet: jeden.

ENDE

Danksagung

Ich empfinde als ganz großes Glück, dass ich in der wundervollen Bodenseeregion aufwachsen durfte. In meiner Kindheit liebte ich es, besonders im Frühling, mit meinem kleinen Hund entlang der blühenden Obstbäume spazieren zu gehen. Während das kleine Wollknäuel über die bunten Wiesen tobte, lag ich oft unter einem der zauberhaft rosarot und weiß blühenden Apfelbäume und träumte vor mich hin. Manchmal dachte ich mir kleine Geschichten aus, die von Marienkäferchen oder Pusteblumen handelten, je nachdem, was die Natur meinem kindlichen Auge darzubieten hatte.

Noch heute liebe ich diese Frühlingsspaziergänge entlang der blühenden Obstbäume. In diesem Jahr haben sie mich ganz besonders zum »Geheimnis der Apfelblüte« inspiriert.

Dass ich heute meine Geschichte mit anderen teilen darf, ist ebenfalls einer der großen Glücksfälle in meinem Leben, der mich mit Dankbarkeit erfüllt. Vielleicht sitzen ja Sie, liebe Leserin, lieber Leser, gerade unter der Blüte eines Apfel-, Kirsch- oder Birnenbaums und genießen bei einer schönen Tasse Tee oder Kaffee und einem leckeren Stück Erdbeerkuchen die Geschichte von Amanda und ihrer großen Liebe Lukas. Dafür danke ich Ihnen und den vielen anderen Leserinnen und Lesern, von denen mich die beziehungsweise der ein oder andere bestärkt hat, doch wieder einmal einen Liebesroman zu schreiben, von Herzen.

Mein ganz besonderer Dank gilt meinem lieben Ehemann Dieter Jaeschke, der mir auch für die Arbeit an diesem Buch unglaublich viele wertvolle Inspirationen geschenkt hat. Ich liebe es, mit ihm zusammen Krimis zu schreiben! Dass er mich gerade bei diesem Buch wieder mit vielen, wunderbaren Ideen unterstützt hat, macht mich besonders glücklich. Denn eigentlich sind Liebesromane so gar nicht sein Ding. Interessanterweise hat er mich dennoch auf einige sehr romantische Ideen gebracht, die mir selbst nicht so eingefallen wären. Von den spannenden Szenen ganz zu schweigen. Er ist es, der schon die erste Idee mit mir teilt, die Geschichte wie kein zweiter kennt und mir während des Schreibens manch unerwartete Wendung empfiehlt. Vor allen Dingen danke ich Dieter dafür, dass er immer an mich glaubt, egal, wie sehr ich selbst an mir zweifele. Manchmal denke ich, das Schreiben eines Romans ist ein wenig wie das Kochen eines neuen Menüs: Man kreiert ein leckeres Gericht, doch erst wenn ein anderer Koch neue und interessante Gewürze zugibt, wird das Essen richtig gut.

Man sagt zwar: »Viele Köche verderben den Brei«, doch in den besten Küchen der Welt stehen immer mehrere Küchenmeister am Herd.

Es erfüllt mich mit besonderer Freude und Dankbarkeit, dass Claudia Senghaas die Idee von *Das Geheimnis der Apfelblüte* begeistert aufgenommen und das Buch von der ersten Idee bis zum letzten Satz lektoriert und begleitet hat. Von Herzen vielen Dank für deine große Mühe, liebe Claudia! Nun haben wir schon elf Bücher gemeinsam auf den Weg gebracht, und ich hoffe, es werden noch viele weitere folgen. Ebenso danke ich dem gesamten Team vom Gmeiner-Verlag für die wertvolle Unterstützung in jeder Hinsicht. Danke, dass ich meine Geschichten nicht nur alleine unter dem Apfelbaum träumen, sondern mit vielen anderen Menschen teilen darf!

Mein herzlicher Dank geht an Frau Doktor Judith Schacher, die sich viel Zeit für mich genommen hat, um meine medizinischen Fragen im Hinblick auf Schlaganfallpatienten zu beantworten. Ihre Informationen waren sehr wertvoll und hilfreich für mich und das Schreiben dieses Buches.

Und natürlich danke ich Ihnen, liebe Leserin und lieber Leser, dass Sie sich entschlossen haben, diesen Roman aus der Vielzahl der Neuerscheinungen auszusuchen und mit nach Hause zu nehmen.

Ich wünsche Ihnen von ganzem Herzen viel Freude beim Lesen, ob nun unter dem Apfelbaum oder auf dem Sofa, bei einer Tasse Tee, Kaffee und einem Stück Erdbeerkuchen oder vielleicht sogar einem Glas Spätburgunder oder Bodensee-Whisky.

Herzlichst
Ihre Christine Rath

Weitere Titel finden Sie auf den folgenden Seiten und im Internet:

WWW.GMEINER-VERLAG.DE